完美妈妈制造局

The School
for
Good
Mothers

［美］陈濬明 著
于是 译

Jessamine Chan

上海译文出版社

Jessamine Chan
THE SCHOOL FOR GOOD MOTHERS
Copyright © 2022 by Jessamine Chan
This edition arranged with DeFiore and Company Literary Management, Inc.
through Andrew Nurnberg Associates International Limited
All rights reserved

图字：09 - 2022 - 0499 号

图书在版编目（CIP）数据

完美妈妈制造局／（美）陈濬明（Jessamine Chan）著；于是译. — 上海：上海译文出版社，2024.6
书名原文：The School for Good Mothers
ISBN 978 - 7 - 5327 - 9505 - 5

Ⅰ. ①完… Ⅱ. ①陈… ②于… Ⅲ. ①幻想小说—美国—现代 Ⅳ. ①I712.45

中国国家版本馆 CIP 数据核字（2024）第 086607 号

完美妈妈制造局	Jessamine Chan	出版统筹	赵武平
The School for	[美] 陈濬明 著	责任编辑	邹 滢
Good Mothers	于 是 译	装帧设计	@broussaille 私制

上海译文出版社有限公司出版、发行
网址：www.yiwen.com.cn
201101　上海市闵行区号景路 159 弄 B 座
上海市崇明县裕安印刷厂印刷

开本 890×1240　1/32　印张 11　插页 2　字数 202,000
2024 年 6 月第 1 版　2024 年 6 月第 1 次印刷

ISBN 978 - 7 - 5327 - 9505 - 5/I · 5945
定价：72.00 元

本书中文简体字专有出版权归本社独家所有，未经本社同意不得转载、摘编或复制
如有质量问题，请与承印厂质量科联系. T: 021 - 59404766

献给我的父母

我想探寻一种众生难逃的法则,我找到的是恐惧。
我的噩梦清单就是离开此地的路线图。

——安妮·卡森 《普通之水》

一

"你女儿在我们这儿。"

那是九月第一个星期二的下午，非常糟糕的一天，弗里达正往回赶。警员在语音信箱里留言，要她立即去警局。她暂停播放语音信息，放低手机看了看。现在是下午两点四十六分，按照本来的计划，她一个半小时前就该到家了。她迎面看到格雷斯费里街区的第一条小街就转进去，停在已泊在街边的一辆车旁，尽管明知双重泊车是违规的。她回拨电话，开始道歉，解释说她有事耽误了。

"她还好吗？"

警员说孩子很安全。"女士，我们一直在联系你。"

弗里达挂了电话，又拨给古斯特，只能留条语音信息。他得在第十一街和沃顿街交叉口的警局和她碰头。"出问题了。是海莉特。"她喉头一紧，一时间说不下去了。她把警员的话重复了一遍，说他们的女儿安然无恙。

重新启动汽车时，她提醒自己别超速，别闯红灯，呼气，吸气。整个劳动节周末，她都心焦气躁。上周五和周六，她一如往常地失眠，每晚只能睡两个小时。弗里达有三天半的监护权，古斯特周日把女儿送来时，海莉特的耳朵正发炎，痛得厉害。那天晚上，弗里达只睡了九十分钟。昨晚则是一小时。海莉特一直在哭，绵延不断的哭声对她的小身子来说太庞大了，对她们家的小房子来说太响了，墙壁根本挡不住。弗里达尽了一切所能。她唱摇篮曲，抚按海莉特的胸口，喂给她的牛奶比平常多。她就躺在海莉特的婴儿床边的地板上，隔着栏杆拉住那只完美得不可思议的小手，亲吻小小的指关节、小小的指甲，摩挲着查看哪只指甲的边缘需要修剪，祈祷海莉特能合眼睡着。

弗里达住在南费城一处意大利老社区，警局就在两个街区外，她开车到达警局时，下午的阳光十分灼热。她停好车，冲向前台，问她有没有见过她的女儿：十八个月大的孩子，中国人和白人的混血宝宝，棕色的大眼睛，深棕色鬈发，有刘海。

"你肯定是孩子的母亲吧。"接待员说。

前台负责接待的是个上了年纪、涂着粉红色唇膏的白人女人。她把弗里达从头到脚打量了一番，视线在她的脚上——那双早就穿旧了的勃肯拖鞋——停顿了一下。

警局看起来空荡荡的。接待员走起路来有点跛，左腿使不上劲儿。她领着弗里达沿着走廊进去，让她坐在一间审讯室里等，这个房间没有窗户，墙壁的薄荷绿色让人犯恶心。弗里达坐了下来。在她看过的犯罪片里，灯光总是一闪一闪的，这儿的灯光倒很稳定。她起了一身鸡皮疙瘩，心想要是有件外套或围巾就好了。虽然陪海莉特的日子里她经常筋疲力尽，但现在她感受到的是一种刺骨的疼痛，仿佛有什么沉重的东西压在胸口，痛到令她失去感觉。

她抱着胳膊揉搓自己，恍恍惚惚，集中不了精神。她从手袋最底下掏出手机，诅咒自己没有即刻看到警官的留言，诅咒自己今天早上接到没完没了的垃圾电话后索性把手机静音，结果忘了重新切换到响铃模式。就在刚才，二十分钟内，古斯特已经打了六通电话，还忧心忡忡地发了一连串短信。

我到了，她这才回复他，快来。她应该直接拨回电话，但她害怕。轮到她的那半周里，古斯特每晚都会打电话来询问海莉特有没有学会新单词或新动作。只要她说不出来，他就会流露出她特别讨厌的那种失望的腔调。但海莉特会在别的细节上有所进步：力道比较大的一次抓取，注意到书里的一个新细节，晚安亲吻时凝视弗里达的时间更长了一点点。

弗里达把前臂搭在金属桌上，垂下头，眨眼间就睡着了。等她抬起头时，一眼看到天花板角落里有个摄像头。她的思绪又回到了海莉特身上。等这事儿过去，她会买一盒草莓冰淇淋，海莉特的最爱。等她们回到家，她会让海莉特在浴缸里玩，想玩多久就多久。她还会在睡前给海莉特多读几本书。《我是一只小兔子》。《小熊可可》。

警官没有敲门就进来了。一位是布鲁纳警官，二十多岁的白人，身板结实，嘴角有粉刺，就是他给她打电话的。还有一位叫哈里斯警官，中年黑人，胡子修得很完美，肩膀很壮。

她站起来和两人握手。他们请她把驾照拿出来，以便确认她是弗里达·刘。

"我的孩子在哪里？"

"坐下，"布鲁纳警官说道，瞥了一眼弗里达的胸部。他把笔记本翻到空白页。"女士，你是什么时候出门的？"

"大概中午吧。十二点半？我出去买了杯咖啡。然后去了办公室。我真不该去。我知道。真是太蠢了。我累坏了。我很抱歉。我不是故意的……求求你了，告诉我：她在哪里？"

"别跟我们装傻，刘女士。"哈里斯警官说。

"我没有。我可以解释。"

"你把你的孩子留在家里。只有她一个人。你的邻居们听到她在哭。"

弗里达把手掌摊在桌上，她需要摸到冰冷又实在的东西。"是我不对。"

警官们是两点左右到她家的，从屋顶通路进了屋。弗里达家的厨房和后院间的玻璃推拉门是敞开的，能保护孩子的只有那扇脆弱的纱门。

"所以你的孩子……她叫海莉特？海莉特独自待了两个小时。这样说没错吧，刘女士？"

弗里达无言以对。她的魂儿都飞了，正高高地飘在身体上方。

他们告诉她，海莉特正在一个儿童危机中心接受检查。"有人会把她——"

"你这话是什么意思，检查？听我说，这事儿不是你们想的那样。我不会——"

"女士，别急，"布鲁纳警官说，"你看起来挺明智的。让我们从头说起。你为什么要把孩子单独留在家？"

"我买了咖啡，又去了办公室。我需要一份文件。书面材料。我准是忘了时间。我看到你打来电话时已经在回家的路上了。我很抱歉。我已经好几天没睡了。我要去接她。我现在可以走了吗？"

哈里斯警官摇了摇头。"我们这边还没处理完。你今天本来打算待在哪里？谁负责照顾孩子？"

"我。我已经跟你说了，我去办公室了。我在沃顿商学院工作。"

她解释说，她在做一份学术研究摘要，要把学术论文改写成短文，为商业社团概括要点。好比写一份学期论文，哪怕她对那些课题一无所知。她负责照看孩子时，也就是周一到周三，她可以在家工作，算是一种特殊福利。这是她生下海莉特后得到的第一份全职工作。她才刚做满六个月。要在费城找到一份体面的工作——不妨说任何工作——是非常困难的。

她的顶头上司要求很高,最后截稿期很紧,这些她都跟他们说了。她目前的同事是位八十一岁的老教授。他从来不用电邮发他的笔记。上周五,她忘了把他的笔记带回家,但她要完成稿件就必须拿到那些手写的资料。

"我本来打算进办公室拿好资料就马上回家。但有几封电邮要回复,我就耽搁了。我真该……"

"你就这样去办公吗?"哈里斯警官冲着弗里达的素颜和牛仔衬衫点了点头,衬衫上沾着牙膏和花生酱。她的黑色长发挽成了乱蓬蓬的发髻。她的短裤。她下巴上的斑点。

她咽了口唾沫。"我老板知道我有孩子。"

他们在笔记本上潦草地写了些什么。他们会做背景调查,但如果她有前科,现在就该告诉他们。

"我当然没有前科。"她的胸口一紧。她开始哭了。"这纯属无心犯错。求求你们了。你们一定要相信我。我被捕了吗?"

警官们说没有。但他们已经给儿童保护机构打过电话了,会有一个社工来。

×

弗里达独自坐在薄荷绿色的房间里,咬着自己的手指。她回忆自己如何把海莉特从婴儿床里抱出来,给她换尿布。她回忆早上怎样喂海莉特喝牛奶,给她吃酸奶和香蕉,给她读了一本贝伦斯坦的小熊绘本,讲小熊去朋友家过夜的那本。

她们从凌晨四点开始就睡不踏实了。弗里达本该上周就交稿。整个上午,她都在海莉特的游戏角和客厅沙发间来回转,因为她把自己的笔记全摊在咖啡桌上了。她一遍又一遍地重写同一段话，试图用通俗的语言把贝叶斯模型解释清楚。海莉特一直在尖叫。她想爬到弗里达的腿上。她希望有人抱她。她抓起弗里达的笔记，扔到地上。她不停地去摸键盘。

弗里达真该打开电视让海莉特看。她记得自己曾想过，要是完不成这篇文章，跟不上进度，她的上司就会撤回她居家工作的特权，海莉特就得去日托所，弗里达一心想要避免的就是这件事。她还记得自己后来把海莉特塞进了以前用过的跳跳椅里，海莉特几个月前就学会走路了，从那时起就不该再用这种小圈椅了。再后来，弗里达让海莉特喝了水，吃了动物饼干。她检查了海莉特的尿布。她亲吻了海莉特的小脑袋，闻起来有点油腻。她捏了捏海莉特胖胖的小胳膊。

海莉特在跳跳椅里挺安全的，她心想。椅子哪儿都去不了。就一个小时，能出多大的事儿呢？

在审讯室刺眼的灯光下，弗里达啃着指甲根，扯下了一些死皮。隐形眼镜让她难受极了。她从手袋里拿出粉盒，察看了一下眼袋。以前，大家都认为她很可爱。她娇小，苗条，圆脸，有刘海，瓷娃娃般的五官，别人曾以为她仍是二十多岁。但现在三十九岁了，她的眉间和嘴边都有了深深的细纹，都是产后出现的；海莉特三个月大时，古斯特为了苏珊娜离开她之后，这些皱纹变得更加明显了。

今天早上，她没有冲澡，也没有洗脸。她担心过左邻右舍会抱怨孩子一直哭。她真该把后门关紧。她真该马上回家。她根本就不该出门。归根结底，她上周就该记着带走那份笔记。再不济也该趁周末去拿。她本来就该在原定的截稿期前完成任务。

她本该告诉两位警官，她不能失去这份工作。告诉他们，古斯特雇了一位调解员来决定孩子的抚养事宜。他不想在法律事务上浪费钱。古斯特的工作很有意义，但收入很低，他的学生贷款还没还清，她有能力挣钱，两人都有监护权，综合考虑这些情况后，调解员建议古斯特每月给她五百美元，这点钱根本供不起她和海莉特的日常开销，更何况她放弃了纽约的那份工作。她开不了口要他付更多钱。她没有要求赡养费。如果她开口向父母求助，父母肯定会帮她，但她开不了口，她会恨自己提出这种要求。他们已经承担了她分居期间的所有开销。

四点十五分了。她听到走廊里有说话的声音就打开门，发现古斯特和苏珊娜正在与那两位警官交涉。苏珊娜走过来抱了抱弗里达，弗里达浑身都僵硬了，苏珊娜却紧抱不放，用茂密的红头发和檀香木味的香水包围了她。

苏珊娜抚了抚弗里达的背，好像她们是闺蜜。这个女孩的任务就是用善意置她于死地。一场消耗战。苏珊娜只有二十八岁，以前是舞蹈演员。苏珊娜横空出现在她的人生中之前，弗里达从未意识到二十八岁和三十九岁的差异竟能如此巨大，如此致命。这个女孩有张骨相清秀的精灵小脸，超大的蓝色眼眸让她显得娇弱可人，像是从绘本里走出来的。哪怕她一整天只是照顾孩子，别的什么都不做，她也会描好上扬的黑色眼线，穿成青春少女的样子，洋溢着弗里达这辈子都没有过的自信。

古斯特正在和那两位警官握手。弗里达呆呆地盯着地面，等待着。以前的古斯特会大吼大叫，就像她躲在浴室里哭、不去抱孩子的那些夜里那样。但现在是改头换面的新古斯特，就算她犯了错也会温柔地拥抱她的那个古斯特，已经被苏珊娜的爱和无毒无害的生活方式改造得岁月静好的古斯特。

"古斯特，我很抱歉。"

他让苏珊娜在外面等,然后挽着弗里达的胳膊,带她回到薄荷绿色的房间,坐在她身边,握住她的手。他们已有几个月不曾单独相处了。她现在仍渴望得到一个吻,并为此羞愧。他这么漂亮、高大、精干、肌肉发达,她简直配不上他。他四十二岁了,棱角分明的脸因为晒了太多太阳而有了皱纹,夹杂白发的浅棕色鬈发留长了,显然是为了讨苏珊娜欢心。现在的他很像当年的冲浪者,那个年轻时的他。

古斯特更用力地捏紧她的手,她都有点疼了。"很明显,今天发生的事……"

"我一直没睡觉。我没过脑子。我知道这不是借口。我以为只有一个小时,她不会有事的。我只打算去一下办公室就回家的。"

"你为什么要这样做?这可不行啊。你又不是独自一人在抚养她,你明白吗,你可以给我打电话。我俩都行。苏珊娜可以帮到你的。"古斯特抓住她的手腕,"她今晚要跟我们回家。看着我。你在听吗,弗里达?这事儿很严重。警官说你可能会失去监护权。"

"不行。"她挣脱了他的掌握。天旋地转。

"只是暂时的,"他说,"亲爱的,你别憋着气。"他摇晃着她的肩膀,催促她好好呼吸,但她做不到。要是能吸气呼气,她说不定会当场吐出来。

她听到门外有哭声。"我可以过去吗?"

古斯特点点头。

苏珊娜正抱着海莉特。她给了她几片苹果。每当看到海莉特和苏珊娜在一起时那么轻松自如,弗里达都有想死的心,即便是现在,经历了一整天的难受、恐惧,面对了好多陌生人之后,她竟然还能这么轻松。今天早上,弗里达给海莉特穿上了紫色恐龙 T 恤、条纹紧身裤和软底便鞋,但现在她穿的是破旧的粉色毛衣、太大的牛仔裤，袜子是穿了，但没穿鞋。

"请让我来。"弗里达说着，从苏珊娜手中接过了海莉特。

海莉特紧紧搂住弗里达的脖子。现在她们又在一起了，弗里达的身体放松下来。

"你饿吗？他们给你吃东西了吗？"

海莉特吸了吸鼻子。她的眼睛又红又肿。借来的衣服有股酸臭味。弗里达想象着政府工作人员如何脱下海莉特的衣服和尿布，检查她的身体。有没有人不妥当地碰了她？她要怎样做才能弥补她的孩子？几个月、几年或一辈子的努力够吗？

"妈咪。"海莉特的声音很嘶哑。

弗里达把太阳穴紧贴在海莉特的太阳穴上。"妈妈非常抱歉。你只能跟爸爸和苏苏待一阵子了，好吗？宝贝，我很抱歉。我这次真的搞砸了。"她亲吻海莉特的耳朵，"还疼吗？"

海莉特点点头。

"爸爸会给你药的。你保证要乖乖的哦？"弗里达想说她们很快就会重聚，但她忍住了没说。她勾住海莉特的小手指。

"银河。"她轻轻地说道。这是她们最喜欢的游戏，在睡前说的一番承诺。我保证把月亮和星星都给你。我对你的爱比银河的星星还多。她给海莉特掖被子时就是这么说的，这个小女孩有着和她一样的圆脸蛋，一样的双眼皮，一样内敛的嘴唇。

海莉特靠在她的肩头打起了瞌睡。

古斯特拽了拽弗里达的胳膊。"我们得带她回去吃晚饭了。"

"再等等。"她抱着海莉特，轻轻摇晃着她，吻着她咸咸的脸颊。他们得帮她换掉这些恶心的衣服。他们得给她洗个澡。"我会想你想疯的。爱你，宝贝。爱你，爱你，爱你。"

海莉特动了一下，但没有回答。弗里达最后看了一眼海莉特。

9

让古斯特带走她的孩子时,她闭上了眼睛。

×

社工堵在路上了。弗里达继续在薄荷绿房间里等。半小时过去了。她给古斯特打了电话。

"我忘了跟你说。我知道你们在减少乳制品摄入,但请让她今晚吃甜品吧。我本来想让她吃点冰淇淋的。"

古斯特说他们已经吃完饭了。海莉特太累了,没吃多少。苏珊娜正在给她洗澡。弗里达再次道歉,心里明白,这只是个开始,从此往后的很多年她都会不停地道歉。她亲手给自己挖了个坑,可能永无出头之日。

"你和他们说话时要保持冷静。"古斯特说,"别太慌乱。我相信这件事很快就能了结的。"

她克制住了,没说出我爱你。又咽下了感谢他的话。她道了晚安,然后开始踱步。她刚才应该问警官是哪个邻居报警的。是不是纱门上贴着已经褪色的教皇约翰·保罗二世明信片的那对老夫妇;还是住在后门栅栏另一边的女人——她的猫总在弗里达家的院子里拉屎;还有和她的卧室仅有一墙之隔的那对夫妇——从他们卧室传来的夸张的呻吟声足以让她的孤独加倍。

他们的名字,她一概不知。她试过和他们打招呼,但他们每次都假装没听见,要不就径直走到马路那边去。去年,她租下了帕斯扬克广场附近的这套三居室联排屋。在这个街区里,只有她不是白人,只有她没在这里住过十几二十年,只有她是租房住的,只有她是雅皮士,只有她有孩子。这是她能在短时间内找到的最宽敞的租屋。那时她还没找到宾夕法尼亚大学的这份工作,不得不让她的父母签下联署担保租约。西费城离工作地点很近,但太贵了。鱼镇、贝拉维斯塔、皇后村和研究生医院的房子都太贵了。当时是因为身为景观建筑师的古斯特被费城一家著名的屋顶绿化公司聘用了,他们才从布鲁克林搬来这里。那家公司接的项目都是强调可持续性的,诸如重建湿地、设计雨水系统。古斯特说,他们在费城可以攒钱买房子。住在费城可以随时去纽约,还挺近的。在这儿抚养孩子更好。就这样,她被困在了她此生住过的最小的城市里,小得像个玩具,除了寥寥几个熟人,她在这儿没有人脉,没有真正的私交密友。现在呢,因为担负了共同监护权,她必须在这儿待到海莉特十八岁。

  头顶上有盏灯在嗡嗡作响。弗里达想枕着手臂歇会儿,但始终摆脱不了被监视的感觉。苏珊娜会跟她的朋友们说。古斯特会跟他的父母说。她也不得不告诉自己的父母。她左手拇指上的死皮都快被她撕光了。她开始意识到自己的头很痛,口很干,她想立刻离开这个房间。

  她打开门,问可不可以上洗手间,再吃点东西。她在自动售货机上买了花生酱曲奇和一根糖果棒。早餐后她就没吃过东西了。只有咖啡。整整一天,她的手一直在发抖。

  她回来时,社工已经在等她了。弗里达失手掉落了吃到一半的糖果棒,只能尴尬地捡起来,顺便定睛看了看社工裹在黑色七分裤里的那双紧实的小腿,还有她的运动鞋。这个女人很年轻,很醒目,大概只有二十多岁,显然是直接从健身房过来的。她在背心外面穿了件弹力夹克。一枚金色的十字架低低地悬在她的乳沟上方。即便隔着衣服,她的臂肌线条也清晰可见。她的金发是染的,非常齐整地束成马尾,又因为眼距略宽,她的面容就有几分像爬行动物了。她的皮肤真好,但粉底液没少抹,修容阴影和高光都打得很到位。她笑起来的时候,弗里达能看到她的皓齿闪闪发光,不输给电影明星。

她们握了握手。这名社会工作者，托雷斯小姐，指出弗里达的唇上沾了一点巧克力。还没等弗里达把巧克力抹掉，这名社工就开始给她拍照。她注意到了弗里达撕扯过的指甲根部，并要求她把双手摊开来让她拍。

"为什么？"

"你有意见吗，刘女士？"

"没有。没事。"

她给弗里达的手拍了张特写，然后拍她的脸。她审视了弗里达衬衫上的污渍。然后她支起平板电脑，开始打字。

"你可以坐下了。"

"我前夫说我的监护权可能被中止。真的会吗？"

"是的，孩子将继续由她父亲照顾。"

"可是，这种事永远不会再发生了。古斯特知道的。"

"刘女士，这是一次因有险情而导致的紧急转移。你任由女儿处在无人看管的状态中。"

弗里达脸红了。她一直觉得自己把事情搞得一塌糊涂，但现在不是感觉，而是铁证如山。

"我们没有发现任何身体虐待的迹象，但你的女儿处于脱水状态。而且很饿。根据检查报告显示，她的尿片漏了。她哭了很久。她非常难受。"社工翻开她的笔记，挑了挑眉毛，"我还听说，你家很脏。"

"我平时不是这样的。我本想周末大扫除的。我绝对不会伤害她。"

社工冷冷一笑。"但你确实伤害到她了。告诉我，为什么你不带她一起出门？什么样的母亲连这个都想不到——如果我想出门或是必须出门，我就带着孩子一起走？"

她在等待弗里达的回答。弗里达回想起当天早上越来越沉重的沮丧和怒气，想起自己确实自私地渴望有片刻安宁。大多数日子里，她能劝服自己悬崖勒马。他们竟然立案调查她，这实在令人窘迫，好像她对海莉特实施了家暴，或是把她关在脏污之地，好像她是那种在炎热的夏天把婴儿留在汽车后座的母亲。

"是我一时疏忽。"

"是的，你说过了。但我觉得你有些事没告诉我。为什么你突然决定去办公室？"

"我去买咖啡。然后开车去宾大。有一份资料，我忘了带回家。我只需要拿到那份书面材料。我在和商学院里年纪最大的老教授合作写篇文章。他以前跟系主任说过我的不是，说我不恰当地引用了他的措词，他想让校方解雇我。所以我去了办公室，然后开始回复电邮。我本该留意时间的。我知道我不应该把她留在家里。我明白。我搞砸了。"

弗里达扯了扯头发，把发髻拉松。"我女儿一直没怎么睡。她应该每天小睡两次的，但她根本就没睡着。我一直睡在她旁边的地板上。如果我不拉着她的手，她就不肯睡。只要我打算离开她的房间，她就立刻醒过来，大哭大闹。前几天都过得稀里糊涂的。我快不行了。你没有过这种日子吗？我已经累到胸口疼了。"

"所有的父母都很累。"

"我真的打算去去就回的。"

"但你没有。你上了车，一走了之。刘女士，那就是遗弃。如果你想随时离家，大可养条狗，而不是孩子。"

弗里达眨眨眼睛，逼退泪水。她想说她和新闻里那些恶劣的妈妈不一样。她没有放火烧房子。她没有把海莉特留在地铁站台上。

她没有把海莉特绑在后座上，再把车开进湖里。

"我知道我犯了大错，但我不是有意的。我明白，这样做是错到离谱了。"

"刘女士，你有精神疾病史吗？"

"我断断续续地有过抑郁症状。但我不是那个意思。我不是——"

"我们该不该认为这是一次精神病发作？躁狂症？你有没有受到什么药物的影响？"

"没有，绝对没有。我没有疯。我不会假装自己是所谓完美的母亲，但为人父母都会犯错。我相信你看到过更糟糕的情况。"

"但我们现在不是在谈论别的父母。我们说的是你。"

弗里达试着用平静的语调说话。"我要见她。这事儿要花多长时间？她从没离开我超过四天。"

"什么事都不可能那么快解决。"社工向她解释了整个流程，像在飞快地念出一份杂货清单。弗里达将接受一次心理评估，海莉特也要。海莉特要接受心理治疗。接下来的六十天里，她要接受三次监督家访。政府会收集数据。儿童保护局正在推出一项新计划。

"我会提交我的个人建议，"社工说，"最后将由法官决定什么样的监护计划最符合孩子的利益。"

弗里达刚想开口，社工就打断了她。"刘女士，你该庆幸能够仰仗孩子的父亲。如果我们没有直系亲属可供选择，就不得不把她送入紧急寄养机构了。"

✕

今晚，弗里达又难以入眠了。她得告诉家事法庭的法官，海莉特没有被虐待，没有被忽略，她要说海莉特的妈妈只是过了非常糟糕的一天而已。她要问问法官，问他有没有经历过糟心的日子。感觉糟糕的日子里，她需要走出心灵之屋，只能困于身体之屋，困在海莉特坐着跳跳椅、面前有一盘动物饼干的大房间里。古斯特曾这样诠释整个世界：心是一间小屋，住在身体之屋里，身体住在大房子里，大房子住在更大的小镇里，小镇住在更大的国家里，在美国、社会和宇宙的超级大房子里。他说，这些房屋就像他们给海莉特买的俄罗斯套娃，一层套一层。

她无法解释，也不想承认，亦不确定自己的记忆是否正确——当她关上车门，坐进那辆带她离开心灵、身体、房子和孩子的汽车时，她感受到了一种突如其来的快乐。

她是趁着海莉特不注意匆匆溜出去的。现在她问自己，那是否就像从背后开枪射中别人，是否算得上她做过的最不地道的事。她在街区尽头的咖啡店买了一杯冰拿铁，然后回到车上。她发誓立刻就回家。但十分钟的咖啡时间变成了三十分钟，变成了一小时，变成了两小时，然后是两个半小时。驾驶的快感推动着她。那不是性、爱或日落带来的愉悦，而是忘记自己的身体和生活所能带来的快乐。

凌晨一点，她从床上爬起来。她已有三个星期没有打扫房间了，实在不敢相信警察看到的她家是这副模样。她捡起海莉特的玩具，清空可回收垃圾，用真空吸尘器吸地毯，把一大堆衣服塞进洗衣机，把弄脏的跳跳椅擦干净，并为自己没有早点清洗它而感到羞愧。

她一口气打扫到五点，被消毒剂和漂白剂的气味弄得头晕。水槽刷洗干净了。浴缸刷洗干净了。硬木地板拖洗干净了。可惜警察现在不在，没注意到她的灶台光可鉴人。他们也没看到她的马桶雪白锃亮，没看到海莉特的衣服叠得整整齐齐地收在一旁，没看到那些吃了大半的外卖盒都被扔掉了，没看到每一样家居器物的表面都一尘不染。但只要她忙个不停，就不用在没有海莉特陪伴的情况下入睡，不会听到她的呼唤。

她坐在干净的地板上休息一下，头发和睡衣都被汗水浸透了，后门吹来微风，吹得她有点冷。通常，如果她睡不着，如果海莉特在家，她就会把她从婴儿床上抱起来，让她靠在她肩头睡觉。她的宝贝。她想念女儿的体重和温度。

×

十点，弗里达醒了，流着鼻涕，喉咙痛，等不及想去告诉海莉特：妈妈终于睡着了，妈妈今天可以带你去游乐场。接着，伴随着慢慢膨胀的恐惧感，她反应过来了：海莉特不在这个家。

她坐起身，揉了揉酸痛的肩膀，想起了那名社工，那个薄荷绿色的房间，想起他们像对罪犯那样对待她。她想象着那些警官如何潜入这栋狭窄、阴暗的房子，在杂乱无章的屋子里找到惊恐的海莉特。他们可能发现了大部分橱柜是空的，冰箱里也没多少东西。他们可能看到了厨台上的面包屑、搓成团的纸巾和水槽里的茶包。

弗里达和古斯特各自保留了婚前的家具。比较好看的东西大都是他的。大部分装饰品和艺术品。他搬出去时，他们正在重新装修之前住的房子。她现在住的租屋被房主刷成了淡雅色系，客厅是淡黄色，厨房是橘色，二楼是薰衣草色和浅蓝色。在这些颜色的墙壁衬托下，弗里达的家具和装饰品显得很突兀：她的相框是黑色的，波斯地毯交杂着梅子色和普鲁士蓝，矮脚软垫椅是橄榄绿的。

她没办法养活任何植物。客厅和厨房的墙上都是光秃秃的。

她只在楼上的走廊里挂了几张她父母和祖母的照片，试图让海莉特对她的祖辈有点印象，其实弗里达自己也不太会讲普通话，不足以教海莉特讲中文。她在海莉特的房间里挂了一串鲜艳的布旗，此外就只有一张古斯特八年前的照片了。她希望海莉特能在这里看到她的父亲，哪怕只是照片，虽然她知道古斯特不会在他们家摆出她的照片。共同监护的可怕之处可见一斑。孩子理应每天都看得到母亲。

她打开手机看了看。她错过了上司的来电，他想知道她为什么没有回复他的邮件。她回了电话，道歉，说自己食物中毒了。她要求再次延期。

冲完澡，她给离婚律师蕾妮打了个电话。"我要拜托你今天挤出一点时间给我。求你了。有急事。"

×

这天下午，弗里达家外的窄街上空无一人，其实在阳光明媚的日子里，上了年纪的邻居们总喜欢聚在这个街区狭小的人行道上的草坪椅上。她倒是希望他们现在能看到她。她穿着合身的长裤、丝绸衬衫和坡跟鞋。她还化了妆，戴上宽边玳瑁眼镜，遮住了浮肿的眼皮。警官和社工都该看到这样的她：干练、精致、值得信赖。

蕾妮的办公室在里顿豪斯广场以北两个街区，位于栗树街一栋大楼的第五层。去年的那段时间里，这个办公室俨如弗里达的第二个家。蕾妮就像一个大姐姐。

"弗里达，请进。发生了什么事？你的脸色好苍白啊。"

弗里达感谢蕾妮临时挤出时间给她。她环顾四周，想起海莉特曾在皮沙发上流口水，还把地毯上的每一根绒毛线头都扯掉。蕾妮四十多岁，发色深棕，身材敦实，喜欢穿堆领毛衣，佩戴造型夸张的绿松石首饰。蕾妮也是从纽约搬来的。在这座所有人都好像从幼儿园时代起就认识彼此的城市里,她们最初就是因有外来者的共通感而走近的。

弗里达说出原委时,蕾妮一直倚靠在办公桌前站着听,双臂交叉。她比古斯特和苏珊娜更生气,更震惊,更失望。弗里达有种和自己父母说话的感觉。

"你昨天晚上为什么不给我打电话?"

"我不太明白自己到底惹了多大的麻烦。我完蛋了。我知道。但这是一时疏忽犯的错。"

"你不能这么说,"蕾妮说,"这些人不会关心你的初衷。儿童保护局最近在加强监管力度。"去年,有两个孩子在儿童保护局的监视下死亡。州长说他们不能再出错了。新规则正在实施中。上一次地方选举中有过一次公投。

"你在说什么?这不是虐待。我又不是那种人。海莉特是个婴儿。她不会记得的。"

"弗里达,把孩子单独留在家里可不算小事。你明白这一点,对吗?我知道有些妈妈有时候会因为压力过大而出门待一会儿,但你被逮了现行。"

弗里达低头看自己的手。她还愚蠢地指望蕾妮能安慰她、鼓励她呢,就像她办离婚时那样。

"我们要把这件事定性为'判断失误',"蕾妮说,"你不能再说自己不小心犯了错。你必须承担责任。"

蕾妮认为拿回监护权可能需要几个星期,最坏的情况会要几个月。她听说儿童保护局的效率提高了很多,最近还特别重视提升执法透明度和责任追究,诸如收集数据、给父母更多机会以证实自己的可信度。他们正努力在全国范围内简化流程,以便降低各州之间的执法差异。每个州的做法都有不同，这一直是个问题。当然，最终取决于法官的裁决。

"为什么我都没听说过这些事？"弗里达问道。

"你可能没注意吧，因为并不是针对你的，你怎么会留意呢？你只是安心过自己的日子而已。"弗里达应该集中心力应对持久战，为了最终与海莉特团聚，结案。即便她能重获监护权，可能还要经历一段考验期，监管力度可能更大，时间可能长达一年。法官可能要求弗里达完成全套项目——入户检查、育儿课程、心理治疗。有电话追访和监督家访也好，总比什么都没有好。有些父母是没被监管，但也因此失去了孩子。然而，就算她完成了每一个流程，也不见得百分百能成功，谁也不能保证。如果——上帝保佑千万别——发生了最坏的情况，州政府认为她不符合标准，反对母女团聚，就能终止她的父母权。

"但那种事不可能发生在我们身上。对吗？但你为什么跟我说这些？"

"因为你从现在开始要非常小心。我不想吓唬你，弗里达，但我们要面对的是家事法庭体系。我想让你知道你面对的是什么样的人。说真的，我可不想看到你也挂在那些申诉父母权的留言板上。现在不是你为自己辩护的时候。你会把自己搞疯的。现在已经无所谓什么隐私了。你必须记住这一点。他们会盯着你。而且，关于新项目的具体内容，他们一直守口如瓶。"

蕾妮坐到弗里达身旁。"我保证，我们要让她回到你身边。"她将手放在弗里达的手臂上，"听我说，我很抱歉，但我要去见客户了。晚点我再给你电话，好吗？我们一起想办法。"

弗里达想站起来，却发现浑身不听使唤。她摘下眼镜。泪水决堤般涌出来。

×

工作日的傍晚，里顿豪斯广场上挤满了慢跑的人，玩滑板的人，医学院学生和无家可归、栖身在那儿的男男女女。在这个城市里，这儿是弗里达最喜欢的地方，一座古典风格的公园，有喷泉、动物雕塑和修剪整齐的花坛，周围有商店和餐馆，人行道上有座椅：能让她想起纽约的好地方。

她找到一条没人坐的长椅，给古斯特打了电话。他问她有没有睡觉。她跟他说她刚见了蕾妮，接着要求和海莉特通话。她想切换到视频，但网络信号很差。一听到海莉特的声音，她就又哭了。

"我想你。你还好吗，宝贝？"

海莉特的嗓音依然有点哑。她咿咿呀呀地喊出一串元音，但没有一声听来像"妈妈"。古斯特在后面说她的耳朵感染正在好转。苏珊娜今天早上带她去了触摸博物馆。

弗里达刚问起博物馆如何，古斯特就说他们要吃晚饭了。她又提起吃冰淇淋的事。

"弗里达，我知道你是好意，但我们不想惯着她情绪化饮食。来吧，小兔熊，说再见了。"

电话挂断了。弗里达用手背抹了抹鼻涕。虽然步行回家要四十分钟，而且穿这双鞋肯定会磨出水泡，但她不能坐轻轨，不能让大家围观她哭泣。她想过，可以叫辆车，但她不想和任何人闲聊。她在星巴克门口停下来，擤了鼻涕，擦了眼镜。别人肯定以为她刚被甩了或被炒了。没有人会猜到她犯了什么罪。她看起来太时髦、太得体、太亚洲人了，怎么可能是罪犯。

她往南走，走过了成双结对背着瑜伽垫的年轻女人，还有从日托所接回孩子的有文身的父母们。昨晚的事仍像是发生在别人身上的。法官会看清楚，她不嗜酒，不嗑药，没有前科。她有工作，有收入，是个心态平和、尽心尽力、担负共同抚养子女责任的家长。她有布朗大学和哥伦比亚大学的文学学士和硕士学位，退休金账户存了四十万零一千元，还为海莉特办好了大学储蓄基金。

她想去相信海莉特太小了，不可能记得这件事。但海莉特慢慢长大后，可能会有种微弱的、受伤的感觉渐渐固化。一种类似哭泣但得不到响应的感受化的记忆。

×

次日早上八点，门铃响了。弗里达还在床上，铃声响了三次后，她抓起晨袍，匆匆下楼。

儿童保护局派来的两个男人都是胸肌发达又高大的白人。两人都穿着淡蓝色的纽扣衬衫，下摆束进了卡其裤腰。他们都带着高深莫测的表情，讲话有费城口音，棕色头发剪得很短。一个有肚腩，另一个的下巴短小。两人各提一只金属壳手提箱。

小下巴的男人说："女士，我们需要安置一些摄像头。"他把相应的文书证明给她看。

"这是入户检查吗？"

"我们采用的是新流程。"

弗里达得知，除了洗手间，每个房间里都要安装摄像头。他们还要检查事故发生的房间。小下巴男人的视线越过她的头顶，俯瞰客厅。"看起来你已经打扫过了。你什么时候打扫的？"

"那天晚上。你们和我的律师讨论过这种做法吗？"

"女士，没什么事需要劳驾你的律师。"

住在街对面的女人掀起了窗帘。弗里达咬着她的脸颊内侧。决不能有怨言，蕾妮说过的。要顺从。要合作。别问太多问题。每一次和儿童保护局打交道都会被记录存档。任何细节都可能对她不利。

他们做出了解释：州政府将从实时视频传输中收集影像证据。他们会在每个房间的天花板的角落里安装一个摄像头。他们也会在后院装个摄像头。他们还会追踪电话、短信和语音留言，以及互联网和应用程序的使用情况。

他们递给弗里达一张表格，让她签字。她必须同意接受监视。

她的邻居还在暗中窥探。弗里达关上前门，把汗湿的掌心往晨袍上蹭。蕾妮说过，最终的目标是让海莉特回来。一步做错，就会错失一切。眼下的悲惨可能确实难以忍受，但放眼整个人生，几星期甚至几个月毕竟是短暂的。蕾妮说过，想象一下别的苦难。弗里达做不到。只要有苦难发生，她就不想活下去了。

她进屋找笔，然后在表格上签了名。这两人走进她家、打开监控设备包时，她小心翼翼地问他们要监测什么。

有肚腩的男人说："我们要了解你。"

她问他们会不会在她的车里、她办公室的工位隔间里安装什么设备。他们信誓旦旦地说，他们只关注她的居家生活，好像知道他们只会看她吃饭、睡觉和呼吸会让她感觉好一点似的。他们说，等他们掌握了足够多的数据，就会用这些录像来研判她的感受。

那是什么意思？这怎么可能呢？她在网上找到的一些文章里看到过，儿童保护局的代表说新项目将消除人为错误。他们将能更有效地做出决策。他们可以纠正主观意见，甚或偏见，贯彻一套普适的标准。

两个男人给每个房间拍了照，偶尔停下来指指点点，低声商讨什么。弗里达上班迟到了。他们检查了她的橱柜和冰箱，每个抽屉，每个壁橱，小小的后院，洗手间和地下室。他们用手电筒照亮洗衣机和烘干机的内部。

他们拨开她的衣服，掀起她的首饰盒盖子。他们摸了摸她的枕头和被褥。他们抓着海莉特婴儿床的栏杆摇晃，触摸床垫，再把它翻过来。他们在海莉特的毯子和玩具里摸来摸去。他们检查房间时，弗里达就站在每一个门口看，强忍着抗议这种入侵行径的冲动。这感觉就像他们随时都会要求检查她的身体。他们很可能要求她张开嘴，观察她的牙齿状况。州政府可能需要知道她有没有蛀牙。

两个男人搬来梯子，清除了天花板上的蜘蛛网。安装完最后一个摄像头后，他们给总部的办公室打了电话，启动了实时监控系统。

二

弗里达想说服自己今晚别回家，便开始考虑在大学附设的旅馆里订间房，或是在爱彼迎上搜索即将截止的打折房源，或是说走就走，去布鲁克林拜访生疏已久的老朋友们。在她的工位里睡一晚也不是不可以，虽然她的上司今天下午注意到她把桌上的海莉特的照片翻了下去，还问了几句。

"我想集中注意力。"她撒了谎。

上司一离开视线，她就把照片摆正，一边抚摸一边道歉。照片上的海莉特先是个紧紧裹在褓褓中的新生儿，然后是抓着人生中第一块生日蛋糕的海莉特，然后是戴着心形太阳镜、穿着格子连衫裤在海滩上的海莉特。那张脸。她此生唯一做对的事。

她一直逗留到十一点，办公楼里早就空无一人了，她是待到害怕才走的：想到在家里等待她的事情，她很恐惧，但更怕在校园里被抢劫。她一整天都在给蕾妮打电话。蕾妮听说安装摄像头的事情后十分震惊，但最终沉重地叹了口气，说规章总在变。不肯回家总不是个办法，用更多资讯武装自己也不是办法。这倒不是说弗里达在网上找到了很多资讯。她只能搜到一些司空见惯的关于使用大数据进行实验、关于社交媒体成瘾现象的时事短评，还有政府和科技公司之间那些见不得人的秘辛；分娩和暴力犯罪的直播视频；

YouTube上关于有影响力的"婴孩网红"的争议；秘密安装的保姆摄像头是否侵犯了公民权；可以测量婴儿心率、血氧指数和睡眠质量的智能袜子和毯子；能帮你训练宝宝养成睡眠好习惯的智能摇篮。

借由电子设备，每个人都能被监控，这种情况已持续多年了。伦敦和北京的犯罪率降低，这给了美国政府很大的启发，所以，大多数美国城市都已安装闭路监控系统。还有人不用面部识别软件吗？至少，蕾妮说，这些摄像头都是肉眼可见的。弗里达有理由断定他们还在监听。任何一个普通人可能做出的任何事都可能被诠释为大逆不道。蕾妮说，不要留下太多电子足迹。别在谷歌搜索了。他们还能潜入弗里达工作用的电脑。她不应该在电话里讨论这个案子。

蕾妮听到了一些传言，说儿童保护局正在改革教育部门。他们一直在更新父母育儿课程。据说，硅谷正在为他们提供资金和资源。儿童保护局最近在疯狂地招人。他们开出的薪酬比以前高很多。弗里达偏偏就住在实验州，实验县，真不走运。

"但愿我能掌握更多细节，"蕾妮接着说，"如果这事儿发生在一年前，哪怕几个月前，我都能更有把握地告诉你该怎么办。"她停顿了一下，"我们碰面谈吧。拜托，弗里达，你要尽量保持冷静。"

×

她一向感觉这所房子不属于她，今夜尤甚。吃完微波炉加热的预制晚餐后，她把每个房间都清理了一遍，用拖把拖掉儿童保护局官员留下的污渍，把抽屉都关好，把海莉特的床褥叠好，把玩具整理好，然后，弗里达撤退到狭小的浴室，满心希望她从此之后就挤在这个房间里过日子，睡觉、吃饭都在这里。她洗了澡，擦干脸，抹好爽肤水、抗衰老精华液和保湿面霜。她梳顺湿发，剪完指甲再锉，在扯破的指甲根部绑好创可贴。她修了眉毛。她坐在浴缸边上，在浴缸玩具桶里翻翻拣拣：发条海象、小鸭子，橙色章鱼的眼珠子掉了。她把玩着海莉特的浴袍。她把海莉特用的乳液抹在手上，这样她就能带着椰香味入睡了。

这个夜晚很暖和，但她在睡衣外面套上了连帽卫衣。一想到那两个男人摸过她的枕头，她就畏惧得不行，又决定换床单。

她上了床，拉上帽兜，在下巴下面系好抽绳，但愿这样能把自己裹个严实。很快，政府就会发现她鲜少有访客。离婚后，她与纽约的朋友没有来往，也没有结交新朋友，根本没这方面的尝试，大部分独处的夜晚都在手机的陪伴下度过。有时候，她晚餐就吃麦片。无法入睡时，她会一连几小时做仰卧起坐和抬腿。失眠太严重的话，她会服用苯海拉明安眠药，再喝点酒。如果海莉特在，那就只喝一杯波旁威士忌。如果她一个人在家，那就会接连喝上三四杯。谢天谢地，那些人没发现什么空酒瓶。每天早上吃早餐前，她都会量一下自己的腰围。她会捏捏三头肌和大腿内侧松弛的肌肉。她会对着镜子里的自己微笑，提醒自己：你以前挺漂亮的。每一个坏习惯她都得戒掉，不能显得虚荣、自私或不稳定，好像她没有能力照顾自己，或是还没做好准备——哪怕已是这个年纪——去照顾一个孩子。

她翻了个身，面对窗户。她抬起一只手，刚放在嘴边就突然停下来。她抬头看向闪烁的红灯。她给他们的数据够多了吗？她的歉意够有诚意吗？够害怕了吗？她二十多岁时看过心理医生，医生让她把害怕的事物列个清单，这个疗法乏味透顶，只能暴露出她的恐惧没什么逻辑，而且无穷无尽。不管现在看监控的是谁，都该知道她怕森林，怕大量的水，怕植物茎干，怕海藻。怕长距离游泳的人，那些知道如何在水下呼吸的人。怕会跳舞的人。裸体主义者和斯堪的纳维亚家具都令她畏惧。怕开头就有女孩死去的电视剧。怕阳光太多或太少。有一次，在她体内生长的孩子让她恐惧起来，怕胎儿会停止生长，怕她不得不把死胎吸出来；如果真的发生这种情况，她这辈子也不想再尝试生育了，古斯特就可能离她而去。她害怕自己会屈服于第二种想法，强迫自己去诊所，说出血是自然发生的。

今晚，她害怕摄像头、社工、法官，害怕等待。古斯特和苏珊娜可能把这件事告诉别人。女儿可能已经没以前那么爱她了。等她的父母发现时，他们又会是多么震惊啊。

她在脑海中把新生的恐惧念了又念，试图从字里行间提取真正的意义。她的心跳得太快了。她的背上蒙了一层冷汗。也许，坏妈妈不该被监视，坏妈妈就该被扔进峡谷。

×

弗里达是去年发现那些照片的。五月初，大半夜，失眠又发作了。她去看时间，从床头柜上拿起古斯特的手机。凌晨三点刚过，有一条短信进来。明天来哦。

她在标有"工作"的相册里找到了那个女孩的照片。苏珊娜在一间阳光明媚的客厅里，捧着一只酥皮派。苏珊娜把酥皮派砸向古斯特的裤裆。苏珊娜舔掉他身上的酥皮派。照片是那年二月拍的，弗里达怀孕九个月的时候。她想不通古斯特怎么会有时间去见这个女孩，为什么去追求她，但确实有过很多个深夜，他说在办公室加班，也确实有些周末说是和朋友们聚会，而她只能卧床休息，尽量不做那种死缠烂打的老婆。

她在厨房里枯坐了几个钟头，端详苏珊娜顽皮的坏笑，凌乱的脸，握在她手里的古斯特的阴茎，她湿润的嘴唇。这女孩的眉眼发肤是前拉斐尔画派的配色，白皙的身体上有些小雀斑，胸部丰满，男孩般的臀部。她的手臂和腿部肌肉匀称，锁骨和肋骨清晰可见。她还以为古斯特讨厌瘦女人呢。她以为他很喜欢她怀孕的身体。

她没有叫醒他，也没有大喊大叫，只是等到天亮，自拍一张，不管自己看起来有多可怕，拍完就立刻发给了那个女孩。

那天早上给海莉特喂完奶，把她放进婴儿床安顿好之后，弗里达就骑到古斯特身上，用臀部摩擦他，直到他变硬。医生允许她行房事之后，他们只做过两次，每次都痛得吓人。她希望他和那个女孩用了避孕套，那女孩可说不准。也许她不会被结婚戒指或宝宝吓倒，但肯定会厌倦他的吧。弗里达见识过这种事儿，以前在纽约，那帮朋友二十多岁时和女孩们约会都差不多。热恋轰轰烈烈，激情骤燃，突然订婚，然后，女孩就决定逃到加拉帕戈斯群岛去了。具有冒险气质的旅行往往是好借口，灵性觉醒也一样。

做完爱，她对他说："和她断了吧。"

他抽泣着连声道歉，后来的几周里，他们的婚姻看起来好像还有救。但他不肯放弃她。他声称自己爱上她了。

"我必须顺从自己的心意。"他说。弗里达还没打算认输，他就谈起了共同抚养孩子的事。

他说："我还是爱你的。我会永远爱你。我们永远是一家人。"

弗里达渐渐明白了，苏珊娜是藤壶，古斯特是大船，尽管她从未想过苏珊娜会赢到底——等她生完孩子后真没想到会这样。她愿意这样想：假如她有机会证明自己能当个母亲，一切都会好的。海莉特刚开始微笑，一次只睡三小时。弗里达的日夜是这样过的：浑身沾着奶水和口水，在一次又一次哺乳、换尿布之间匆忙地打扫房间、做饭或洗衣服。她还没有减掉怀孕时增加的体重。她肚子上的伤口还很嫩。

她料想苏珊娜挺野的，说不定会允许古斯特颜射。甚至可能肛交。不管是哪种，弗里达都不肯，但她现在后悔了。真该为了古斯特撅起腰臀，现在她摆脱不了这种想法了，为了留住他而该做的各种事她都没做过。

要是她更健康一点、更容易相处一点就好了。要是她持续服用左洛复，抑郁症没再复发就好了。要是他不用陪她熬过歇斯底里的哭泣、时强时弱的焦虑发作就好了。要是她从没对他大吼大叫就好了。然而，没什么是百分百可靠的，她的医生这样说过。弗里达真的想冒这个险吗？她的产科医生警告过她，母亲使用抗抑郁药与孩子青春期抑郁症、自闭症可能有关联。生下来的宝宝可能会神经过敏。哺乳可能会有困难。宝宝出生时的体重可能偏轻，阿普伽新生儿评分较低。

她停药后，古斯特是那么为她骄傲。他好像更尊重她了。他说："我们的宝宝应该了解真正的你。"

她需要抗抑郁药，这一直让她的父母心有愧疚，好像是他们辜负了她。于是她不再和他们谈论抑郁的事。即便在目前的状况下，她也没向医生索要新的处方，没有试图向精神科医生或心理医生求助，她不想让任何人知道她的头脑在没有外力介入的状态下运转得多么糟糕。

她任由古斯特说服她同意了无过错离婚。他说，如果婚姻状况的法定记录里包括出轨，以后必会对海莉特造成损害，这个说法让她无力反驳。古斯特还说，等海莉特长大了，他们可以跟她解释，说妈妈和爸爸一致同意最好还是做朋友。

正式拥有古斯特后不久，苏珊娜就开始声张自己的主见。她在高中时就当过辅导员，上大学后还当过保姆。她花了很多时间陪她的几个侄女和侄子。先是邮件，再是短信。弗里达应该扔掉家里所有的塑料制品。暴露在塑料环境中可能引发癌症。她应该安装一套净水系统，以免海莉特在饮用水或洗澡时接触到重金属和氯气。她应该确保海莉特的所有衣服都是有机棉的，衣物的生产厂家给工人的薪酬必须合理，不能存在剥削现象。她应该购买有机护肤品、尿布、口水围兜和床上用品，湿巾必须不含化学物质。弗里达要不要考虑一下改用布尿布？苏珊娜的姐姐有很多妈妈朋友，她们有很多可以再利用的二手布尿布。她应该让海莉特从婴儿时期开始如厕训练。中国人不也这样做吗？弗里达应该在育婴室里摆放一些有治愈力的、接地气的水晶。苏珊娜很乐意送给弗里达一些玫瑰石英，先体验一下。弗里达家的婴儿床是从宜家买的，难道弗里达不知道颗粒板的原材料是锯末和甲醛吗？等到苏珊娜开始唠唠叨叨地跟她强调长期母乳喂养、婴儿背带和母子同床的好处时，弗里达实在忍不住了，抄起电话拨给古斯特，结果他说："你要记住，这都是出于好心。"

　　她让他保证不让苏珊娜在他们的孩子身上做实验。不许提早训练宝宝如厕，不许摆设水晶，不许大人和宝宝同床睡觉，不许把每一口食物嚼一遍再喂给海莉特。苏珊娜在去年考出了营养师证书，她偶尔会去当普拉提教练，打算用这种证书给自己加分。弗里达常常暗自担心苏珊娜会在海莉特的食物里添加小球藻和螺旋藻，或是在海莉特流鼻涕、耳朵感染时用精油或排毒泥浴加以"疗愈"。关于疫苗和群体免疫力，他们有过激烈的争论。古斯特已经剔除了补牙时用的汞填充物，苏珊娜也一样。用不了多久，他们就会制造自己的孩子，但备孕前要用草药、冥想和良好的意愿治好他们的蛀牙。

去年六月，弗里达把海莉特送去过周末时，第一次和苏珊娜打了照面。当时，古斯特已搬进了苏珊娜在鱼镇的顶楼公寓，弗里达仍然住在他们在贝拉维斯塔租下的第一个家里。当时，他们分手只有几星期。工作日，她可以留海莉特在家，方便晚上喂奶，但古斯特要在周六和周日下午陪宝宝，所以弗里达送孩子过去的时候不得不带着吸好、装瓶的奶水。那天，苏珊娜来应门时只穿着古斯特的衬衫。她用一种骄傲的、迷蒙的眼光盯着弗里达看，这让弗里达很想扑上去撕她。弗里达不想把自己的孩子交给这个刚刚做完爱的女人，但古斯特来了，从她怀里接过了海莉特，他看起来很快乐，但不像是刚刚觅得新爱的男人的那种幸福感，而是像条狗那样的傻乐。

苏珊娜伸出手，想从小冰箱里取走奶瓶，弗里达断然喝止了她。只有亲生父母才能处置母乳。

"拜托，弗里达，你总得通情达理吧。"古斯特说。

他们带着海莉特上楼时，弗里达只愿他们别在宝宝面前接吻，但独自离去时，她意识到他们肯定会在海莉特面前亲吻，彼此摩擦，互相抓挠，甚至可能在和宝宝同睡一个房间时做爱。海莉特将在父亲的家里目睹爱的勃发和壮大。

×

这是星期六晚上。还早。海莉特吃晚饭的点儿。弗里达坐在自家厨房的餐桌边，怔怔地盯着炉子上方电子钟面上的指针，时间一秒一分地过去了。她踢了踢海莉特的高脚椅的椅腿。古斯特和苏珊娜给海莉特吃得可能不够多。苏珊娜今天可能带她去了公园，一路喋喋不休，不管做什么都要给海莉特解释一遍。苏珊娜的话就没停过。她读过一些书，书上说婴幼儿从出生到五岁，每天需要听一万个单词,这样才能为上幼儿园做好准备。

虽然弗里达曾觉得美国的育儿经过于唧唧歪歪,简直有点可怜,但她终究是随大流了。当她默默地把海莉特推上秋千时,当她坐在沙坑边上,趁海莉特独自玩耍时翻阅《纽约客》时,别的妈妈会向她投来不太赞许的眼光。有时她们会以为她是个心不在焉的保姆。有一次,海莉特差不多七个月大,在游乐场里爬来爬去,有个妈妈过来劈头盖脑地责骂她。她为什么不照看自己的孩子?万一孩子捡起一块石头塞进嘴里想吞下去却窒息了怎么办?

弗里达压根儿没想为自己辩护。她一把抱上海莉特,匆匆赶回家,此后再也没去过那里,哪怕它是离家最近也最干净的一个儿童乐园。

儿童乐园里的妈妈们吓坏了她。无论是她们当妈妈的热情还是技能,她都比不上,她没做好充分的功课,五个月后就不再母乳喂养,而她们还在津津有味地哺乳三岁大的孩子。

她觉得,成为母亲就意味着加入一个团体,但她遇到的那些妈妈却像是新结盟的女生联谊会,各怀小心思,自封妈妈攻坚队,坚守母职的强硬立场。她烦透了那些只谈自家宝宝的女人。她对乏味无趣的幼儿世界里翻来覆去的那些事儿没什么热情,但她相信,只要海莉特上了学前班,她们能交谈了,情况肯定就会好起来。对于幼儿早教,弗里达并非毫无概念。她喜欢那本关于法式育儿的书,但古斯特听闻要在海莉特三个月大时就开始睡眠训练后被吓到了,在听闻要优先满足父母的成人需求后更为震惊。那本书的道德精髓就在于为自己着想。

"我已经准备好放弃自私的念头了,"古斯特说,"难道你不是吗?"

她今天没出门。蕾妮告诉她暂时别给古斯特打电话,别再要求和海莉特视频通话，先等着和社工谈好。今天早上，她在婴儿房里沉湎了几个钟头，抚摸海莉特的玩具和毯子。每一样东西都需要清洗。索性换掉也许更好，等她买得起的时候再说吧。那两个男人没有留下任何标记，但他们留下了坏运气。绝对不可以让海莉特知道，她的婴儿房曾被视为犯罪现场。

弗里达坐在摇椅上，泪流满面，还很生气，因为她的眼泪早就哭干了，却还要假装在哭。但要是没有眼泪，就无法证明心有懊悔，而没有悔意就证明她是个坏妈妈，比政府所想象的还要坏。所以她紧紧抓着海莉特的粉色兔宝宝，一边用力捏，一边想象海莉特又害怕又孤独的样子。她要把自己的羞耻感喂养得更茁壮。她的父母常说她需要观众。

她站起来，走到玻璃移门前，拉开后朝邻居的院子看去。北面的隔壁邻居正在搭建花架。他敲敲打打一整天了。她很想把点燃的火柴弹到篱笆那边去，看看会发生什么，还有那棵总是把毛茸茸的棕色卷须伸进她院子里的树，她很想烧掉它，但她不确定他是不是当时报警的那位好心人。

她的冰箱比儿童保护局的人来检查时更空了。有一罐已长霉斑的红薯块，还有半罐花生酱，一盒过期三天的牛奶，以及堆在门边盒里的几小包番茄酱。她吃了几口海莉特的奶酪条。她本该备好一顿有营养的晚餐，向政府展示她有做饭的能力，但当她想到要走去杂货店，想到摄像头会记录她离家和回家的时间点，拍下她备菜的方法，拍下她吃东西时是否优雅后，她只想瞬间移动到遥远的野外。

她会把手机留在这里，这样他们就无法跟踪她了。如果他们问起来，她会说她去见个朋友，其实，与其说威尔是她的朋友，不如说是古斯特的朋友。他最好的朋友。海莉特的教父。她已经几个月没见过他了，但在办离婚期间，他说过，只要她需要他就可以给他打电话。

摄像头应该不会发现任何可疑的行为。她没有换衣服，没有理头发，没有化妆，也没有戴耳环。她没有刮毛，腿上和腋下都有青青的毛茬。她穿着宽松的红色洞洞T恤和牛仔毛边短裤。她披上绿色的防风夹克，穿上凉鞋。她看起来就像那种毫无吸引力的女人，不可能招蜂引蝶，也提供不了什么美好体验。上一个和威尔约会的是个荡秋千的空中女飞人。但她并不想和威尔约会，她提醒自己，去去就回。她只需要有个伴儿。

×

不管根据什么来推断，他星期六晚上都不该在家。威尔三十八岁，单身，在这个没多少同龄单身汉的城市里，他在网络交友平台上保持活跃。女人们都喜欢他的绅士风度；喜欢他天然的黑色小鬈发，哪怕现在已夹杂了白发；喜欢他浓密的胡须；喜欢他的胸毛，他总是开玩笑说那一撮毛足以证明他的阳刚之气。他总是把头发拢到头顶，戴一副细框小眼镜，鼻子挺拔，双眼深邃，他的样子很像二十世纪初的某位维也纳科学家。他不像古斯特那样英俊，身体比较柔软，声线偏高，但弗里达一直很喜欢他的关切。要是他不在家，她反倒觉得是自己的幸运。她不确定自己有没有找对十字路口或门牌号，反正是在第四十五、第四十六街之间的奥萨奇街上，但绝望本身就是绝望的灯塔，引导她走到了正确的街区，走到了那个停车场，威尔在西费城斯普鲁斯山一栋破旧的维多利亚式小楼租下了一楼的公寓，从停车场过去只需走几个门牌。他家的灯亮着。

他们以前会拿他暗恋她的事儿取乐。有一次，他当着古斯特的面对她说："如果和这个人过不下去……"她走上他家门前的台阶并按下门铃时，想起了他昔日对自己的恭维。他触碰到她腰背的样子。她涂了红色唇膏时，他调情的方式。她听到脚步声渐近时既感到了希望，又感到了绝望，还有一股狂野，一种她以为已经永远消失的可怕的狂野。除了悲伤，她现在没什么诱人之处，但威尔就喜欢他的女人们凄凄惨惨戚戚。她和古斯特批评过他这种糟糕的品味。他那些折翼的小鸟儿啊。有一个是热切万分的殡仪人员。有一个是受过前男友家暴的脱衣舞娘。还有好几个自残的女人和女诗人，都有着无底洞般的渴求。他是在努力，想做出更好的选择，但她现在希望他仍有能力犯最后一次错。

他打开门，笑吟吟地看着她，有点迷惑不解。

"我可以解释。"她说。

他们告诫过他，如果他仍像大学生那样过日子，永远都留不住合适的女人。粘在沙发和地毯上的一层狗毛肉眼可见，客厅里还能亮的灯仅剩一盏，旧报纸和马克杯堆成一堆，被踢掉的鞋子散落在门道上，零钱撒在咖啡桌上。威尔正在攻读第三个高级学位：文化人类学博士，他之前已拿下了教育学和社会学硕士学位，还在非营利机构"为美国而教"里教过一段时间书。他在宾夕法尼亚大学读博已经九年了，如果能得到资助，他打算读满十年。

"家里很乱，我很抱歉。"他说，"我本该……"

弗里达告诉他不用为此担心。每个人的标准都不同，要是她纠结于所谓的标准或有所顾虑，压根儿就不会到这儿来；不会喝下红豆汤或是红酒；也不会坐在他的厨房餐桌边絮絮叨叨地跟他说自己熬过了极其糟糕的一天，说她被召去警察局，失去了监护权，再说那些人如何进她家门，把所有东西都摸了一遍，然后安装摄像头，说她这几天夜里如何躲在被子里，以便哀哭时多少保有一点隐私。

她等他替她发火，如果他不气愤，她会等他责备她，问她怎么会这么蠢，但他只是保持沉默。

"弗里达，我都知道了。古斯特跟我说了。"

"他说什么了？他肯定恨死我了。"

"没人恨你。他很担心你。我也是。我的意思是，他肯定很生气，但他不希望这些人扰乱你的生活。你得把无死角监控这些狗屁事都告诉他。"

"不行。拜托。你不能跟他说。我别无选择。这些人就像他妈的秘密警察。我的律师说这事儿可能会拖几个月。你真该听听他们那天晚上跟我说话的腔调。"

威尔给他俩添了酒。"我很高兴你来找我。我之前就想给你打电话的。"

来之前，她没有意识到看到熟悉的面容会让她感觉多么好。威尔若有所思地听着她把事情又说了一遍。海莉特耳朵感染，哭得停不下来。忘记带回家的资料。不太理智地决定去一趟办公室。她无法应付所有事情，她得完成工作，但绝非故意把海莉特置于危险的境地。

"好像我需要别人来惩罚我似的，"她说，"我他妈的都恨死自己了。"她不该来这儿，给他带来负担是不对的。她看得出来，他很努力地想说出一些能帮到她的话，但他说不出来。相反，他把他的椅子拖到她身边，在桌边，揽住她。

如果有个人能在夜里拥抱她就好了。她依然怀恋古斯特的味道。温暖。不只是气味，而是那种温度和感觉。威尔的衬衫闻起来像红豆汤和狗，但她想把脸靠在他的颈项，就像以前依偎古斯特那样。她应该珍惜，应该尊重他给的友情，但此时此刻的她却在想象他的身体。古斯特以前说起过他在更衣室看到威尔的事。据说，威尔的阴茎相当粗大，大概就是他那种沉静的自信的根源所在。她很想知道自己能不能摸摸它,他那些伤心的小女人有没有害他得了某种无法疗愈的病症。她从二十多岁起就没再屈从于这种状态了,那时她会出现在网上结识的某个男人家里,离开时身上有淤青,心里茫然。

她盯着探出他衣领的那丛胸毛,伸手摸起来。"我可以吻你吗?"

他身子往后坐,脸红了。"亲爱的,这主意不太好。"他捋了捋自己的头发,"你会感觉很糟的。我这么说是因为有前车之鉴。"

她的一只手搁在他的膝盖上。"古斯特不会知道的。"

"倒不是说我没想到这一层。我想过的。想了很多。但我们不应该这样。"

她没有回答,也没有看他。她还没准备好,还不打算回家。她倾过身去吻他,他试图躲开的时候她也继续吻住他。

令人舒适的男人的抚摸,她已有一年多没有这种感觉了。古斯特搬走后,他们仍会做爱。他把海莉特送来时,如果海莉特在睡觉,他们就会上床。古斯特总是声称他爱她,说他想她,说他犯了一个错误,说他有可能回心转意。他们上离婚法庭的那天早上,他刚下苏珊娜的床,就去操了她。

那感觉还挺好的——对苏珊娜保守秘密,从她那里偷食,尽管那也意味着古斯特一次又一次地离开她。当时她想的是,如果自己怀孕了,他就会回心转意。有几个月,她甚至故意在排卵期去见他。自己何其愚蠢啊,她至今仍为之震惊。以后她要教导女儿,让她千万别这样。要勇敢,要明智。要有尊严。和不爱你、已决定不想要你的男人上床,比用叉子刺瞎眼睛好不了多少,哪怕他是你孩子的父亲。

心理医生们总会归咎于她的母亲。他们说,她的母亲太疏远她了。弗里达历来无法接受这种解释。她从没想过要剖析母亲的行为。那是无以言表的感觉,太可怕了,根本没法大声说出口。有人渴望得到她的时候,她会觉得自己变得更有活力,仅此而已;仿佛被引入了一种更好的、新鲜的未来,不再孤独。遇到古斯特之前,她会强迫自己默默无闻、反应迟钝,强迫自己相信想要的仅仅是几小时的肌肤相亲。很多人的名字她都不记得了,但她记得那些身体,记得偶尔会有人赞美她,也记得那个掐住她脖子的人。在她俯向他下体时播放色情片的那个人。把她的手腕绑得很紧,以至于令她双手都失去知觉的男人。当她拒绝加入性狂欢时叫她胆小鬼的男人。那次她说了"不",并为之自豪,因为她守住了底线。

她走向客厅,拉拢窗帘。十多年过去了,经历了离婚和生养,现在的她还能有什么狂野可言?

"弗里达,我是认真的。这让我受宠若惊。"

也许他认为她依然属于古斯特。也许他只把她看作一个妈妈,严格来说还是个坏妈妈。向他走去时,她很紧张,口干舌燥。她开始解他的衬衫扣子,他没有反抗。

早晚有一天,她会教导海莉特别这样做。永远不要把自己的身体当作最低廉的肉交出去。她要把正直、自尊教给海莉特,给她足够的爱,让她因此永远不需要向别人乞讨。她的母亲从未和她谈论过性、身体或感受。弗里达不会犯同样的错误。

"你现在看到的我不在最佳状态。"威尔说。他需要减掉二十磅,需要去健身。她抚摸着他腰间的一小圈赘肉,告诉他他很好看;他的两侧和腰背上也有妊娠纹似的白纹,这让她暗自欣慰。

如果他要她走,她就会走,但他没有,所以她解开胸罩,滑下内裤,希望她的悲伤自带光辉。威尔以前那些忧伤的小女人总是散发着各自的光辉,眼睛大大的,身子瘦巴巴的。晚宴聚餐时,她曾想摸摸她们的喉咙，把玩她们纠结的长发，很想知道那是什么感觉——那样随身携带悲伤，并因此被爱。

他端详她时，她有点不安，他看到了交叉在下垂的双乳上的双臂，看到了她阴毛上方的粉色波浪形疤痕。她吸起肚子，低头看向大腿，左腿膝盖上有可恨的皱褶。他不应该在灯光下看她，毫无浪漫的仪式感可言。要是年轻时，她还能化解这种尴尬，但威尔一路旁观过她孕期的身体膨胀起来，用手摸过海莉特在里面踢动。外星人入侵，他笑着说，这个小生物。

现在，古斯特和苏珊娜肯定在哄海莉特上床睡觉。弗里达带她的时候，会陪她洗澡，陪她看书，先抱抱再关灯，对海莉特的整个世界说晚安。晚安，墙壁；晚安，窗户；晚安，窗帘。晚安，椅子。晚安，小羊宝宝。晚安，小毯子。晚安，小睡衣。晚安，海莉特的眼睛、鼻子和嘴巴。晚安，婴儿床上的每一只玩具。最后才说：晚安，海莉特，然后才是说银河的时候。

威尔勃起的部位压在弗里达的肚子上。她需要知道海莉特最近睡得好不好。弗里达用一根手指勾住威尔的裤耳，但始终没让自己去触碰他那传说中的粗大阴茎，就算隔着他的牛仔裤也不行。要是有人发现她来这里了，怎么办。

"我真是个烂人。"她低声说道。她捡起他的衬衫，遮住自己的身体。"我很抱歉。"

"哦，弗里达，好了好了。没事。没事的。"他把她拉到自己的胸前。粗糙的胸毛贴着她的脸颊。

"我这是在调戏你，"她说道，声音有点闷，"我他妈的是怎么回事？"她以前都不知道一个成年女人有可能调戏一个成年男人，但她刚刚确实这样做了。她凭什么来这里脱衣服？

"弗里达，别对自己太苛刻了。"

她捡起自己的衣服穿上时，让他转过身去。古斯特决定搬出去时，她给他最要好的几个朋友打了电话，希望有人能对他讲讲道理。只有威尔真的听进去了，在她一边哭泣一边咆哮的时候，他是唯一听到她心声的人。她听到他有几次停顿，推想他已经知道苏珊娜的事了，搞不好早就知道了。他说他不赞成古斯特离开她。他对弗里达说，她还很年轻，很漂亮。世上最甜蜜的谎言。

她把头发拢到后面，扎了个马尾。她的T恤穿反了。她回厨房去拿她的手袋。现在是晚上八点十七分。"你要保证，别把这事儿说出去。"

"弗里达，别一惊一乍的。你又没做错什么。"

"不，我做错了。你只是想对我友善一点。我没必要一错到底。我发誓，我不是那种贪心的女人。"她想留在这里。她可以睡沙发，睡壁橱，只愿每天都能看到一张亲善的面容。

威尔在门口吻了吻她的脸颊，然后托起她的下巴。"我好像有点喜欢看你不穿衣服的样子。"

"你不必为了安慰我而这么说。"

"我是认真的，"他说，"找时间再来，也许我会给你看看我什么都不穿的样子。"他笑了，然后亲吻了靠在门上的弗里达。

※

白瓷紧贴着她的尾骨，很冷。浴缸顶部周边的填缝处有几个灰色斑点，是她几天前擦洗霉斑后留下的印记。弗里达摘下眼镜，平躺在床上，曲起膝盖，双手叠在胸前，指甲抠进肉里。两个门洞外的那家人正在外面抽大麻，碰着啤酒瓶，那一家子都是大嗓门。需要空间的聒噪的美国白人。她从没索求过属于她的空间。古斯特曾让她别再道歉，别再用中西部中产阶层温文尔雅的口气。但是，也许有些人注定不能要求拥有自己的空间。她索求了两个半小时，结果失去了她的孩子。

她掀起睡衣，想起威尔告别时看她的眼神。她和古斯特以前常常取笑他，会在聚餐时让他演示这种眼神。他勾住她们的那种眼神。暗示"来做爱"的那一瞥。她要是给古斯特那种眼神就绝对会笑场。和他们在一起时，古斯特总会把手放在她的脖子后，是古斯特在勾住她。她怀念身为人妻、作为某人另一半的感觉。母亲和孩子之间的感觉是不一样的，尽管她记得，她在海莉特出生时曾想过，她再也不会孤单了。

她差一点儿就跟着威尔回屋里去了。除了古斯特，上一次有别人好好吻她是什么时候的事？

她需要回到她的房间，让他们监视她。她已经离家太久了。但她真想再多待一分钟，甚至两分钟。属于自己的一分钟。蕾妮说了，要克服种种障碍。

弗里达伸出手，抚摸自己的双乳和腹部。她拉低内裤，闭上眼睛，揉搓，让自己一次又一次地高潮，直到眩晕而瘫软，直到头脑一片空白。

三

法院指定的心理学家像个不修边幅的富人。外表凌乱，但漠不关心。五官颇有贵族相，说话没有口音，可能出身大户人家。他有双下巴，鼻翼周围有血丝。酒鬼。没有结婚戒指。他花了很长时间审查弗里达的文件。她走进来时，他几乎没搭理她，只是摆摆手示意她落座，然后在他的手机上指指戳戳。弗里达本以为会看到一个女人，她不知道被一个五十多岁的白人男子评估究竟是福是祸。他看起来不像家长，不像那种在儿童福利方面有既得利益的人。但话说回来，那个社工和儿童保护局的两个男人也不像。

弗里达已有六天没和海莉特说过话，整整一星期没有看到或抱过她，她从早到晚都在看手机里的照片，上下滑动，把每一段视频看了又看，她还总去闻那只留有她气味的泰迪熊。她真该多拍点视频的，但她一直很小心，不太敢把手机怼着海莉特的小脸拍个不停。古斯特曾说拍照是窃取他人的灵魂，但在苏珊娜面前就另当别论了，苏珊娜的一千四百九十八名粉丝都看到了只穿尿布的海莉特、后身全裸的海莉特、在诊所的海莉特、在澡盆里的海莉特、坐在更衣台上的海莉特，还有一大早柔若无骨、站都站不稳的海莉特。还有很多自拍：海莉特在苏珊娜的肩头睡着了，#幸福。那些人都知道海莉特今天早餐吃了什么。弗里达也想看，想得要命，但蕾妮让她关闭了自己的社交媒体账号。

樟脑丸的味道让她头疼。上一轮工作面试后，她就没再穿过这套黑色西装。今天她特别抹了腮红，涂了玫瑰色唇膏，头发梳成低髻，戴上了祖母的珍珠项链。戴着它们来这里并不光彩。已故的祖母最大的心愿就是看到她结婚生子。

心理学家的办公桌上有一台支在三脚架上、只有巴掌大小的摄像机，这套设备略显勉强地在一摞马尼拉文件夹上站稳脚跟。

"刘女士，在我们开始之前，我想先问一句，英语是你的母语吗？"

弗里达往后一缩。"我是在这里出生的。"

"是我搞错了。"心理学家笨手笨脚地摸索起摄像机，"啊，好了。"小红灯亮起来了。他翻开拍纸簿，翻到新的空白页，拔掉自来水笔的笔帽。他们从弗里达的家族史谈起。

她的父母都是退休的经济学教授。移民。她的父亲是广州人，母亲是南京人。他们二十多岁时来到美国，在研究生院相识。结婚四十四年了。弗里达出生在密歇根州安阿伯市，在芝加哥市郊的埃文斯顿长大。独女。虽然她的父母白手起家，现在的日子倒还舒适。她父亲的老家属于赤贫。她还小的时候，祖父母和外祖父母都来与他们同住过，当然时间段不一样。她姑姑也来住过。后来又来了个阿姨。表亲。所有的亲戚来，她的父母都愿意帮忙，为他们的签证提供担保。

"那年头，这样做还是可行的。"她说。

心理学家点点头。"他们对这件事有何感想？"

"我还没有告诉他们。"她低头看看自己的指甲，涂成了粉白色，指甲根部修剪得洁净齐整，之前的伤口都快好了。父母打来的电话她一直没接。他们会以为她在忙工作。整整一星期不跟海莉特说话，感觉肯定很受折磨。但弗里达不想听到他们提问，问起海莉特，他们什么事都要问。每一通电话都以同样的普通话提问开始：吃了吗？吃饱了吗？这是他们说我爱你的方式。今天早上，她喝了咖啡，吃了无花果酱饼干条。胃里在翻腾。如果她的父母知道了这些事，肯定会立刻飞来。千方百计，搞定所有的麻烦事。然而，不能让他们看到她空荡荡的家和家里的摄像头，不能让他们觉得自己背井离乡，到头来拥有的却是像她这样的女儿。

孩子的父亲是白人？他们之间有没有文化分歧？

"我想，和所有中国父母一样，他们也希望我上斯坦福大学，遇到一个不错的神经外科医生。再找一个ABC——就是在美国出生的中国人，但他们很喜欢古斯特。他和他们相处得很好。他们觉得他对我很好。我俩离婚，他们一度非常生气。每个人都生气。我们生了一个孩子。"

只跟他们说必须说的事，蕾妮叮嘱过她。心理学家不需要知道，在弗里达和古斯特之前，她父母所在的两个家族历史上只有过一次离婚。嫁给白人已经够糟的了，更不用说失去他，更不用说还失去了孩子的监护权。

她说，孩子的祖父母和外祖父母都很难忍受彼此相隔太远。古斯特的父母在加利福尼亚的圣克鲁斯，她的父母在埃文斯顿，都要借助 FaceTime 和 Zoom 远程观看海莉特长大。

"这个国家太大了。"她说，想起上次飞芝加哥时，她让海莉特坐在小桌板上，面对别的乘客。一想到她的父母会知道这件事，她就恨不得拿刀捅自己的脸，但她还不需要向政府坦白这些事。这个新世界允许女儿们保有秘密。

看到摄像机，她问他们将怎样使用今天的录像。既然他要提交报告，为什么还要录影？

"你要分析我的感受吗?"

"没必要胡思乱想,刘女士。"

"我不是乱想。我只是想了解……要用什么标准来评判我。"

"评判标准?"心理学家噗嗤一笑,"你可真是个聪明的小可爱。"

他笑个不停,弗里达不自觉地耸起肩膀。

"我们来谈谈你为什么来这儿。"

蕾妮跟她说过,要表现得追悔莫及。她是个职业单亲母亲,普普通通,累得半死。人畜无害。

她列举了各种导致不稳定的因素:她的失眠,海莉特的耳朵发炎,一连五个不眠之夜,疲惫而神经脆弱。"我不是在找借口。我知道自己的所作所为令人完全无法容忍。相信我,我羞愧到无以复加的地步。我知道我让女儿身处险境了。但上周的那件事,我所做的那件事,并不能代表我的为人、我是哪一种母亲。"

心理学家咬着他的笔。

"上一次我睡得这么少还要坚持做事,是在她刚刚出生那会儿。刚当上父母的人都很亢奋,你懂的。但那时我不用去工作,照顾她是我唯一的任务。而我的丈夫,该说我的前夫,当时也还和我们在一起。头两年,我本该留在家里照顾她。那是我们本来的计划。我还在摸索怎样有条不紊地搞定那么多事。我保证,绝对不会再发生那种事。那是一次可怕的判断失误。"

"事发当天,你在做什么?在你离开家之前。"

"工作。我要撰写并编辑一份院校内刊文章。沃顿商学院的。"

"所以,你是远程办公吗?"

"只有我带海莉特的日子里才在家办公。我谋到了一个低薪职位,所以才能这样安排,可以让我有更多弹性时间。我希望能有更

45

多时间在家工作。否则我怎么照看她？我要做的很多工作都挺傻的，没什么价值。收发电邮。催促教授们在草稿上签字认可。大多数教授都把我当秘书用。这份工作不太理想，但海莉特和我有一套规律。我先工作一段时间，然后休息一下，喂她吃东西，陪她玩，再工作一会儿，哄她午睡，趁她睡着的时候再做一些事。晚上等她睡觉后，我还会工作到很晚。她很擅长自己玩。她不像其他刚学会走路的小孩那样总要人陪。"

"可是，难道不是所有的孩子都天生有这种需求吗？毕竟，他们是完全依赖照顾者才能生存下去的。按照我的理解，你会让她看电视，对吗？"

弗里达发现右膝后面的丝袜上破了一道口子。"会看一会儿电视，是的。我让她看《芝麻街》和《罗杰先生》。要不然就是《老虎丹尼》。我当然更愿意花一整天和她玩，但我必须工作。看电视总比把她送到日托所要好。我不想让陌生人照顾她。我和她见面的机会本来就太少了。如果她去日托所，我每星期大概只能见到她十二个小时——没睡觉的十二个小时。那真的不够啊。"

"你经常让她自己玩吗？"

"不算经常。"她说道，竭力控制自己的声音不要泄露苦涩感，"有时她在客厅那头儿玩，有时在我身边玩。至少，我们是在一起的。这难道不是最重要的吗？"

心理学家沉默不语，潦草地写下什么。离婚前，她和母亲争论过她该什么时候复工，该做兼职还是全职，能不能做自由职业者。他们把她送进好学校可不是为了让她当家庭主妇的。她母亲说，靠古斯特的工资生活下去的想法纯属白日梦。

心理学家问弗里达是否觉得养育孩子的任务过于繁重，或感觉有压力。他问她吃多少药，喝多少酒，还问了她有没有滥用药品史。

"托雷斯女士的记录提及了抑郁症。"

弗里达拉了拉袜子上的破洞。她怎么忘了他们有这个对付她的杀手锏？"我是在大学里被诊断出有抑郁症的。"她抓住自己的膝盖，以防腿抽搐起来，"但我的症状很轻。我用过左洛复，但很久以前就停药了。在我们开始备孕前就停了。我绝不会让我的孩子吸收到那类化学药物的。"

她复发了吗？她是否经历过产后抑郁，或焦虑症？产后精神病？她有没有过伤害自己或伤害宝宝的念头？

"没有，从来没有。宝宝治愈了我。"

"她很难带吗？"

"她好极了。"这个男人不需要知道第一个月的情况，在儿科医生诊所悲惨地检查了那么多次体重，因为海莉特花了太长时间才恢复到出生时的体重，因为弗里达的奶水不够。儿科医生让她每次哺乳后都要用吸奶器。候诊室里那些头发干干净净、面容安详的母亲让她嫉妒得发狂。不用说，她们的乳房肯定鼓胀满溢。她们的宝宝衔乳时肯定非常标准。她们的孩子发出幸福的低吟。海莉特从没在弗里达身边发出那种猫咪打呼噜般的低吟，甚至刚出生时也没有过。在弗里达看来，海莉特似乎很孤独，似乎不属于这个世界。

问及身体接触和亲密感时，弗里达承认她的父母很少拥抱她，或用很多话来表达"我爱你"，但随着年龄增长，他们变得更加亲近了。相对而言，中国家庭更内敛。她并不介意他们这样。但她没有把这套表达方式用在海莉特身上，说起来，拥抱和亲吻海莉特的次数可能还太多了呢。

"听起来，你的父母对情感的表达很克制。"

"我觉得这样说不太公平。带孩子的日常家务，大部分是我外祖母在做。我叫她婆婆。她十二年前去世了。直到现在我都很想她。我好希望她能亲眼看到海莉特啊。童年的大部分时间里，我都和婆婆住一个房间。婆婆非常有爱。您必须理解，我父母的工作非常繁忙。他们要承受沉重的压力。他们是教授，但这并不意味着万事轻松。他们不仅要照顾我们，还要对父母尽责。还有他们的兄弟姐妹。他们要帮每个人安身立命。有些亲戚背着债。在所有这些压力之下，我父亲得过胃溃疡。他们没时间围着我转。您不能用美国的标准来评价他们。"

"刘女士，我感觉到你想辩护了。"

"父母给了我美好的生活。他们为我付出了一切。把事情搞砸的人是我。我不希望任何人归咎于他们。"

心理学家不再追究这个话题。他们又谈了谈海莉特哭泣时，她有哪些反应；在照料海莉特的过程中，她有没有得到乐趣；有没有主动邀请海莉特玩；她如何称赞孩子。她回答的时候一直在想象儿童乐园里的那些妈妈会怎样回答，尽力描绘出一种由耐心、幸福支配的生活，她的声音变得高亢，带点少女的气息。她很清楚，如果那些妈妈处于她现在的境地，她们肯定会自毁双眼，喝漂白剂也行。

"你提到了丈夫离你而去。"

弗里达僵住了。她告诉他，她和古斯特在一起总共八年，结婚三年，最初是在皇冠高地的一场聚会上由共同的朋友介绍认识的。

"古斯特说他当场就知道我们会在一起。我倒是花了一点时间才确认。"

婚姻生活很圆满，很幸福。古斯特是她最好的朋友。他让她有安全感。她克制了一下，没说他们以前的共同话题更多，没说古斯特以前挺有幽默感的，想和他生孩子是让她下决心生孩子的真正原因,他以前是个讲道理的人,相信科学和医学,但后来,他们为了生养计划争执不下。她坚决不考虑在家分娩、产妇陪护。她认为硬膜外麻醉没什么要紧的。

她强调了自己怀孕和海莉特出生、发现苏珊娜的事儿、尝试和解但很快失败这些事的前后顺序。

"我发现他们的婚外情时,海莉特出生才两个月。我们根本没机会组成真正的家庭。我想,如果古斯特当时能给我们一个机会——"她看向窗外,"那时我每天夜里都要爬起来三次,喂奶。对不起,说这些是不是太私密了?"

"请继续,刘女士。"

"当时,我们只顾得上生存。压力太大了,所以我的奶水不足。我是剖腹产的,我得先恢复过来。我们为照料孩子做了一番计划。我们搬到这儿的主要原因之一就是组建家庭。"

心理学家递给她一张纸巾。

"我本想让他回到我身边的。我希望我们一起去试试婚姻咨询,但他不肯和她断,总是去见她。是古斯特决定离婚的。他没有为我们这个小家庭去努力。古斯特是个好父亲——我很早就知道他会是个好父亲,但他表现得好像整件事超出了他的控制力,好像他和苏珊娜在一起是命中注定的。"

"跟我说说你和这位情妇的关系。"

"要用这个词吗?情妇?好吧,我会说这位情妇没什么边界感。她不尊重我。我一直在努力设定边界,但什么也改变不了。我的女儿不是一个要执行的项目,苏珊娜也不是她的母亲。苏珊娜总是自说自话跑进来,指手画脚。比如说,她要执行那一套营养方案。其实她自己都算不上非常健康。她是跳舞的。你知道跳舞的那些人是怎样的。"

弗里达在和别人约会吗？她有没有让海莉特认识哪位新男友？

"我还没准备好和新的人约会。而且，除非关系敲定，否则我决不会把任何男人介绍给我女儿认识。我介意的倒是古斯特那么快就让海莉特认识苏珊娜了，实在太快了。"

被催促说更多的她越说越激动。"他一离开我们就搬去和她同居了，突如其来，他们指望我带着刚出生的宝宝去那个女孩的公寓，频繁地和她相处。看到她和我的孩子在一起……"

弗里达在眉间拧揉了几下。"我不想让海莉特和苏珊娜在同一个房间里。可是，她后来还不得不去她家住半个星期。古斯特一开始说过的，他会雇个保姆。我还提议帮他觅一个好保姆。他本来就不该把照顾孩子的事推给他的女朋友。我从来没有同意过这件事。我真的不在乎她的时间安排是不是很灵活。我也不在乎她是不是愿意照顾孩子。现在，我女儿和那个女孩在一起的时间比和她的亲生父母都多，这是不对的。"

×

威尔的鞋子已整齐地排成一排。地毯用吸尘器吸干净了，信件和零钱都收拾好了，整个公寓都打扫过了。他的狗被放到了后院。弗里达不该来这里，星期五的晚上不该这么着急给自己找麻烦，但已经犯了这么多错，再多一次又能怎样？

威尔刮过胡子，看起来变年轻了。帅。弗里达从没见过他刮净胡子的样子。原来他下巴中间有凹痕，算是个惊喜。假以时日，她完全可能爱上这张脸。坠入爱河大概对她有所裨益。社工会看到她眼神温柔。海莉特也会看出来的。

明天早上有第一次社工监督的探视。弗里达和威尔坐在一起，坦承她可能会失去理智。她一直在反思自己在心理学家面前的反应。她本该做好更充分的准备，巧妙地转移关于苏珊娜、专心照料海莉特、她有多爱海莉特的那些问题。

"我只能和她在一起待一小时。"

"你会表现得很好的，"威尔说，"你只需要和她玩，对吗？他们在一旁观察你们？你可以想象一下他们监督过的别的妈妈。"

"如果那种想象对我没什么帮助呢？"

昨天，她和社工见了一面。社工的办公室里装饰了很多儿童画。蜡笔画、魔术笔画和粉笔画。小木棍般的人和树。还有些画了小猫小狗。这地方有种鬼气森森的感觉，好像她身在某个恋童癖的老巢。

社工办公桌后面的墙上嵌了一只摄像头。有人在镜头周围画了些黄色的花瓣，让它置于满墙的向日葵画像里，好像这样一来小孩子就不会注意到它了。

她们谈的问题还是老一套：弗里达的动机，她的心理健康，她是否理解父母的基本职责，她的安全意识，她的清洁标准。社工询问了海莉特的饮食习惯。弗里达的冰箱里有外卖、几个红薯、一包芹菜、两个苹果、花生酱、奶酪条、一些调味品，只有一天份的牛奶。橱柜里几乎是空的。她为什么不多加关注海莉特的营养摄入？

她的约束性有多强？她如何做规矩？她认为什么样的限定是适宜的？她有没有用体罚的方式恐吓过海莉特？

海莉特的成长环境是双语的吗？弗里达说自己的普通话只能算得上熟练，这是什么意思？她和她的父母说中式英语吗？这难道不意味着把海莉特排除在她的家族传承之外吗？

她们最喜欢做什么游戏？有玩伴吗？她多久请一次保姆，对保姆的背调有多缜密？她对暴露裸体、在孩子面前展露成年人性行为有所限制吗？她对干扰、礼仪、整洁、卫生、就寝时间、噪音、看电视和手机屏幕的时间、服从、攻击性各持什么态度？

这些问题比蕾妮预想的还要详细。弗里达又一次努力模仿儿童乐园里的那些妈妈，但还是有太多次犹疑，太多的前后不一致。听上去，她不够上心，不够耐心，不够尽责，不够中国化，也不够美国化。

不会有人说她像个天生的好妈妈。在社工办公室里，她的黑色短裙套装看起来太严肃了。她真不该提着她最好的手袋、戴上红宝石耳环来这里。在等候室里，只有她显得不一样，别人看起来都比她穷，穿着都比她随便。

社工需要和她的父母谈谈。昨天晚上，弗里达终于给他们打了电话。她急急忙忙地坦承了一切，还让他们不要说太多，她解释说电话会被录音。和别人一样，他们也想知道这究竟是为什么。如果她累了，为什么不打个盹？如果她感到不堪重负，为什么不求助于古斯特，或者苏珊娜？哪怕她讨厌苏珊娜。她为什么不雇个保姆？

她父亲说："不用非得这样吧。"

她什么时候能再见到海莉特？他们什么时候能见到海莉特？他们不能给海莉特打电话吗？为什么不能？决断这些事的是些什么人？这合法吗？

"你这是惹了什么麻烦呀？"她母亲喊道，"为什么不早告诉我们？"

威尔问弗里达饿不饿。他们可以点外卖，泰国菜，或埃塞俄比亚菜。看部电影。

"喂饱我不是你的任务。"

明天，她要展示出最完美的母爱。她必将是值得信赖的。她仍有能力达成母职。要是她真的不管不顾，就会去找个陌生人。要是她真的不计后果，威尔就不会打扫房间。他也不会刮胡子。要是她真的很鲁莽，他就会在地板上和她做爱，而不是把她领到现在整整洁洁的卧室。他不会在脱她的衣服前征求她的同意。

他不肯关灯。"我想看着你。"他说。她的手指拂过他下腹的黑色毛发。他的阴茎极其粗大，令人担忧。她从来没有亲眼看到这么大的阴茎。她的嘴只能含住最上面的一小截。

威尔找出一只避孕套后，他们开始第一次尝试，局部与局部的契合，之后还有很多次。他们试了弗里达在上位，弗里达跪在地上，弗里达仰面朝天，脚蹬在威尔的肩上。小女孩般的身材带来诸多局限，这让她尴尬。又用了一点润滑油，多做了几次深呼吸，他才终于进入了她，他的阴茎不像是第三条腿，更像是一条胳膊，一路到手肘的整条胳膊。

"我觉得我能顶到你的头骨里去。"威尔惊叹于自己的好运气，"天啊，你怎么这么紧。"

你的身材像个少女，古斯特以前常这么说。比苏珊娜还紧。

弗里达把腿缠绕在威尔的腰间。她想起了医院里的那些手。三十四小时内有过五只不同的手：三个住院医生，两个产科医生。让她生不如死的那些人。他们的手会伸进去，抬起来，四处摸索，检查婴儿头部的位置。她在第十五个小时做了硬膜外麻醉，违背了古斯特的意愿。第三十二个小时，他们允许她开始用力。两小时后，婴儿的头还在老地方。他们说，顺产失败。婴儿的心率开始下降。来了更多医生和护士。她的身体仍在痉挛，被送去了手术室，迎接她的是十几个戴着口罩的医护人员。有人用皮带扣住她的手腕。有人挂上了一块蓝色的帘子。她的身体变成了无菌区。

刺眼的灯光令人难以忍受。麻醉剂让她的牙齿打战。你能感觉到这个吗？有人摸了一下她的脸颊。这样呢？摸了一下腹部。感觉不到吗？很好。

"亲爱的,你还好吗?"威尔问道。

"继续。"

医生们聊着他们看过的电影。她听着他们手里的器械发出咔哒咔哒的声响。古斯特坐在床边,挨着她的头,筋疲力尽地沉默着,没有看她。她告诉他,她刚才应该再努力一点的。她等着他说不是的,说她很勇敢。有人把手放到她肩头。她很喜欢那个人沙哑的声音,喜欢他那双有力而沉稳的手。她愿意为那个人做任何事。他持续地抚慰她,捋顺她的头发。他说:"接下来,你会感到一些压力。"

×

弗里达用手遮住阳光,抬头看向古斯特和苏珊娜家的窗台。她比预定的时间提前了二十分钟。去年,他们在费尔蒙特买下一套宽敞的公寓,离艺术博物馆只有几个街区,位于新近贵族化的春天花园路段。苏珊娜来自弗吉尼亚一个祖业丰厚的有钱人家。她的父母用现金买下了这套公寓,每月还会给她生活费。不管弗里达什么时候来,都忍不住要去比较。他们家有充沛的自然光,高高的天花板,每个房间都铺着摩洛哥地毯。一组午夜蓝色的天鹅绒沙发。每个窗台上都有花草,据说是用再生木做的大桌上摆着装有鲜花的大花瓶。墙上是苏珊娜的画家朋友们的大作,房间里的家具是两代祖传的。曾有一度,她常在深夜查看苏珊娜的社交网页更新了什么照片,以此自虐。她亲生的胖乎乎的漂亮宝宝也会出现在那个页面,或是窝在羊毛床罩里,或是抱着设计师品牌的小毯子,俨如一件完美的配饰。

社工迟到了四分钟,然后是五分钟,然后是九分钟,然后是十二分钟。今天早上,她会看到古斯特和苏珊娜的家一如往常地完美无瑕。但社工不会知道，他们每周都会雇清洁工来打扫。

古斯特昨晚发来短信，说很抱歉，苏珊娜不在。她去伯克希尔山参加静修会了。她向弗里达致以爱和支持。苏珊娜发来的短信是：你能行的。

弗里达对着车窗玻璃检查了自己的样貌。她看过一些讲述母亲期求救赎的电影，电影里的那些坏妈妈总用朴素的丝绸衬衫遮掩她们的邪恶，衬衫下摆塞进裙腰，裙子不可以太时髦。她们都穿低跟鞋、裸色丝袜。她今天的装束已经最接近电影里那些妈妈了：灰色丝绸马甲，宝石领淡紫色开衫，黑色及膝裙，猫跟鞋。刘海是新修剪好的，妆很淡，头发挽成低马尾。她看起来是个端庄娴静、无辜无害的中年人，像个幼儿园老师，或是认定口交属于必要之恶的那种家庭主妇。

社工说了，要有持续的、面对面的互动。一小时的游戏和交谈。弗里达不可以单独和海莉特待在一起，不能带她出门，不能带任何礼物。社工将确保海莉特的身心和情感都处于安全状态。

有人拍了一下她的肩膀。"早上好，刘女士。"社工摘下了镜面墨镜。她看起来太健康了，令人惊叹。淡粉色紧身连衣裙完美衬托出她古铜色的皮肤、线条精简的手臂和纤细的腰围。她穿了一双裸色的漆皮细高跟鞋。

她们寒暄几句，聊了聊晴朗而干燥的天气，将近八十五华氏度。这位社工绕了很久，不得不把车停在四个街区以外。"我不常来这个社区。"

弗里达问，能不能给她和海莉特顺延一点时间，毕竟她们开始得比预定的晚。"你说过我们会有一小时的。"

"我后面还有事儿，改不了。"

弗里达没再强求。到了前门口，她主动提出可以用她的备用钥匙开门，但社工说不行。她摁了 3F 公寓的呼叫铃。上楼后，社工让弗里达先在走廊里等一会儿，她要和古斯特说几句。

弗里达看了看手机。比预定的时间晚了十八分钟。但愿古斯特已经为海莉特做好了准备。真的不是因为妈妈不想多待一会儿。真的不是妈妈不想带礼物来。这一切都不由妈妈说了算。这一切对妈妈来说都没有意义。对海莉特可能也没有意义。他们会告诉海莉特，妈妈被按下了暂停键。社工要求古斯特用孩子们爱听的语言来解释当下的局面。社工说，没关系，没有人按下古斯特和苏珊娜的暂停键。海莉特会深明大义的。

弗里达把耳朵贴到门上。她听到社工进入到儿童登记的环节了。海莉特在呜咽。古斯特正试图安抚她。

"没什么好怕的。只有妈妈。托雷斯女士和妈妈。"

弗里达不想听到自己的名字和社工连在一起。她来这里本来就不该必须有人陪同。古斯特打开门时，那位社工站在他身后，已经开始拍摄了。

古斯特拥抱了她。

"她好吗？"弗里达问道。

"有点黏人。不太明白。"

"古斯特，我很抱歉。"她希望他不要看出来她最近有过性生活。她让威尔发誓不说出去。昨晚，她的内裤上有血迹。现在仍然有点酸痛。

"刘女士，我们开始吧。"

古斯特说他去书房。他给了弗里达一个圣洁的吻，吻在面颊上。

海莉特躲在咖啡桌下。弗里达回头瞥了一眼社工。不该这样开始的。社工跟着她走进客厅，她跪到趴在地板上的海莉特身旁，轻轻揉了揉她的小肚皮。

"我来了，宝贝。妈妈来了。"弗里达的心声不是从喉咙里发出去的，而是从眼睛、从指尖上。求你了，她想。求你了，宝贝。海莉特探出小脑袋，笑嘻嘻的，然后蜷成一团，双手捂住小脸。她不肯挪窝儿。

"妈妈，来呀。"海莉特朝弗里达摆摆手，让她钻到桌子下面去。

弗里达拽住她的双腿，她一蹬就甩开了。

"你还有三十五分钟，刘女士。你俩为什么不开始玩呢？我需要看到你陪她一起玩。"

弗里达挠了挠海莉特光溜溜的小脚丫。古斯特和苏珊娜竟然给她穿这么单调的颜色。海莉特的上衣是灰色的，紧身裤是棕色的，这让她看起来像个末世的孩子。很快，她就要给海莉特买些新衣服。条纹的，有花朵的。她们要找一个新家。新的社区。不再有糟糕的回忆。

"一，二，三！"她拉着海莉特的腿。海莉特高兴地尖叫起来。

弗里达把她抱起来。"让我好好看看你，小可爱。"

海莉特笑着，露出了几颗方正的小白牙。她用黏糊糊的手拍打弗里达的羊毛衫。弗里达狂亲了她一通。她用手指拂过海莉特的睫毛，再掀起海莉特的上衣，在她的肚皮上亲出声音来，逗得她咯咯笑。这是唯一的乐趣，只有这是最重要的。一切都取决于她能不能触摸亲生女儿，能不能看到她。

"妈妈太想你了。"

"不许说悄悄话，刘女士。"

社工站在两英尺之外。弗里达闻得到这个女人喷了香草味的香水。

"刘女士，请不要挡住孩子的脸。你们为什么不玩起来呢？这儿有她的玩具吗？"

弗里达用自己的身体庇护着海莉特。"请给我们一点时间。我们已经十一天没见面了。她又不是海豹。"

"没有人把她比作海豹。用这种词汇的人是你。我认真地跟你说，赶紧开始吧，这对你最有利。"

古斯特和苏珊娜把海莉特的玩具收在沙发边的一只木箱里。海莉特不肯走那几步路去她的玩具箱。她紧紧地贴在弗里达的腿上，要她抱。弗里达抱起海莉特，让她靠在自己的胯部，从箱子里拿出毛毡娃娃和毛绒动物，还有童谣字母木块。她千方百计地用甜甜圈叠叠乐、带轮子的木制恐龙来引诱海莉特。

海莉特不让弗里达把她放下来。她用害怕的眼神瞥向社工，挑起了眉毛。

弗里达知道这种表情意味着什么。她把海莉特放回到地板上。"宝贝，对不起。我们得玩一会儿才好。让这位好心的女士看看我们是怎么玩的，好不好？求求你了，宝贝儿。求你了。我们来玩吧。"

海莉特只想爬回弗里达的腿上，弗里达只是飞快地抱了抱她，又坚持让她挑一个玩具，这时，海莉特放声大哭。她的悲伤以惊人的速度螺旋式飙升，继而全方位崩塌。她把小脸朝下扑倒在地毯上，连搥带踢，发出震天动地的哭嚎，隔着大江大海都能听到那种哭声。

弗里达把她的身体翻转过来，不住地亲她，恳求她冷静下来。

海莉特浑身发抖，气得不行。她指着社工，大叫一声："你走！"

"这样可不好。"弗里达拉着她站起来，揽入怀里，让海莉特的头枕在她的肩头,"你快给托雷斯女士道歉。我们不可以这样说话。"

海莉特打了弗里达,抓伤了她的脸。弗里达抓住海莉特的手腕。"看着我。我不喜欢你这样。你不能打妈妈。我们不可以打人。你要道歉。"

海莉特跺着脚,尖叫起来。社工一点点地靠近她们。

"托雷斯女士,请你坐到桌边好吗?你让她很紧张。你可以拉近焦距,不是吗?"

社工没有理会她的请求。海莉特不肯道歉。她想要更多更多的抱抱。"来吧,小宝贝,我们得玩起来。托雷斯女士要看我们玩。妈妈没多少时间了。"

社工放低了摄像机,用娃娃音说道:"海莉特,能让我们看到你们一起玩吗?和你妈妈一起玩,好吗?"

海莉特弓起背脊。她从弗里达的怀中挣脱出来,冲了出去,让人根本来不及拽住她。弗里达眼看着海莉特一口咬住社工的前臂,惊恐至极。

社工大叫一声。"刘女士,管管你的孩子!"

弗里达赶忙拉开海莉特。"快向托雷斯女士道歉,立刻马上。你以前从不咬人的啊。我们不可以咬人,谁都不行。"

海莉特恶狠狠又含含糊糊地叫叫嚷嚷。"不要不要不要不要!"

古斯特跑出来看什么情况。社工告诉他,海莉特恶性攻击了她。

"古斯特,她刚才太紧张了。"弗里达说。

古斯特要求看看社工的手臂。他问她疼不疼。海莉特留下了牙印。他深表歉意。海莉特从没有过这种行为。"她不是个咬人的小孩。"他说。

他把海莉特抱到沙发上,说了几句话。弗里达逃到厨房,为社工倒来一杯水。她用密封袋装了冰块,用毛巾包好。她感到窘迫,但又很自豪。这就是她的恶魔小孩。她的盟友。她的保护者。

社工把冰块压在受伤的地方。海莉特就是不肯道歉,不管爸爸妈妈费了多大的劲儿。

"刘女士,你还有五分钟。我们尽力完成吧。"

弗里达央求海莉特玩一下就好,但海莉特现在只想要爸爸。她不肯放开古斯特。言必称爸爸。

弗里达像根木头般杵在他们身边,无助地看着他们玩起了海莉特的小木马。她们不是刚刚还在一条战线上吗?每个孩子都像她那样善变吗?还有两次这样的监督探视。古斯特下次会教教她的。他会解释这些监督有多重要。法官会理解的,海莉特还不到两岁。他会看到海莉特是爱她的。海莉特想和她在一起。他会看到她女儿有颗狂野的心。

四

九月下旬的这个星期五下午很潮湿，距离她最后一次见到海莉特已有六天，距离她人生中最糟糕的那天已近三周，弗里达躲在公司的女厕所里听语音留言，社工竟能用那么随便的语气说话，简直令人气炸。明天早上的探视被推迟了。社工重复预定了某件事，时间表错乱了。

"难免疏忽。"托雷斯女士说，只要时间表上有空隙，她就会打电话来告知新的探访日期和时间。

弗里达把这条语音信息重播了一遍，本以为会听到对方的道歉，但并没有。她一巴掌砸在厕所隔间的小门上。这一整个星期，她一直在用这次探视作为参照点计算每件事的时间。见过海莉特后的第几天，还有几天能再见到海莉特。再撑一小时就能胜利夺回她的孩子。

她早该猜到自己会受到惩罚的。上周六她们道别的时候，她拖延了一点时间，多给了海莉特几个拥抱，几次亲吻。她至今仍能感觉到社工是怎样抓住她的胳膊肘，仍能听到那个女人说："够了，刘女士。"

一走出公寓，社工就冲她发表了一通有关分寸的训导。孩子显然已经准备好说再见了。孩子并没希望再得到几个拥抱。

"你必须认识到你想要什么和她想要什么之间的区别。"社工说。

弗里达的拳头攥得紧紧的。脚趾在鞋里抠起来。她一直低着头,盯着社工脚踝上的念珠文身。如果她盯着社工的眼睛看,很可能挥出人生中的第一拳。

厕所的门开了。两个学生开始在水池边聊天。一个女生今晚有约会,对方是在应用程序上根据每个人的费洛蒙配对认识的网友。

弗里达给蕾妮发了一条短信,告诉她探视取消了。她想把托雷斯女士称为虐待狂,但她在通信时务必保持谨慎。于是她写道:明天不去了。第二次探视=???

没有任何平台可以让她自由地说话。不,蕾妮说,她不应该买一次性电话。她不应该建立新的电子邮件账户,不应该在图书馆查资料、做调查,必须留意她对父母或朋友或同事说了什么话。他们有可能去询问任何一个人。

"你没什么可隐瞒的,"蕾妮说,"重复一遍,弗里达,说给我听:我没什么可隐瞒的。"

弗里达听到唇膏和粉盒开合的声音。两个女生在议论另一个用声音来配对的应用程序的优点。还有一个依据人们的通勤模式来配对的应用程序,可以模拟你在轻轨上结识陌生人的概率。

她本会一笑置之。普通人过周末的思路。她用卫生纸抹干眼睛,回到自己的工位。

不管她来到这里是寻求怎样的释怀,那种放轻松的感觉已淡去,她的工位只是另一个想念海莉特、反思自己错误的地方而已。要是她能再热切一点地配合托雷斯女士就好了。要是她们有几个小时而非区区一小时就好了。要是她压根儿没去过威尔家就好了。要是她有本领说服海莉特一起做游戏该多好啊。要是谁也没发脾气、没咬人该多好啊。要是只有她们两个人，不用计时，没有摄像机，那个女人也没有叮嘱她们表现得正常一点，该多好啊。

今天上午她得把更正后的页面校样返给上司确认。她把页面摊在桌上，校对逗号、导师姓名和职称有没有错误。她以前会为自己的火眼金睛而自豪，现在她盯着这些字符却几乎看不懂，根本不在乎这些资料即将付印。她需要古斯特替她道歉。海莉特需要知道妈妈每分每秒都在想她。这不是妈妈的选择，也不是妈妈的错。托雷斯女士完全可以取消另一家的预约。

×

晚饭后，弗里达回到海莉特的婴儿房，自从开始监督探视以来，她每晚都回到这个房间。她面对镜头，跪坐在黑暗中，任凭思绪漫游在过去和未来，唯独无法接受难以忍受的现在。蕾妮认为政府应该看到她在赎罪。她应该工作，或是祈祷、锻炼。她应该打扫卫生。她不应该看电视，或在电脑、电话上消磨时间。她必须用行动向政府表明，她正在与内疚作斗争。她越是痛苦，哭得越多，他们才会越尊重她。

房间里有化学品的味道。人造柠檬马鞭草。这个屋子不再有海莉特的气息了，弗里达为此抱歉，也为别的一切事情难过。有几样玩具被洗得褪色了。一条羽绒被的被芯洗坏了。她把婴儿床和摇椅擦得锃亮。她把踢脚线和窗台都擦干净了，还用水清洗了墙壁。每周两次擦洗浴室和厨房，她的手都粗糙了，因为始终没戴手套，掌心起皮，指甲豁口，好像手上裹了一层毛刺。

蕾妮担心海莉特咬的那一口会影响庭审，担心社工没有监察到她们玩游戏。但她打算说海莉特是被激怒的，在当时的情况下，那孩子的反应实属自然。母女俩已分开很多天了。海莉特的日常生活被打乱了。她从没在古斯特和苏珊娜的家里和妈妈一起玩，也从没听过任何人的指令，且从来没有人计时催她。

弗里达的腿都快没知觉了。她想知道自己该摆出怎样的体态，有没有人或只是一套设备正在看她，他们是不是想看到某种特定的表情或姿势。她可以向他们鞠躬，以掌贴地，叩首三次——她的家人祈求佛祖保佑的姿势。

现在谁来保佑她呢？她希望家事法庭的法官有人情味，希望法官大人就算没有孩子，也起码有只猫或狗，总之是有灵魂、有脸孔的东西，希望法官大人体验过无条件的爱，知道什么是遗憾。儿童保护局应该对员工有这样的要求。

她挪了挪身子，让镜头看到她的侧面。屁股都坐痛了。腰也疼。最近，她一直在努力回忆一切的开始。把海莉特抱到病房的窗前，第一次让她看到太阳光。海莉特那玫瑰般的皮肤初次袒露在这个世上的空气里，吹弹可破。她忍不住，总要去抚摸她的小脸蛋，惊诧于她的女儿怎么会有这么大的脸颊、这么像西方人的鼻梁。她怎么会生出一个蓝眼睛的宝宝呢？一开始，他们有种照顾可爱的小动物而不是一个人类的感觉。生养一个新的人类，感觉好严峻。

弗里达开始哭泣。她要把身体之屋套着心灵之屋的事告诉法官。现在，那些小屋比以前更洁净，也不像以前那么害怕了。她决不会像上次那样抛下海莉特了，永远不会。

×

下次探视的时间被社工一改再改。从九月推到了十月，改到第四次时，弗里达已经可以穿小一码的衣服了。她每晚只睡四个小时，有时三个小时，有时两个小时。没有食欲。早餐是咖啡和一把杏仁。午餐是一杯绿色奶昔。晚餐是一只苹果和两片涂了黄油果酱的吐司。

她在校园里见过威尔两次，一次是在书店撞见他的，还有一次在餐饮区。她要求他别再给她打电话，也不让他在公共场合拥抱她。她的工作进度缓慢，散漫无心。有时，她出现在办公桌前时显然刚在厕所里哭过。这样的情绪让她的上司很不自在。她又一次迟交文章后，上司就取消了她居家工作的特殊待遇。他很抱歉，因为这意味着她和海莉特共处的时间会减少，但必须首先考虑部门的业绩。

"我不想闹到必须向人力资源部说明情况的地步。"上司说。

"下不为例。我保证。这阵子……"她本想说，这阵子家里有点状况。

她考虑过另谋他职，考虑过辞职，但她需要健康保险。宾大的福利很好。为了帮她得到这份工作，她父亲还欠了人情。

她一直对所有的同事隐瞒实情。教授们从不过问她的私人问题，但后勤人员大多是已婚女性，都有孩子。她们一有机会就会谈论自己的孩子，这已成了惯例。从来没有人问：你好吗？而是直接问：汤米好吗？斯隆好吗？贝弗利好吗？

她会对她们说："海莉特新学了一个词：泡泡。"

"海莉特一直吵着闹着要去动物园。"

"海莉特超级迷恋黄油饼干。"

她没有告诉她们海莉特正在接受心理治疗。据说，海莉特会在法院指定的某个儿童心理学家的诊所里得到治愈。蕾妮说，儿童心理学家可能会用到娃娃屋，让海莉特用代表妈妈的娃娃和代表宝宝的娃娃来演绎内心的感受，还会让她画画，看她用蜡笔时有多用力。心理学家会去找蛛丝马迹。他们会写一份创伤备忘录，但每个人对创伤的反应是不同的。在弗里达听来，这套做法实在太偏主观臆测了。

她没有告诉任何人，父母给她汇了一万美元的律师费，如果她需要，还可以寄更多，他们主动提出愿意从自己的退休金里拿出钱来。他们的慷慨让她倍感愧疚，简直不配做他们的女儿，也不配做海莉特的妈妈，更不配在每个早晨醒来。

她没有开口，他们就把钱汇来了。他们见托雷斯女士时很紧张。托雷斯女士不断要求他们重复自己说过的话，说得慢一点，好像她听不懂他们的口音。他们说，她说话不像正常人。她的语气听上去很友好，其实是假装的，她骨子里冷酷得像个科学家。她把为人父母之事说得像修车那样。食物的部分、安全的部分、教育的部分、纪律的部分、爱的部分。他们对这位社工说，海莉特就是弗里达的快乐。她的宝贝。她的小宝贝。

用母亲的话来说，弗里达正在吃苦。"Chi ku"这个词，弗里达已有很多年没听过了。忍受苦难。父母曾用这个词来描述她的祖母在特殊时期忍受的一切，她叫她阿嬷。父亲有时会讲起阿嬷差点被害死的那晚。她是地主的寡妇。她在村庄里被发现了，被迫下跪。她的两个儿子躲在木床下面，那个屋子就是他们的家。那天晚上，两个孩子一直在尖叫，直到把嗓子都喊哑了。他们眼看着有人用枪指着妈妈的头，威胁要射杀她。

每次听到这故事，弗里达都有点愧疚感。她觉得自己被宠坏了，很没用。她从没学过阿嬷讲的方言，除了说你好和早安，几乎没法和她讲更多话。她没法去问深爱的阿嬷，当时究竟发生了什么。但没有人用枪指着弗里达的头，没有靴子踩在她的脖子上。这种苦难是她咎由自取。

×

  探视定在五点开始。现在是十月底，星期二晚上，他们带走海莉特已是八周前的事，弗里达已有将近六周没有抱过她了。社工只提前了一小时通知她们。

  弗里达在水塘边走来走去。昨晚有暴风雨，空心南瓜灯里积水了。现在的飓风季持续的时间比以往长。人造蜘蛛网都耷拉下来了。她的同事们这阵子总问起海莉特要在万圣节扮谁。她对这个女同事说扮狮子，然后对那个女同事说扮瓢虫。

  四点五十八分，她看到社工从一辆出租车里出来。她走过去，感谢她安排了这次探视。她没时间回家换衣服。幸运的是，她碰巧穿了灰黑色条纹毛衣裙，足以掩盖她体重骤减的事实，还戴了一条紫色围巾，足以遮住最近变得锐利的下颌线。

  社工没为多次取消预约而道歉，也没为临时干扰海莉特的傍晚作息而道歉。她们寒暄了几句交通状况和昨晚的龙卷风预警。

  古斯特和苏珊娜的公寓里亮着浪漫的氛围灯，烤箱里飘来肉桂的香气，也让屋里非常温暖。他们的门上挂着树枝和干浆果花环，餐桌上有一盘小南瓜。

  弗里达看到苏珊娜和社工见面时互相拥抱，顿感震惊。轮到弗里达时，苏珊娜的拥抱一如既往地霸道，一旦抱住就不放手。她吻了吻弗里达的双颊，问她是怎么熬过来的。

  "我还好。"弗里达看向社工，确保她在听，"谢谢你带她去诊所。我知道日程安排得有点紧。我想让你知道，我很感激——"

  "没什么的。我很高兴能帮上忙。"古斯特和海莉特在婴儿房里。"她有点不高兴，"苏珊娜说，"她今天只睡了二十分钟。我们想早点给她吃晚饭，但她没吃多少。你大概要喂她吃点东西。"

苏珊娜接过外套，邀请她们落座。她端上了茶和甜点。她做了无麸质苹果酥。

弗里达说她们没有时间，但社工高高兴兴地接受了。边吃边喝边闲聊，眼看着十分钟过去了。

苹果酥很好吃。哪怕心有不甘，弗里达还是吃了。她憎恨苏珊娜和社工交换着友好的表情，憎恨她们用缩略词顺畅交流的那种默契，憎恨她们聊起海莉特忘在托雷斯女士办公室的小外套，憎恨苏珊娜会在海莉特和戈德堡女士的下一次心理治疗时带一份点心。社工称赞了苏珊娜的佩斯利花纹的田园丝绸长裙和她的金手镯。

苏珊娜说他们星期四会带海莉特去西费城玩"不给糖就捣蛋"。克拉克公园旁边的那些房子装饰得最有氛围。那儿会有一场儿童游行，在小奥色治有个聚会。海莉特要扮桃乐丝。他们会和威尔还有别的朋友相聚。

听到威尔的名字，弗里达警觉起来。她大口大口地喝茶，把上颚都烫着了。"你们会让她吃糖吗？"

社工放下叉子，开始做笔记。

"糖的事我不知道呀。这更多是为了体验吧。我真希望你能和我们一起去。"苏珊娜将扮作铁皮人。古斯特是稻草人。"太糟糕了……"她说，"你本来可以扮作……对不起，简妮。我该去看看他们怎么样了。"

弗里达把吃剩的酥皮推到小烤盘的边缘。她舔了舔叉子。她的父母把苏珊娜称作"坏蛋""白鬼"。等这档事结束，她要问他们怎样用普通话说"妓女"，从此往后这就是苏珊娜的专用名。

海莉特露面时，只剩下二十三分钟了。海莉特在揉眼睛。她愣了一下，才注意到弗里达，那个小小的停顿仿佛一道细微的裂缝，足以灌入弗里达所有的噩梦。社工开始拍摄。

"过来。"弗里达张开双臂。海莉特比她日思夜想中的海莉特更大一点，但同时又小了一点。感觉她好像长大了一岁。她的头发长长了，更黑、更鬈了，缠在一起。她光着脚，穿着米色无袖棉布连衣裙，就这个季节来说太轻薄了。

"大女孩，"弗里达说道，声音哽咽，但语调很欢快，"我好想你啊，想死你了。"她亲吻海莉特，抚摸她脸颊上的湿疹斑点。"你好呀，小美人。"

她们把额头和鼻子贴在一起。她说了对不起，因为打乱了海莉特傍晚的作息规律。她问海莉特明不明白接下去要做什么，妈妈为什么会在这里，她们要做什么，为什么她们必须玩一会儿。

"探视。"海莉特把辅音念得很重。

她真不希望女儿学会这个词，不该以这种方式。

"想妈妈。"海莉特又说道。

弗里达再次拥抱了她，但她们只能短暂地沉湎于此。社工要求古斯特和苏珊娜让她们单独待一会儿，六点准时回来。海莉特看到他们朝门口走去，立刻飞快地跑过去，抱住他们的腿。

海莉特抓住了苏珊娜的脚踝。社工建议古斯特和苏珊娜马上走。他们就在海莉特的尖叫声中出了门，口口声声说很快就回来，再小心翼翼地关门，以免夹到海莉特的手指。

海莉特拍打大门，要爸爸和苏苏回来。弗里达央求她配合这边的事。她试图把海莉特抱回客厅，但她就像一条小泥鳅，怎么也抓不住。

"刘女士，她能走，"社工说，"你应该让她自己走。"

这个傍晚的面对面持续互动是由好言相劝和坚决不从、你追我逐和苦苦哀求组成的，海莉特的怒气在持续上升。她的玩具箱里的东西都散落在地板上了。海莉特仿佛被什么人偷偷打过一顿的小孩，怒火攻心，最后鼻血爆发。

"宝贝，请你冷静下来。求你了。哦，求求你了。"

海莉特扭来扭去，被自己的泪水呛到。她顺手一抹，鼻血横贯脸颊，然后在象牙白色的地毯上擦了擦沾血的手。鼻血一直在流。弗里达照料海莉特的过程被社工全程纳入镜头，她把纸巾捻成一小条，塞进海莉特的鼻孔。她用一只手按住海莉特的额头，确保她的头往后仰。她拼命地回忆她的父母和婆婆以前是怎么做的。这是海莉特第一次流鼻血。

血终于不流了，弗里达请求社工允许她带海莉特去厨房喝水。

"只要她自己走就可以。"社工说。摇摇晃晃地走过去、找到吸管杯、倒水、哄海莉特喝水、擦干湿漉漉的下巴这一系列动作耗费了更多时间。海莉特的裙子都湿了。她在发抖。

弗里达扯下自己的围巾，裹在海莉特的肩膀上。"不，宝贝，请你别这样。"海莉特正在嘬手指上的血痕。"你很快、很快就能去睡觉了。不，不，别哭啊。和妈妈坐一会儿。"

她们就在厨房地板盘腿坐下，背靠着烤箱，弗里达坐在一小摊刚刚洒出来的水里。社工告诉她们还有五分钟。是时候玩游戏了。

"她已经累坏了，"弗里达说，"你看看她啊。"

"如果你想这样使用你的探视权，我没意见。"

"拜托，托雷斯女士，请您通情达理。我们已经尽了全力。"

弗里达问海莉特她饿不饿。海莉特摇摇头。她没有讲话，只是咿咿呀呀的。她爬到了弗里达的腿上。弗里达一直梦想着这一刻，海莉特把母亲的怀抱当成家，把她的身体当成家，就像最早最早、她刚出生的时候那样，母亲和孩子双双回到了过去。她亲吻海莉特有点烫的额头。她用指尖沾了点口水，想抹去已经干涸的血迹。海莉特的眼睛闭上了。

"刘女士，请叫醒她。这不合时宜。"

弗里达没理会这则提醒。她太喜欢这种感觉了，感受海莉特微微扭动身体，让自己依偎得更舒服。海莉特信任她。海莉特原谅了她。如果她在母亲的怀抱里没有安全感，就不会这样安然睡去。

×

日子一天天过去，弗里达无时无刻不挂念社工，有了新欢也不过如此。她到哪儿都带着手机，把铃声调到最高。任何一天都可能是社工打来电话的日子，她确实会打来，然后取消约定。

社工声称自己很忙，可能没时间安排第三次探视。"别担心，"她说，"他们把她照顾得很好。"

每天晚上，弗里达都跪在黑漆漆的婴儿房里，思念从她身体里剖出来的孩子，应该在她身边的孩子，然而没有，她不在她身边。没有真正地在她身边，已经八个星期了。九个星期。十个星期。现在十一月了，海莉特已经二十个月大了。

×

听证会的那天早上，弗里达是被冻醒的。她的被子被踢下了床，被单缠绕在她的腿上。她睡前留了一扇窗，让寒意进入她的心灵之屋和身体之屋，进入她每晚都在等待女儿回来的房间。五点十四分。她关上窗户，披上晨袍，走下楼，强迫自己吃东西。一整个夹了奶油奶酪的贝果面包。十块薄脆饼干。一根巧克力海盐蛋白棒。咖啡和绿茶。昨天，她往冰箱里塞满了有机全脂牛奶和干酪、本地种植的苹果、有机鸡胸肉和蓝莓。她还买了牛油果、磨牙饼干和儿童糙米麦片。

蕾妮要她抱持希望。最坏的结果是进行更多次监督探视，但法官也可能批准无监督的探视，或过夜探视，甚至共同监护权。

弗里达洗了个很长时间的澡，用丝瓜络擦，直到皮肤变得粉嫩。她仔细地吹干头发，用小圆梳把刘海梳理蓬松。她对着镜子练习微笑。蕾妮说，妆容要柔和，头发要蓬松，耳环要小巧。弗里达买了新衣服。定制的修身套装是灰色的，不能是黑色的。开衫要象牙色，而且是马海毛的。

穿戴齐整后，她把吃进去的早餐全部吐了出来。然后刷了牙，喝了一瓶苏打水，重新涂上口红。蕾妮说，只要法官做出裁决，一切都会迅速推进。古斯特要参加听证会，苏珊娜会陪海莉特留在家里，但弗里达今晚或明天就可能见到海莉特了。

一次表现良好的探视本可以抵消咬伤事件，但咬伤再加上流鼻血就需要赢得法官额外的信任，而法官理论上不太会给予额外优待，不过蕾妮说她们还是可以赢的。她不想说得太直白，但法官可能不会把弗里达视为有色人种。她不是黑人或棕色人种。她不是越南人或柬埔寨人。她不是穷人。大多数法官都是白人，而白人法官往往会判白人母亲疑罪从无，弗里达的肤色算是够白了。

她叫了车，抵达中心城区，蕾妮和古斯特已在家事法庭大楼的大厅里等她。这是一栋玻璃和钢铁构成的新建筑，占据了半个街区，走过市政厅和迪尔沃思公园就到了，街对面是时髦的艾美酒店。

他们把各自的钱包和手机放进安检扫描仪，通过金属探测仪。她真希望古斯特没穿西装。自从婚礼之后，她就没见过他穿西装了，可他今天这么帅，简直让人心烦意乱。

不过，他看起来很累。她问他海莉特睡得怎么样，今天早上怎么样，他们有没有向她解释过今天很重要，很快就不会再有计时见面的安排了。

"我想过要这么说的，"古斯特说，"但简妮叫我们不要轻易承诺任何事。"

蕾妮让弗里达保持安静。在这儿交谈不安全。进了电梯，和他们并肩站的都是疲惫的政府公务人员和愁眉苦脸的父母。古斯特尝试用目光和弗里达交流。她拼命牢记自己身在何处，记住她为什么在这里，她不能要求他拥抱她，无论她多么需要。古斯特曾在离婚法庭上牵住弗里达的手，令蕾妮无比惊骇。牵手显然让他感觉更好，而让弗里达感觉更糟，那何苦还要牵呢？蕾妮问过她。为什么要帮他开脱？

电梯门在四楼打开。托雷斯女士在签到台前等着他们。弗里达用指纹签到。这里有四个法庭，每个法庭都有单独的等候区，还有设在法庭旁边的小会议室，律师和客户可以在这里私聊。塑料展示柜里摆放着介绍咨询服务、就业服务、福利办公室和庇护所的小册子。地板会让人想到高端医院，很光滑，但有点脏，悲伤仿佛烙印到了墙壁里。晨光从一排窗户射进来，一排排橙色的扶手椅被铆牢在地板上，不论坐在哪里都能看到电视，不论哪台电视都在播放园艺和家政频道。

放眼看去，弗里达觉得只有自己是亚洲人。不是律师但穿了西装的白人只有古斯特。电视里正在播放浴室改造节目。加利福尼亚州的一对夫妇想在主浴室里增加一个按摩浴缸。

弗里达和古斯特选在最后一排坐下。社工和蕾妮分坐在他们两侧。弗里达感谢古斯特请了一天假。她想申请增加与海莉特相处的时间。他们可以轮换着休假。如果圣诞节不行，古斯特可以让她和海莉特过感恩节，或者，鉴于过去两个月的情况，他可以让她两个节都和海莉特一起过。

他们头顶的屏幕上轮番播放了新墨西哥州的景观工程、康涅狄格州的泳池别墅、修复勃起功能障碍的广告、业主保险广告、浸入式搅拌机广告，以及各种止痛药广告，有些药物的副作用包括可能致死。

她看街对面酒店里的清洁工换床单。上午的时间在流逝，排队的人越来越多。有人提醒家长们讲话小声点。出现了更多的社工，更多的律师。有些父母好像是第一次见到他们的律师。有些孩子爬到座位上，先和他们的妈妈说话，再和他们的爸爸说话。他们的父母并没有坐在同一排座位上。

每隔一小时，弗里达就要去洗手间，洗个手，再往额头上多扑一点粉。她一直在冒汗。她觉得自己肯定会得胃溃疡。蕾妮有时会跟着她去洗手间，叫她赶紧回来。他们去街对面吃了午饭，油腻腻的三明治，她的胃里越发不舒服了。

法院指定的儿童心理学家来了。戈德堡女士四十多岁，白人，正怀着孕，金色短发剪成内扣波波头，完美的椭圆形脸上神情祥和，像是莫迪利亚尼的画里的人。她热情地和弗里达打招呼，说很高兴终于见到她了。

"海莉特是个特别的孩子。"她说。

戈德堡女士在弗里达和古斯特的这一排坐下来，州政府的律师们也一样。弗里达没有让她的父母飞过来，现在有点后悔了。蕾妮不希望他们列席听证会。她打算在辩护时打出单亲母亲这张牌。法官不需要知道弗里达有别的经济资助来源，如果她可以让父母帮她支付日托费用或房租，那她只需做兼职就好了。

但他们已经帮她念完了研究生。她住在布鲁克林时，他们也帮她付过租金。分居期间，他们帮她付了律师费，给她钱买车、买家具。她都快四十岁了。她的父母在这个年龄已经拿到了大学的终身教职，还拥有了自己的房产。他们还肩负着扶持六七个亲眷的重任。

他们一直在等消息。只要法官批准,他们立刻就去见海莉特。弗里达看着一些人泪流满面地走出法庭。她听到了喊叫声。有个父亲是戴着手铐被人押送出来的。夫妻在争吵。警卫对社工们很无礼,社工对父母们很无礼,律师们在发短信。

窗外的天色越来越暗。她眼看着窗玻璃上映出自己的身影。等候室里变得空荡荡的了。蕾妮说,他们可能要明早再来。托雷斯女士被传唤了好几次,去为别的案件作证。古斯特从自动售货机里买了几瓶水和零食给弗里达,劝她吃点儿。他给苏珊娜发短信,发现海莉特今天没睡午觉。他给老板打电话,问他明天能不能再请一次假。

"是的,因为我女儿的事。"他说。

弗里达在四扇门间瞄来瞄去。她需要知道自己会被分配到哪个法庭,将面对哪个法官,是严厉的还是宽大的,托雷斯女士会说什么,儿童心理学家会说什么,州政府认为她怎么样。她需要抱紧她的女儿,需要亲吻她,告诉她过去两个月发生了什么。她的婴儿房早就收拾好了。家里一尘不染。冰箱里囤了好多好吃的。很快,她就不必再看到任何陌生人了。妈妈不用再一天天、一周周地日思夜想了。

弗里达继续等待。她看着时钟。大楼五点关闭。四点十七分,警卫叫到了她的名字。

五

弗里达还是个孩子时，完全没有方向感。北意味着上，南意味着下，下到地面之下，至于东和西，几乎没什么感觉。道路让她紧张，多年来她一直抱怨自己缺乏空间协调能力，变换车道会把她吓得浑身僵硬，直到三十六岁，她才重起炉灶，学会了开车。不用开车是她热爱纽约的原因之一。她从未想过自己会怀念开车的感觉，但这次坐大巴的时候，她一路羡慕旁边车道上的司机：载着三个尖叫的孩子的女人，发短信的少年，掌控送货卡车的男人。现在是十一月下旬，感恩节前的星期一，距离她最后一次见到海莉特已有四周，距离她人生中最糟糕的那天已有十二周，弗里达即将改变她的生活。

家事法庭的法官说她必须这样做。

妈妈们要在日出前出发。早上六点，她们在家事法庭大楼前集合，与亲朋好友们道别，上交她们的电子设备。规定要求她们空手而来，顶多带一只手袋。不许带行李、衣服、洗漱用品、化妆品、珠宝、书籍或照片。不许带武器、酒精、香烟或毒品。她们的手袋将被仔细搜查，还要被搜身。她们要通过扫描仪。有个妈妈的胃里有一袋大麻，还有个妈妈吞了一包药片。这两个妈妈没有上巴士。

坐在弗里达旁边的妈妈说要朝窗外看看。"还他妈的要开多久？"

弗里达不知道。她没戴手表，但天已经亮了。她没去注意路标，因为饥饿、口渴、干裂的皮肤、流鼻涕占据了她的心神。还有对海莉特的思念。

她旁边的妈妈是个深褐色头发的白人，二十多岁，非常疲惫，有一双变幻莫测的蓝眼睛。这个女人的手上有玫瑰和蜘蛛网的文身。她一刻不停地撕美甲贴片，在小桌板上留下一堆薄薄的红色碎片。

弗里达从手袋里拿出她的待办事项清单，再次查看。她找出一支笔，开始涂抹螺旋形和心形图案。这是她几天来第一次安安静静地坐着。过去的一星期里，她辞去了工作，解除了租约，收拾了房子，把她和海莉特的东西搬进仓库，付清账单，冻结了信用卡和银行账户，把她的珠宝和文件交给威尔保管，把她的车借给了威尔的一个朋友，和她的父母告别。

今天早上是威尔陪她到集合地点的，他一直抱着她，直到她上了大巴。最后一个自由的夜晚，她是在他家的沙发上度过的，要是她能停止哭泣，说不定会去吻他，甚或睡在他的床上。她不希望他脱掉她的衣服，不想让他看到她发了荨麻疹。他想去看望她，想给她寄信和食杂包裹。但这些事都是他们不允许的。

昨天晚上，他给她做了炖鱼，说服她吃下涂了黄油的面包，还有一片巧克力蛋糕，好像她能在一夜之间恢复失去的体重。

坐在弗里达旁边的妈妈脱下羽绒服，盖在身上。弗里达的手搭在扶手上。她身边的妈妈开始打鼾。弗里达盯着这女人手上的文身看。不管是提问还是树敌，现在都为时过早，但她想问问这个女人的孩子的情况。她是不是失去了孩子的监护权，或是不止一个孩子？她想问问孩子几岁了，打探一下她的孩子是被寄养了还是住在亲戚家。她想知道这个妈妈做了什么，是不是也有人生中最糟糕的一天，或糟糕的一星期，或糟糕的一个月，或索性是糟糕的一辈子？想知道他们对她的指控是否属实，或是他们扭曲或夸大了事实，以至于听上去很病态？

她想咆哮怒斥那场听证会，尊敬的希拉·罗杰斯法官说："我们会匡正你的，刘女士。"如果有谁能够理解这种话的意思，她很想倾吐一下。

她的血管竟然没有爆掉，也没有晕倒，古斯特哭得比她还凶，这都让她无比惊讶。

"我们给你一个机会，参加一套新的康复计划，"法官说，"你将接受为期一年的指导和培训。在专门的寄宿机构里，和像你这样的妇女在一起。"

法官说这是她自己的选择。

为了让海莉特回到自己身边，弗里达必须学会做个更好的母亲。她必须证明自己有能力体现真正的母性情感和母子依恋，训练她的母性本能，表明她是值得信任的。明年十一月，州政府将裁决她是否取得了足够的进步。如果没有，她的父母权将被终止。

"你需要通过我们的考查。"法官说。

罗杰斯法官的一头灰色鬈发用塑料头箍拢向脑后。弗里达心想，这个头箍太不职业化了，简直像一种侮辱。她还记得法官鼻子边有颗美人痣，记得她的蓝色小方巾。她记得自己眼看着法官的嘴在动。

法官几乎没让蕾妮插进一句话。州政府的律师说弗里达的过失令人震惊。警方那份该死的报告很有说服力，写明了她认为工作比孩子的安全更重要。当时可能发生任何事。海莉特可能被拐走，被性骚扰，被杀死。

儿童保护局的人针对弗里达的性格写了份报告。他们指出，在六十天内，她没有一位访客。监察开始后不久，她与工作无关的电子邮件、短信和电话急剧减少。还有几次，她似乎故意把手机留在家里。

他们关注到她的饮食、体重减轻和睡眠状况。他们说她的行为表现很不稳定。一开始，她声称过度劳累，但这与她在事发后的行为并不相符，因为她家在一夜之间就变得一尘不染。对她的表情分析表明她有怨恨和愤怒的情绪，极其欠缺懊悔，有自怜倾向。她的情感趋于内向，而非指向她的孩子和社区。

"我不赞许刘女士的态度，"社工说，"就我而言，很难和她打交道。她很生硬。就海莉特而言，她需要支持。"

社工说弗里达会顶嘴。弗里达不能听从指示。弗里达不断地要求特殊待遇。她无法设定界限。看看咬人、流鼻血和海莉特的退步就知道了：她明明会走路，却要爬，她见到她就不肯好好说话，想要被抱，爬到母亲的怀里，表现得更像婴儿而非幼儿。另需参考：事发当天，这位母亲将孩子放进了跳跳椅。利用不再适合发育情况的设备来困住孩子，只为不让她碍事。

"我认为我们不能完全排除身体、情感或言语上的虐待，"社工说，"我们怎么知道她从来没有打过海莉特？也许她没有留下伤痕。邻居们告诉我，他们听到过叫喊。"

法庭指派的心理学家在报告中写道，他没有发现弗里达有充分的悔改之意。她对共同抚养者心怀敌意。她是个自恋狂，有愤怒管理问题，冲动控制能力差。他们参考了她的医疗记录：十九岁时被诊断为临床抑郁症，服用抗抑郁药超过十七年。有惊恐发作、焦虑和失眠病史。这位母亲很不稳定。这位母亲在自己的精神健康状态上撒了谎。她还可能在什么事情上撒了谎呢？

大巴拐上了一座桥。这儿车挺多。司机紧跟着前车。弗里达低头看向结冰的河面。现如今很少有这么冷的天气了。去年，樱花在一月盛开。

明年十一月，海莉特将满三十二个月。她所有的牙齿都该长齐了。她应该能说出一句话了。弗里达将错过她的两岁生日，错过她上学前班的第一天。法官说，每周都能打一通视频电话，每周日，十分钟。"相信我，"法官说，"我也是母亲。我有两个孩子和四个孙子。我非常清楚你在经历什么，刘女士。"

弗里达把头靠在窗玻璃上。苏珊娜要留意，海莉特今天得戴帽子。天气寒冷的日子里，她会疏于给海莉特添衣。血液涌向弗里达的脸。她想知道海莉特今天早上几点起床，海莉特现在在做什么，海莉特早餐吃了什么，古斯特有没有按照承诺每天转达口信。妈妈爱你。妈妈想你。妈妈非常抱歉她不在。妈妈很快就会回来的。

✕

妈妈们下车了。她们都眯着眼睛，瑟瑟发抖。她们伸伸腿脚，抹抹眼睛，擤擤鼻涕。还有几辆大巴也开进了大房子前的停车场。会有多少个妈妈在这里？在家事法庭大楼前，弗里达数过，共有八十六个女人。蕾妮跟她打过包票，真正的罪犯——杀人犯、绑架犯、强奸犯、猥亵犯、儿童贩子和色情作品贩子——仍会被送进监狱。蕾妮说，儿童保护局处置的大多数父母都会被指控为儿童失职罪。多年来一直如此。

"既然有监控，你的安全应该没问题，"蕾妮对她说过，"我希望每个人都会守规矩。"

弗里达知道父母非常担忧，因而把这套说辞也灌输给了他们。

警卫们把妈妈们从停车场引向一条宽敞的人行道，道路两边都是光秃秃的橡树,感觉像在法国乡间的大庄园。她们走了十分钟。弗里达听到一个警卫说她们要去皮尔斯厅。前方矗立着一栋灰色石头建筑,窗棂是白色的,高大的立柱也是白色的,圆顶是灰色的。

入口处,有个身穿粉色大褂、身材修长的白人女子站在门边,两个警卫分立两边。

按照蕾妮的猜想,她们会被送到一个隐蔽的地方,但这些妈妈所到之处却是一所古老的文理学院,属于这十几年中破产的众多学院之一。二十二年前,弗里达和父母参观各大高校时还来过这个校园。她至今仍记得一些细节。她父母常常说起那次游览。这所大学是他们为她首选的院校。校园占地四百英亩,一千六百名学生,附带两处森林和一个池塘。一个户外圆形剧场。一个植物园。好几条徒步小径。一条溪流。

这所大学是由贵格会成员创建的。自行车架还在原位。废品回收箱。公告板上还保留着图钉。白色阿迪朗达克户外椅。蓝色应急灯和电话亭。弗里达觉得自己应该可以松口气了。在她的想象里,自己会被送到没有窗户的房间或地堡,会被单独监禁或殴打。但她们离主干道只有几分钟的路程,校园是她熟悉的世界。警卫们没有佩枪,妈妈们也都没有戴手铐。她们仍是正常社会的一部分。

警卫们让妈妈们排成一列。穿粉色大褂的女人开始核对每个妈妈的名字和罪名。弗里达踮着脚尖听别人说了什么。

"失职。"

"失职和遗弃。"

"失职和言语虐待。"

"失职和营养不良。"

"体罚。"

"身体虐待。"

"遗弃。"

"遗弃。"

"失职。"

"失职。"

队伍迅速往前移动。穿粉色大褂的女人的体态无可挑剔。她看起来三十出头，棕色鬈发梳成了波波头。皮肤上有雀斑，牙齿小巧，一笑就会露出太多牙龈，看上去好像按捺不住喜悦。她的声音很尖细。她有点夸张地把每个音节都念清楚，和母语非英语的人或小孩子共事的人才会这样发音。她那身实验室大褂是最浅的胭脂粉色，通常给女婴穿的那种颜色。她的名牌上写着：吉布森女士，主管助理。

"请把眼镜摘下来，"吉布森女士对弗里达说，"我需要扫描你的瞳孔。"

弗里达摘下了眼镜。吉布森女士托起她的下巴，用笔状的装置扫描了她的视网膜。

"请说出姓名和罪名。"

"弗里达·刘。失职。"

吉布森女士露出灿烂的笑容。"欢迎，刘女士。"她查看了她的平板电脑，"实际上，我们是以失职和遗弃的罪名收你进来的。"

"肯定搞错了。"

"哦，不。不可能。我们不会搞错的。"

吉布森女士递给她一只帆布袋，让她在标签上填写名字，等她安顿好宿舍里的事后就把私人衣物都装袋存好。稍晚一点会有人来收这只袋子。所有妈妈都会住在肯普楼。今天过后，所有人都要穿上制服。

这就开始了，弗里达心想。她是坏妈妈，身在一群坏妈妈中。

她失职并遗弃了亲生女儿。她没有历史，没有其他身份。

她走进皮尔斯厅，走过铺了地毯的厅堂，来到有金色吊灯和圆形玻璃大桌的门厅，那张大桌以前肯定是用来摆大花瓶的。昔日办公室的标牌还留存于此：就职辅导和财务援助、海外学习、财务主管办公室、招生处。

在门厅里，她还没看到摄像机就感觉到了，那是一种微弱的、被挠痒的感觉，好像有人用指尖划过她的背、脖子。天花板上安装了摄像头。她心里清楚，每条走廊、每个房间、每栋楼外面都会有摄像头。

她找到一个靠墙的位置，开始数人头，尽量不盯着别人的脸看。她摆弄着围巾，不知道该用手做什么，想不起来上一次置身于陌生人中间且没带手机是什么时候。

她按年龄和种族把妈妈们分门别类，假想政府也是这么做的，一如往常，她怀疑自己是特例时就会这样想。刚搬到费城的时候，她数过一星期内看到了多少亚洲人，古斯特还曾为此取笑她。

妈妈们警惕地互相打量。有人坐在通往昔日教务长办公室的楼梯上。有人攥着手袋，叉着胳膊，或是甩甩撩撩头发，或是踱着步子疯狂地绕小圈走。弗里达觉得自己又回到了初中时代。她打量着这些新面孔，希望还能看到亚洲人，但一个也没有。有几个拉丁裔妈妈凑到了门厅的一侧，几个黑人妈妈移到了另一侧。三个身穿羊绒大衣的白人中年女人挤到了警卫旁边、最远的角落里。

这三个白种女人都摆出了臭脸。弗里达很遗憾自己穿了紧身牛仔裤和踝靴，还有羊毛无檐小圆帽、毛边派克大衣和嬉皮士眼镜。她浑身上下都贴满了中产阶级标签。

等所有妈妈都办完了签到手续，穿粉色大褂的女人就会招呼她们穿过皮尔斯厅，从一个侧门出去。她们走过石砌庭院、有钟楼的小教堂和几栋两三层的灰石教学楼。到处都有树，连缀好几英亩的草坪现已被高高的围栏围住，顶上还有铁丝网。

树木都贴有英文和拉丁文的名称标签。弗里达一个一个看过去。美国椴树、大果栎、日本枫树、东北梓树、喜马拉雅松、鹅掌楸、东部铁杉。

要是她的父母能看到这些就好了。要是古斯特能看到就好了。要是她能告诉威尔就好了。但她永远不能跟任何人说。妈妈们不得不签保密协议。即便她们以后离校也不能谈论本校，也不能在每周的电话中提及任何与本项目相关的事情。如果有人泄露了，无论之前的案件判决如何，她们的名字都将被添加到"失职父母黑名单"系统中。以后，但凡她们想租房或买房、为孩子报名上学、申请信用卡或贷款、申请工作或政府福利——不管做什么，只要她们需要报出自己的社保卡号码时，世人就会知道她们有过失职罪行。黑名单系统会提醒社区，有个坏父母搬到了这个街区。她们的名字和照片将被公布在网上。人生中最糟糕的一天会从此尾随她。但凡她说了什么，但凡她被开除，但凡她弃学，一切都会暴露于天下。

昨晚，威尔一直在说海莉特不会记得的。没错，这一年会很可怕，但时过境迁后就会成为故事，就好比弗里达去打仗了，就好比她被绑架了。他认为弗里达应该倒计时，直到她与海莉特重逢，而不该去计算失去了多少时间。

"她依然会是你的宝贝，"他说，"她不会忘记你的。古斯特和苏珊娜不会让这种事发生的。"

她们来到一个圆形大厅，里面曾是学院附设的老剧院。妈妈们连连抱怨。她们又冷又饿又累，需要上厕所。警卫们护送她们去女厕所，每次去五个人。

弗里达在观众席倒数第二排找到一个座位。舞台中央有一个讲台,后面是大屏幕。她听到有人说她们可能要戴上脚踝监测器。另一个人认为,他们会叫她们的号码,不再用她们的本名。吉布森女士似乎太热衷于签到流程了。

过去的一小时里,弗里达一直想去小便,但她愿意等。她跷起腿,对海莉特的思念、对法官傲慢语气的念念不忘、对父母血压的忧虑、对苏珊娜和海莉特相处的种种假想似乎构成了隐形节拍器,指挥她有节奏地摆动脚尖。

大巴上坐在她旁边的妈妈认出了弗里达,也在这排坐下,和她相隔两个座位。她的妆已经哭没了,现在看起来反而年轻多了。弗里达和她握了握手。"对不起,我应该早点和你打招呼的。"

"没关系。这儿又不是营地。"

这个女人叫艾普尔。她像青少年那样有点耸肩弓背,嘴唇又宽又活络。她们聊了聊反常的寒冷,以及疯狂地想念自己的手机让她们觉得很傻气。

话题慢慢转向她们思念的孩子。艾普尔来自费城的马拉杨克区。"他们逮到我在杂货店打孩子的屁股。有几个老太太跟踪我到停车场,记下了我的车牌号。"

弗里达点点头。她没把握这时该说什么。说不定有隐藏的设备会录下她们的谈话。她认识的人里面没人会打孩子屁股,她希望自己相信打屁股比离开孩子更糟糕,相信她的情况不一样,更好一点。但法官说她给海莉特造成了心理创伤。法官说,海莉特的大脑发育可能因为那两个多小时的独处而发生异样。

吉布森女士走进剧院,登上舞台。她敲了敲话筒。"试音,"她说,"试音。"

这天上午,她们见到了该项目的执行主管,奈特女士,一位身穿米色裙装的高大金发女郎,肤色是晒黑的,在十一月里显得很不自然。奈特女士脱掉了外套，显露出苦苦磨炼出来的精干身材。她把头发留得很长，很蓬松，俨如上了年纪的花瓶娇妻。

妈妈们有点躁动。奈特女士的钻戒在灯光下反射出犀利的冷光。她让她们看了些图表，逐一展示了不良教养方式与青少年犯罪的关联，不良教养方式与校园枪手的关联，不良教养方式与少女怀孕的关联，不良教养方式与恐怖主义的关联，更不用说高中和大学的毕业率、未来收入预期了。

"匡正家庭，"她说，"匡正社会。"

奈特女士告诉她们，全国各地都在兴建培训中心，但这两个中心是第一批投入使用的。这里针对母亲，另一个培训中心在河对面，针对父亲。沃伦州长拔得头筹。明年会安排几个父母共同训练的学期。男女同校的课程细节尚在制定中。

"你们很幸运。"她说。仅在几个月前，她们都会被送去育儿班，用一本过时的手册展开学习。但是，抽象地学习育儿知识有什么用呢？差劲的父母必须由内而外地加以转变。正确的本能，正确的感觉，有能力在瞬间做出安全的、有培养力的、有爱的决定。

"现在，跟着我念：我是一个坏妈妈，但我正在学习成为好妈妈。"

幻灯片上打出了这句话，每个词的每个字母都是大写的。黑色背景上的淡粉色字母。弗里达瘫在了她的座位里。艾普尔假装向自己的头部开枪。

奈特女士用手拢着耳朵。"我听不见，女士们。让我听到你们的声音。我们要保持同步，这很重要。"她用很慢的速度，把每个字都念得很清楚："我是一个坏妈妈，但我正在学习成为好妈妈。"

弗里达张望了一下，看看别人有没有跟着念。很可能，这一整年都得靠合作撑下去。蕾妮说过，化整为零是上策。一次消灭一天,一口气熬过一星期;离海莉特越来越近。

她们身后有人说这是在开玩笑吧。那个女人把奈特女士叫作"芭比独裁官"。

奈特女士让她们大声念。弗里达缩了缩脖子,但最终,她也跟着念出了这句话。

奈特女士终于满意了,接着开始解释管理规章。"希望你们妥善使用州政府的财物。损坏任何设备都需赔偿。务必保持宿舍整洁。你们要尽可能地尊重和体谅室友、学友及他人。要有同理心。同理心是我们这个项目的基石之一。"

她继续说:"持有或使用毒品或酒精,或吸烟的人,将直接被开除,因此,父母权也将自动终止。每周会有一名辅导员来检查,监督你们的进展,并帮助你们理解各自的感受。女士们,我们始终与你们相伴。嗜药和嗜酒者扶助小组将在每天晚餐后开展小组活动。同样,你们会得到一些美容方面的特权。我们理解你们在这里也想要自在一些。"

当然,奈特女士说,这里不允许出现打架、偷窃或情感操纵等现象。"我现在已有觉悟,我们女性是可以有竞争力的。勾心斗角的游戏无穷无尽,但你应该希望同期培训的妈妈们都能成功。"她们应该把这所学校看作姐妹联盟,互惠互利。

"我不想听到霸凌或造谣之类的事。如果你发现某个姐妹有自残行为,应立即上报。我们有心理健康专家为你们提供全年无休服务。我们有一条电话热线。肯普楼的每一层都有一部电话。你可能会发现自己提不起劲儿,但你不能陷在没有希望的境地。记住,隧道的尽头有光,那束光就是你的孩子。"

根据孩子的性别和年龄,情况类似的妈妈们将被编组培训。把青少年的妈妈和婴儿的妈妈合并在一起训练是没用的。目前,每个班的学员数量宜少不宜多。分班的时候要看最小的孩子的年龄。女孩的妈妈和男孩的妈妈将在不同的教学楼里接受培训。"女孩和男孩的需求相当不同。"奈特女士说。既有女儿又有儿子的妈妈每周有三个晚上、每两周有一个周末接受额外培训。有三个以上孩子的妈妈将非常忙碌，不亚于那些有上瘾问题的妈妈。

任务是艰巨的，但妈妈们必须抵制任何弃学的念头。政府对她们寄予厚望。奈特女士还强调了一句：外面的铁丝网是带电的。

×

这个校园的规模决定了妈妈们要听从指挥，一小群一小群地在楼舍间移动。活像一群羊被赶着走，弗里达心想。去食堂的路上，她无意间听到有人谈到了新西兰。如此开阔的空间令她们想到了新西兰。有钱人不都在世界末日前去新西兰买地吗？

"我家孩子会爱死这地方的。"那个女人失落地说。

食堂足以容纳千人。所以，妈妈们尽可在这个巨大的厅堂里分散开来。有些人独坐。有四五个人围坐一桌。有些身穿粉色大褂的女人在过道上走来走去，一边察看，一边在她们的便携设备上做记录。

用作食堂的大厅有高高的天花板和彩色玻璃窗，墙上挂着历任校长的肖像画。桌子黏糊糊的，上面刻了些名字、数字和交叉线。弗里达小心翼翼地让手肘和木桌面保持距离。她满脑子尽是鸡毛蒜皮的事。她觉得自己很愚蠢，竟然纠结于污垢、公共淋浴间、想要自己用惯的面霜。

妈妈们在轻声交谈。谈话时断时续，好像在试着用外语讲话。言语间会有很长的停顿和犹豫，欲言又止，话说一半。她们越来越安静，凝视远方。她们的眼睛湿润起来，这些女人的热望足以给一座小城镇供电。

弗里达这张桌边的妈妈们轮流做了自我介绍。有的来自北费城，有的来自西费城，有的来自啤酒厂镇、自由北区和格雷斯费里。爱丽丝的祖籍是特立达尼岛。她的女儿克拉丽莎五岁，没有接种规定的疫苗就去上了幼儿园。另一个妈妈的大麻检测呈阳性。还有一位妈妈让两岁的儿子独自在后院玩耍。头发上有紫色挑染的妈妈有三个孩子，因为公寓里欠缺儿童防护措施，三个孩子都被带走了。她失去了一岁的双胞胎男孩和五岁女儿的监护权。名叫梅丽莎的妈妈说她六岁的儿子拉蒙在她睡着时独自溜出家门，走出大楼，走了十五分钟，在一个公交车站被人发现。她们看起来都很年轻。名叫卡罗琳的妈妈说她在社交平台上发布了一段孩子发脾气的视频，三岁的女儿就被带走了。

"我是全职主妇，"卡罗琳说，"我当然会发一些关于孩子的帖子。那是我唯一的成人间的交流。她幼儿园里的一个孩子的妈妈看到了我的帖子，把我给举报了。他们查看了我发布的关于她的所有内容。他们说我在推特上对她的抱怨太多了。"

弗里达把一团团通心粉在盘子里推来推去。如果家长们在社交媒体上的一言一行都受到监控，那么，这个校园明年就会人满为患了。她用叉子戳了戳湿软的西蓝花。她还没有准备好接受食堂餐或集体分享会。

轮到她时，她说："我叫弗里达。从布鲁克林到芝加哥，然后来了费城。失职和遗弃。我离开了她。短暂地离开。我的女儿，海莉特。她现在已经二十个月大了。我有两个半小时不在她身边。那天我过得很糟糕。"

桌子上唯一的白人妈妈碰了碰弗里达的胳膊。"没必要防备。我们不会评判你的。"

弗里达挪开了自己的胳膊。

"海伦，"那个白人女人接着说道，"先在爱达荷，然后来了栗树山。情感虐待。对我十七岁的孩子。亚历山大。他的治疗师举报我溺爱孩子。很显然，溺爱属于情感虐待。"

卡罗琳问，怎么做才算溺爱十几岁的儿子。"他的块头都该比你大了吧？"

"我帮他把盘子里的菜切成小块。"海伦坦白了。

桌面上交换了几个不太赞成的眼神。

"我帮他拉上夹克衫的拉链。我喜欢帮他系鞋带。这是我俩之间的特别仪式。我让他和我一起复习所有的功课。有时候，我还会帮他梳头，帮他刮胡子。"

"你丈夫没意见吗？"卡罗琳问道。

"没有丈夫。我以为亚历山大喜欢我们的这些惯例。但他对他的治疗师说，我让他觉得自己是个怪胎。他觉得，如果他带朋友来家里，我会当着他们的面用勺子喂他吃饭。他对治疗师说我太迷恋他了。他说他想逃跑。当时，我正打算搬到他上大学的地方。我以后还是可能搬过去的。"

卡罗琳和旁边的妈妈不怀好意地窃笑起来。弗里达移开目光。

吃过午餐后，她们领到了宿舍分配表。弗里达的室友是溺爱儿子的海伦。肯普楼在校园的另一边。奈特女士说，她们被安置在一栋楼里是为了方便清洁人员工作。别的宿舍楼正在置备中，以备后用。

去宿舍的路上，海伦主动和弗里达聊天。她抱怨那几个妈妈嘲笑她。"家长和家长不一样，"海伦说，"孩子和孩子也不一样。"

"我相信你那么宝贝他肯定有你的道理。"弗里达不喜欢海伦走路时紧挨着她。她不喜欢海伦那咄咄逼人的眼神交流。海伦好像就是传说中的友谊吸血鬼，只要逮着一丁点儿机会，她就会索取、索取再索取。她想象得出来海伦如何亲吻她儿子的嘴，和他牵手，看着他洗澡。

她渴望一个人待着，尽情啃手指，啃到流血为止，渴望给父母和威尔打电话。儿童保护局的人在报告中指出她缺少朋友。如果他们肯问，她会解释说几年前就和大学里的闺蜜们失联了。大多数人都在三十岁上下生了孩子，接着就从她生活中消失了。她渐渐厌倦了总要她费劲儿地给她们打电话，周末的拜访会在最后一分钟被她们取消，谈话总是被打断。她们都说孩子是第一位的。她曾指天发誓，说换作她就不会这样。

肯普楼的入口处有一条粉红色的缎带缠绕在灯柱上。牌匾上的字母K已经氧化了。这栋小楼比弗里达预期的要先进，和校园里别的楼舍一样，也是用微微闪亮的灰石头建成的。一楼窗户下有绣球花丛，花快谢了，变成枯碎的褐色，在别处都完美无缺的校园里俨如一处污点。门厅里的桌上有个水果篮，里面只剩了一只梨。弗里达和海伦的房间在三楼，可以远眺一片空地。弗里达试着推了推窗户，发现窗子可以打开，立刻松了一口气。她们每人都有一张木质书桌和椅子，一盏阅读灯，一个装有两套毛巾、两块格子羊毛毯的箱子。柜子里有四套海军蓝棉质连体服，每人两套。弗里达填写的表格里问及她的衣服尺寸和鞋子尺寸，结果还是给了她一双七码的黑靴子，连体服是均码的。白色胸罩和内裤封装在塑料包里，共有五件胸罩和十条内裤；三件白色棉质背心和两件长袖保暖衬衫；七双袜子；还有一只包含牙刷、牙膏、沐浴露、乳液和梳子的梳洗包。

海伦打开她那包政府发放的内衣裤时发出笑声，挺高兴地注意到那些衣物似乎是新的，没有丝毫污渍。

弗里达把她的大衣和鞋子塞进帆布袋，填好了名字标签。她对自己的东西有种难以解释的依恋，很想把家里梳妆台上的木雕佛像、祖母的金手镯、自己的结婚戒指都随身带来。如果看不到海莉特的照片，她不知道今晚能不能睡着。

她背对着海伦，换上了连体服。每条裤腿都往上卷了三圈。这里没有镜子。她肯定像一袋土豆顶了个脑袋。衣柜里还有一件扎手的灰色羊毛开衫，下摆都垂到她膝盖了，还有一件超级宽松的海军蓝风雪外套，一顶海军蓝羊毛帽，一条灰色化纤围巾。

老天保佑，她心想，千万别让我得什么病。不要有虫子，不要有虱子，不要有空气传播的疾病。她希望校方允许她们自己洗内衣裤。但愿能让她们每天洗澡。还得有人给她们提供牙线和镊子，剃刀和指甲钳。

门口上方有个摄像头，每个床位边都有设置好角度的摄像头。至少还有扇门。至少窗上没有钉栅栏。至少还有毯子。

"只能往好的地方想。"威尔这样说过。她有一个家。她有人爱。她还活着。她知道她的孩子安居何处。

×

晚餐前，妈妈们可以在校园里自由通行。奈特女士鼓励大家安静地自省，仰望天空沉思也不错。晚餐铃会在六点敲响。有个身穿粉色大褂的女士过来收走了她们的私人物品。弗里达要求最后看一眼自己的东西，然后伸手到帆布袋里摸了摸她的围巾，很有可能，这将是她在明年十一月之前摸到的最后一样柔软的东西。

"我可以和你一起走走吗？"海伦问道，"我感觉很焦虑。"

"我相信我们以后有的是时间好好相处。"趁着海伦还来不及得寸进尺，弗里达一路小跑下了楼，迈着轻快的步子走了出去。

有些妈妈三五成群地一起散步。有几个在慢跑。别的人，就像弗里达这样，坚守着最后的、宝贵的独处时间。

弗里达不得不放慢速度。靴子不合脚，内壁挤着脚背。这靴子太重了。连体服的裤腿老是绊到她，她不得不在走路时拉起裤腿。帽子也太大了，外套更大。风越来越大，连体服鼓成了风洞。在这里，她可能永远也暖和不起来了。她还想要一件毛衣，一件保暖衬衣，长衬裤。她把双手深深地插进口袋，咒骂学校连手套都不给。

妈妈和警卫的比例是多少？妈妈和穿粉色大褂的女人的比例是多少？在这儿工作的人太多了。这地方太大了。下一拨会来多少妈妈？还有多少孩子会被带走？

她朝一片松树林走去。明天早上，古斯特和苏珊娜会带着海莉特出发去圣克鲁斯。苏珊娜的粉丝们会看到海莉特坐飞机，海莉特骑在古斯特的肩上，漫步在加州的红杉树下，海莉特在感恩节晚餐席上，海莉特和爷爷奶奶在海滩上。弗里达不想知道古斯特的父母会怎么说她，会在海莉特面前说什么，会对别的亲戚说什么。政府完全可以另选一天，不用非在这么让人为难的节日里，虽然她相信对于失去孩子的女人来说，每一天都很难。

她扯下一把松针在指间摩挲。她让威尔提醒古斯特，多给海莉特拍照，多拍点视频。她需要他们记录她的每一天。她的父母也需要。

蕾妮想为她的父母争取和外孙女通话的特权，但法官认为这会把孩子搞糊涂。看到外公外婆会让海莉特想起弗里达，这类提醒势必会干扰她的身心痊愈。

弗里达在一张阿迪朗达克椅上颓唐地坐下。她父亲很喜欢参观大学校园，甚至去巴黎和博洛尼亚旅行也会抽出时间，至少在每个城市参观一所大学。参观这个校园时，她父母还琢磨过在这类大学里教书、住在教工楼是什么感觉。他们说这儿宛如梦想中的象牙塔。

她要让古斯特把孩子的最新情况告诉她父母，否则他们会担心死的。要有人提醒他们别忘了预约的门诊，摄入足够的蛋白质。他要敦促她母亲定时服用降压药，喝足够多的水。他要提醒她父亲涂抹防晒霜。

"你小时候有被爱的感觉吗？"心理学家这样问过。把父母的任何事讲给这个陌生人听都会让她心怀愧疚。她真不该在他们七月份来看她们时和他们吵架，不该责怪她父亲没把海莉特的尿布系紧，不该因为她母亲失手打碎了海莉特婴儿车上的杯架就大吼大叫。

弗里达的手都冻僵了。喉咙痛。天已经黑了。远处传来了晚餐铃声。妈妈们纷纷从石砌庭院里、网棒球场和小教堂里走出来。有些人走得太远了。她们不约而同地向食堂的方位移动。

弗里达走到食堂，排队领取晚餐时，已没剩多少食物了。她领到了一小块猪肉饼和三根小胡萝卜。

海伦朝她招手。她找到了那三个中年白人妈妈。"这是我的室友，弗里达，"海伦对她们说，"她来这儿是因失职和遗弃。"

"嗨，弗里达，嗨，弗里达。"那三个妈妈齐声说道。

×

妈妈们偷偷摸摸地去洗澡。排队等候时，她们会轻声地交换信息。人数。大约有两百个女人。据说她们惹麻烦的话就会被送去"恳谈"。每一次去恳谈会都会被记入她们的档案。

在弗里达所在的楼层有二十六个女人，四个淋浴间。有人字拖、洗漱用品、干净的浴巾和法兰绒睡衣，弗里达似乎该为此感恩。监狱里可没有人字拖或睡衣。

轮到她时，热水用完了。她迅速地冲水，擦干身体，穿上衣服，把头发凑到烘手器下。下一个妈妈叫起来。没等别人开口责骂，弗里达就匆匆离开了。

海伦只裹着浴巾就回了宿舍。她开始抹乳液，身体的每一寸地方都不放过，一下子就用掉了小瓶子里的一半乳液。她的乳房像挤光空气的圆筒袜。她的大腿和腹部有厚厚的橘皮组织。

她发现弗里达在瞄她的乳房就笑着说："别尴尬。脱了衣服，我们都是一样的动物。"

"抱歉。"弗里达说。海伦似乎是那种用尽一生自得其乐的人。她的身体柔软，备受摧残，闪着微光。吉布森女士敲门的时候，她的上半身还赤裸着。

"女士们，还有三十分钟就熄灯了。"

弗里达钻进被窝。至少被子还挺厚的，至少她可以把自己蜷成小小的一团，把几条毯子裹在外面，只露出脸。她很饿，她想，如果她让自己暖和一点，小一点，饥饿感大概也会缩减几分。她对圣徒的生活了解不多，但这时她想起来了，甚至觉得她这一年大概会变得圣洁。

海伦在拍打她的枕头。"你睡着了吗？"

"我在努力。"

"你不好奇那些爸爸在干什么吗？我听说他们没有制服。他们可以穿日常的衣服。"海伦认为爸爸们那边的警卫人数也会少一点。他们的督导大概也不用穿大褂。如果他们的督导是女性，实验室大褂就未免太有性暗示了。

"他们吃得大概也比我们好。"她说，"我敢肯定，他们可以保留孩子的照片。说不定还可以有访客。说不定都没有摄像头。"

"每个人都有摄像头盯着，海伦。我们的手机有摄像头。手机会偷听我们说话。现在就可能有人在听我们说话。"

"如果只有五个爸爸,大概就不需要摄像头了。"

"不止五个。肯定有更多。"

"我觉得不会。"海伦说,"那我们呢?你认为谁会第一个走?"

"你是说过关吗?"

"不,退学。"

弗里达翻了个身,盯着墙看。她也一直在琢磨这件事。她猜应该是某个中年白人妈妈。别人大概觉得她最有可能。她说,每个人都该让孩子回到自己身边。

"也许有些人是不配。"

"海伦,别这么说。以后也别再这么说了。我希望这种事永远不要发生在任何人身上。你以为有谁活该落到这个地步吗?该死的。对不起。我不是在抱怨。别告诉任何人我说过这话。"

六

只需织物摩擦的沙沙声就能预告妈妈们走近了。连体服极其宽大，分不出性别，甚至有幼稚化倾向，吃早餐的路上，大家纷纷抱怨。妈妈们想要更好的制服，更舒适的靴子。她们希望毛巾更软，乳液更多，希望换室友，或索性没有室友，希望淋浴时间长一点，窗户配窗帘，房门加锁。她们想要自己的小孩。她们想回家。

只要她们走过一栋楼，泛光灯都会自动亮起。弗里达沉默不语，不发表意见。她拖着脚步走进食堂，暗自思忖登陆新星球是不是就是这种感觉。今天早上铃声响起时，她倏然恍惚，不知道自己身在何处。

她在托盘里放了一碗燕麦、两块吐司、一杯咖啡、一杯牛奶、一只青苹果。食物似乎比昨晚的更干净、更新鲜。这将是她多年来第一顿货真价实的早餐。她会迫使自己吃光这些食物。希望那些穿粉色大褂的女人能注意到这一点。如果她能在今年秋天正常饮食，多多下厨，让冰箱保持丰盛的储备，或许就能轻易改变事态的发展。她捧着托盘停下脚步。果不其然，妈妈们已经自动分类了。黑人妈妈们坐一桌，拉丁裔妈妈们坐一桌，白人妈妈们三三两两地凑在一起，还有一些独行侠。

看到弗里达走近一张空桌，吉布森女士过来指引，把她引向一群年轻的黑人妈妈的方向。"用餐时间,"她说,"应该用于团队建设。"

那几个妈妈看上去都是很酷的女生。有几个极有魅力。她们不像一些年长的女性那样憔悴、充满落败感。弗里达就是那样。有几个妈妈朝她的方向投来尖刻的一瞥。还有一个用手背掩着嘴,悄声说了什么。

弗里达脸红了。她坐下来,往燕麦粥里倒了几包糖。坐在桌子对面的妈妈很年轻,头发几乎剃光了,身材精干瘦长,眼距偏宽,带着一种充满好奇的姿态帮弗里达解了围。她长得和刚出道时的劳伦·希尔一模一样,但弗里达没说出口。毕竟,她这么年轻,大概都不知道上一届流行歌手长什么样。

"卢克雷茨娅,危及安全。"

"弗里达,失职和遗弃。"她们握了握手。

"嗨,弗里达。"那些妈妈们头也不抬,含含糊糊地打了声招呼。

"弗里达,和弗里达·卡罗同名吗?"卢克雷茨娅问道,"她是我最喜欢的画家之一。我非常喜欢她的画风。有几次万圣节,我还打扮成她的模样呢。"

"是我妈妈从一本婴儿名字书中挑出来的。要么叫弗里达,要么叫艾丽斯。"

"你不适合艾丽斯。我这么说算是一种恭维吧。我要把你叫作弗里达·卡罗,可以吗?你可以叫我卢。"

卢克雷茨娅笑起来很爽快,好像身形更壮硕的女性才有这种笑容。她也穿着制服,但敞着领口,说话时用手摸着颈背。她告诉弗里达,她来这儿之前刚刚剪掉了麻花辫,估摸着会更方便些,但头发这么短,好像带来一种赤身裸体的错觉。不戴耳环的话,短发就不可爱了。

"你做什么的?"弗里达问。

"对我的孩子?"

"做什么工作?来这之前。"

卢克雷茨娅收敛了笑容。"我教二年级。在日耳曼镇。"

"我很抱歉。"弗里达想问卢克雷茨娅明年会不会重返教职,但这桌的人一直在闲聊。关于警卫和穿粉色大褂的女人。关于室友。关于她们如何想念父母、姐妹和男朋友。多么希望能给自己的孩子打个电话。校园里随处可见的那些愚蠢又花哨的植物。

如果学校有资金搞景观,就应该先把温度调高。他们应该允许她们戴隐形眼镜。他们应该让她们选择室友。

有人问,最坏、最恶毒的婊子是谁。卢克雷茨娅指了指独自坐在出口附近的一个娃娃脸、胖乎乎的拉丁裔妈妈。琳达。来自肯辛顿。卢克雷茨娅的表哥的朋友的朋友上过她。这位女士把六个亲生孩子塞进了地板下的一个洞。一条直通她家公寓楼地下室的秘密通道被发现了。孩子们的肺都被黑霉菌毁了。还被老鼠咬了。

"你们真该看看他们走在街上的样子。"卢克雷茨娅说。她的六个孩子呈现出不同色度的棕色。不同的父亲。简直就是怪胎秀。

"我为他们感到难过。"卢克雷茨娅说。妈妈们盯着她看,交头接耳地说话。琳达浑身上下圆滚滚的,挺漂亮,远远不像她的违法行为那么丑恶。她的额头很高,轮廓清晰,头型很好看,头发向后梳成紧紧的发髻,眉毛修成了夸张的弧形。

"以前很火辣。"卢克雷茨娅说,"所以才有了那么多孩子。"

她们毫无怜悯心地议论着琳达的身体,粗鲁地用手划出圆圈。她下面肯定像太妃糖一样。像水床。想象一下她的妊娠纹。她的斑纹。

弗里达扯着她的吐司，感觉自己像个间谍，像个宇航员，人类学家，入侵者。现在，不管她说什么，都将是错误的。听不出言外之意。冒犯她人。她从未见过有六个不同父亲的孩子的女人，也没见过任何人会把亲生孩子塞进地洞。她和古斯特、苏珊娜吵得最凶的那次是关于净水器的品牌。

×

课堂作业已经贴在食堂外的公告栏上了。妈妈们推推搡搡着凑过去。穿粉色大褂的女人分发了校内地图。有女儿的妈妈们接受培训的教学楼用淡粉色圆点标出来；有儿子的妈妈们的教学楼用婴儿蓝标记。大多数妈妈的孩子都在五岁以下。有一岁到两岁间的女儿的妈妈们分成了四组。

弗里达手指点着名单。刘。莫里斯厅，2D 教室。她独自走向教学楼后没多久就遇到了最坏的婊子琳达，她跟在她后面走出食堂，大声地喊"你好"，直到她转过身。

"你是刘，对吗？眼镜不错。"

"谢谢。"她们被分到了一个组。弗里达很勉强地挤出微笑。她们沿着地图上注明的"小径"，也就是查平步道，朝莫里斯厅走去。她们一路走过了钟楼和石砌庭院。

琳达想知道早餐时别人是怎么议论她的。"我见你们都在看我。"

"我不知道你在说什么。"

"那个叫卢克雷茨娅的女孩是不是说我的孩子生病了，还是别的什么？"

弗里达加快了脚步。琳达说卢克雷茨娅根本不知道自己在说什么。不是每天晚上都那样的。只有在她的孩子们打架、从储藏室偷东西吃的时候,她不得不把储藏室锁上,因为他们会在一天之内把所有存粮都吃光。是她的公寓管理员给儿童保护局打电话的。这么多年来,他一直想把她赶走。她的孩子现在寄养在六户人家里。

"你不需要向我解释什么。"

"他们为什么抓你?"

弗里达没有回答。把这种尴尬的沉默熬过去就好。琳达说卢克雷茨娅是个势利小人,卢克雷茨娅认为她是个骚货。她知道这些是因为她们在社交平台上互加了好友。

她们走过了音乐舞蹈图书馆和艺术画廊。这两栋楼里都是空的。

弗里达想走到前面去,但琳达跟上了她的速度。

莫里斯厅是一栋气势恢宏的石头建筑,有五层楼,位于校园的西侧边缘,也是校内唯一一栋三层以上的教学楼。这栋楼经过翻修,加装了一套时髦的玻璃门,重得几乎推不动。教学楼正对一个四方形的内院,背靠树林。走到楼的后面就能看到带电的铁丝网。

妈妈们挤在门厅通向二楼的台阶上,磨磨蹭蹭地不往上走,但一看到琳达就都闪避开了,顺便向弗里达投以诧异又好笑的目光。弗里达畏缩着不想跟上去。她想跟大家澄清一下,说她不是琳达的跟班,这儿也不是女子监狱。不能让任何人觉得她已被公认为婊子的跟班了。

她们所在的这栋楼是昔日的生物系。2D 教室是以前的实验室,至今仍有福尔马林防腐剂的余味,让人回想起青蛙和胎猪。这里有一扇标有器材的磨砂玻璃门,一块白色书写板,一张讲台,一只时钟,以及钉在墙上的杯架,但没有座椅或其他家具。妈妈们把大衣放在教室后方的角落里。她们抬头看了看时钟。门上有一个摄像头,写字板上也有一个。透过四扇高高的拱形窗,可以看到外面的树林。阳光温暖着这个房间，温暖着这些妈妈，她们听从指令，盘腿坐在地板上。

"搞得像学前班一样。"琳达说道，紧挨着弗里达。

妈妈们围成一个圈。她们这组的导师是鲁索女士、库利女士，都和弗里达年龄相仿，都穿粉色大褂，外面披着深色毛衣，长裤很合身，脚穿护士鞋。鲁索女士比较高挑，是个声音洪亮、身材丰满的白人，深褐色的头发剪成了精灵发型，讲话的时候喜欢打手势。库利女士很娇小，很瘦，长相像中东人，颧骨很尖，留着花白色的波浪齐肩发，口齿伶俐，有种东欧芭蕾舞大师的风范。

两位导师要求各位母亲做自我介绍，也就是说出名字和罪行，再说几句她们如何伤害孩子的相关细节。连同弗里达和琳达在内，这组共有五个妈妈。弗里达很高兴地看到早餐时对她示好的卢克雷茨娅也在这个组。卢克雷茨娅第一个发言，告诉大家她的女儿从滑梯上摔下来，导致胳膊骨折。弗里达感同身受地点点头。卢克雷茨娅和琳达带着敌意对视了一眼。

名叫梅丽尔的白人妈妈还没成年，因在女儿手臂上留下瘀伤、自己持有毒品而被送到这儿来。名叫贝丝的年轻白人妈妈在进了精神病院后失去了孩子的监护权。当时她自身难保，所以无法确保她决不会危及女儿。卢克雷茨娅和梅丽尔都是被急诊室医生通报给儿童保护局的。贝丝是被前男友举报的。

乍一看，弗里达认为梅丽尔和贝丝长得很像，但实际上没什么相似之处，只不过都板着一张脸。这两个女孩都是深色长发。梅丽尔的波浪长发是染黑的，是一种自然界中不存在的蓝黑色，和浅色的眉毛不太搭。贝丝的栗色直发很有光泽。梅丽尔看似那种不该去招惹的女人。贝丝带着威尔的那些伤心女友们挥之不去的忧郁气质，正宗爱尔兰人的深色调特别适合脸红和眼泪。

弗里达和琳达是这个组里年纪最大的妈妈，也都是因为失职和遗弃罪进来的。弗里达把人生中最糟糕的那天讲给大家听时，她注意到琳达在一旁看着她，一副幸灾乐祸的样子。

库利女士感谢她们的分享。鲁索女士说了声失陪，转身进了器材室。磨砂玻璃门后有动静，有脚步声，有笑声，还有小小孩尖声尖气的嘟哝声。

妈妈们都屏住呼吸去听，期盼着并不可能发生的事。卢克雷茨娅把曲起的膝盖抱在前胸，轻声问道："布琳？你在里面吗？"

弗里达扭过头去。里面肯定在放录音，肯定是策划好的，为了嘲弄她们，让她们顺服，让她们在没有孩子可抱的这几个月里感到绝望和饥渴。法官绝不会允许这种行为。古斯特也不会允许的。海莉特正在去机场的路上。弗里达不想让海莉特靠近这个地方、这些人，但如果，不知怎的出现时空虫洞，让她的孩子立刻出现，那么，不管他们要求她做什么，她都会去做，只要她现在就能抱住海莉特。怀抱海莉特十分钟就足以让她熬过漫长的冬天。

鲁索女士打开器材室的门，身后出现五个不同种族的女性幼儿。有一个黑人小女孩，一个白人小女孩，一个拉丁裔小女孩。还有两个是混血儿：一个看起来是黑人和白人的混血；另一个看起来是欧亚混血。这些小女孩俨如妈妈们的镜像，都穿着海军蓝连体服和运动鞋。

圆圈缩小了。她们坐得更近了，可以碰到彼此的肩膀，有那么一瞬间，她们化为一个母亲，有九张失望的脸孔的九头蛇。

海莉特仿佛近在咫尺。弗里达在想象自己会说什么，会如何紧紧地捧住海莉特的后脑勺，抚摸她颈背上的绒毛。虽然小女孩们的年龄和体型都符合实际，有一半亚洲血统的那个小女孩还眼巴巴地看着她，但她不是海莉特。弗里达愿意朝自己的脸上打一拳，只因为有过那么一丝妄念。

导师们把小女孩们领到教室的最前排。孩子们咯咯直笑，连连挥手。

"听话。"鲁索女士说着，引导一个不听话的孩子回到队列中，"同学们，在开始培训前，我们想先给大家一个小惊喜。"

库利女士举起手臂。"我数到三。准备好了吗？一……二……三！"

"妈妈！你好！"孩子们高喊起来，"欢迎你们！"

×

楼里声响不断。声音顺着通风口传开。别的教室里有年龄较大的孩子和青少年。除了警卫之外，所有的声音都发自女性。

妈妈们的哭叫声传遍了整栋楼。走廊上有人在争执，一个妈妈冲着警卫大喊大叫，还有个警卫命令另一个妈妈回她的教室，还有些妈妈在和导师们争吵。

弗里达的同学们在大声提问。贝丝要求和奈特女士谈谈。卢克雷茨娅想知道这些孩子是从哪里来的，她们的父母在哪里。

"女士们，请耐心一点。"库利女士说。她请求她们放低音量，发言前请先举手，被点名了才能开口。"你们会吓到女孩们的。"

两位导师把妈妈们和幼女们两两分组，似乎就是根据每个人的孩子真正的肤色和种族来配对的。梅丽尔的孩子肯定是黑白混血。半亚裔女孩是弗里达的。

"你可以抱抱她，"库利女士说，"抱抱吧。给她一个拥抱。她一直期盼能见到你呢。"

"她期盼？"弗里达的手臂挺直，抓住了那个女孩。这女孩可能有一半中国或日韩血统。就像海莉特一样，看是看不出来的。女孩走近了几步。她的眼睛和眉毛完全对称。她的皮肤上没有一丝一毫的抓痕,没有胎记。她的鼻孔光溜溜的,没有小孩子常有的干鼻涕。她的眼睛看起来比海莉特的更像亚洲人。她面容的其他部分和骨架子更像白种人。海莉特的五官线条很柔和,整体气质有如天鹅绒般柔顺。这个女孩有一张心形脸,脸上有雀斑,皮肤偏金色,杏仁眼细长,浅棕色的头发很丝滑,比海莉特的头发更直、更薄,高颧骨,尖下巴。她比海莉特瘦,手掌光滑,手指修长。

她让弗里达想到小狼、小狐狸。很容易想象出她长到十几岁、长到成年会是什么样儿。

海莉特刚出生,大家就一直称赞她胖乎乎的小脸蛋。外公外婆把海莉特叫作小笼包。弗里达从小到大都讨厌自己的圆脸,但女儿的圆脸蛋让她非常自豪。她要提醒古斯特,让海莉特摄取足够的脂肪,让她喝牛奶,而非杏仁奶、豆奶或燕麦奶。要是她回家时发现海莉特像这个女孩一样瘦,那她决不会善罢甘休。

"你叫什么名字?"

女孩茫然地盯着弗里达。

"好吧,你不想告诉我。你没必要说。我叫弗里达。很高兴见到你。"

"你好。"小女孩拖着尾音说道。

小女孩趴到地上,手脚并用。她开始张望弗里达的腿。她把弗里达卷起来的连体服裤腿翻下去,手指沿着黄色的缝合线摸过去。如果海莉特在探访时表现得这么不吵不闹该多好啊。弗里达摸了摸女孩的脸颊。她的皮肤感觉好奇怪,像蜡做的,太完美了。她的嘴唇是干的,而海莉特的嘴唇总是湿乎乎的。她闻了闻女孩的头顶,还以为会像海莉特那样有油脂的气味,但她有股橡胶味,像一辆新车。

导师们让她们注意听讲。鲁索女士问谁愿意来主动示范。她选中了卢克雷茨娅的孩子，把她抱到讲台时，那孩子咯咯直笑。鲁索女士开始解开女孩制服上的衣扣。

"你在干什么？"卢克雷茨娅喊道。鲁索女士褪下女孩的内衣时，她越发惊慌。

鲁索女士把女孩转了个身。妈妈们倒吸一口冷气。女孩的背部有一只蓝色的塑料旋钮。鲁索女士扭动女孩的手臂时，可以听到像是浓稠液体旋动的咕噜声。她将一根手指按在女孩的脸颊上，使她的左脸颊凹下去。女孩摇了摇头，一切恢复了正常。

妈妈们渐渐从分配给她们的女孩身边走开。弗里达又想到了外太空，想到了宇航员离开飞船的场景，他们会因缺氧而死。她翻来覆去地去想那些不可能发生的状况，确信自己出现了幻觉。经过了几个月的监视、太少的睡眠、与女儿分离，这很可能是在高热谵妄中绵延不绝的噩梦里的最新高能情节。

拧开旋钮就会露出一个直径约四英寸的小孔。鲁索女士把勺子伸进去挖了一下，舀出一种状如防冻剂的电蓝色液体。

"冷却剂，"她说，"防止女孩们过热。"

弗里达掐自己的手。卢克雷茨娅脸色很差。鲁索女士换好蓝色液体，给女孩穿好衣服，归还到备受打击的卢克雷茨娅身边。

"她们是不是很奇妙？"这些孩子——用鲁索女士的术语来说是"娃娃"——代表了机器人和人工智能的前沿科技。她们可以像真正的孩子一样走动、说话，有嗅觉和其他感觉。她们可以听。她们可以思考。她们是有知觉的生命，大脑发育与年龄相匹配，有记忆，有知识。就尺寸和能力而言，她们和十八至二十个月大的孩子几无二致。

弗里达觉得自己好像回到了薄荷绿色的审讯室。她的魂灵出窍般飘浮在外，心中满是愚蠢的问题。

"你的娃娃哭的时候，"鲁索女士说，"流的是真正的眼泪。她表达的是真切的痛苦，真实的需求。她的情绪不是预先编好的程式，也不是随机的，更不是为了捉弄你而设计的。"

妈妈们必须密切关注蓝色液体的情况。如果液体凝固，娃娃的脸和身体会出现橘皮组织状的凹陷，妈妈们就不得不把凝胶状的蓝色液体刮出来。这种液体必须每月更换。除了降温，它还能帮助她们的硅胶皮肤保持柔软灵活、栩栩如生，使其身体拥有适宜的质感和重量。

娃娃拍了拍弗里达的脸。她把弗里达拉近，近到弗里达能感觉到娃娃在她脸颊上呵出的热气。她的触摸和海莉特的触摸竟是如此不同，像一种盲人的摸索。但娃娃确实是温暖的、真实的，在呼吸，在叹息。她有生命线和指纹。指甲。睫毛。一整套牙齿。唾液。他们是怎么造出唾液的？

×

导师们说，以前的做法是先转移孩子，之后，哪怕父母的行为没有得到纠正，政府仍会归还孩子。那无异于酿下大错。受苦的是孩子们。有些孩子死了。在这个培训中心，妈妈们身在监控环境里，每一次进步都能被量化。借助这种模拟培训，她们真正的孩子将得到保护，免受更多伤害。

每个娃娃体内都有一个摄像头。"你看得到她，她也看得到你。"鲁索女士解释道。

这些娃娃不仅能以假乱真地扮演幼童，还会收集数据。她们会估算母爱。妈妈们的心率将被监测，作为衡量愤怒的指标。妈妈们眨眼的规律和表情也将被监测，用来评估压力、恐惧、欺骗、厌烦、矛盾、背信弃义和一系列其他感觉，包括她和娃娃的幸福感能否相得益彰。娃娃将记录妈妈的手放在哪里，监测妈妈身体的紧绷度，体温和体态，进行眼神交流的频率，情绪的质量及真诚程度。

培训内容共分九个单元，各由一套课程组成。第一单元：护理养育基础，涵盖初级、中级、高级亲子关系，兼顾养育和保健技能。每个单元结束前都有一个评估日，所有评估日的分数将决定妈妈们最终能不能合格。

考虑到她们的女儿已满周岁，不必再培训基本的心肺复苏技巧，但会有补习课程。之后的单元包括：游戏的基本原则、家居内外的危险、道德体系。导师们把这些单元的名字写在白板上，告诫妈妈们切勿好高骛远。完整的课程表暂不公布，因为妈妈们必须关注当下，必须对这个培训项目充满信念，坚信每个单元都会给下一个单元打下坚实基础，只要勤勉练习，她们就能不断提高，达到学校期许的标准。

×

她们要先给娃娃起名字，作为建立亲子依恋的第一步。"有了名字，就会有依恋。"鲁索女士说，"有了依恋，就会有爱。"

弗里达的嘴角在笑，眼睛在笑，努力使自己的声音听来愉悦。她抹了抹额头，这才意识到自己出汗了。阳光照到娃娃的脸上时，她可以清楚地看到娃娃每个瞳孔里都有金属芯片。

她的娃娃正在玩运动鞋上的魔术贴搭扣。她们只有十分钟来挑选名字，根本没有足够的时间根据娃娃的个性——如果她有的话——去找一个适合她的名字。

弗里达怀孕的时候，书桌的抽屉里一直摆着一份名字清单。老派的名字。法语人名。她希望海莉特长大后能和自己的名字越来般配,她可能会用自己最喜欢的作家玛格丽特·杜拉斯的名字给女儿命名。她只在一个场合和古斯特讨论过这些名字,口口声声说她并不挑剔,让他来决定。她一直很羡慕她的父母,因为他们到美国后可以自己选择名字。戴维斯和莉莉安。如果她能自己选,她想叫西蒙妮、朱莉安娜,那种有乐感的优雅的名字。

"我就叫你埃玛妞吧。"她说着,想到了埃玛妞·丽娃扮演中风的妇人的那部电影。

练习使用新名字时,这个娃娃结结巴巴,读不出辅音。在这个小组里,弗里达选的名字最复杂。

"艾曼,"娃娃的声音颤颤的,"艾玛——娜娜。"

弗里达帮她把后面的音节念完。

导师们说:"真有创意。"

那么,弗里达想被称作什么呢?母亲,妈,妈妈,还是妈咪?

"她可以叫我妈咪。难道不是吗?我是你的妈咪。"

×

午餐铃声响起。导师们在平板电脑上输入密码,让娃娃们在原地暂停。埃玛妞的脸颊瞬间变凉,摸上去是完全僵硬的。梅丽尔拍了拍她的娃娃的脑袋,捏捏肩膀,拉拉耳垂。她的娃娃的眼睛还在动。

"这他妈什么鬼东西?"她喊了一声。弗里达暗自给这个女孩起了个绰号:少女妈妈。她看上去脾气很坏,实在不像名为"梅丽尔"的人。

少女妈妈戳了戳她娃娃的前额。因为她说脏话,动作缺乏母性,导师当场予以口头警告。

埃玛妞的眼睛疯狂地转动起来。她那种被困住、被吓坏了的表

109

情很像海莉特每次不得不擤鼻涕时的样子。

弗里达为自己不得不离开而道歉,保证自己很快就回来。她热切地盯着埃玛妞,但愿她能记录自己的关切之意,关切本身是真诚的,每当她看到主人去吃饭,就把宠物狗绑在立柱上时也会有这种感想。可以把埃玛妞当作她的宠物孩子,她的宠物人类。她匆忙跟着妈妈们走出去前,回头看了看那些被定在原位的娃娃,那五双惊恐的眼睛让她非常不安。

恐惧让妈妈们陷入沉默,让她们不停地走。现在,她们对彼此的痛苦和失落感同身受,不再主动隔绝彼此。这一组妈妈们在食堂里坐在一起。弗里达和卢克雷茨娅拥抱了一下。

妈妈们已厌倦了惊喜。先是制服、穿粉色大褂的女人们,再是奈特女士和警卫,带电的铁丝网,现在是这个。同组的妈妈们交换各自道听途说的谣言,说他们会从哪儿搞来钱做这些事,说这些娃娃从哪儿冒出来的。

有人猜测:"肯定是军方搞出来的。"

还有人觉得是谷歌:"每一样让人后背发凉的东西都是谷歌捣鼓出来的。"

贝丝说:"大概是哪个疯狂的科学家。"

弗里达很想知道贝丝是不是在精神病院里见过疯狂的科学家。

看到娃娃后背真相的卢克雷茨娅还没从那种惊骇中缓过来,她认定那要归咎于某个邪恶的发明家。"韩国的,或是日本的,或是中国的。"她看了看弗里达,"对不起,没有冒犯你的意思。"

"如果我们被她们电死了怎么办?"贝丝问道,"我真的摆弄不来这些高科技玩意儿。"

卢克雷茨娅则担心这些娃娃会变得很暴力。她曾是个科幻迷。她太清楚那些故事的路数了。在电影里,机器人早晚会叛变,人偶总会变成手持利斧的杀人狂。

"这可不是拍电影。"琳达冷笑道。

"说得好像你最清楚。"

卢克雷茨娅和琳达吵个不停的时候,弗里达、贝丝和少女妈妈都迅速地吃完了。弗里达想知道那种蓝色液体是否有毒,会不会让她们被灼伤或失明,吸入这种液体会不会增加罹患某些癌症的风险。要是古斯特和苏珊娜知道有这种蓝色液体,肯定不会再让她靠近海莉特了。

昨天的悲伤让位给了愤怒。妈妈们的怨怒愈演愈烈。

卢克雷茨娅扯碎了她的餐巾纸。"我敢打赌那些爸爸不需要上这种课程。"他们大概只需学学工作手册,做做多项选择题。他们要做的无非就是露露脸。历来如此,不是吗?他们肯定不用和什么机器人宝宝或蓝色黏液打交道。

"你说,他们会让哪个男人把勺子伸进孩子身上的洞。"卢克雷茨娅说。

"我谢谢你把这个画面植入我的大脑。"贝丝嘟囔道。

穿粉色大褂的女人叫她们说话轻点儿。弗里达提议到外面去。她们把各自的托盘收好,向食堂门口的警卫走去。这儿显然开始有监狱的感觉了。她想象中的监狱。离开房间要获得准许。吃东西要获得准许。上卫生间要获得准许。一切活动都受到监控和批示。她要如何度日、在什么房间、和什么人在一起都由他人决定。

在外面的自行车架附近,她们看到一个情绪崩溃的黑人妈妈正在长椅上抽泣。今天是她女儿的四岁生日。她们把她围在中间,帮她挡住摄像头。她们挽起彼此的胳膊。这个妈妈悲痛欲绝,哭到涕泗横流,用袖子擦拭潮湿的脸颊。琳达揉着她的背。卢克雷茨娅递给她一张撕了一半的餐巾纸。接着,自然而然就开始了。有人轻声念出自己女儿的名字。有人跟着念。卡门。约瑟芬。奥切安。泽丽。布琳。海莉特。她们念出自己女儿的名字,听来就像发生事故或学校枪击案后的点名仪式。遇害者名录。

七

当天下午，她们小组就开始了第一单元的课程：护理养育基础。导师们解说了母亲用语的概念：母亲和孩子日夜使用的高音调且欢快的言语方式。

库利女士用琳达的娃娃示范，模拟了一次虚构的杂货店之旅。她的声音高低起伏，传达出一种持续不断的惊奇感。

"我们该给爸爸买什么样的瓶装水呢？有气泡的还是没气泡的呢？你知道什么是气泡吗？泡泡会噗噗噗、咝咝咝地响哦！泡泡都是圆圆的！圆是一种形状哦！"

妈妈们必须兼顾音调和词汇。娃娃体内有一个组件，会统计每天说出的词汇量、娃娃回应提问的次数以及母女对话的数量，根据录音分析鼓励性短语、警告或责骂的使用频次。说了太多的"不"将导致单词计数器像汽车警报器一样发出哔哔声，而且，只有导师有权限将其关闭。

妈妈们必须解释一切事物，传授智慧，全神贯注地关注孩子，始终保持眼神交流。娃娃们问为什么、为什么、为什么的时候——学步儿童经常如此——妈妈们必须提供答案。好奇心必须得到回应。

"娃娃们有一个关停键。"库利女士说，"你们没有。"

妈妈们的练习好比歌手进行音阶练习。如果娃娃咿咿呀呀，妈妈就需要努力教她们说出字词。导师们说，要加以解释，予以确认，帮助孩子表达意义。

"天空，"卢克雷茨娅指着窗外说道，"云。树。"

"靴子，"弗里达说，"鞋带。"她一一念出五官的说法。身体部位。她数着埃玛妞的手指和脚趾。这个娃娃需要听什么？在家里，她与海莉特的对话是围绕感情和任务展开的。又要午睡了，又要吃饭了，她有多么爱海莉特，海莉特去爸爸家的日子里她有多么想念海莉特。她会模仿海莉特的咿咿呀呀。她们编了一些只有她们才懂的词。"脆脆"表示麦片。"汪呜"代表小狗。"蓝蓝"表示蓝莓。"油油"表示牛油果。弗里达会在她们的谈话中夹杂她会的那几个普通话单词。海莉特知道怎样说"xie xie"。她知道怎样用普通话叫爸爸、妈妈、外公、外婆、阿姨和叔叔。她想让弗里达换成英语时就会挥舞着双手大叫："不要 xie xie！"

弗里达充满爱意地轻轻拉起埃玛妞的小手。她放松了表情，说话时用客服那种柔和、悦耳的音调。有很多问题她都不能问：谁把你造出来的？把你弄坏是不是挺容易的？你还用尿布吗？你能吃能喝吗？你会生病吗？你会流血吗？午餐时间发生了什么？埃玛妞被重新激活后，当即倒在了弗里达的怀里，好像她一直都屏着呼吸。那对她可没好处。

导师们观察学员，给予指导。

"你的下巴要放松。"库利女士对卢克雷茨娅说。

"发挥你的想象力。"鲁索女士对贝丝说道。伤心的小女人腔调。

"你的声音应该像一片云彩那样轻盈、可爱。"鲁索女士说。

"云彩的声音是什么样的？"贝丝问道，抬头望着鲁索女士，眼神穿透闪亮的头发。

"像母亲的声音。"

"但这么说没有意义啊。"

"为人母不求意义,贝丝,而是要用心感受。"鲁索女士拍了拍心脏的位置。

弗里达问埃玛妞有没有和别的女孩交朋友。埃玛妞摇摇头。弗里达捏起嗓子,颂扬女性友谊,赞许这种美德。她从来没有用这种高频娃娃音和海莉特说过话。她娘家从来没有人这样说话。父母在饭桌上谈论的是工作。从来没有人问过她这一天过得好不好或是她的感受如何。和海莉特在一起时,用母亲用语说话感觉很不自然,比用牙套好不了多少。弗里达的声调越高,海莉特就越起疑心。

弗里达看了一眼时钟。现在是两点四十三分,他们应该已经在旧金山降落了。她希望海莉特在航程中表现不错。

练习了母亲用语后,开始肢体示爱训练。这两种技能都能用于日常实践母职,也能为未来更复杂的一些母职任务打下基础。

拥抱和亲吻必须传达安全和保障。拥抱和亲吻应该多种多样,但不能带来窒息感。导师们先做示范,鲁索女士扮演妈妈,库利女士扮演孩子。妈妈必须先评估孩子的需求:想要拥抱还是亲吻,还是两者都要?想要什么样的拥抱,什么样的吻?快速而轻柔的?亲一边脸颊,还是两边脸颊?亲鼻子还是额头?

妈妈们不许亲吻娃娃们的嘴唇。吻嘴唇是欧洲人的做法,无异于一种错误先例,致使孩子们在猥亵者面前易受伤害。

库利女士假装啜泣。鲁索女士僵硬地将库利女士拉到她的胸前。"一、二、三,放手。一、二、三。松开。"

妈妈们拍孩子不应超过三次。如果孩子受伤或经历了语言、情感或身体上的创伤,偶尔拍个五六下也可以。在极端情况下,最多允许拍十下。超过这个次数，孩子的独立发展趋势就会受到阻碍。

导师们说，请记住，你们面对的不再是婴儿。妈妈们可以在自认为合适的节点加上一些鼓励性的话语。我爱你。会好起来的。好了，好了。

弗里达看到埃玛妞在看她，在给她打分归类。她努力保持淡然的表情。隐藏自己的情绪历来不是她的强项。每次去亚洲旅行，她那张脸孔俨如一种要命的泄密通道，喜怒哀乐溢于言表，明显是美国人。从小到大，她母亲都会责备她皱眉头。

看导师们的演示，好像限时三秒的拥抱是天底下最合情合理的事。有几个人忍不住笑出声，有几个人咧嘴嗤笑，还有人翻白眼，但她们五个人基本上都服从了。卢克雷茨娅和琳达数着一、二、三快速地抱抱。贝丝左右摇摆，为她的拥抱增添了个人风格。弗里达和少女妈妈跪在地上，伸出双臂，试图把动个不停的娃娃揽入怀里。

少女妈妈用力过度。导师们责备她，说不该抓住娃娃的手腕，也不该做出虚假承诺。

"你不能用好吃的去哄骗孩子，"库利女士说，"我们推行的养育策略不能基于奖励机制。"

弗里达很难控制娃娃的行动。埃玛妞溜达到别的妈妈的地盘去了。

"管好你的娃娃，弗里达。"鲁索女士说。

弗里达恳求埃玛妞让她抱抱。她想起人生中最糟糕的那天的前一夜，海莉特不肯安定下来让她换尿布，她想起自己感觉多么挫败。

她抓牢了埃玛妞，数到三，停止计数。那天晚上，她真该让海莉特和她一起睡的。每晚都是。她是怎么想的，竟会让海莉特睡在另一个房间？如果她现在能抱到海莉特，肯定会抚摸她的背，闻她的脖子，捏她的耳垂，亲她的指关节。

鲁索女士又一次喊出弗里达的名字。她怀抱埃玛妞已有三分钟了。

"一、二、三，放手，弗里达。你是哪个部分听不懂？"

×

五点半，准时道别。导师吹响哨子，娃娃们在器材室门口排好队。弗里达和埃玛妞拥抱道别。娃娃的双臂僵硬地贴在身侧，冲着弗里达仓促地点了一下头。

和她们的人类真身不同，娃娃们被剥夺了小睡时间，因而都很疲惫，但她们并没有变得哭哭啼啼或是亢奋，反而更顺从，真正的孩子绝不会这样。

妈妈们带着微笑连连摆手。一旦它们从视野里消失，她们的脸就松垮下来。弗里达一直保持微笑，脸都酸痛了。她跟着同组妈妈们走下楼梯。卢克雷茨娅正在安慰哭泣的贝丝。卢克雷茨娅说，机器人的故事未必都照着她说过的那个路数走。也许，这些娃娃在任何方面都不会变成邪恶的机器人。

"我觉得你不应该去要求换个娃娃。"

"但她不喜欢我。"贝丝说，"我感觉得到。如果她的个性就是这样呢？如果他们分给我一个坏娃娃，我该怎么办？万一她就是个坏种呢？"她开始跟卢克雷茨娅说，她的母亲以前就把她叫作坏种，她的整个童年都因此被毁了。

"贝丝，说真的，你得振作起来，"卢克雷茨娅对她说，"你这样会给我们所有人招来麻烦的。"

一走到外面，弗里达就觉得松了一口气。她好想回到那条狭窄的小街，回到她那个黑洞洞的小家。

×

弗里达的室友，海伦，要退学了。第二天早上，风言风语就从卫生间的水槽边传开了。有人说她的娃娃儿子朝她脸上吐唾沫。有人说她的导师太严厉了。有人说她在娃娃出现的那一刻就受了惊，再也没有恢复过来。她多大了？五十？五十二？年长的妈妈们都很难适应。

弗里达走进食堂时，所有人的目光都集中到她身上。妈妈们悄悄地凑近她这桌，用微笑和赞美来巴结她，主动为她端上一杯新鲜的咖啡。弗里达很想和大家八卦几句，很想利用这种稍纵即逝的优势来交几个新朋友，但要顾及这儿的规矩，况且，穿粉色大褂的女人们都在一旁看着呢。

"我们应该尊重她的隐私。"弗里达对她们说。这个回答太敷衍了。别的妈妈就骂她婊子、死女人、贱人。有个白人妈妈骂她"清虫"，听来格外刺耳。还有个妈妈用自己的餐具敲地板。艾普尔，大巴上有文身的那个妈妈，正朝她的方向指指点点，和中年白人妈妈三人组窃窃私语。邻桌有人把她叫作神经兮兮的中国婊子。她听到有人低声念及自己的名字。把孩子独自留在家里的那个女人。说那是人生中最糟糕的一天的那个人。

"别理她们，"卢克雷茨娅说，"吃午饭的时候她们就会把你忘了。"

弗里达太紧张了，根本吃不下。她把自己剩下的半个贝果递给卢克雷茨娅。

卢克雷茨娅说只有白人女士才会在第二天退学。但凡哪个黑人妈妈想玩这套把戏，肯定会被直接扔进监狱，也可能在去监狱的半路就一枪崩了她,再伪装成她自杀的样子。邻桌的几个黑人妈妈听到了卢克雷茨娅的话,心照不宣地笑了。

琳达对弗里达说:"你的室友真他妈太弱了。"

"我认为她并不是真的那么爱她儿子,"贝丝说,"你想啊,等他发现亲妈不仅是溺爱者,还是个退学者,他会怎么想?政府应当为那孩子的心理治疗买单。"

弗里达搅着咖啡。她想告诉她们海伦是用什么语气跟吉布森女士对峙的,又是如何称呼那些娃娃为"怪物"的。学校分给她一个六英尺高的娃娃儿子,身材堪比橄榄球后卫,比她现实生活中的儿子高得多、壮得多。怎么可能指望她管好他呢?他拒绝拥抱。听到新名字——诺曼——也不肯答应。他说海伦又老、又胖、又丑,要求换个妈妈。海伦说这个培训项目就是精神操控。洗脑。心理折磨。

吉布森女士告诫海伦,要控制自己的攻击性,要有更开放的心态,停止心理投射。海伦,你是一个坏妈妈,但你正在学习——

海伦冲着吉布森女士的脸比了比中指。更换蓝色液体和为人父母有什么关系?娃娃里头的摄像头、传感器、生物识别什么的算怎么回事儿?这些疯癫的课程又算哪门子培训?到底要教她们什么?这有可能合格吗?

吉布森女士提醒海伦谨记擅自离校的后果。她真的想被列入黑名单吗?

"我才不信真有黑名单系统呢,"海伦说,"我儿子已经十七岁了。我们最多只会分开一年。然后他就会来找我。我来这儿之前真该更认真地考虑一下。法官让我误以为自己有选择,但选择和这个地方完全不搭边儿。"

熄灯后,海伦试图说服弗里达跟她一起走。她的侄女会来接她。弗里达可以暂住她家，联手上诉，表明立场。"我们可以阻止他们。"海伦说。

弗里达说了些必要的客套话，说海伦的儿子好比希望的灯塔，还试图说服海伦再试一次，留在这个项目里，她讨厌自己被诱惑的感觉。她想象着自己出现在古斯特和苏珊娜的家门口，让他们保证不告诉托雷斯女士；但这无法解决问题。海伦也绝不会真的去上诉。她永远不会去找媒体。海伦说就算真的有黑名单系统，她也不怕，她的律师可以搞定。但弗里达知道她只是说说而已。

吃过早餐后，妈妈们聚在皮尔斯厅前的台阶上。她们望着海伦的侄女把车开进玫瑰园的环形车道。吉布森女士和一名警卫陪着海伦走了出来。今天，她从琳达手中接过了桂冠，成了最坏的妈妈、最坏的婊子。

妈妈们窃窃私语。"去她的。""去他妈的。"

海伦回头看了她们一眼，举起一只拳头。有些妈妈挥手道别。别的妈妈们则朝她比中指。弗里达旁边的妈妈吸了吸鼻子。海伦和她的侄女大笑着拥抱在一起。弗里达很懊恼、很惊诧地发现，在这儿只待了两天，汽车开走的声音就足以让她心碎了。

✕

基于一、二、三放手的模式，妈妈们进行了各种示爱的练习。表达歉意的拥抱。表达鼓励的拥抱。缓解肢体疼痛的拥抱。抚慰精神的拥抱。不同的哭声需要不同的抱法。妈妈们必须具备鉴别力。库利女士和鲁索女士会先做示范。

卢克雷茨娅举起手。"我发誓我一直在用心听讲，但这些拥抱看起来都一模一样啊。"其他人表示赞同。她们怎么能分辨出哪种哭声代表哪里出问题了，又该匹配哪种拥抱呢？有什么区别？为什么她们不能问自己的娃娃,到底出了什么问题?

导师们说,直接提问会给年幼的孩子带去太多压力。母亲不应该非提问不可。应该凭直觉。身为人母,理应一清二楚。要区分不同的拥抱,妈妈们必须考虑其意图。这是父母必须持续完成的看不见的情感任务。

"你通过触摸对你的孩子说话。"鲁索女士说,"这是心与心的交流。你想告诉她什么?她需要从你那里听到什么?"

隔壁教室里传来了撞击声,接着是尖叫、嘶喊。鲁索女士说导师们不想让各位妈妈想起曾有的虐待,也不鼓励暴力倾向,但爱意训练必须发自真心。所以,为了练习缓解肢体疼痛的拥抱,必须先施加一些痛苦。

导师们开始打娃娃们的掌心。有个娃娃哭得不够响,她们就去扇她的脸。少女妈妈用自己的身体护住她的娃娃。卢克雷茨娅哀求她们住手。

导师们一板一眼地执行教学工作,完全无视妈妈们的抗议,库利女士打孩子的时候,鲁索女士就负责管住娃娃不乱动。打是真打。痛也是真痛。弗里达遮住了埃玛妞的眼睛。这些导师肯定是恶毒的老处女。暗中虐杀小猫的坏蛋。如果有人对海莉特做这样的事,那……弗里达这辈子还没见过有人在幼童脸上扇耳光。她父亲顶多隔着衣服裤子打打她的屁股。她母亲只拍打过她的手背。

"放开她,弗里达。"鲁索女士警告她。

"你们为什么要这样做?"

"因为我们要训练你。"

埃玛妞在弗里达身后瑟瑟发抖。"只会痛一秒而已,"弗里达说,"就是假装打一下。我在这儿陪着你。妈咪会照顾你的。我很抱歉。我非常抱歉。"库利女士在娃娃脸上扇那一巴掌时,她吓得往后缩了一下。

埃玛妞的哭声比海莉特的更尖利,更执着,也更凶狠。弗里达将拥抱延长到五秒,然后是十秒。为了海莉特,她可以放任这个娃娃在她耳边叫喊。为了海莉特,她情愿让这个娃娃喊破她的耳膜。娃娃的眼睛、鼻子和嘴里涌出那么多液体,这让弗里达惊诧万分,她的体内竟有一整套反馈回路,好像藏着一座秘密的喷泉,源头却根本看不到。

泪水眨眼间就打湿了埃玛妞制服的领子和衣襟。这些娃娃比真正的小孩哭得更久、更大声。她们哭的时候毫无停顿。她们不会累。她们的嗓子也不会哭哑。她们从母亲的怀抱中挣脱开去,发现了逃脱能带来的、属于动物本能的快感。先是因身体疼痛而哭,哭声升腾,化为一种单纯的激情,她们能哭多大声就哭多大声,哭声仿佛撑起了一座穹顶,让弗里达也想哭出血泪来。

几个小时就这样过去了。导师们都戴着耳麦。到了午餐时间,她们就让娃娃们在哭声中暂停,任由她们的嘴巴张着,喉咙又红又湿,还在随着心跳搏动。等妈妈们吃完饭回来,她们又立刻恢复了之前高亢的悲嚎。

妈妈们并没有让她们的娃娃有安全感。如果娃娃们感到安全,她们就会停止哭泣。导师们对她们说,一定要控制好她们自己的沮丧和挫败感。她们要保持冷静,以此向孩子表明一切都在妈妈的掌控之中。母亲总是有耐心的。母亲总是善良的。母亲总是在付出。母亲永远不会垮掉。母亲就是孩子和残酷世界之间的缓冲器。

领会这一点,导师们说,接受。承担。

×

每个小组都觉得自己的处境最差:娃娃的表现最差,导师最严厉。教学方法太不人道。解释毫无意义。她们所学的一切都无法与现实生活挂钩。

贝丝认为学校雇用的那些社工骨子里都有纳粹精神。要是娃娃们真的能感受到真情实意，肯定会觉得自己被虐待了。

"社工就是纳粹，"卢克雷茨娅说，"和纳粹差不了多少。至少我的那个就是。"她认为库利女士那副棕色女人的外壳里铁定是个法西斯分子。现如今，这样的人越来越多了。

婴儿娃娃只要被放到地上就会嚎啕大哭；大一点的娃娃则被导师不停地打耳光。十几岁的娃娃会咬牙切齿地大骂："烂死在地狱里吧！""去死吧，老巫婆！""你根本不懂我！""你又不是我亲妈！我为什么要听你的？"海伦的娃娃已被送返仓库。

晚餐时，弗里达和同组的妈妈们谈起了育儿经。安抚奶嘴。玩具。图画书。视频。歌曲。真正的女儿们在情绪不稳时需要能让她们分心的东西。为什么她们不能用安抚奶嘴？她们鼓动卢克雷茨娅明天去问问。

每天不停地蹲下、蹲坐、追赶、倾听、给予、想方设法把挫败转化为爱，这一切让弗里达筋疲力尽。还没熄灯，她就爬上了床，为能独享一间宿舍而兴奋。但她很快就想到了海伦，她已经在家了。海伦今晚将睡在自家床上。

吉布森女士做了最后的巡视。晚钟敲响。灯光熄灭。

抛开海伦的事、打娃娃、哭声和她自己的绝望，这一天的基调倒还不坏。导师一说"去找你的妈妈吧"，埃玛妞就来到了她身边。大多数娃娃都还做不到这一点。少女妈妈的娃娃奔向贝丝。贝丝的娃娃奔向了卢克雷茨娅。但埃玛妞认出了弗里达。她指着弗里达的胸口说："妈咪。"弗里达隐约感觉到了什么。温柔，也许是吧。骄傲。这个娃娃不是海莉特。她永远不可能成为海莉特。她只是一块垫脚石。她可以踩着娃娃的脑袋、踩着娃娃的身体去抵达目标，无论什么，只要是必需的事，她都可以。

×

感恩节晚餐时，食堂里点了蜡烛。执行主管奈特女士在餐桌间走来走去，时而和学员握手，时而捏捏学员的手肘，问问她们的姓名和罪行。

"你喜欢这种培训吗？感觉适应了吗？娃娃们是不是很好玩？"

等每个人都落座了，奈特女士拿起了话筒，带领各位妈妈默思片刻，想念她们失去监护权的孩子们。

妈妈们并不欣赏这套仪式。她们知道自己在哪里，也知道自己本该在哪里。节日氛围让她们感觉更糟，学校还不如什么都不做。立都立不稳的烛台都是塑料做的便宜货。每张餐桌上都有一碗迷你南瓜，校方还警告妈妈们别把它们当武器用。墙上贴着朝圣者和火鸡图像的纸花环。今天的菜式是索然无味、干巴巴的火鸡肉，里面白乎乎的填馅儿硬邦邦的，还有红薯糊。

琳达担心她的孩子们会挨饿。"你们不知道那些报名做寄养父母的都是些什么人。"她告诉大家，"人们会为了钱去做这事儿。"她不知道那些寄养家庭在哪里，也不知道那些人家里有没有寄养别家的孩子，不知道她的小孩会不会和别家的孩子打架，或是在学校里打架。因为每周日只能打一通电话，她只能每周选一个孩子通话。怎么能把孩子交给别人临时养育呢？她希望她的社工能把孩子们安置在讲西班牙语的人家，还希望有人愿意把她的六个孩子寄养在一个家里。可以让大孩子照顾小孩子。

贝丝跟琳达说起一对女同性恋者，她们就住在她家附近的芒特艾里，可以收养有特殊需要的孩子。"也是有好的寄养父母的。"贝丝说。

"没用。"琳达回应道,"没——用。"

弗里达在想钱的事。私立学校和夏令营。音乐课和家教。出国旅行。她父母给过她的一切。她听闻的贫困现象越多,就越想让海莉特过得奢侈一点。

奈特女士请大家起立,念诵感恩谢辞。第一个发言的妈妈有点羞怯。有个妈妈说感谢上帝。另一个说感谢美利坚。

弗里达的父母肯定在布尔里奇的叔叔阿姨家。至少会有二十个亲戚济济一堂。弗里达是她母亲那边最大的孩子,过世的外婆最喜欢她。她哀求过父母,不要把她的事说给亲戚们听,但她的母亲可能忍不住告诉某个姐妹,然后三个阿姨舅舅都会知道,然后她所有的表弟表妹也都会知道。阿姨们叔叔们都会怪罪她的父母。也可能归咎于她的文科学位,或是读到一半的博士学位,或是她等到三十七岁时才生孩子。也可能归咎于她嫁给了白人,怎么会有正经人叫古斯特这种名字?她不该嫁给那么帅的男人。帅男人不可信赖。她住得离家太远了。要是她搬回娘家住,父母就能帮忙带孩子了。问题都出在弗里达的选择。她的叔叔阿姨们会告诫自家孩子们:你们要是做出这种事,我就去跳河。

身为移民二代、家中长女,愧疚如同漩涡让弗里达难以自拔,因而没有注意到奈特女士已走到了她们这一桌。奈特女士先把话筒递给琳达,琳达感谢了这所学校。

"感恩你们所有人。我新得到的好姐妹们。你们真美。所有人,都谢谢了啊。"

她们轮着说。感恩有食物、有住所、有第二次机会。

少女妈妈一直低着头,没从她的盘子里抬起眼神。她一整晚都一言不发,只吃了点红莓酱。她请大家跳过她。但百折不挠的奈特女士还是将麦克风塞到了她手里。

"这位女士,把话筒从我面前拿开。这儿的规矩还他妈有完没完?"

"梅丽尔,注意用语!再这样犯一次,我保证会把你送去恳谈会。"

少女妈妈接过话筒,说:"我感恩真理。"

她把话筒递给弗里达,弗里达犹豫了一下,看了看卢克雷茨娅的眼色。卢克雷茨娅用手比了个心。

"我为拥有埃玛妞而感恩。"弗里达明白了她的暗示,说道,"我的娃娃。我是说,我的女儿。宝贵又漂亮的女儿。"

坐在邻桌的那三个中年白人妈妈一齐站起身。她们一人说一句,说完就把话筒递给下一个人。她们感谢奈特女士。感恩科技,感恩进步。感恩诸位导师。卢克雷茨娅叫弗里达留意奈特女士对她们微笑的样子。卢克雷茨娅说,那三个人搞不好不是当妈的,很可能是为政府工作的。说不定就是内奸。有人撺掇着要拿小面包扔她们,但还没等谁动手,三个马屁精的溢美之词就被一阵火焰打断了。房间里充满了塑料燃烧的臭味。

×

妈妈们被轮流审问。监控录像被逐一审视。虽然谁也不能证明有人故意放火,谁也无法确定到底是谁打翻了烛台,但第二天早上一下子多出来几十个警卫。

新的食堂警卫是个脸膛红润、金发碧眼的年轻人,像嗜酒的人那样浑身松松软软的。这是她们来到女人世界的第五天,就连琳达都腼腆地瞥了这个警卫一眼,哪怕她口口声声说这是她见过的最白最白的白人。

妈妈们的腰板挺直了一点。她们咯咯笑着，红着脸，指指点点，但食堂警卫毫不在意她们色眯眯的明察偷窥。很正常，弗里达心想，哪个男人都不会被这一屋子两百个虐待过亲生孩子的女人唤起性欲。

今天是黑色星期五，妈妈们都很烦躁不安。她们本该很晚才睡，吃昨天剩下的大餐，花钱血拼，就算没钱也一样。

卢克雷茨娅说她们闹出更大的麻烦才好呢。给她们派来更多警卫吧。"一年很长。"她说。谁知道什么时候才开始男女同堂培训，谁知道会不会像奈特女士在迎新会上承诺的那样。反正她们不会和那些当爹的混在一起。

"坏爸爸这种词儿岂不是最能让人性致全无。"卢克雷茨娅边说边用手指模仿花瓣绽开又合拢的样子。

该有人放水淹掉肯普楼里的哪间浴室。该有人在导师上课时捣乱。该有人去找找有毒的植物。

弗里达说卢克雷茨娅真是唯恐天下不乱。想一想吧，如果搞砸了培训，她们会受多大的苦，她们的孩子又会受怎样的苦。贝丝和梅丽尔发出嗤笑声。卢克雷茨娅说弗里达是个乖宝宝。琳达说她是个该死的守规矩的少数族裔模范。

她们聊到要不要给警卫口交，或是反过来，让他服务她们。这张桌边的女人们在这个问题上产生了分歧。一大清早，为了一个无甚魅力可言的男人，她们竟然吵得如此热烈，这可有点吓到弗里达了，她对粗俗的念头没什么抵抗力。她一直在想念威尔，想念他的身体，还想到古斯特和以前的恋人们，大学里那个头发脏兮兮、吮她乳头的男孩，在纽约时那个三句不离亡父的艺术总监。但幻想和欲望都属于外面的生活。临走前，她对威尔说过不用等她。她离开餐桌，任凭同组的妈妈们继续热烈讨论肛交是不是最好的选择——

为了避孕的话。

莫里斯厅的玻璃门内站着一个新警卫，苗条又腼腆的年轻黑人，有一双绿色的猫眼，蓄着短须，那张脸蛋像女孩一样漂亮。他不是很高，但制服下的身躯显得很强壮。有些妈妈去教室时和他打招呼。有些妈妈撩了撩头发。有些妈妈明目张胆地上下打量他。警卫的脸都红了。妈妈们开始下注，赌他今天能上几个女人。不可能每棵树上都有摄像头。还有很多空楼房。

弗里达想知道他喜欢哪种类型的女孩。像卢克雷茨娅那样机敏又有趣的吗？像贝丝那样死样怪气的吗？她喜欢他的绿眼睛和饱满的嘴唇。

×

辅导课程的时间是错开的。上午十点四十五分，弗里达在皮尔斯门厅等候进教室，吊灯下的门厅桌上摆了一束丝绸做的一品红。

她提醒自己不要提任何问题，尽量别哭，除非哭对自己有好处，要把埃玛妞称为"她"，而决不能说"它"。等在门厅的妈妈们七嘴八舌，有人说昨晚是饿着肚子上床睡觉的，但说起来，火鸡肉倒也不算太难吃。走廊尽头，有个妈妈在一扇紧闭的门里哭，不管不顾地哭。不管那是谁，弗里达都替她担心，记起儿童保护局的人是如何把她的哭泣归类分析的。他们说弗里达的悲伤似乎很肤浅。他们对家事法庭的法官说，她哭泣的时候习惯用手捂住脸，摆出胎儿的姿势，这种姿势暗示她在扮演受害者。

来这儿之后，她还没有哭过，虽然时时刻刻都想哭。夜里，她尽力克制自己的手，不能让手靠近嘴边。她很想拔掉自己的睫毛，把脸颊内侧咬到出血。但她正在学习享受黑暗、孤独。疲惫改善了她的睡眠。前几个晚上，她都睡得很沉，沉到醒来时仍能记得噩梦。

十一点，在吉布森女士的指引下，她走进了昔日的留学事务办公室。辅导员的办公室漆成了鸽灰色，闻起来有防腐剂的味道。文件柜顶上搁着一座正义之秤，标有红色符号的可擦写日历，一摞马尼拉文件夹和各种手持设备。后面的墙上嵌了一个摄像头，正对着弗里达，她在椅子里坐好，交叉双腿，保持微笑。

辅导员是一位优雅的中年黑人女性，粉色大褂贴合她的双肩。她叫杰辛达，但弗里达可以叫她汤普森女士。她的齐肩发笔直地垂下，鬓角稀疏，颧骨上有几颗凸起的黑痣。她讲起话来中气十足，微笑的样子像是发自内心的，弗里达回答问题时，她会在适当的节点喃喃自语、点点头。问题是关于睡眠、胃口和情绪的，她有没有交到朋友，她在这里有没有安全感，她怎样忍受与海莉特的分离。她们在这次辅导中回顾了弗里达的缺点，从她最糟糕的那天说起，一直说到今天早上。辅导员鼓励她说"我是个坏妈妈，因为……"，然后等着她把话说完。

她问弗里达为什么安慰不了她的娃娃。弗里达说谁也安慰不了自己的娃娃，辅导员说那不重要。

"弗里达，为什么你对自己的期待值这么低？"她问道。问题在于缺乏安全感的依恋吗？有其他潜在的抵触情绪吗？抵触这个项目？还是抵触那些娃娃？

"你的导师们告诉我，你的拥抱缺乏温暖。我可以引用她们的原话，'弗里达的亲吻缺乏烈火般的母爱之心'。"

"我正在努力。之前，没人告诉我们要和机器人合作。有很多东西需要慢慢领会。"

"我确信，奈特女士在迎新会上解释了为什么要改进培训系统。在这里，你和娃娃一起练习，以后就可以把学到的技能带回你的日常生活中。我劝你不要过度思虑。"

辅导员设定了目标。下周,至少能做到五个连贯且成功的拥抱。更透彻地阐述缺点。减少缺点。说出更多寓教于乐的母亲用语。使用更高的音调。增加每日词汇量。弗里达需要放松。她的体温和心率表明她处在一种难以为继的压力状态。她需要与埃玛妞进行更频繁、更有意义的眼神交流。她的触摸应该更轻柔、更有爱。从娃娃身上收集的数据表明,她的愤怒指标过高,感恩的情绪指标过低。任何负面情绪都会阻碍她进步。

×

晚餐时,她们谈到了生理需求。哪个警卫,哪一天。在哪里。没人的教室、清洁用品柜、车里、树林里。如果没有摄像头和铁丝网,她们会怎么办。她们最喜欢那个绿眼睛的警卫。卢克雷茨娅认为少女妈妈最有可能得手。那个警卫大概只有二十岁。

"他是让我想起了孩子他爸,"少女妈妈坦白地说,"但我那哥们个子更高。高得多。也更性感。牙齿也更好看。"

"你怎么知道他的牙齿长啥样?"卢克雷茨娅问道。

"他对我笑了。"

贝丝和卢克雷茨娅吹了声口哨,击掌叫好。少女妈妈让她俩闭嘴。

卢克雷茨娅问弗里达想要哪个警卫。上哪个?嫁哪个?或是杀哪个?

弗里达根本没在想那些警卫。她还在回味辅导课程。学校肯定是为了诱导合作才那样贬低她们的,就像她约会过的一些男人百般侮辱她,以至于她都很讨厌自己,最后不分青红皂白地委身于他们。也许,她们要自视为低级的人类中最低级的,她们才会信。让她们看清一个事实：她们只配当人造娃娃的妈妈。不能放任她们与任何年龄的人类共处，甚至连动物都不行。

"一个都不上，"她终于给出了答案，"一个都不嫁。一个也不杀。"

"闷声干大事。"卢克雷茨娅拍拍她的手。她自己的答案是：上食堂警卫，嫁绿眼睛警卫，一个也不杀。"过几个月再来问我吧。"她说着，咯咯笑起来。她告诉大家，女儿被带走时，她刚开始新的约会。

她们想知道爸爸那边的学校里有没有人放火。弗里达把海伦的推断跟大家说了，粉色大褂就像护士服，可以满足某种角色扮演的性幻想。

贝丝认为那很有可能。她住院的时候，曾和一个医生半真半假地调过情。她坦白地说："他吻了我一次。"

平日里就爱挖苦人的卢克雷茨娅变得很严肃。"你告诉别人了，对吗？"

"没有，我不想给他找麻烦。"那位医生年纪挺大了，结婚了。

"但他会对别人这样做的。你必须举报他。等我们出去就去。答应我。"

贝丝对卢克雷茨娅说，别给她压力。她看起来像是快哭了。琳达叫卢克雷茨娅别惹她。

弗里达跟她们说起自己在纽约的约会，正好可以给贝丝解围。在古斯特之前，她和各种反社会者约会过。在她读研究生的第一年，有过一连串又矮又愤怒的秃头男人。还有那个脱口秀演员，他取笑中国餐馆打工人时，她就坐在观众席里。

聊到最后，她们终于说起各自的历史，说到几岁有了第一次性体验。卢克雷茨娅是十六岁。琳达是十五岁。弗里达是二十岁。

"瞧瞧你呀，弗里达·卡罗。"卢克雷茨娅调侃她。

琳达问第一个把自己嫁出去的是不是弗里达。弗里达没有告诉她们自己是二十七岁结婚的。她只是说自己晚熟。

贝丝和少女妈妈还没有回答。

"六岁。"少女妈妈终于开口了，"我不会说是我主动的。"

琳达的笑容消失了。"我很抱歉，孩子。"

贝丝说她也遭遇了这种事。十二岁，是她的合唱队指导老师。她妈妈不相信她。少女妈妈说她妈妈也不相信她。

她把一个小面包递给贝丝，抬头看了看别的组员。"好了，现在你们都知道了。团队友情应该够他妈多了吧？"

×

为了享受周日电话特权，妈妈们先要到帕尔默图书馆的电脑室报到，那栋楼位于玫瑰园东边。电脑室在一楼，四壁白墙，拱形天花板刷成了森林绿色，桌上有些咖啡渍。妈妈们以十分钟的间隔进进出出。她们要按姓名字母顺序在走廊上排队。

弗里达在楼梯上等。她伸了伸胳膊，参加清洁小组后，胳膊依然酸痛。昨天，吉布森女士在早餐铃响前来到她的房间，叮嘱她多穿点。这将是她每个周六的新惯例。吃完早餐，她和少女妈妈以及另外十二人跟着吉布森女士走。她们领取了手套、海绵、拖把、水桶和硬毛刷。开工前，吉布森女士让她们说出自己的姓名和罪行，以及她们家有什么问题。回答包括腐烂的食物、外溢的尿布桶、墙里的一窝老鼠、扩散的霉菌。还有更多没那么吓人的回答：脏盘子堆满水槽，儿童椅黏糊糊的，玩具上有食物留下的污渍，儿童保护局官员认为令人不适乃至不安的气味。弗里达坦承家里有灰尘、杂物、陈旧的干货和一只孤独的蟑螂。

和她搭档的是迪尔德丽，来自彭斯波特的白人妈妈，她五岁的儿子杰弗里目前住在她姐姐家。弗里达问她只是因为家里脏乱才惹出麻烦的吗，迪尔德丽坦白地说她的儿子有些瘀伤。她可能打了他。

"在脸上吗？"弗里达问道，急于做出判断。

"我是一个坏妈妈，"迪尔德丽说，"但我正在学习做个好妈妈。"

她们很快就意识到了，清洁组的重点在于仪式感。就凭十四个女人，不可能打扫完所有正在使用的楼舍，更何况还有两百英亩非林地要打理。弗里达和迪尔德丽被安排去拖地板，三栋教学楼的地板。走到那儿就要二十分钟。有个警卫负责监督，确保她们不去碰那些娃娃。她们这才发现，并非所有的娃娃都放在器材室里。有几间教室就是用来存放娃娃的，不同年龄的娃娃们用几块有机玻璃板隔开。那些娃娃们就看着她俩干活。

现在，吉布森女士把弗里达领到一台没人用的电脑前。弗里达心想，要是提前写下备忘录就好了。她要提醒古斯特该打流感疫苗了。他该去一些幼儿园参加开放日活动，提交几份入园申请。他要向她的父母汇报海莉特的情况。

电话拨通了。几秒钟后，苏珊娜的脸出现在屏幕上。她穿着古斯特的一件象牙色渔夫毛衣，捧着一杯热气腾腾的茶，浓密的红发堆在头顶，用一根铅笔固定。看了一整个星期穿制服的女人，苏珊娜简直美丽过头了。

弗里达很尴尬，因为只能让苏珊娜看到她这个样子。"海莉特呢？"

"很抱歉，弗里达。他们在睡觉呢。她吃坏肚子了。吐了一整晚。古斯特也倒下了。"

"他们现在还好吗？你能去叫醒他们吗？求你了。我只有十分钟时间。"

苏珊娜又说一遍抱歉。她明白这通电话对每个人都很重要，但海莉特已经睡着了。"她真的病了。我一直在照顾他们两个人。我都累坏了。你们下周再聊，好不好？"

"求你了。"弗里达反复央求。她们来来回回地强调海莉特的睡眠有多重要、这通电话又有多重要，强调弗里达要过几个月才能见到海莉特本人。终于，苏珊娜同意去叫他们来通话。

弗里达担心海莉特还没出现在屏幕上自己就会泪流满面。七分钟了，她开始剥指甲皮。六分钟了，她双手抱住头。五分钟了，她开始揪自己的眉毛。四分钟了，她听到了海莉特的声音。古斯特在他的电脑前坐下来，把海莉特抱到腿上。海莉特的脸颊红扑扑的。她刚睡醒时总是最漂亮的。

弗里达为吵醒他们而道歉。她问他们感觉如何。

古斯特说整个家里都要消毒。海莉特在婴儿床里吐得一塌糊涂。

"你叫医生来了吗？"

"弗里达，我们知道自己在做什么。我可以照顾好我的女儿。"

"我没有说你不能。但你应该叫医生来。"她注意到海莉特在吸鼻子，注意到她有黑眼圈。海莉特看起来又瘦了。"我很抱歉我不在你身边，宝贝。你马上就可以回去睡觉了。我只是需要看看你。"她想用上几句完美的母亲用语，但她看出来海莉特正在接受她的新模样，在电脑里露面的妈妈，穿着制服的妈妈，摸不到的妈妈，她眼看着海莉特的脸皱起来，就知道这次轮到她哭了。

海莉特想逃跑。她尖叫起来，手臂上下挥动不停。吉布森女士走过来，降低了音量。

"你非得这么做吗？"

"弗里达，请体谅一下其他人。你还有一分钟。"

古斯特在海莉特耳边轻声说了什么。

弗里达说："我爱你。我想你。"

她说："银河。记得吗？妈妈爱你，银河里所有的星星。"

吉布森女士示意妈妈们还有五秒钟。"该说再见了，女士们。"

每个人都凑近屏幕。每个人都提高了音量。

"下次会更好的。"古斯特说。

"我很抱歉，宝贝。妈妈得走了。好好养病。拜托，多喝水。早日康复。我想要你健健康康的。我真的特别特别想。"弗里达凑近屏幕，噘起嘴。

海莉特停止了哭泣。她张开手。她说："妈——"

屏幕突然一片空白。

八

和海莉特通话后就更难欣赏埃玛妞了。弗里达注意到了所有虚假的部分：新车的气味，扭头时发出的轻微的咔嗒声，瞳孔里的芯片，雀斑分布得太均匀，脸颊上没有小细毛，睫毛根根粗壮，指甲永远不会长长。弗里达是个坏妈妈，因为她的拥抱传递了愤怒。她是个坏妈妈，因为她的母爱很敷衍。现在是十二月，她还没有完成一组连贯且成功的拥抱。

妈妈们穿上制服已有十一天了。制服越来越难掩盖欲望和恶意。弗里达的同组学员们已不再朝警卫们抛媚眼。排队洗澡时会为了鸡毛蒜皮的小事争吵不休，在走廊里用胳膊肘和肩膀互相冲撞，绊人脚，骂粗话，恶狠狠的对视无休无止。

有些寄养父母、祖父母和监护人错过了指定的通话时间。有些人没有电脑或智能手机，有些人没有无线网络，有些人所在之处信号不好，有些人对限时通话有所误解，还有些孩子不肯说话。

埃玛妞养成了一个新习惯：边哭边跑。她跑起来比九个月的海莉特更快，但可能不如现在的海莉特跑得快。弗里达觉得她每一次拥抱埃玛妞都在背叛海莉特。多抱一次埃玛妞，就等于少抱一次海莉特，她还有多少次可以抱？以前古斯特说他既忠于这个家，也忠于灿烂的新恋情时，她曾气得发疯。忠诚对半分，心意对半分。三角解析难题。他用这套说辞的那天晚上,她砸了两个酒杯。

今天早上天空阴沉,光线柔和,让娃娃的皮肤看起来更逼真了。娃娃们一会儿跑向门,一会儿跑向窗。她们把上锁的柜子敲得砰砰响。她们拉开抽屉。妈妈们在她们后头追。娃娃们撞在一起。哭声越来越响。

鲁索女士调整了弗里达的姿势。弗里达需要跪下。她不该俯身在埃玛妞的上方,也不应该弯腰凑近她。儿童必须得到尊重。

"你们必须满足孩子们的需要。"鲁索女士说。她要求弗里达再试一次道歉。这一次要注入更多感情。

她们正在练习悔悟拥抱。这星期,导师们终于发了玩具——叠叠乐、积木、形状分类器和毛绒玩具——玩了一小时后,娃娃们都在笑,亲子爱意简直触手可及,但接下去导师们就把玩具收走了,让妈妈们去赢得娃娃们的谅解。导师们每天早上都这样做,引发的怨怒足以毁掉一整天。

弗里达绝不会说自己已经习惯了这个地方、这套制服、这种课程、这些妈妈或娃娃,但她越来越习惯头疼了。双目后方的悸动成为她在这里生活的一部分,如同干燥的皮肤、出血的牙龈、疼痛的膝盖和酸痛的背,还有一种永远洗不干净的感觉,她的手腕、手肘和下巴总有一种紧绷感。她有了新室友,是个二十出头的黑人妈妈,名叫罗克珊,她七个月大的男婴艾萨克住进了寄养人家。有一个周日,罗克珊被叫去加班,只能让她十二岁的侄女照看艾萨克。有个路人看到这个女孩在罗克珊的公寓楼前推着婴儿车,车里躺着艾萨克,就报了警。他们带走他时,他才五个月大。

罗克珊来自北费城,曾在坦普大学念书,刚开始大四的学业,主修政治学,辅修媒体研究。她不太谈起艾萨克,但问过弗里达陪孩子长大的事,也就是她失之交臂的体验。这一切发生前,艾萨克刚刚学会坐,很快就要学会爬了。罗克珊说弗里达很幸运,她有一年半的时间和海莉特在一起。海莉特会永远认得弗里达的脸,记得她的声音。艾萨克会记得他母亲的什么呢?什么都不会记得。

　　罗克珊有一双墨色的杏眼,总有一种疑虑的眼神,鼻子有点塌,留着齐腰的长辫,她总在把玩自己的辫子。她身材紧实,胸部丰满,臀部窄小,真不知道她是怎么生出孩子的。她换衣服时悄无声息,整理床铺时轻手轻脚,不想闲聊八卦,从没让弗里达看到过她的裸体,但她会在睡梦中连说带笑,仅就这一点来说,弗里达不太走运。她梦中的笑声不断,非常迷人。如果弗里达理解无误的话,罗克珊梦到的是芳香的草地、远山清涧、绅士的召唤。

　　弗里达盼望有朝一日能和威尔笑谈这事儿。她想告诉他,罗克珊在黑暗中微笑,床单窸窸窣窣。她想告诉他,这些校舍是由信息素和遗憾建成的。敌意。渴望。告诉他,不再留意悲伤——这是有可能发生的。告诉他,女人的哭声现在俨如白噪音。

×

　　有人说,娃娃们需要时间来适应她们。有人说,所有的进展都归功于妈妈们。有人说,娃娃们配合培训的程序就是用来促进竞争的。且不论原因,不可能的任务已然达成。突破性的进展出现了,信任建立起来了。妈妈们正在满足娃娃们的需求。

　　弗里达的小组里,佼佼者当属琳达,星期五早上,她用持续八秒的拥抱配合两秒的蹦跳,成功地让她的娃娃安静了下来。

　　导师们要求全组学员观察琳达的示范。她们让别的娃娃保持安静,然后用一只泰迪熊逗弄琳达的娃娃,再收走泰迪熊。琳达生过很多孩子,据说也忽略了很多孩子,她的动作轻快又优雅。她把娃娃踏踏实实地按在肩头,用西班牙语和英语说了些鼓励宝宝的话。

她做了几个上下颠动的动作,像是在调鸡尾酒,娃娃跟着上下蹦跳起来。拍拍,抖抖。很快,娃娃就平静下来了。

琳达用悠长、得意的眼光朝大家看了一圈,目光最后落在了卢克雷茨娅身上。

妈妈们交叉双臂,歪着脑袋,咬着舌头。肯定是凑巧成功的。在琳达身边,没有哪个孩子是安全的,哪怕是人造的孩子。

鲁索女士让琳达解释一下自己的拥抱方法。

"我得像运动员那样想问题,"琳达说,"这就好比我们参加奥运会。每一天,我们都想要夺金牌。我的家庭就是金牌。我不能让我的孩子们不在我身边成长。我不想当那种婊子——不好意思,就是让她们嚼舌头的那种女人。"

导师再次激活别的娃娃,她们都不约而同地跑向琳达。她就是魔笛手。牧羊女。鹅妈妈。导师们请她给组员们指点迷津,这种权力转移直接导致午餐时段的气氛冷若冰霜。卢克雷茨娅甚至趁着琳达背对她的当口往她的咖啡里撒盐。

没人愿意接受琳达的指教,但她毕竟成功了,更何况,输给这个传说中把六个亲生孩子塞进地洞里的女人未免太丢人了,于是妈妈们越来越勤奋地去拥抱。有些人拥抱起来像在救火,还有些像在摔跤。练到最后,卢克雷茨娅终于让她的娃娃安定下来了,然后是贝丝。

每次有突破性进展后,她们要作为一个团队进行总结。导师们说她们应该每天晚上自省得失,应该扪心自问:"今天我学到了什么?哪里有改进的余地?"

"母亲就像鲨鱼,"鲁索女士说,"总是在移动。总是在学习。始终努力改善自己。"

快到道别时间了。弗里达数到六,数到八,在心里怀念海莉特在儿童乐园里奔跑的样子，因呕吐而虚弱的样子，流鼻血的样子，最后一次触摸彼此的样子。她说："我爱你。请原谅我。"

埃玛妞不哭了。弗里达简直不敢相信。她举起手，想让鲁索女士注意到这一进展。她检查了娃娃的脸蛋，湿湿的，再抹去那张脸上的泪水。她亲吻了埃玛妞的前额。她们的目光相遇在亲子间的爱意中。满足感已达成。这感觉比她预想的要美好。

×

一夜之间，下了六英寸厚的雪。校园景致像被施过魔法般变得荒凉。弗里达、少女妈妈和来自别的小组的两个妈妈被分配去铲雪，把皮尔斯厅到科学楼的步道扫干净。妈妈们见过日常保洁员用吹雪机，但她们要用吹雪机的提请被拒绝了。吉布森女士说，吹雪机好比捷径，但清洁组不该惦念着走捷径。

只有白人妈妈们和弗里达会被分去铲雪。负责清洗卫浴的黑人和拉丁裔妈妈们有些怨言。随着不良行为的逐渐增加，清洁组的阵容也逐渐扩大。现在，有的妈妈负责洗衣服，有的清洁厨房和食堂。被免除周六惩罚性劳动且没有规定的额外培训的妈妈们必须利用这一天进行身体锻炼、团队建设，还要写赎罪周记。有些工作人员本来打算开设编织和绗缝小组，但发生了感恩节失火事件之后，校方决定不能让母亲们用针。

少女妈妈坚持要弗里达在她身边铲雪。少女妈妈来自南费城，挺远的南郊，几乎要到棒球场那儿了。在她看来，弗里达家附近的帕斯扬克广场一带尽是装腔作势的家伙：留着愚蠢的发型，骑着昂贵的自行车，背托特包，遛小型犬。弗里达很谨慎，从没非议过南部甚或整个费城。她很好奇，在南费城的白人聚集区生个混血宝宝会不会引发什么非议？但她没有开口问。她们只是八卦各自的室友、导师和琳达，聊聊每一个被少女妈妈认定骨子里很贱的妈妈，昨天有谁在课堂上学到了什么吗，在这里真的有人能学到什么吗。少女妈妈觉得导师们对她吹毛求疵，就因为她最年轻。她的辅导员说她有愤怒管理问题、信任问题、抑郁问题、性虐待幸存者问题、大麻问题、未婚妈妈问题、高中辍学问题、黑人孩子的白人妈妈问题。数据表明少女妈妈憎恶她的娃娃。她对此没有异议，但为了澄清事实，她要补充一句：她憎恶所有人。

她问弗里达昨天感觉如何，在哪件事上做对了。少女妈妈是唯一一个没法让娃娃停止哭泣的组员。

"我还没想明白呢。"弗里达不会承认自己挺喜欢听导师们的赞美，也不会说埃玛妞格外黏人确实让她自豪。昨天说再见时，埃玛妞叹了口气，把头靠在弗里达的肩膀上，这个令人讶异的温柔姿态顿时削弱了弗里达的抵制心。

她说，娃娃们的举止很难预测。她不知道埃玛妞到了周一会有什么表现。进展出现得太晚了，来不及计入本周达标项目。辅导员认为她的进度落后了。辅导员还认为她在上周日通话时的表现有问题。她指责弗里达对埃玛妞表现得很疏远。眼神接触的次数太少。母爱情感指数不稳定。亲吻不温不火。至于母亲用语，可以说是毫无进步。

弗里达担心自己对少女妈妈过于坦诚了。她还担心自己在少女妈妈坦白心声后没有给予足够的鼓励。琳达时不时就说她和弗里达——也就是这个组里的成年人——要密切关注少女妈妈和贝丝。

"关于你那天晚上告诉我们的事，"弗里达开始关注了，"谢谢你对我们的信任。"

"哦，我的上帝，又来了。贝丝也不停地说这事儿。之前我没有跟你们说,所以你们现在想问什么就尽管来吧。"

"我只想说你很勇敢。你是个幸存者。"

"这个术语蠢爆了。我妈也用这个词儿。不过呢,现在她倒是信了。"

"我很抱歉她当初不相信你。"

"随便啦。对我来说,那事儿已经过去了。"

"要是你需要找人谈谈——"

"弗里达,我是认真的。别提这茬儿了。今天别再对我特殊关怀了。行吗?你发誓?"

弗里达道了歉。雪是湿的,很重,感觉就像在铲水泥。她们铲完了皮尔斯厅前的四排台阶,看到那些朝教学楼走去的清洁组妈妈们就点头示意。她们的脸都皲裂了,背和膝盖也很痛。因为一直眯着眼睛看雪,她们的眼睛也疼。整整一天,少女妈妈都在暗示她有个秘密。弗里达东猜西猜的,让她越来越不耐烦了。

"走近点。别、别看我。别那么明显。听着,就是,我上了那个警卫。可爱的那个。你最好别说出去啊,要不然我就告诉这里的每一个臭婊子,说你想亲我。"

"我保证。"弗里达尽力掩饰,不让自己表现出关切之意。少女妈妈和那个绿眼睛的警卫是在停车场做的,在他的车里。弗里达问她是怎么跑到外面去的。不是有警报器吗?泛光灯?摄像头?别的警卫?

"这位女士,你也太单纯了吧?是真没玩儿过吗?"

"你们用了避孕套吧,但愿如此。"

"讲真?你真以为我有那么傻吗?"她只让他走后门。性事本身没什么特别的。他两分钟就射了。他的阴茎又长又细。他的吻功一般,但他的头发很好闻。

弗里达觉得自己又蠢又老，还有了妒意。少女妈妈的身材和苏珊娜相似，瘦削，但胸部丰满。她的美是所有青少年都有的那种青春美，还有一点婴儿肥；褐色的双眼清澈闪亮；零毛孔。她浑身上下只有头发难看：发根是金色的，下面的已渐渐褪成深灰色。果不其然，警卫选中了未成年女孩，一个野性十足、天生丽质、神通广大的女孩。

她想问他们有没有舌吻，走后门的同时警卫有没有指交，警卫的动静大吗，他们有没有让车窗玻璃泛起水汽。她愿意知道这些细节，想让少女妈妈知道她也曾玩得很野，但问了就说明她没变，而改变才是重点，所以她转而问起少女妈妈的家人，问她有没有想念他们。不仅想念她的女儿，还有她的父母。

少女妈妈朝雪堆踢了一脚。"我才跟你讲一件事，你就可以刨根问底了吗？"

她不想谈论他们，说这不关弗里达的事，然后又承认她很想她妈妈。她们一直住在一起，从没分开过。弗里达多大了？她妈妈才三十五岁。

"你们两个说不定能交上朋友。"少女妈妈说着，笑起来。她父亲在她三岁时就走了。

"他们不能逮住他，送进爸爸们的监狱，实在太逊了。"

她的女儿叫奥切安。奥切安被交给外婆照料，但上日托班的钱快用完了。奥切安可能是个捣蛋鬼，喜欢吃家里盆栽里的土。家里人会在肥皂上发现她的小牙印。她五个月开始爬，九个月就开始走路。

"她就像只小蟑螂。我打过她几次，但不是你们想象的那种打法。只在她特别皮的时候我才打她几下。"她指着弗里达说，"你最好别跟任何人提起这些事。这没记在我的档案里。"

弗里达嘴上答应了，心里却有点警醒。这儿把打孩子的妈妈和不打孩子的妈妈混在一起，这让她和罗克珊耿耿于怀。在罗克珊看来，她把艾萨克留给她侄女照看，乃至弗里达所做的事，都不能和打孩子相提并论。

"这就像用同一套办法去治疗癌症患者和糖尿病患者。"罗克珊说。

"我本来不想留下她，"少女妈妈对弗里达说，"是我妈妈逼我的。有一对夫妇想收养她，但那个爸爸看我的眼神很奇怪。有些人就是有那种邪恶的气息，你明白我的意思吗？后来，我改主意了，他们就疯了。想要孩子又生不出的那些人失去理智了。"

她问老女人怀孕是什么感觉。弗里达的那套东西都干瘪了吗？"你不能再生了，对吗？你马上就四十了，然后……"她发出拉拉链的声音。

"你是说，如果……？我觉得不会吧。你知道吗，再过几天，她就满二十一个月了。"弗里达的眼里噙满泪水。她的手机里存着每个月的重大时刻视频。不仅能让她自己随时重看，也方便发给她父母看。她会让海莉特坐在婴儿椅里，念出日期和海莉特的年龄，然后让海莉特展示一下新能耐。最后一个视频拍的是"今天你满十八个月了！你感觉如何？"。

少女妈妈注意到弗里达在抹眼睛。她扔掉了手里的铲子。她抓住弗里达，给了她一个抚慰情绪的拥抱，还轻声地说："好了，好了。"

✕

库利女士和鲁索女士开始给她们计时。妈妈们在两小时内成功安抚各自的娃娃，然后是一小时，然后是四十五分钟，然后是三十分钟。目标是在十分钟内让娃娃不哭不闹。

评估日到了。因为第一个单元涵盖了这么多内容，所以将在一月份增加一个评估日。妈妈们盘腿坐成一圈，把动来动去的娃娃摆在膝头。每对母女轮流坐到圆圈中间展示成绩。导师们将评估拥抱、亲吻、认可等各套动作及其搭配使用的情况。包括拥抱的质量：时间太长或太短，还是恰到好处。需要多少个拥抱。妈妈是否自信、镇定。让娃娃安静下来需要多长时间。最后的得分、书面评语和视频录像都会记入她们的档案。不论是谁，超过十分钟就会得零分。

奈特女士会来监考，她在晚餐前还有那么多班级要看，导师们听她说"要是我能克隆自己就好了"后都发出赞许的笑声。

妈妈们则纷纷侧目。前几天，卢克雷茨娅问导师们有没有孩子，答案是没有。鲁索女士说她是三只狗的妈妈。库利女士说她有侄子，视如己出。

"并非所有人都能幸运地生养自己的孩子。"库利女士说。

卢克雷茨娅对记入档案中的评估的权威性提出了质疑。走出教室，卢克雷茨娅就把她们叫作冒牌货。她对弗里达说，这就好比让那些从没下过水的人教游泳课。怎么会有人把宠物和孩子相提并论呢？当妈妈和当阿姨是完全不同的。只有那些没孩子的人才会这么说。

妈妈们向奈特女士招手示好，大白天，她看上去更令人不安。她的脸上有一部分看起来像十八岁，另一部分像五十岁。她那粉红色的圆脸上，脸颊部分宛如婴孩。弗里达盯着那只长满雀斑、血管清晰、戴着一枚钻石戒指的手看。她曾在迎新会上当众说过，她有四个女儿，一个是马术运动员，一个正在读医学院，一个在尼日尔从事人道主义救援，还有一个正在学习法律。在培养优秀女性方面,她堪称经验丰富。

鲁索女士把卢克雷茨娅的娃娃带去器材室,做点什么让娃娃大哭大闹。卢克雷茨娅移到圆圈中心时,弗里达、贝丝和少女妈妈都祝她好运。

弗里达对埃玛妞说,今天很特殊。"别害怕。"她说。自从她们上周取得突破性进展后,她就一直把埃玛妞当作她的小伙伴。一个孤儿。一个弃儿。也许不该说她是假冒的女儿,而是一个临时女儿。因为要打一场仗,埃玛妞才来到她的身边。

她想告诉埃玛妞,自己满脑子都在琢磨健康问题。海莉特病了,上周日连话都说不出了。那一家人都病倒了。本来说好去打流感疫苗的,结果还是没去。古斯特说今年只有百分之二十的流感疫苗见效。苏珊娜认为接触病菌能增强海莉特的免疫力。她不喜欢太频繁地给海莉特洗手,不想让海莉特错过所有的益生菌。校方已把弗里达提高嗓门的事实记录在案,她大声指责古斯特不负责任,说苏珊娜是个疯子,尽信"胡说八道的自然疗法",只因苏珊娜对流感疫苗持保留态度。

导师们请奈特女士叫停。诊断孩子情绪不稳的根源需要时间,而时间很宝贵。在一旁等待的妈妈们在场边鼓劲儿。"你能做到的!""把她抱起来!""继续努力!"

卢克雷茨娅在九分三十七秒内达标。贝丝和少女妈妈超过了十分钟。

鲁索女士把埃玛妞带走了。弗里达移到中间。她努力唤起所有需要给予的爱,所有想给予海莉特的爱。她舒展眉宇。她听到了埃玛妞的哭声。她蹲下身。等他们审查录像时应该会看到她的神色安详,宛如意大利的马利亚圣母像,圣母的手臂环抱着孩子,圣母的前额沐浴在圣光里。

※

每个小组都会分成两个队列：通过考核的人和没有通过的人。弗里达以九分五十三秒的成绩勉强合格。琳达稳获第一名。不管谁问，她都会报出成绩：六分二十九秒。为了换取更多食物和洗漱用品，她会在吃饭时口授秘笈，在睡前大谈战术。有时候会有一些妈妈排队等在她的宿舍门外。

一棵毫无装饰物的圣诞树被运到了食堂门口。松针洒落在周围的地板上。愤怒的妈妈们一直在拔小枝叶。

即将到来的圣诞假期为中级和高级母亲用语课程提供了丰富的素材。弗里达对埃玛妞描述了芝加哥的冬天。大湖效应降雪。那儿和费城不一样，费城只要下雪两英寸就全城停摆了。

"我小的时候，积雪会有我肩膀那么深。家里还有我爸爸用婴儿浴缸拖着我滑雪的照片。他本来该用雪橇的。"

"雪橇？"

"就是用来滑下坡的东西。你可以和孩子一起坐上去，也可以单独一个人坐，然后就能嗖——嗖——嗖地滑下去啦。"她用手臂模仿滑下坡的动作。

她把和圣诞节相关的知识教给埃玛妞，解说了装饰圣诞树、互赠礼物的仪式。她不清楚校方对圣诞老人持何种态度，所以她跳过了这部分，以免犯规。

"我们家过节就是在圣诞节前夜。没有人跟我父母说过应该在圣诞节清早拆礼物，所以过完节的第二天，我们就没什么事可做了。通常，我们会去剧院看电影。"

"电影？"

"电影就是看故事。你在大银幕上看到的故事。像真的一样。

娱乐。人们看电影是为了逃避现实。别担心，我觉得你应该不需要。你有妈妈陪你玩。"

×

接下去的一周里，大家感到了某种日常化。妈妈们练习大声朗读有关圣诞节、宽扎节和光明节的绘本。弗里达给埃玛妞读了一本关于驯鹿丽塔的故事书。

"注意你的音色变化。"库利女士说。驯鹿丽塔、别的驯鹿小伙伴、圣诞老人和克劳斯夫人听起来都一样。"你必须把每句话看作一束闪耀的光，弗里达。"

她告诉弗里达，要说出每一页上的物件和人物，指出各自的形状和颜色。弗里达应该让埃玛妞把她说的词汇重复一遍。她必须用适应儿童成长的、充满爱意和洞察力的提问来激发埃玛妞的好奇心。

"记住，你是在培养她的心智。"库利女士说。

让娃娃在阅读练习中坐定不动是最大的难题。果然像导师们说过的那样，说太多的"不行"就会引发娃娃发出酷似汽车警报器的哗哗声。警报声在整栋教学楼里此起彼伏，尤其是带年幼娃娃的妈妈班。

弗里达让埃玛妞用手指出画面中涂成红色的东西。驯鹿的鼻子。圣诞老人的衣服。糖果手杖上的条纹。她很想告诉埃玛妞，海莉特正在弗吉尼亚州的麦克莱恩过节，海莉特会在苏珊娜的父母家穿上红裙子。

上一通视频电话，苏珊娜是在车上接的。古斯特在开车，她和海莉特坐在后排。信号很差。海莉特的脸时隐时现。苏珊娜敦促海莉特说她想妈妈，说她爱妈妈。海莉特不愿意说，但露出了一个短暂的微笑。

没人跟弗里达提过这次旅行。没人征求过她的同意。他们之前从没讨论过海莉特要不要和苏珊娜的家人见面。她绝不会同意的。就算他们开口，她也铁定会跟古斯特说，有一个白人家庭就够了。

×

随着圣诞节临近，娃娃们的情绪越来越暴躁。一个娃娃有坏情绪，就像发烧一样传染给整组娃娃。埃玛妞把纸板翻翻书里的一整页撕下来了。当弗里达提醒她要善待玩具和书本时，埃玛妞死死盯着她，用斩钉截铁的语气说道："恨你。"她把辅音念得特别重。这是她第一次说出两个字的句子。

她知道这种辱骂不是针对自己的，也知道埃玛妞不是真人，但听来还是很扎心。她们在晚餐时互相问："你也遇到这种情况了吗？"

卢克雷茨娅认为这是编程预设的，好让这些娃娃在节假日更难管。"就像真正的小孩那样。"她说。但除了琳达，没人知道幼童在节假日会有何表现。去年，她们的女儿都还是很容易安抚的婴儿。

妈妈们穿上制服已有四周了。她们的生理周期正在趋同，乱得一团糟。穿粉色大褂的女人每次只发两个厚厚的、医用级别的特大号卫生巾，结果妈妈们不得不每天去要。实在搞不懂，就算发给她们更多卫生巾，又能对她们自身或学校财产造成什么损害呢？她们都非常尊重保洁人员和警卫，绝不至于把任何东西塞进马桶。

最近一次母女对峙时，弗里达的月经提前来了，埃玛妞皱起眉头。娃娃的脸颊和手掌上都出现了浅浅的凹痕。埃玛妞开始抓挠高高低低的皮肤。

"痛。"她说。

弗里达把她抱到导师那儿去。

"我们来教弗里达妈妈怎样帮你清理。"鲁索女士说。娃娃看起来很害怕,哭了,好像一下子就知道自己即将遭受身体上的痛楚、情绪上的不安和心理创伤。

别人去吃午饭,弗里达留下来。别的娃娃惊恐地看着鲁索女士从器材室推出一张盖着防水布的检查桌。鲁索女士解开埃玛妞的制服,把她面朝下放在桌上,让她保持那个姿势。弗里达亲吻她的脑袋,想起海莉特打针前有多么害怕。

"没事的。"她说。鲁索女士指示弗里达拧开埃玛妞腰背处的旋钮。

弗里达看了看另外四个被暂停的娃娃。她问,能不能换个地方做这种操作。

"她们什么都见过。"库利女士递给她一副及肘橡胶手套。弗里达必须小心。她的皮肤碰到蓝色液体就会起皮疹。

既然有表达悔悟的拥抱,那会不会也有表达悔悟的触碰?弗里达很庆幸她们不必把手伸进娃娃的阴道或肛门里,但即便如此,当她拧开旋钮盖,鲁索女士按住埃玛妞,叫她不要动时,弗里达仍觉得自己像个强奸犯。

蓝色液体有股腐烂味,已经变成了乳白色,但仍有种明晃晃的化学性的光泽,有点像在凝固的牛奶上喷了一层空气清新剂。弗里达有点反胃。库利女士给了她一个金属扩张器,让她把洞口撑大。娃娃的腿脚踢动起来。她冲着桌面喊叫。

"你能把她关掉吗?"

"感谢你的关切,弗里达,但我们需要液体保持适宜的温度。"

库利女士递给她一个手电筒。弗里达还以为会看到齿轮、电线、按钮、细线之类的零件，然而，不管让埃玛妞运行的是什么东西，并不会这么轻易地曝光。蓝色液体闪着光泽，很黏稠。几个高尔夫球大小的金色凝块漂浮在最上面。

鲁索女士拿来四个没有任何标记的空罐子。她打开罐盖，里面有一把锯齿边金属长勺。液体将被送回娃娃工厂，回收再利用。库利女士找来一个金属桶，让弗里达把废液舀进去。

弗里达一边向埃玛妞道歉，一边舀出金色凝块，倒进废液桶，再把蓝色液体一勺一勺地舀出来，尽量不去捂嘴。埃玛妞已进入恍惚状态。大概是因为弗里达给她带去了她所知的最痛的疼痛，迫使她和自己的身体有解离感。

小时候，弗里达最喜欢趴在母亲的腿上，让母亲在看电视的时候挠她的背。有时候，母亲会用发夹帮她掏耳朵。她记得，每当掏出一块特别大的耳屎时，母亲就会很开心地叫起来："啊！"要是母亲搅动起她耳道里的一小块耳屎，就能听到闷闷的滚动声。发夹刮擦耳膜的触感。如果掏耳朵意味着能和母亲腻乎更久，就算失聪她也心甘情愿。

埃玛妞永远不会有这样温柔的回忆。弗里达检查了清理后的腔体，虽是金属材质，却有弹性，会随着娃娃的呼吸而起伏。新的液体倒进去时发出嘶嘶的声响。埃玛妞当即有了反应。她张开嘴，发出无声的尖叫。弗里达松开扩张器。腔体恢复到了正常大小。

"我们搞定了。你还好吗，亲爱的？"

埃玛妞没有抬眼看她。弗里达整理她的制服时，她依然四肢绵软地瘫在原地。她的脸和手又变得光滑无瑕了。导师们注意到弗里达把耳朵贴在娃娃胸前，握住她的手腕，查了查脉搏。她们微笑着，在手持设备上记了一笔。

第二天，埃玛妞仍然无精打采，沉默寡言。她不肯说话，呆呆地凝望前方。哭倒不哭了，好像变成了另一个孩子。鲁索女士说这是正常现象。清理过后，娃娃有可能变得羞怯。

别的娃娃也陆续出现皮肤凹陷的状况。吃饭时，组员们说话都很委婉，好像在议论性的问题。她们把锯齿长勺叫作"那个东西"，把蓝色液体称作"那玩意儿"，把娃娃们凹陷的体肤称为"那个问题"。

每个人都觉得让别的娃娃旁观清理实在太邪恶了。贝丝听到了倒吸凉气的声音。

"应该早点告诉我们，这事儿有副作用。"卢克雷茨娅说。僵尸效应。

本周的辅导课程取消了。妈妈们没办法和校方人员讨论这种操作的古怪之处，甚或倾吐内疚之意。她们找不到任何人问，她们的成绩会不会因为娃娃的体质被改变了而受到影响。

琳达一直在取笑她们，说这事儿再怎么样也不会比清理粪便或呕吐物更糟心。所以，当她的娃娃终于出现凹陷时，其他人都在幸灾乐祸。

"希望有霉菌。"卢克雷茨娅说。

"说不定她非得用手不可。"贝丝补充道。她和卢克雷茨娅互敲了一下叉子。

晚餐都收走了，琳达才出现在食堂里。食堂工作人员给了她一个苹果和三包饼干。

"有人给我留吃的了吗？"她问道。

同组妈妈们纷纷顾左右而言他。

×

又一个周末过去了。因网络问题，周日的视频通话暂停一次。星期一，娃娃们从器材室走出来时都带着坠机幸存者般凝重、疏离的眼神。少女妈妈的娃娃变成哑巴了。弗里达一碰，埃玛妞就会躲开。这些娃娃现在视她为敌，为了打破僵局，每一个组员都用上了几近让人难以忍受的最高音调的母亲用语。

弗里达读了一本绘本，讲的是两只猪是好朋友，但埃玛妞把她推开，爬到了卢克雷茨娅和她的娃娃那边。两个娃娃互相拍打对方的手和脸，看看有没有凹陷，这一幕看得弗里达和卢克雷茨娅目瞪口呆。

"卟卟。"埃玛妞说。

"痛我了。"卢克雷茨娅的娃娃回答，揉揉她的小肚子。

"救。"埃玛妞抬头看着弗里达，"妈妈。救命。"

为了让娃娃们高兴起来，导师们宣布进行一小时的户外活动，让组员们非常惊喜。导师们分发了海军蓝防雪童装、童帽、手套和童靴。把娃娃们包严实费了不少精力。

库利女士带领大家走到四方庭院里用绳索围起来的地方。户外活动的最初几分钟十分安静，娃娃们只是呼吸，惊讶地看到自己的呼吸变成一团白雾，飘走了。她们盯着太阳看。她们慢慢地转圈、跌倒。她们第一次看到雪，摸到雪，每张小脸都带着惊奇的表情。弗里达记得海莉特伸手接雪花的样子，雪花消失时，海莉特哭了。

埃玛妞指着雪，问道："吃？"

"不，不，"弗里达赶忙阻止她把雪往嘴里送，"这是水做的。冻住的水。但你不能吃水。我可以吃，但你不能。我很确定，它会伤到你的内脏。"

"我吃!"

"乖。玩玩就好。不要吃。这对你没好处。"

琳达、贝丝和她们的娃娃正在堆雪人。卢克雷茨娅在教她的娃娃怎样躺下来舞动手脚,做个雪天使。她的娃娃很皮,不肯戴帽子和手套。每次卢克雷茨娅帮她戴上,她就把它们扯下来。卢克雷茨娅试图跟她讲道理。

"小宝贝,你需要穿上这些来保暖。"

"不!不想!"

"亲爱的,听话,你会着凉的。听妈妈的话。我需要你配合。只要你乖乖配合,我会为你骄傲的。我知道你能做到。"

娃娃跺脚。开始哭,开始闹,开始尖叫,直到卢克雷茨娅放弃,任由她摘下帽子和手套。娃娃一下子跪坐到雪里,然后翻身躺下,扭动身体,试图再做一次雪天使。卢克雷茨娅以身示范,教她同时移动胳膊和腿,划出流畅的弧线。娃娃的头发沾了雪,脖子上也有雪。

"真希望我们每天都能这样玩。"少女妈妈对弗里达说。

阳光闪耀在其他教学楼的窗玻璃上。少女妈妈的头发垂落到脸上。弗里达帮她把那缕头发别到她的耳朵后面。不管弗里达提醒多少次,少女妈妈也不愿意戴帽子。有一天,她们聊起自家的生活习惯。少女妈妈坦承,她很少带奥切安去儿童乐园,即便天气好也不去。她无法忍受别的妈妈看她的眼神。

"那些眼神啊。"她欣慰的是她不用明说,弗里达就懂了。

她们没有手套,只能用一双光手向娃娃们展示怎样把雪捏紧,为雪人做一个扎实的基座。埃玛妞把雪抹在弗里达的脸颊上。雪冷得刺骨,有些落进了衣领,但弗里达心怀感激地承受住了。她们重新点燃了热情、亲密的母女情。她很高兴能在这儿,很高兴看到埃玛妞恢复了正常。她们正忙着滚出雪人的脑袋,却突然听到一声尖叫。

×

游戏时间结束。导师们试图复活卢克雷茨娅的娃娃时,其他人都在走廊里等待。等到导师们允许她们进教室时,她们发现卢克雷茨娅的娃娃躺在讲台上,那张小脸已经用鲁索女士的粉色大褂盖住了。她们捂住自己的娃娃的眼睛。谁也没准备好去解释死亡的概念。

卢克雷茨娅坐在地板上,背靠讲台。组员们进来时,她也没有抬头看。库利女士抱走了死娃娃,娃娃的脑袋以逼真的角度耷拉下来。

别的娃娃指着卢克雷茨娅,问她怎么了。

"悲伤,为什么悲伤?"埃玛妞问道。

"她受到了惊吓。"弗里达从没听过哪个成年人那样尖叫。她大概会叫得更大声,如果是她,如果是埃玛妞的话。

为了帮库利女士一把,鲁索女士也离开了教室。此时无人看管,妈妈们都围在卢克雷茨娅身边,每人都把一只手放在她身上。娃娃们也挤到四肢纠缠的人群里。就连琳达也问卢克雷茨娅还好吗。

"卢,发生了什么事?"弗里达问道。

"我们也没玩太久啊。她说她很热。我们应该听她们的,对吗?我可不想因为娃娃哭而被指摘。我发誓我不是笨蛋。我不会让我的孩子这样玩的,但她们不是——"她打住了,没说出"她们不是真人"。

卢克雷茨娅看着四个娃娃的脸。她们一直在听。娃娃们看了看讲台,又看了看没了娃娃的卢克雷茨娅。她们都哭了起来。

×

卢克雷茨娅的娃娃不会回来了。那个娃娃被送去了技术部门,技术部人员都在昔日大学里的公民和社会责任中心办公。他们发现重要组件发生了故障。蓝色液体冻结了。卢克雷茨娅要向校方赔偿损失。她将不得不用一个新娃娃,从头开始。导师们将在晚间特设课程中与她一起努力,周末要补课,但不能保证她能跟上。建立母女感情可能需要几个星期。

导师们敦促卢克雷茨娅尽快认识到错误。"我早该想到的,"卢克雷茨娅说,"我绝对不会让布琳这样……"一提到亲生女儿,她就泣不成声。

导师们让她控制一下自己。她们提示她该怎么说。

"我是坏妈妈,因为我让贾碧的皮肤触碰到了冰雪。我是坏妈妈,因为我最先考虑的是自己害怕孩子崩溃,没有把她的安全和幸福置于首位。我是一个坏妈妈,因为我朝别处看了。"

鲁索女士打断了她。"如果卢克雷茨娅没有朝别处看,就会注意到贾碧没有动静了。如果卢克雷茨娅没有朝别处看,贾碧可能还有救。"

"母亲绝不能视而不见。"她继续说。然后停顿下来,重复自己的话,并要求妈妈们跟着她反复念。她们低下头,为死去的娃娃默哀片刻。

晚餐时,她们听说了卢克雷茨娅的财务状况。学生贷款、信用卡债务、法律费用。如果她还要赔偿学校,就得宣告破产。之后谁还会把监护权给她?也许她该退学。也许她该让寄养父母正式收养布琳。这个结果看似不可避免了。

琳达说:"别再这样说了。想想你的孩子。"

"不要告诉我该怎么做。"

"什么,你要退学?像海伦那样?你这不是明摆着让自己的孩子被那些个白人收养?"

"我只是说说而已。我没有当真。"

"你说你会放弃。我亲耳听到你这么说了。我们都听到了。"

"我在调整自己的情绪。琳达,别说了。"

旁边的妈妈们都在听。少女妈妈对卢克雷茨娅说快他妈冷静下来。弗里达对琳达说别再对卢克雷茨娅那么苛刻了。她伸手把卢克雷茨娅的餐具移开。如果是她,肯定会忍不住动手的。

琳达不肯罢休,继续恫吓卢克雷茨娅。

"你再对我说一个字看看!我发誓,"卢克雷茨娅说,"还需要我提醒大家吗?把亲生孩子塞到该死的洞里的人就是你,你该被关进地地道道的监狱。"

弗里达碰了碰卢克雷茨娅的胳膊。"别这样。"

琳达把她的椅子往后一推,走到卢克雷茨娅那边。她让卢克雷茨娅站起来。旁边几张桌的妈妈们都一声不吭。有人吹了声口哨。

卢克雷茨娅难以置信地看着她。"搞什么?我又不要和你打架。这儿又不是高中。我们多大?十四岁吗?"

琳达要把卢克雷茨娅拉起来。拉锯战就此开始,和她俩同组的妈妈们连声劝停。琳达的体型约有卢克雷茨娅的两倍宽,还比她高几英寸,拿下这局不在话下。

妈妈们喊起来:"加油,卢!"

卢克雷茨娅负隅顽抗,一把将琳达推开。穿粉色大褂的女人目睹了这个动作,也目睹了琳达倒下。

所有的警卫和穿粉色大褂的女人都冲了过来。弗里达、贝丝和少女妈妈大喊大叫。卢克雷茨娅是在自卫。她们愿意为她作证。卢克雷茨娅叫他们去看录像。只要他们看了录像，就会明白这事儿是琳达挑头儿的。

大家争论不休的时候，吉布森女士带走了卢克雷茨娅。晚餐提前结束。妈妈们都大声发问，想知道接下去会发生什么，其实她们心里都明白。有暴力行为者会被开除，开除会导致父母权被判终止。

弗里达、贝丝和少女妈妈回到肯普楼，去卢克雷茨娅的房间里找她。她们把别的楼层也找了一遍。少女妈妈觉得，她们本该早点阻止琳达大放厥词的。贝丝认为，她们应该一起去吉布森女士的办公室。卢克雷茨娅摘下娃娃的帽子时，导师们本应当即提醒并纠正她。每次犯错都被她们看在眼里。为什么她们不去纠正她呢？

她们走到皮尔斯厅，花了整整一小时在楼里徘徊，敲响每一扇门，试图找到吉布森女士。她们回到楼外。贝丝发现卢克雷茨娅站在玫瑰园环形车道上的一辆保安越野车旁边。卢克雷茨娅穿着她自己的衣服，一件绿白相间的滑雪夹克，里面是一条百褶裙、勃艮第高跟过膝靴，头戴软呢帽。她看上去又飒又帅。

她们奔向她，雪都飞进了她们制服的袖口。警卫让她们离开。

贝丝说："我们不会惹什么麻烦的。我们只是想说再见。"

琳达不见踪影。又来了一些妈妈。这一次，没有人呆呆地看，没有人交头接耳，没有人嚼舌造谣。弗里达、贝丝和少女妈妈对卢克雷茨娅说她们很遗憾，很难过，说得好像是她的孩子死了。她们很自责。她们都看到贾碧扯下了帽子。她们应该提醒她的。

"我很抱歉，"弗里达说，"我本可以帮到你的。"

"是啊，行吧。"卢克雷茨娅耸耸肩。

弗里达惊讶地发现卢克雷茨娅很平静，但她以后也许会哭的。

泪水会迟一点降临，当她回想起这可怕的一天。在这屈辱的一个月之后，她终其一生都会哀悼失去的女儿。

弗里达拥抱卢克雷茨娅，抱了足有一分钟。她们中的任何人都可能遭遇这种事。她想问卢克雷茨娅今晚会去哪里。"这不是你的错。"她轻轻地说道。

"不重要了。听着，你们最好都尽快达标，除了琳达。我不在乎她会怎样。但你们这几个，千万别把这事儿搞砸了。要是我听说你们中的哪一个惹出麻烦——"

"行了。"吉布森女士发话了。她让弗里达和其他人回肯普楼。今晚将提前熄灯。明天是平安夜。

九

她们小组现在被公认为"死了娃娃的那组"。别的妈妈在去莫里斯厅的路上都会和她们保持距离。弗里达真希望能亲口告诉卢克雷茨娅大家是如何窃窃私语、盯着她们看的；今早她们是如何故意留出她的座位，以示纪念，又是如何从餐桌边轰走琳达的。还有些黑人妈妈认为这次开除事件是针对特定群体的。这个插曲让少女妈妈和贝丝达成同盟。她们向对方保证：如果一个人被开除了，另一个人就会主动退学。

导师们压根儿没提卢克雷茨娅和贾碧的名字，而是一开课就允许大家自由拥抱，不必计时。

埃玛妞指着窗边的位置，卢克雷茨娅和贾碧平常就坐在那里。弗里达说贾碧去了天上的器材室，也可能去了中国某家玩偶工厂的器材室。

"我不会让这种事发生在你身上的。"她说着，尽量让自己听起来很有说服力。她转过身，打了个哈欠。罗克珊昨晚问了太多无法回答的问题，害得她很晚才睡。为什么琳达没有受到同样的惩罚？如果寄养父母不想留下布琳怎么办？卢克雷茨娅以后怎么找工作？被开除的学生会自动列入黑名单系统。她从今往后都没法当老师了。她要从什么时候开始赔偿校方的损失？如果他们带走了她的孩子,她还需要赔钱吗?

"卢应该去找布琳,"罗克珊说,"带她走。总有办法的。不一定非要这样了断。如果是我,我就这么办。"

"是可以,"弗里达说,"可是然后呢?让你的孩子去监狱看你?这计划可太完美了。"

"哈!你还怪我不跟你掏心掏肺?"

导师们都戴上了圣诞老人的帽子,上面的小铃铛叮当作响。她们在教室里设置了四个亲子站,每一站都有换尿布桌、尿布桶、碎布地垫、一篮子玩具和绘本。之前苦练了那么多母爱技巧,现在,她们可以在最基本的实际育儿操作中融入那种柔情蜜意了。先换尿布,再哄睡觉。

库利女士做了示范,告诉她们该怎样手腕轻抖,展开干净的尿布,再怎样把脏尿布卷成整洁的圆筒状,以便节省垃圾堆里的空间。

娃娃们都不喜欢朝天躺。因为她们背上有蓝色旋钮,所以躺不平。导师们对妈妈们说,不要盯着她们看。娃娃们的生殖器做得极其逼真。不同黏稠度的蓝色液体从每个孔洞中涌出来。仿造的尿液和粪便闻起来比真实的更刺鼻。贝丝和少女妈妈说"恶心",被导师们逮了个正着。琳达好像对此无动于衷。

埃玛妞的身体很光滑,不太欢快。看到她的阴唇,感觉有点怪。拨开她阴唇的褶皱,检查有没有蓝色的斑点,感觉也很不对劲儿。苏珊娜也会这样熟悉海莉特的身体,这让弗里达生气。海莉特的尿布疹有时会持续好几天。苏珊娜认定弗里达爱用的皮疹膏里尽是化学物质,会增加海莉特以后得帕金森和其他退化性疾病的风险。她反反复复地提议:两家人都该用植物配方的药膏。由皮疹膏引发的争论常常会上升为关于爱和信仰、关于海莉特会成为什么样的人的争吵。现在，想到自己对消费品曾有如此强烈的执念，弗里达竟有些震惊。

虽然现在只有四个娃娃了，但她们发出的声音不比十几个孩子少。她们会去抓尿布、蓝色液体、皮疹膏、湿巾，甚至去抓挠自己的阴部。每次换尿布都像在打仗。娃娃们的劲道和灵活程度让妈妈们大吃一惊。那天下午，少女妈妈的娃娃捡起她的皮疹膏瓶，等到鲁索女士走过来，就向她扔了过去。小药罐结结实实地砸在鲁索女士的胸口。娃娃笑了，少女妈妈也笑了。

琳达的娃娃有样学样，砸中了鲁索女士的背部。

弗里达捂住嘴。她在笑，笑得眼泪都出来了。她抬头一看，贝丝也在闷头笑。库利女士观望着她们。鲁索女士对少女妈妈和琳达说，让她们的娃娃道歉。

娃娃们并没有歉意。她们咯咯地笑，边笑边拍手，那笑声仿佛来自喉咙深处，或是内心深处，像是被挠了痒痒。

弗里达从埃玛妞手中拿下小药罐。"我们不能扔东西哦。"

可以用皮疹膏罐把导师们活活砸死。如果让妈妈们扔，大概会有那样的力道。她们应该为卢克雷茨娅这样做。

每半小时换一次尿布。每次换完，导师们都要把娃娃暂停，搬回器材室重新装填液体，每次都是横抱两个娃娃，俨如在搬运草坪装饰品或法棍面包。娃娃们因此受到很大的影响。她们的屁股变得红一块白一块。她们走起路来变得畏畏缩缩。在娃娃们的哭泣声中，几乎听不清母亲用语。

别的小组在进行如厕训练、洗浴卫生和改善尿床训练。进行如厕训练的妈妈们会在吃饭时啜泣。用婴儿和男童娃娃训练的妈妈们必须戴面罩。男娃娃们喷出来的液体不仅烦人，还有危险。有个妈妈不小心让蓝色液体喷进了嘴里，不得不被送去医务室。

×

节日里倒也不乏美好的小事。第二天晚上，在简朴的圣诞晚餐后，妈妈们聚在肯普楼的主楼梯上，听中年白人妈妈三人组唱圣诞颂歌。三人的和谐表演表明她们之前有过无伴奏合唱的经验。《平安夜》，《小鼓手》，《圣诞节我只想要你》。她们改编的《雪绒花》尤其令人动容。

弗里达坐在罗克珊和少女妈妈之间。她们跟着哼唱，身子摇摆着。她们一起唱起副歌段落："永远祝福我的祖国。"弗里达只知道这句歌词。阿嫲临终时，有位音乐治疗师在她的床畔播放过这首歌。

弗里达俯瞰着妈妈们的面容，想象她们都还是青春少女，羞怯又哀伤，穿着并非自己选择的衣服，头发编成辫子，盘成髻，用手帕绑起来。她们在等待，充满期待，想象自己即将获得自由。弗里达想念她母亲的欢笑声，她父亲做的菜。海莉特。去年圣诞，海莉特也是跟古斯特过的。

×

娃娃们的屁股需要一点时间痊愈，所以，小睡练习提前开始。婴儿床和摇椅被搬进了教室。娃娃们每隔一小时就需要小睡。一开始，准备小睡的前期工作要在十分钟内完成。到了中级水平，妈妈们应该在五分钟内让娃娃进入安眠。到了高级水平，她们要在两分钟甚或更短的时间内让孩子睡着。

"像关灯那样，啪的一声就好了。"鲁索女士说着，打了个响指。

小睡练习让弗里达想起打地鼠游戏。她让埃玛妞去看现在几点了。"现在该小睡了。睡觉觉的时候会怎样呢?休息。你太困了。"

埃玛妞央求着,不肯从命。

弗里达正在慢慢忘却触摸海莉特的皮肤的感觉。她那含着口水而湿润的笑声。她前额完美的弧度。她鬈发的卷曲度。

今天是新年的前夜。去年,古斯特和苏珊娜在参加晚宴的路上突然弯到她家,真是不速之客。只因为古斯特想哄海莉特睡觉。

弗里达从来没有拒绝过这种要求,他们总是想一出是一出。她记得当时古斯特抱着海莉特上楼去了,苏珊娜弯下腰来拥抱她,然后在她的书架前看来看去。那天晚上,苏珊娜穿的是低胸绿缎连衣裙,脖子上系了一条黑色的天鹅绒丝带。

她提议她们找个时间去喝咖啡,就她们两个人。"我希望我们能成为朋友。古斯特对你评价很高。我只是想让你知道,弗里达,我认为你非常勇敢。我们讨论过这事儿。我很钦佩你的毅力。"

弗里达记得自己盯着那根丝带看,盯着苏珊娜那细巧、白皙的脖子。她多么希望那个恶毒的故事能成真。只要拉扯那根丝带,就能让苏珊娜失心疯。

×

接下来的一周,弗里达得知海莉特瘦了,脸蛋小了一圈。苏珊娜一直在减少全家人的碳水摄入量,用蔬菜、瘦肉和脂肪代替碳水化合物。他们吃的东西都不含麸质了。苏珊娜叮嘱她所有客户的第一件事就是别再吃小麦。每个人对小麦都有一点不耐受。小麦会导致腹胀。过完节,他们的肚子都好胀。

幻象又出现了,没有脑袋的苏珊娜。一月初,弗里达的叫喊声又被校方记录在案:"你竟敢这样!她不需要排毒!她只是个刚学会走路的孩子!"他们咨询过儿科医生吗?古斯特怎么能让这种事情发生？但古斯特成事不足败事有余。他说海莉特肚子疼。她的消化功能已得到改善。他们现在都感觉好多了，因为吃得很干净。

辅导员认为弗里达反应过度。她用的语气不太尊重人。她那么愤怒，有点不讲理。"你的女儿正在改变，"辅导员说，"对所有父母来说，这都是苦乐参半的经历。你需要接受。"

所有的孩子都会失去胖乎乎的小脸蛋，早晚都会。海莉特可能正在发育峰值期。她可能比以前更活泼了。弗里达怎么能用挨饿这种说法呢？古斯特和苏珊娜绝对不会伤害海莉特的。弗里达每周只和海莉特讲几分钟话而已。

"你对她现在的生活真正了解多少？"辅导员问。

弗里达知道那都不是自己凭空想象的。海莉特可以很好地消化小麦，可爱的小肚腩、双下巴的婴儿肥阶段也不该这么快就结束。她想告诉辅导员，海莉特的脸蛋从一出生起就是这样的，圆脸是她天生的特点，看起来更像中国人。像弗里达。像弗里达的母亲。

练习中等程度的小睡时，她的想象有点收不住了。她想象着海莉特要面包却被拒绝的情景。海莉特瘦成了皮包骨头。苏珊娜会干扰海莉特的成长，会阻碍海莉特的大脑发育，会让海莉特饮食失调，会教海莉特在说出完整的一句话之前就开始恨自己。自我厌恶可能导致十一二岁的海莉特产生自杀的念头。自杀的念头可能会导致用刀自残。为什么她没有任何途径去举报苏珊娜呢？她才是持久伤害海莉特的人。

小睡大战让每个妈妈都很紧张。弗里达又开始啃指甲根部了，每晚只能睡三小时。埃玛妞做的每一件事都让她恼火。她斗胆向罗克珊抱怨过埃玛妞。她这样抱怨是有风险的，因为有可能在排队洗澡或在去食堂的路上被人听到。

熬过了特别艰难的一天后，她说："妈妈不想玩，现在不想。

现在该午睡了。求求你了，闭上眼睛。"

埃玛妞回嘴，"不不不不"，就在那个时刻，弗里达绷不住了。她把手伸进婴儿床，掐了一下埃玛妞的胳膊，硅胶皮肉都被她捏得凹下去。

"哦，我的上帝。"弗里达向后退了一步。

导师们没有注意到她。别的组员都在忙。埃玛妞没有当即哭出声。她看了看自己的手臂，又看向弗里达的手，再看向弗里达的脸，然后才张开嘴，发出错愕又伤心的哭声。

×

恳谈会是为那些在课堂上表现出持续攻击性行为的妈妈而设的，从小规模的爆发——比如弗里达的一时冲动——到再犯式威胁：用她们曾经体罚亲生孩子的方式去威胁恐吓娃娃。恳谈会总在晚餐后进行，地点在体育馆。每晚参加的人数都不一样，取决于当天发生了多少违纪行为，人数通常会在节假日、孩子生日前后、评估日前和出现经前症候群时上升。包括弗里达在内，今晚有十七个妈妈。用于恳谈会的角落上方点亮了一盏灯，她们坐在冰冷的金属折叠椅上，排成一圈。漆黑的体育馆中，头顶上的这盏灯显得格外刺眼。她们像是在片场，要拍一部血淋淋的恐怖片或全世界最悲伤的嘻哈歌曲视频。

吉布森女士主持恳谈会。妈妈们必须说出各自的名字和罪行，倾谈昔日生活里的困扰，反思她们对孩子和娃娃造成的伤害。过去的行为，堪称未来行为的最佳指标。她们的违法行为想必都植根于某一段备受困扰的过去。她们很可能屈从于旧的行为模式，但这所学校将帮助她们不再重蹈覆辙。妈妈们坦白并忏悔之后，还必须反复念诵恳谈会的祷辞："我是一个自恋者，我对我的孩子是个威胁。"

有些妈妈坦承自己曾卖淫。贫穷。毒瘾。大多数是抽大麻,还有些人嗜服阿片类药物。毒品交易。无家可归。好几个人嗜酒,包括那三个中年白人妈妈之一,她叫莫拉,体态保养得不错,深褐色头发,说话带气音,她十一岁就开始喝酒了。偷钱,偷酒。和青少年混在一起,醒来后常常浑身是土,还有血。她有五个孩子。她惨笑了一声,说她做过的任何事都是在酒醉状态下完成的。她来这里是因为最小的孩子:十三岁的女儿,凯莉。

"她说我是个醉醺醺的老婊子,所以我打了她一巴掌。她老是威胁我,说要去举报我。后来有一天,我去上班,她打了举报热线。儿童保护局的人发现她的大腿上有伤。我根本不知道她会割自己。她对他们说,是我把她逼成那样的。

"我就不该生下她。怀上她时,我和她父亲已经决定分手了。"莫拉犹豫了一下,"她五岁的时候,我烫过她一次。把我的烟头戳在她胳膊上。"她环顾四周,看到大家正惊愕地瞪着她,露出了亲切的笑容。

吉布森女士问莫拉现在对虐待有何感想。扇耳光,灼伤。

"是轻轻地烫了烫她,"莫拉做出更正,"请别添油加醋,事实上没那么恶劣。"

今天,莫拉和她的娃娃在操练小睡前的沟通。她的娃娃十几岁了,已经有了智能手机。莫拉的娃娃一直猫在被子里玩手机,到最后,莫拉一把掀开被子,威胁要抽她。

"我说完了。我是一个自恋者,我对我的孩子是个威胁。"

妈妈们感谢她的分享。接下来,她们听了埃维的发言,她出身埃塞俄比亚移民家庭,脸庞狭窄,表情阴郁,精致的双手就像小孩子的手。埃维描述了自己幸福的童年生活。她犯的错是让她的女儿哈珀从图书馆独自走回家。哈珀八岁。"不，等等。她刚满九岁。"她向各位妈妈露出一个悲伤的微笑。

"从我们家到图书馆大概有四个街区。按照她的速度，大概走十分钟就到了。她想自己去。我们街区的孩子们经常独来独往，街坊邻居们会互相照应。要是有人对此有意见，可以直接来和我说。他们没必要去叫警察。"埃维盯着地板看，"她是在离家一个街区的地方被警察带走的。"

吉布森女士认为埃维没有表现出足够的悔意。允许八岁的孩子在没有监督的情况下想去哪儿就去哪儿，还有天理吗？

"女士，"埃维说着，咬住嘴唇，她的音调一落千丈，声音没有起伏地说下去，"我做了一个糟糕的决定。我让她置身于危险中。"

"非常好，埃维。那么，今天你又是为何而来？"

"我的娃娃说我推了她。但我没有推她，是她自己摔倒的。纯属意外。"

"埃维，你的导师看到你推她了。"

"你们可以看一下录像。你们不是把每件事都拍下来了吗？我跟你说了，是她在扯谎。"

她们争论起来，娃娃有能力撒谎吗，娃娃会不会像真正的孩子那样有潜在的操控欲，如果埃维坚持这样指控娃娃撒谎，是不是就相当于表明她对这种亲子依恋缺乏安全感，表明她对培训项目本身缺乏彻底的信任。埃维说她安慰了娃娃。她给出的抚慰肢体受伤的拥抱在几秒钟之内就见效了。她的母爱指数一向很高。她在评估日的成绩总是名列第一。

她的女儿只是走了一段路，她的娃娃只是摔倒了，为什么吉布森女士要这样为难她呢？她说："我又没有去烫伤任何人。"

妈妈们猛地倒吸一口气。莫拉恶狠狠地瞪着埃维。埃维恶狠狠地瞪着吉布森女士。剑拔弩张的气氛里，大家纷纷改变双腿交叉的姿势。

吉布森女士说："记住，各位女士，这个空间是安全的。"

有个妈妈的男友打断了她女儿的手臂。他们对医院说那是意外。那个男友违反了假释条例，现在在监狱里。这个妈妈是因为帮他撒谎、没有保护自己的女儿而被送来的。别的妈妈坦承有火灾，皮带，卷发器，普通电熨斗。有个妈妈用秤打了十岁的儿子，他的眼眶都黑了。

弗里达任由这些故事如大浪冲击心头。海莉特第一次在古斯特和苏珊娜家过夜时，弗里达想拿锤子砸自己的脚，拿锤子砸墙。她该如何处置那种感觉呢？今天，她被愤怒吞噬了。

她盯着妈妈们的靴子，注意到鞋带有各种系法，注意到谁的制服袖口磨破了，谁的袖口有泥巴。现在是一月十一日。就是今天，海莉特满二十二个月。

轮到她时，她向她们讲述了她最糟糕的那一天，她的抑郁症，苏珊娜，离婚。"我掐了一下娃娃，在练习午睡时。我一直心不在焉。我前夫的女朋友让我的孩子节食。他们正在减少碳水化合物。我知道这听起来非常愚蠢，但这很危险。她的脸……"弗里达的声音发抖了，她擦去眼泪，"她应该增加体重，而不是减重。我今天发了脾气。我不是故意要拿我的娃娃出气的。"

妈妈们欢迎她成为恳谈会中的一员，她们喃喃自语："嗯，是的，妈妈。"

用秤打儿子的妈妈说："我也是这样开始的。"

坐在弗里达旁边的是用卷发器烫伤儿子的妈妈，她拍了拍弗里达的膝盖。有五个孩子、酗酒的妈妈莫拉和蔼地朝她笑了笑。

"那么，掐一下埃玛妞让你感觉如何？"吉布森女士问道。

"可怕。像个怪物。我从来没掐过海莉特。我不是那种人。"弗里达旁边的妈妈翻了个白眼。

"但是?"

弗里达抿了抿嘴唇。"但是,我是一个自恋者,我对我的孩子是个威胁。"

×

弗里达站在讲台边,在库利女士的引导下阐述了自己的缺点。她是一个坏妈妈,因为她和共同抚养孩子的父母吵架。她是一个坏妈妈,因为她浪费了周日通话的特权。她是一个坏妈妈,因为她不理解自己无法在女儿现在的生活中扮演全能的角色,现在的她有所限制。

"愤怒是最危险的情绪。"库利女士说,"对儿童施暴没有任何借口可言。"

弗里达的辅导员认为她的痛苦都是自作自受。弗里达的一步步堕落让她灰心丧气:掐娃娃,恳谈会。吉布森女士说弗里达没有好好听别的妈妈的发言,说弗里达似乎不情愿融入妈妈们的连环拥抱。

弗里达很想说,连环拥抱是整个晚上最傻的环节。恳谈会结束前,吉布森女士拥抱了右边的妈妈,这个妈妈再将拥抱传递给下一个妈妈。她们手拉手,以学校的口号结束恳谈会:我是一个坏妈妈,但我正在学习成为好妈妈。她们一连念诵三遍,简直像是想回家的多萝西。

昨天晚上,她差点儿透露更多私事。吉布森女士想听听她的童年。弗里达小时候被遗弃过吗?抛弃海莉特是代际创伤的结果吗?

虽然她和母亲比以前亲近多了,虽然母亲从五十多岁开始不再那么强硬，但孩童时代，弗里达确实时不时有所惊惧。她会编造一些说法，会责备自己，以为母亲不想要她了。她母亲不喜欢把时间都花在她身上，不喜欢触碰她。她不得不哀求她多抱抱自己。她觉得自己是个讨厌鬼。她的父亲和祖母总是告诉她，别去打扰她的母亲。

直到她自己怀孕了，才第一次发现她的母亲曾经流产。那个男婴在孕六月时夭折了。当时弗里达才两岁，太小了，不记得母亲有过日益隆起的肚子。家庭相册里没有那次怀孕时的照片。

她不知道她的父母是否渴望有个男孩，是否给他起了名字，怎样处置了他的遗体，在他的忌日有没有做什么事，是不是私下里谈论过他。她知道，最好不要去问。

她母亲警告过弗里达，不要做太多运动，不要提任何重物，要控制精神上的压力。医生曾把她母亲的流产归咎于压力，那么说实在很不公平。

那通电话里，弗里达是生平第三次听到她母亲哭。弗里达最终发现母亲曾经流产后，为多次抱怨自己是个独生女而道歉。她上小学的时候，这个话题一直让人恼火。因为同学们的母亲都给他们生了兄弟姐妹，她会在家大喊："你有什么毛病？"弗里达曾以为，正是因为她是个不懂感恩的坏女儿，所以母亲不想再有像她这样的孩子。吉布森女士肯定会喜欢这个故事。但她现在的问题并不是母亲造成的，是她自己。她母亲的幽灵孩子，她的幽灵弟弟，不该出现在她的档案里。

×

就算埃玛妞真的爱过弗里达，现在也不爱了。娃娃胳膊上被掐的地方还是瘪的。导师们决定不把她送去修理。凹痕只是表面伤，技术部门的工作量已经超载了，留下凹痕反而有助于弗里达反省这件事的后果。

弗里达哼着催眠曲时，埃玛妞就在兀自嘟哝："恨你，恨你。"

弗里达的体温仍然很高。她的愤怒指数在升高。她依然心不在焉，一副悲戚的样子。海莉特肯定一直把苏珊娜叫作"妈妈"。上一次通话中，她顺口喊出了这个称呼。苏苏妈妈。

古斯特和苏珊娜都很尴尬。"有时会这样的，"古斯特说，"我觉得我们不该对此大惊小怪。"自十一月到现在，海莉特没有见过弗里达本人，但每天都会见到苏珊娜。"没人想伤害你。"他说。

苏珊娜带海莉特走出房间，因为她的亲生父母吵起来了。弗里达说她无法接受这种事。他们有过协议的，都说好的。苏珊娜就是苏苏。只有她是妈妈。

"我不想对她管头管脚的。"古斯特说。

他让弗里达冷静下来。有必要为称呼吵架吗？目光放长远些，等弗里达找到新伴侣，海莉特叫那个人"爸爸"的时候，他绝对没意见。

×

娃娃们睡觉时，妈妈们必须静默反省自己的过失。至于睡前准备和噩梦管理，做法和小睡时段一样，但是，娃娃们现在每四个小时内会醒来两次。

模拟睡眠让弗里达有太多时间去纠结于海莉特体重变轻，纠结于她的女儿把别的女人唤作"妈妈"，纠结于还要熬几个月。

弗里达盯着婴儿床看的时候，导师们看得出那种温柔是装的。她们掌握了娃娃反馈的数据。如果弗里达的表现没有改善，如果她通不过下一次评估，辅导员就将暂停她的电话特权。

鲁索女士认为弗里达的睡前故事缺乏深度。"你不能只让牛跳到月亮上去，弗里达。你要让牛思考它在社会中的地位。如果你讲小红帽的故事，就要讲讲那是什么样的树林，她的篮子里有什么样的食物。"

她用手势模拟小红帽一路走。"小红帽这样走的时候感觉如何？向埃玛妞提出问题，而且答案是开放式的。和她一起思考。你是在教她怎样做个女孩。记住，关于做女孩，她学到的每一件事都源于你。"

×

一月下旬，睡前准备工作包括换尿布、穿睡衣、喝一瓶蓝色液体和刷牙。娃娃从噩梦中醒来时，妈妈必须安抚，并在十分钟内让娃娃继续睡觉，然后缩减到八分钟，再是五分钟。

海莉特在最后一次通话中几乎没吭声儿。没有"苏苏妈妈"，但也没有"妈妈"。她不肯看屏幕。她的小脸蛋又小了一圈。

等到下一次通话，弗里达要告诉海莉特，她都记在心里呢。她每天晚上都会考考自己，在哪几个月里发生了哪些变化。海莉特的眼睛从石蓝色变成了蓝灰色，又变成了淡褐色，再变成了棕色。她的头发是什么时候开始颜色变深、变鬈的。四个多月，她开始走路。十五个月，她学会了倒着走。她开始说话，第一个词是"hi"。十六个月，她开始跳舞。十七个月，她拿起了勺子。海莉特在弗里达的记忆中拥有了声音和感觉。她变成了人。

×

评估日，琳达接受测试时，弗里达、贝丝和少女妈妈在走廊里等。贝丝要她们凑在一起。

"今天是为了卢克雷茨娅。"她说。

"为了卢。"她们每个人都伸出了一只手。

吃过午饭才轮到弗里达。她把埃玛妞托付给鲁索女士,然后在摇椅里坐下。鲁索女士把哭泣的娃娃带回来。库利女士开始计时。埃玛妞蜷着身子,拼了命地哭。只有失去爱情、因战争家破人亡、因自然灾害而为大地母亲呼喊才会这样撕心裂肺地哭喊。为她身体的不真实,为她必须忍耐却永远不会长大而哭嚎。

妈妈们有一小时的时间。弗里达的脸也和埃玛妞的脸一样红了。她也感到绝望。苏珊娜现在把海莉特叫作"我们的女儿"。

"你不能再像对待敌人那样对我了。"苏珊娜说。

弗里达安抚埃玛妞,现在她只发出轻轻的抽泣声。她换好了尿布,换好了睡衣。讲睡前故事时,埃玛妞把她的奶瓶甩到了地上。弗里达忘了擦净她下巴上的蓝色水滴。她给埃玛妞刷牙时,她咬住牙刷不放,足足耗了五分钟之久,久到令人痛苦。

弗里达没办法让埃玛妞张开嘴。她想到了圣诞前夜的那一天,卢克雷茨娅带着冻坏了的娃娃在雪地上奔跑。导师们总是跟她们说,做母亲是场马拉松,而不是一次冲刺。她们为什么要冲刺呢?

终于把牙刷好,她匆匆忙忙地读完汉塞尔和格莱特的故事。她唱了《三只瞎老鼠》《伦敦大桥垮下来》和《小船划呀划》。埃玛妞的呜咽不止不休。

弗里达放弃了儿歌,开始唱《温柔地杀死我》。罗伯塔·弗拉克的低音旋律终于让娃娃安静下来。她把埃玛妞好好地放在婴儿床里。她在摇椅上坐下。她闭上眼睛,等埃玛妞醒来。

十

去年的生日就是在古斯特和苏珊娜那边办的。偶数的生日应该归她。弗里达想好了，要用粉红色的纸巾和丝带给海莉特做花冠。想好了要开个派对，给所有的孩子做花冠。她想知道女儿在食物、洗澡和噩梦惊醒这些事上有没有掌握新知识。她思忖着娃娃胳膊上的凹痕、自己最近得的零分，接着就去想象自己从学校屋顶上纵身一跃，想象自己看到人行道渐渐逼近时脸上浮现的微笑，但她很清楚，以她的运气只会落在灌木丛中，让校方更加坚信她是难以自控、对自己和他人构成危险的那种人。

现在是二月，她已经三个多月没有见到海莉特了。她没能通过第二次照顾和养育测试，作为惩罚，她的通话权已被取消。灾难般的评估日过后，弗里达和梅丽尔、贝丝在一起的时间变多了。她们三人都失去了通话权。她不再把梅丽尔想象成少女妈妈了。她也更能宽容贝丝了，哪怕贝丝总想霸占梅丽尔，还总是打断别人的谈话。从卢克雷茨娅被开除的那夜开始，她们几个就一直形影不离，像抱团的小猫那样亲密。

贝丝愿意把自己的问题坦诚地说出来，但弗里达觉得那样不太体面。她的母亲也一样。只有白人，美国人，才会这样谨小慎微。贝丝最喜欢的话题是她最近一次试图自杀。

"我以前挺负责的。"她说。以前她会囤积药物,打算用两瓶伏特加搭配攒下的药。她第一次谋划这种事是在十三岁。高中和大学里都干过。最近这一次,在她决定付诸实践的那个晚上,她把女儿撂在前夫家,独自开车去了医院。

梅丽尔常会追问细节。她问起别的病人,他们是真疯,还是像贝丝这样有中度自残倾向——她的小臂上坑坑洼洼的,留有剜过的凹痕,腿上有交错的淡白色疤痕,像冬天的白桦树皮。

梅丽尔问过贝丝最初是怎么开始的,是用刀还是剃刀,怎样预防感染。只要她问起这种细节,弗里达就立刻把话题引向奥切安,有时还用手肘顶一下梅丽尔的肋下。

星期天,她们三个在电脑室外磨磨叽叽,从那些仍能享有通话权、正在排队等待的妈妈们身边走过,尽量不和她们有眼神的交流,不擦碰到她们,不去引起警卫、摄像机或吉布森女士的注意。偷听别人通话很病态。她们可以听到孩子们的哭声。

梅丽尔说:"这就像人们在高速公路上做的那种事。"

"放慢车速看热闹。"弗里达答了一句。

"对,就是那样。"

蜂鸣器响了。二十个妈妈排着队走出来,又进去了二十个。刚说过再见的妈妈们都在默默流泪。这是弗里达需要学习的一门技艺。不会涕泗横流,不难看,顶多是脸部短暂扭曲一下、肩膀往下耷拉,那是一种有尊严、隐而不露的痛楚。妈妈们拥抱,手拉手。她们谈起自家孩子看起来怎么样,是不是健康,看到她们是不是开心,如果时间再多一点,她们会说些什么。

弗里达需要古斯特问问她父母有没有按时吃药,需要知道海莉特的饮食情况,知道她的两岁生日派对有没有主题,或特定颜色的装饰,海莉特现在有没有特别喜欢的颜色,古斯特和苏珊娜将如何解释她的缺席。

即便她们不在,生活仍在继续。有的亲戚中风了。有的孩子意识到了妈妈不在,甚至有了攻击性反应——推搡别人、发脾气,甚至咬人。琳达最大的儿子,十六岁的加布里埃尔,偷偷逃出了他的寄养家庭,已经失踪五天了。这不是他第一次离家出走,也不是她第一次担心他死了,但这是第一次——她没法去找他。

虽然她们都没忘记琳达是怎样对待卢克雷茨娅的,但考虑到这种情况,她们又试图表现得更友善些。她们说,我理解。她们说,真是无法想象。加布里埃尔在学校有什么麻烦吗?和他的寄养父母有矛盾吗?他是不是和哪个女孩一起跑了?他开始吸毒了吗?

琳达捂住耳朵说:"该死的,给我闭嘴!"她们能不能别去烦她?

贝丝试图给她个拥抱时,她冷冷地说:"别搞得样样事儿都和你有关。"

琳达的悲伤使气氛本来就很紧张的用餐时间变得越发难以忍受了。别人都在说她们小组被诅咒了。贝丝建议暂时不谈各家的近况。尽量不去谈论自己的孩子。不谈宝宝,不谈生育,不谈她们的身体,不谈她们的孩子已被带走多久,不抱怨不能通话,不谈校方允许她们做的事,不谈她们是否忘了孩子摸上去、闻上去是怎样的。她们尽说别的,谈谈油价、最近发生的自然灾害,还有从穿粉色大褂的女人那儿听来的事——只要她们觉得妈妈们没注意到自己,就会偷看手机。她们努力地让谈话保持务实,只谈现实大世界里的那些糟心事。她们身在此处的原因之一就是在自己的小世界里想太多了,多到病态的程度。

✕

和一切大型机构一样，细菌传播早晚会成为问题。支气管炎、胃病、感冒的病例都有过。对于一个声称用于模拟为人父母的地方来说，这儿显然太缺洗手液了。

这星期，妈妈们共享了流感。正如弗里达想象过的那样，传染病会在寄宿学校里肆虐。一声咳嗽，一个喷嚏，另一个妈妈就倒下了。室友传给室友。小组全员中招。罗克珊的梦中不再有笑声，而是咳嗽声。弗里达发现她的脑子俨如一锅粥，彻底迷糊了。事实证明，琳达的免疫系统非常强大。

伴随疾病而来的是小范围的反抗。有些妈妈故意对着穿粉色大褂的女人咳嗽，但发生了几次有明显针对性的咳嗽、恶意满满的握手之后，所有肇事者都被罚去恳谈会了，工作人员开始戴口罩并保持距离。他们没有为妈妈们提供口罩。哪怕病得最重的妈妈也不可以缺课。贝丝很不明智地问起病假的事，结果被记入了档案。

"这儿没有让你请假回家之说。"吉布森女士说。

✕

第二单元的课程包括饮食和医学基础。妈妈们学到了：烹饪是爱的最高表现形式之一。厨房是家庭的中心，而母亲是家庭的心脏。烹饪和其他母职一样重在手艺，关注细节。

食堂的厨师们这周休息，各个小组轮流去厨房为全校做儿童餐。有几天晚上，妈妈们都吃果蔬泥。还有几个晚上吃的是去掉面包皮的果酱三明治，燕麦粥上的葡萄干摆成彩虹状。她们吃了煎焦的蛋卷，切成适合儿童一口大小的肉，炒成糊状的什锦菜，各种寡淡的蔬菜和炖菜。她们做饭时按规定只能用一小撮盐。

好几个妈妈烫伤了。有个妈妈被铸铁锅砸到了脚，还有个故意用奶酪刨子割伤了手。校方已明确表态，让妈妈们使用尖锐物体是高风险任务。离开厨房前，她们必须翻出口袋，解开袖子和裤腿。警卫们用金属探测器上下扫描她们的制服。他们拍拍妈妈们的头发，用手电筒照进她们的嘴里。这个片区中现有的割伤者都被带去另一个房间，接受穿粉色大褂的女人执行的肛腔检查，纪律检查流程的这一增项大大挫败了士气。贝丝每天都要被肛检两次。

妈妈们都是半饥半饱地去睡觉。她们体重下降，头晕眼花，烦躁不安。没有轮到自己下厨的时候，她们就要到礼堂报到，听关于厨房安全、营养学和正念饮食的讲座。进了厨房，她们就要比赛谁备菜最快，谁能煎出最健康的蛋卷，谁能用一只手敲开鸡蛋，谁的蛋糕最水润、最美味，谁能一边榨橙汁一边给吐司抹黄油。贝丝的巧克力碎片香蕉煎饼上装饰着笑脸和爱心，让导师们赞不绝口。琳达在搅拌面糊时吹口哨，想用这招赢过贝丝。

弗里达的家里是父亲掌勺。家事法庭的法官真该知道这一点。她父亲最擅长做海鲜。清蒸鱼。红鲷鱼。比目鱼。他会把西红柿和胡萝卜雕刻成装饰品，每道菜都讲究摆盘。她奶奶也很会做菜，但她母亲没有时间也没有意愿下厨。有些女人就是不想。有些家庭就是不吃美国菜。她的父母就没做过煎饼，一次也没有。

她觉得自己一边在倒退，一边在前进。往前到三月，她就能再次与海莉特通话了。往后到去年八月，海莉特还是胖乎乎的，还是她的。她是一个坏妈妈，因为她讨厌做饭。她是个坏妈妈，因为她的刀功亟待改进。她使刀的力道不对。

"错误的握刀手势会导致事故发生。"库利女士注意到了弗里达左手上的绷带。

库利女士观察了弗里达怎样切葡萄，然后向她示范了如何将几颗葡萄排成一排，用一把更大的刀同时切开，而不是一颗一颗地去切。弗里达在砧板上排好五颗葡萄，先横着切，再竖着切。她把切好的葡萄装到碗里，拿去给库利女士检查，心里只想知道刺死一个人需要多大劲道，库利女士的脖子或肚子上插了一把刀会是什么样子。如果没有摄像头，没有警卫，没有女儿，如果所有妈妈都去捅一刀，她会不会也捅一刀？

×

喂海莉特吃饭一直是让弗里达愉悦的事。古斯特和苏珊娜在孩子六个月时就让宝宝自动断奶。弗里达继续用勺子喂海莉特，直到她满十个月，基本上只吃单独包装的有机食品。他们坚持认为她阻碍了海莉特的发育，于是，她开始蒸蔬菜，做面条和鸡蛋，不再喂果泥，而是试着喂水果。要洗的衣服增加了一倍。喂食时间延长到整整一个小时。每顿饭吃完，她都要帮海莉特做清理，然后再花二十分钟清理高脚椅和地板。

她试过容易抓握的食物，试过喂自己吃的食物，和女儿一起吃。海莉特把食物弄到地上时，她试过责骂她，没有弄掉时就表扬她，也试过不做任何反应。她买了能粘在高脚椅托盘上的小碗，试过把食物直接放在托盘上。她把乱糟糟的地板拍下来，在照片下加上一串问号发给古斯特。她偶尔也会利用勺子，趁海莉特分心的时候，将一勺酸奶飞快地塞到她嘴里。但是，如果吃饭很顺利，她会停下动作，仔细地去看，她喜欢看海莉特吃饭。海莉特会盯着新食物看，好像那是一块金币——或是一块黄瓜，或是一棵覆盆子，或是掰下来的一小块甜甜圈。她的小脸蛋会随着咀嚼的动作摇来摆去。

神思转回课堂，她们正在喂娃娃们吃蓝色液体球——模制成豌豆味的小球。导师们解释说，这些食物和娃娃腔内的材质不同，只是为了保持统一感才被做成了蓝色。

每个亲子站里都有一把白色塑料高脚椅，垫着圆形的防溅地垫。娃娃们都戴着围嘴。妈妈们都戴着手套和护目镜。娃娃们的消化系统没有实际功能，但有味蕾。他们已被设定为"高度饥饿"，并"对食物感到好奇"。

在掌握喂养方法这个项目上，预置了一星期的课时。库利女士用梅丽尔的娃娃做示范：把一颗豌豆放在高脚椅的托盘上，让娃娃去留意。"你要试试吗？你能为我尝一下吗？"她挠了挠娃娃的下巴，"阿姨真为你骄傲！敢于尝试新食物的孩子又好奇又勇敢。这样的小孩会有更丰富、更有活力的人生。你想有更丰富、更有活力的人生吗？"

库利女士解释了豌豆含有的营养物质，它对娃娃的生长和发育有何裨益，以及种植豌豆、收获豌豆并运抵这间教室的流程。

"你把它拿起来了！你在张嘴。你在品尝！很好，很好！味觉是五感之一！现在，帮阿姨一个小忙，把它吞下去，是的，吞下去，对！我真为你骄傲啊！你真是个好姑娘！你一定会拥有充实的人生！"

娃娃把一颗蓝色豌豆咽下去时，她欢呼起来，然后把这套流程重复了一遍。弗里达数了数，为了咽下一颗豌豆，要用上十分钟的母亲用语。妈妈们耗费的时间更久，成功率更低。

×

每个人都感受到了冬天的寒意。第二起娃娃伤亡事件发生了。也是在户外活动时间，有个十一岁的男娃娃跑向树林，直接撞在通电的铁丝网上。他的硅胶皮肤融化了，留下烧焦的斑斑点点，看上去就像在硫酸里浸过似的。校方将这种自杀行径归咎于他的妈妈。校方指控她损毁设备，再发给她一个新娃娃，据她的组员们说，新娃娃根本不愿意和她说话。什么时候才能与她真正的孩子团聚，前景堪忧。

弗里达想告诉家事法庭的法官，海莉特去年夏天最喜欢草莓。她记得她把草莓切片，一片一片地递给海莉特。海莉特会不时把手里的草莓弄掉到地上，也会仔细看、用手戳戳点点或把每一片水果捏烂，任由果汁顺着她的手臂流淌下来。

有时她让海莉特坐在自己腿上吃饭，哪怕会更脏乱。海莉特曾把一根根面条像头巾一样挂到她头上。海莉特喜欢把头发上的食物抹下来。她吃了很多白面包，多到弗里达给她起了绰号："面包小怪兽"。

她们已经四星期没说过话了。中国的除夕过去了，然后春节也过去了。没有橘子，没有点香，也没有看到穿绸面加绒背心的海莉特。弗里达在心里独自过了春节，为父母和祖父母祈福，为海莉特祈福。祝他们健康。祝他们幸福。她还为埃玛妞祈福了。说是祈福，翻译成中文其实该说"保佑"。

×

辅导员要检测弗里达有没有失去希望甚至绝望的迹象。距离上次通话有多长时间了？五个星期吗？吉布森女士注意到她、贝丝和梅丽尔每周日都在电脑室外晃悠。

"我们只是想给别人鼓劲儿。我们没有打扰任何人。"

"我知道你非常想念海莉特。但为什么要这样自我折磨呢？"

妈妈们穿上这身制服已经快三个月了。弗里达对辅导员说，二月份的情况有点不一样。海莉特满二十三个月大了，她再也没掐过娃娃哪怕一下。她让埃玛妞乖乖地咀嚼、咽下了六颗假豌豆。她没说的是,最近她一直久久地凝视钟楼,还想过用床单。如果她打算上吊自杀,搞不好会变成植物人,只会害她的家人付出更惨重的代价去维持她苟延残喘。

她要做什么才能重获通话权?她在下一次评估中要拿到多高的分数?喂食和医药技能是分开测试的。要说烹饪技巧,她在四人组中排名第三。辅导员对她说,应该有更大的志向。不是最后一名,意味着还不够好。要争取获得前两名。

"如果我做不到呢?"

"我觉得你的消极态度非常令人不安,弗里达。不存在'做不到'一说。你有没有听我们说过'做不到'?你必须对自己说,我可以!我做得到!在你的词典里去掉'做不到'这个说法吧。一个好妈妈可以胜任一切事情。"

×

尽管每个妈妈在喂食技巧课程中都表现得相当糟糕,课程仍按计划进行下去。高脚椅和防溅地垫已被搬回了仓库。摇椅和婴儿床又被搬回了教室。妈妈们正在学习如何护理生病的孩子,让他们恢复健康。

"母爱可以治愈大多数常见疾病。"库利女士说。

她们必须用爱的意念来医治娃娃。导师们会在早上和下午下课前测量娃娃们的体温,看谁能让娃娃降到九十八点六华氏度,退烧成功。

导师们说,考虑到这次练习和每个人的体质有关,每个妈妈的爱的意念也会有所不同。她们应该自由发挥想象力,将疾病拟人化,想象她们在与病毒感染作斗争。

和疾病有关的课程，弗里达学起来热情高涨。她小时候就是个病秧子。哮喘。过敏。每年冬天都发支气管炎。医生，她熟。吃药，她懂。这些课让她想起了婆婆。婆婆总在乳沟里塞一块方巾，因为她总觉得那儿凉飕飕的。婆婆的唇膏和发胶。

她曾用旧牙刷帮婆婆染发根，有时还帮她洗澡。婆婆只穿药妆店卖的肉色尼龙过膝长袜。直到人生的最后时光，她都穿着束腰紧身衣，甚至穿在天鹅绒睡衣里面。她对婆婆皮肤质地的记忆就像对海莉特的记忆那样鲜明：肩头的皮肤紧实而有光泽，手上的皮肤像织物一样丝滑又松散。婆婆被诊断出肺癌后，弗里达有时就在她家过夜。又像她小时候那样，和婆婆睡在同一张床上。婆婆要有人陪她睡，全家人轮流陪。她总怨弗里达没有好好保养双手。她给她抹上又湿又凉的润肤露，把弗里达从睡梦中惊醒。

弗里达没赶上和婆婆最后的道别，就晚了二十分钟。她的出租车堵在路上了。她爬上婆婆的床，抱住她，渐渐感受到她的身体变得僵硬，感觉到温暖离开了她的身体，看到她锁骨下的肿块。像石头那么硬的肿瘤，有小孩子的拳头那么大。

埃玛妞的体温到了一百零三华氏度。头发都被汗水打湿了。她在发抖。弗里达从婴儿床上拿起毯子，把她裹起来。"妈咪会让你好起来的。我们做得到的。我可以做到的。"

辅导员肯定会让她停止思考，停止怀疑。爱不能退烧，爱不能被衡量，但这些都不重要。任何事都可以被衡量。他们现在有了这些工具。

琳达脱下衣服，让她的娃娃靠在自己裸露的胸膛上。梅丽尔和贝丝仿效着做。弗里达不想让任何人看到她的身体。她现在每天吃三餐，体重却无法维持。她现在比高中时还瘦小。她有了自己梦寐以求的尖下巴、高颧骨、双腿间的空隙。

导师们赞许地朝她们点点头。

"试试吧。"库利女士对她说。

弗里达把埃玛妞放到婴儿床里，解开制服，不情不愿地脱下T恤和胸罩。"好啦，我为你准备好了。来和妈妈抱一抱吧。"

埃玛妞的热量紧贴到她赤裸的皮肤上，令她惊愕、不舒服。海莉特从来没有这么热过。她第一次抱海莉特时还曾担心，怕自己在附近打个喷嚏就会害死她。她不厌其烦地洗自己的手。每一天，她都在海莉特的脸上寻找死亡迫近的迹象。

肯定有人能顶着压力去努力，但弗里达不是那种人。也许，真的不该把任何形式的生命体托付给她照料。也许，真的应该一步步通关，从植物到宠物，最后才能晋级到照料婴儿。也许，应该先把五岁的孩子分配给她们，然后是四岁，然后是三岁，然后是两岁，然后是一岁，如果一岁的孩子能活到年底，才能允许她们去生真正的小孩。为什么她们一开始就要照顾婴儿呢？

×

教室里比之前还安静。之前是发烧，现在是病毒性肠胃炎。接连几天的喷射性呕吐打压了她们的积极性，减少了她们的母亲用语。导师们想知道为什么没人取得进展。妈妈们应该懂得以正确的顺序拥抱、亲吻、好言相劝，让她们的娃娃恢复健康。唤醒精神、治愈疼痛身体的那种母爱。

琳达难以接受她们目前的惨败。第二天吃早餐时，她带领她们四人做了一次祈祷。琳达向我们的主耶稣基督祈求坚持下去的力量时，她们保持手拉手。她祈求智慧，祈求她的儿子加布里埃尔能安全返家。贝丝祈求酒精。要是有波旁酒，这周就能好过一点。

梅丽尔为她的娃娃祈祷。瞧瞧卢克雷茨娅的娃娃造了什么孽。

最后轮到弗里达。她祈求爱,全心全意。"我祈求奇迹发生。"她说。

每个人都点头。是的,她们说。奇迹。

×

仪式性的除雪任务仍在继续。分派给弗里达和梅丽尔的工作是铲除跑道上的雪,这种任务格外有侮辱性,因为现在太冷了,根本不能在户外运动。

弗里达告诉梅丽尔,她母亲这周要过六十八岁生日了,还有个表亲今天在西雅图办婚礼。在她人生中最糟糕的那天到来之前,家里人都要让海莉特当花童。弗里达本会抱着她走上过道。

梅丽尔比平时更焦躁。她的辅导员威胁说要再停她一个月通话权。梅丽尔想逃跑。她说学校最近改了有关自愿离校的规定。你已不能主动退学。

等到四月份,梅丽尔就会满十九岁,她决不在这个地方过生日。而且,等到五月份,奥切安就要满两岁了。

弗里达提醒她,换作卢克雷茨娅,肯定愿意和她们中的任何一个人交换。只要卢克雷茨娅在这里,她就仍有机会重新得到布琳,也永远不会被列入黑名单系统。只要卢克雷茨娅在这里,琳达就会面临真正的竞争。

"我们会通过测试。他们会让我们下周末和家里通话。"

"说是这么说,你自己也不会真的信吧,"梅丽尔说,"搞什么啊,你认为他们用曲线评分给我们打分吗?我才不信呢。我们就是彻底完蛋了。"

"不,我们没有。你不能那样想。"

梅丽尔说，她和奥切安的爸爸今年夏天打算在泽西海岸找工作。她打算当鸡尾酒女招待，攒钱读大学。等她离开这个鬼地方就要去上大学，学计算机这类狗屁玩意儿。也许，他们有机会带上奥切安搬到硅谷，去开发应用程序。

她征询弗里达的意见，弗里达说这个计划非常好。很实际。她克制了一下，没提旧金山或是湾区任何地方的生活成本。托儿所的费用。很难进。总该允许年轻人有梦想吧。

休息的时候，梅丽尔让弗里达看了看项链的吊坠。那是绿眼睛警卫送的，迟来的情人节礼物。

弗里达让她把它扔掉。吊坠看起来就像在CVS连锁药妆店里花十块九毛九买来的。

"才不呢，这是我的了。他为我做了件好事。怎么了嘛？别摆出那种表情。你干吗不让我留着这个呢？"

"万一你被逮到了怎么办？"

"这又不算什么。他一直给我拍照，还拍视频。"

"你开什么玩笑。"

"哎呀，没拍到我的脸。我已经想到后果了。我又不蠢。"

"叫他都删了。云端也要删干净。"

"你这个偏执狂、嫉妒狂，还是个一本正经的中年人。贝丝就觉得他送我东西还挺酷的。"

"你听她的？贝丝还觉得策划自己服药过量很酷呢。你怎么知道他没给别人看过？"她想告诉梅丽尔，很多年前，她就在拍照这件事上定下了铁律，并且非常庆幸没有留下任何影像记录。有朝一日，等海莉特长大了，她也会这样教导她，绝对不允许别人拍自己的裸体，阴部不可以拍，后庭也不可以拍。海莉特永远不会自拍裸体再发给男生。

"他不会那样做的。"梅丽尔说。

"每个人都会那样做。"

梅丽尔看起来很受伤。"好吧,小妈妈。我会跟他说的。"

×

大家都说校方要改动通话流程的细则,这事儿已风传了好几周,现在,妈妈们果然收到了有关周日通话的要点和禁忌的最新指令。有关孩子的教育、家庭生活和友谊,她们应该问些宽泛的、不需要具体答案的问题。她们不可以提及时间、在这里待了多久、什么时候回家之类的话题。让对方留意到父母的缺席可能触发不良反应。不是每个人都能合格毕业。不是所有家庭都能团聚。重点在于不能做出虚假的承诺。虚假的承诺会损害孩子的信任能力。不允许她们问孩子与社工的会面情况,或在法庭授权的心理治疗中的体验。她们必须表扬孩子的适应力。她们必须感谢孩子的监护人。她们可以说一次"我爱你",以及一次"我想你"。

"女士们,不要浪费每一次机会。"吉布森女士说。

二月底了,琳达的儿子加布里埃尔仍然下落不明。他已经失踪整整一个月了。穿粉色大褂的女人们指示琳达:要善用现有的资源,也就是她的辅导员、二十四小时热线和别的妈妈们。她们敦促她报名参加额外辅导。她们给她有助于冥想的涂色书。

医药课程评估的前一天晚上,琳达被罚参加恳谈会,因为她摇晃娃娃。当天的课程是练习处理癫痫发作的正确做法。琳达声称她那么做是想让娃娃复活。导师们说她摇得太猛了。她们认为她正处于临界点,往后的情况可能更糟,如果她们不干预,她可能会打她的娃娃。

晚餐时,琳达崩溃了。"我不是打孩子的那种妈妈。"她啜泣着说道。

贝丝和梅丽尔把各自的餐巾纸递给她。琳达的哭声响亮,感觉很丢人。大家都盯着她们这桌看。弗里达帮琳达倒了一杯水。她暗自祈祷,为加布里埃尔,为他的兄弟姐妹,为他们现在和将来的父母,为他们现在和将来的家。

十一

琳达绝食了。她希望把参加恳谈会的记录从她的档案中去掉。她的第二单元课程——饮食和医学基础的零分也要一笔勾销。她想给她的律师、她的社工、加布里埃尔的养父母和私人侦探打电话。这不是她的错,是他们把她的儿子搞丢了。

这是三月初,周日的晚餐,琳达的诉求清单在不断增长。中年白人三人组已加入了她的绝食抗议,齐心协力以示声援。她们奉承琳达的样子冒犯了大多数人。她们端着空盘子坐在食堂的正中央,小口抿水喝,大谈各项目标。前一天,莫拉,也就是有五个孩子、用烟头烫女儿的酗酒妈妈,整个早餐时段都在抚摸琳达的手臂,说着"你不是隐形人"之类的话。

琳达的苦肉计为她招来了新的仇敌。妈妈们很同情琳达,真的很同情,但她们没有忘记她是怎么害惨卢克雷茨娅的,并且她们已听烦了她的哭诉。有人说,她至今还没受到惩罚的唯一理由就在于那三个白人。还有人说,琳达只是想获得关注。还有人说,这四个号称绝食的女人都在睡觉时偷吃零食。还有人说,加布里埃尔在街头混也比和她在一起要好。

弗里达本该更担心加布里埃尔的事儿,但她满脑子都是海莉特,还忙于想象她的辅导员葬身火海的情景。距离海莉特被带走已经六个月了，距离弗里达最后一次抱她已超过四个月了，穿上制服已整整一个冬季了。

弗里达整个周末都在回避贝丝，还鼓励梅丽尔也这样做。梅丽尔指责她太小心眼儿了。贝丝在这个评估日获得第一名，梅丽尔出人意料地获得第二名，弗里达第三，这之后，她们脆弱的友谊联盟就破裂了。

对于自己的成功，贝丝毫不谦虚。哪怕她们三个单独在一起，她也会用一些校方灌输的话术。学习的过程是条弧线。自私是灵魂堕落的一种表现。她说："我可以帮助你，弗里达。我觉得考核不必变成竞争。"

导师们确实是按曲线评分给每个妈妈打分的，弗里达的母性本能也确实有所提升，但无论是根据量还是质的标准，弗里达都没能进入前两名。焦虑始终是个问题。辅导员说她"缺乏自信"。总体而言，片刻的犹豫就会削弱孩子的安全感。在喂食测试中，弗里达的母亲用语虽然很欢快，但不够有力量。别的错误更要命。做心肺复苏时，她在埃玛妞的胸骨上压得太重了，一开始还搞错了真正的心脏所在的位置。

"海莉特很好。"辅导员说，"我几天前刚和托雷斯女士谈过。她认为暂停你的通话对海莉特有好处，我也同意。你有没有想过，跟你说话、看到你这个样子可能会让她再次受到创伤？你的脸色很差，弗里达。你得更好地照顾自己才行。"

×

天气在转变，妈妈们也随之变化。又有几十人失去了通话权，很多人在这个春意初现的周末眺望窗外，谈论着逃跑的可能。

弗里达白天听梅丽尔说要逃跑，晚上听罗克珊说要逃跑。罗克珊失去通话权后就开始考虑怎样巴结一个警卫。她考虑了通电的铁丝网：不可能四面八方都有。她最近琢磨的是水路。有一条河隔开了她们和坏爸爸的校区，据说坏爸爸们都在十英里外的一所旧医院里接受培训，这条河不会通往什么有用的地方。她是个游泳健将，但过了树林后怎么办呢？绵延数英里都在共和党的红色州。谁会去帮一个站在路边的黑皮肤女人？

弗里达担心罗克珊会被射杀。妈妈们谈论过这个问题，还谈过黑人爸爸们在另一所学校里会不会死。罗克珊调侃着"黑人当父母"。就像黑人步行，黑人等车，黑人驾车。

今晚，弗里达没让罗克珊说这事儿。"你不能说出来，你也不能老去想。艾萨克就是希望之光，记得吗？快睡吧。"

"我还以为你是我朋友呢。"

"我是。我是说，你只失去了一通电话。我从一月份起就没跟海莉特说过话了。"

"我有时真的好恨你。"罗克珊翻过身，趴在床上，把脸埋到枕头里，打算在默默哭泣中入睡。

弗里达把枕头横压在自己脑袋上，不想看到罗克珊哭得浑身发抖的样子。上周五，她们必须再次更换蓝色液体。埃玛妞不肯断开关联，尖叫个不停。不要，不要，不要，不要，不要，不要。鲁索女士摁住她的双臂。库利女士摁住她的双腿。现在，她们当着所有组员的面执行这种操作。旁观的妈妈们不得不帮衬着安慰几句。导师们说，让娃娃看看，有助于帮助她们理解自己在这里担任了什么角色。

导师们摁压出了乌青块。应该让家事法庭的法官知道这些淤青，知道埃玛妞的尖叫。应该让法官知道弗里达正在学习当个好妈妈。她会始终相信娃娃的蓝色内脏乃至娃娃本身都是真实不虚的，因为她要是无法表现出真正的母爱情深，无法展示她有维护亲子纽带的真实才能，无法证明自己值得被信赖，她就永远不能和真正的女儿团聚。她真正的女儿快两岁了，女儿的血不是蓝色的，也不会变得黏嗒嗒的，她也永远不会用刀在真正的女儿体腔内刮擦。

×

"我们为大家准备了一个惊喜。"第二天早上，鲁索女士对大家说。她和库利女士一起分发了智能手机和婴儿车，动作略显夸张。每个妈妈都摊开双手接过自己的手机，俨如领受圣餐。四个组员都千恩万谢。贝丝和梅丽尔的表情接近狂喜。

今天，她们可以带着娃娃出去，给自己真正的孩子以及家人打电话。关于通话禁忌的新规暂时中止。她们甚至可以上网。但她们不能忘记自己的责任。她们必须保持每天应有的词汇量，对娃娃的一切事务负责。每隔一小时，她们必须整点回教室报到。就这样开始为期八周的第三单元课程：修正自恋，加强儿童第一的意识，在有干扰的情景下增强父母力。

"你们要把这个单元看作一种测试，看看你们控制冲动的能力如何。"鲁索女士说。无论如何，妈妈们必须提供正常且足够的关注和爱护。她用提问呼吁她们齐声回答并重复："我的首要任务是——？"

"我的孩子！"

"我的孩子需要我时，我该——？"

"放下一切！"

弗里达把她的手机塞进口袋，迫不及待，别提有多高兴了。

虽然妈妈们都急着出去，但娃娃们并不；他们还没从最近一次更换蓝色液体后的创伤反应中恢复过来，又娇弱又难哄。埃玛妞必须要人抱着。到了门厅,她不肯坐进婴儿车。她和弗里达只能走到隔壁那栋楼外的长椅旁。弗里达羡慕地看着别的组员走出了庭院。她记不起苏珊娜的电话了,就给古斯特打,电话转到了他的语音信箱,她请他让苏珊娜给她打回来,或等他回家后和海莉特一起回电。

"到四月底之前,我都没法再和她通话了。求你了。我得祝她生日快乐。这是我唯一的机会。"

他会听到背景中有埃玛妞的大喊大叫。万一他问起,弗里达不知道怎么回答。她顺利完成了第一次整点报到,没出意外,然后是第二次,然后是第三次。

"优先次序掌握得很完美,弗里达。"库利女士说道。别的组员都迟到了。

外面一片混乱。妈妈们都在寻找够强的无线网络信号。各个年龄段的娃娃们跑来跑去。娃娃们一会儿翻垃圾桶,一会儿跑去自行车架、灌木丛、砖头和砾石处摸索。有些娃娃爬上了树。有些娃娃想爬灯柱。有些娃娃把草拽起来,在脸上抹来抹去。

弗里达每次散步都比上一次更远一点。她带埃玛妞去了圆形剧场,她们在台阶上跑上跑下。她让埃玛妞看番红花,看树梢上的新芽。她把植物的名字念给埃玛妞听。

"杜鹃花,"她说,"金缕梅。"她让埃玛妞跟她念,但埃玛妞总是发不好"h"的音。

"现在是春天。春天之后是夏天。然后是秋天。然后是冬天。这就是四个季节。你来数数我的手指好吗?一、二、三、四。大多数人喜欢春天,我也喜欢。你喜欢春天吗?"

"不喜欢。"

"为什么不呢?"

"春天吓人。吓人，妈咪。恨它。"

"恨是一种很厉害的感觉。我觉得你要多体验一下。你知道，等我老了，春天的感觉就会不一样了。"她跟埃玛妞讲了地球变暖的问题，对下一代人来说，曼哈顿可能是淹没在海水里的城市，人类应该不再吃肉，少开车，少生孩子。

"人太多了。"弗里达说。

"太多了？"

"像我这样的人太多了。不是说像你这样的。你没有用到那么多资源。"

她们在钟楼和皮尔斯厅之间找到一片有阳光的草地，休息了一会儿。以前她和海莉特在阳光下休息过吗？她紧闭的眼皮感受到阳光的热量。她转过身，看到埃玛妞正盯着太阳看。埃玛妞眼睛里的芯片闪闪发光。她们玩起了眨眼游戏，每次两人同步睁开眼睛时都会大笑。

"来抱抱吧。"弗里达说，"我们来个家庭拥抱吧。到这儿来。"她俯下身子，把埃玛妞抱在怀里，亲吻她的头顶，揉搓她的颈背，就像以前对海莉特做的那样。时间一天天过去，娃娃自带的新车气味已经淡了，现在闻起来挺舒服的。

"亲爱的，你一直住在器材室里，会不会有点厌倦？"

埃玛妞叹了口气。"会啊。"

"你想住在哪里？"

"和妈咪一起！"

"哦，你太好了。你是我最可爱的小女孩。我也希望你能和我一起生活。我们会住在哪里呢？"

埃玛妞坐起身，指了指图书馆。她指向天空。

弗里达告诉她，外面有托儿所，有儿童单人床、夜灯、睡袋和安全毯。她很抱歉自己没法给埃玛妞这些东西，只有在小睡练习时才能分到毯子和玩具。昙花一现式的安慰。她不得不站着睡觉，真是太遗憾了。

埃玛妞越来越兴奋，畅想着属于自己的小房间。

"我们可以扮家家。"弗里达说。

她们手拉手，在阳光下慢慢走。弗里达想在这里待一整天。以后，她要是想把这个地方告诉海莉特，就会说她不得不把虔信寄存在这里。埃玛妞，就是她一切希望和渴望的容器，宛如古早的人类在石碑和圣树中灌注爱和信仰。

×

情绪高涨的这一天立竿见影，中年白人三人组当晚就放弃了琳达的抗议大业，开始进食。吉布森女士带着几罐蛋白奶昔，如天使下凡般来到琳达身边。她威逼琳达，说要在恳谈会中给她留一个最重要的位置。额外辅导。第三单元课程自动设定为零分。开除。琳达一口不喝，吉布森女士就不会离开。

"加布里埃尔会希望你吃东西的。"贝丝说，"如果你想谈谈，随时可以找我。"她递给琳达一只苹果，琳达把它吃掉了。

琳达看起来很窘迫，很可怜。弗里达替她难堪。她们还从没见过琳达脸红。

这个小组里，只有弗里达还没和家人通上话。大家的电话都很简短，并不令人满意。一说再见，情绪就会失控。娃娃们不停地插嘴、捣乱。婴儿娃娃的妈妈们相对轻松。婴儿娃娃待在背带里，会哭，但动不了，也不能喊"妈妈"或索性来抢电话。如果有年纪大一点的娃娃，妈妈们和真正的孩子们通话时必须防备娃娃们死亡、发生事故、逃跑和发生私情。

有传言说，有些青少年娃娃的恋情始于娃娃工厂。弗里达见过十几岁的女娃娃和十几岁的男孩在树下抱成一团。他们的手都放在对方制服的正面。他们好像不知道如何接吻，而是去舔对方的脸。男娃娃咬女娃娃的肩膀。女娃娃把手指伸进男娃娃的耳朵里。男娃娃把女娃娃翻过来，隔着她的制服抚摸她的蓝色小旋钮。

这两个娃娃的妈妈不知所踪。弗里达担心男娃娃会脱掉女娃娃的衣服，拧开她的旋钮，试图探入她的体腔。洞口很宽，足以容纳一根阴茎。她不知道这个男娃娃能不能勃起，假设这种行为是他们双方同意的。埃玛妞认为女娃娃受到了伤害，是男娃娃在伤害她。女娃娃在呻吟。从他们身边经过时，弗里达让埃玛妞闭上眼睛。

吃过午餐后，弗里达很想给威尔打电话，但到底是忍住了。她想告诉他真相。她拨通了父母的电话，他们还没接，她就开始哭了。她父亲要求用FaceTime视频。弗里达同意了，哪怕她不希望他们看到她。她父亲的头发竟然那么稀少，完全变白了。她母亲看起来很虚弱。她父亲哭了好几分钟，不过她母亲很克制。但没过多久，母亲的表情也变了。弗里达知道，母亲想说她看起来简直变了一个人。她以前还希望他们永远不要看到她穿这种制服的样子，担心那会引发他们的回忆。曾有一次很偶然的机会，父亲跟她讲起他童年的事——戴高帽子的人被迫在他们村里游街，孩子们冲着他祖父母的头顶撒尿，挨批斗的老人跪在玻璃碴上。

他们开始激烈地交谈。她父亲每天都给她写信。她母亲一直在给海莉特买衣服，好让外孙女三岁时穿。每天，他们都会看海莉特的视频，看她的照片。他们把她的照片放在餐桌上，假装她在陪他们吃饭。

弗里达把电话拿得很近，他们只能看到她的脸。她问起母亲的生日、表亲的婚礼、他们有没有按时去看医生。

"你太瘦了，"她母亲说，"他们给你吃什么了？饿着你了吗？有没有人伤害你？"

"我们该给蕾妮打电话吗？"她父亲问道，"她应该有点办法。"

"别那样做。求求你们了！"

他们问她现在能和海莉特通话了吗。古斯特最近给他们发了几条消息。他们想给海莉特寄一份生日礼物。一张卡片。

她一边啜泣，一边告诉他们她很好。她说不了多久，马上就要挂断了。"我很抱歉，"她说，"所有的事都很抱歉。"

背景中哭个不停的婴儿是谁？"是录音。"她一边回答，一边把自己另一只手伸给埃玛妞。

×

弗里达兴奋得睡不着。只要她和海莉特说上话，一切就会不同了。以后，假设她要把这一年的情形告诉海莉特，她决不会告诉她自己何其频繁地想到死亡。海莉特不需要知道妈妈如此孤独，如此恐惧。海莉特不需要知道妈妈会去想屋顶和钟楼。海莉特不需要知道妈妈时常觉得那才是此生的最佳用途——抗议这种制度的唯一的、真正有用的办法。

还是个孩子时，她以为自己只能活到三十岁。她打算等祖母先走，但她并不在乎那会让她的父母伤心，那时的她想惩罚他们。十一岁时，她不断地想到死亡，常常谈论死亡，以至于她的父母不把她的话当回事儿了。

"去吧，自杀去吧。"她母亲曾恼怒地这样说。

她告诉古斯特她有一年很想死时，他哭了，但她没有坦承自己怀孕时又有了这种念头。她无休止地担忧，担心基因测试结果的各种可能性，担心分娩时会出错，担心任何意外都是她的错。

但测试结果很好。她的宝宝很健康。她的健康宝宝长大后会有健康的头脑，比她这个妈妈的更好、更纯净。她现在要考虑的是海莉特的未来。如果海莉特的妈妈还活着，她会成为怎样的女孩，如果妈妈自杀了，她就永远不会成为那样的女孩。

×

昨夜下了雨，空气依然潮湿。查平步道上雾气弥漫。弗里达在石砌庭院里的一棵玉兰树下找到一张空长椅。她和埃玛妞说起这些花，教她辨认颜色——粉色和白色。她让埃玛妞观察不同颜色是如何融合的。

弗里达折下一片叶子递给她。"不要吃。听我说，亲爱的，今天早上你会听到我和另一个小女孩讲话。我要和她说一会儿话，我需要你允许我这么做。是有点让人困惑，我知道。但不要担心。我仍然是你的妈咪。"

埃玛妞甩落叶子。她拉了拉婴儿车的带子，又伸手去拉弗里达，叫道："起来起来！"

第三声铃响，古斯特接起了电话。他为昨天没有回电话而道歉。他不能离开工作岗位。苏珊娜没找到她的电话。等他们回拨弗里达的号码时已经是晚上了，却又无法留言。他今天待在家里，她肯定能联系到他们。弗里达对他说没事的。她感谢他，并要求和海莉特通话。

他们切换到了视频。海莉特进入视野时，弗里达颤抖起来，眼光离开屏幕，瞥了一眼埃玛妞。这几个月来，她一直认为她们长得完全不像，埃玛妞的嘴角弧度总带有一点残酷的意味，当然，海莉特更漂亮，埃玛妞不是真人，但现在海莉特瘦了，两个女孩不可思议、近乎诡谲地相似。

"打个招呼呀,小兔熊,"古斯特说,"你记得妈妈吗?"

"不。"海莉特的声音平静而确凿。弗里达用拳头直捣自己的膝盖。她是个坏妈妈,因为她让海莉特看到她哭。她是个坏妈妈,因为她觉得埃玛妞的脸更熟悉。她是个坏妈妈,因为屏幕上的女孩——刘海剪得太短,下巴尖尖的,头发更黑也更鬈了——感觉越来越不像她的女儿了。

海莉特和古斯特听到埃玛妞在叫:"妈咪妈咪!"

"那谁?"海莉特问道。

"是录音。"弗里达转过身去,背对着埃玛妞,想把注意力放在海莉特身上,"宝贝,是我呀。是妈妈。我真的好高兴能在你过生日前和你说说话。生日快乐呀生日快乐!还有八天。你是我的大宝宝了!这么大了!我很抱歉我有阵子没打电话给你了。我想打的。你知道的,对吗?如果我可以,我每天都会给你打电话。我太爱你了。我想你。到月亮有多远,我就有多想你。到木星。"她举起小指头,"记得吗?"

海莉特盯着她看,无动于衷。弗里达任由眼泪流下来。"记住,我们说过的,我爱你那么多,比月亮和星星还多。我对你的爱比银河的星星还多。说完我们就拉勾。"

"银——河。"海莉特念出了这个词。

"对,宝贝。那么,我是谁?"

他们花几分钟测试了各种可能。弗里达不是泡泡。不是苹果。不是勺子。不是爸爸,不是苏苏。

"我是妈妈。我是你的妈妈。"

他们通话十五分钟,她去做整点报到,然后再通话十五分钟,她再去报到。十五分钟是极限,因为再久一点海莉特就坐不住了,大人们要急匆匆地讲完两个月里的大事小事。他们会在家里给她开生日派对。他们会买一个装着玩具和糖果的皮纳塔。苏珊娜会烤个蛋糕。他们给海莉特买了一辆平衡脚踏车——不能当着海莉特的面说出这个词，所以他们一个字母一个字母地说：b-i-k-e。他们给日耳曼镇的华尔道夫学校和中心城区的蒙特梭利学校提交了申请，正在等回复。

苏珊娜过来打招呼。她和古斯特都对弗里达变瘦发表了看法，但他们还算仁慈，没对弗里达的白头发说三道四。妈妈们的午休时间已过去了一小时。再过三小时是海莉特的午睡时间。古斯特让弗里达在视频上看海莉特和苏珊娜在客厅里玩。

只要埃玛妞一闹腾，弗里达就得说再见。这实在没法选——要和海莉特说话，还是因为忽视埃玛妞而受罚？忽视海莉特，也许她根本活不过这个春夏。弗里达左右为难，两头都觉得有所愧疚。她在女儿面前感到愧疚，因为身为母亲的她在人生中最糟糕的那天忽视了亲生女儿；她也在娃娃面前感到愧疚，因为娃娃一直用责备的眼神看着她。最后一次整点报到她迟到了，又在导师面前感到愧疚。

×

周三上午，她来到教室，做好了完成切换真假女儿的心理准备，其实也不必切换，因为事实明摆着，这次测试成效显著。她们四人都忽略了娃娃，都忘记了自己的首要任务，都屈服于外界的干扰。很显然，但凡有点最基本的自由，这些妈妈就会失控、倒退，又变得自私、自恋了。

"我们不能让你们的进步付诸东流。"鲁索女士说。之前，这些妈妈突然被赋予了一条通往外界的生命线，现在，生命线又突然被切断了。

✕

弗里达和其他组员坐上大巴，被送到了校区外的一个地方。在公路边一家仓库的停车场上，她们和自己的娃娃重聚了。仓库里有四个仿真居家小屋，黄色独栋小屋配着绿色遮阳篷。仓库里冷得要死。娃娃们从没见过这么大的房子。她们压根儿就没见过房屋。她们紧紧抱住母亲的大腿，尖叫声回荡在空旷的仓库里。

导师们把这堂课的内容称为：杜绝孩子独自在家。为了磨练她们的监管本能，妈妈们将接受干扰测试。哨声一响，导师就开始计时，看她们注意到自己的娃娃，并将娃娃抱出前门需要用多少时间。与电话课一样，她们要学习如何集中注意力：与娃娃保持眼神交会和亲密的肢体接触。将孩子的安全置于首位：孩子既是她们的首要渴望，也是唯一要优先处理的事情。

导师们让妈妈们跟着她们反复念诵："无人看管的孩子就是置身险境的孩子。我决不能让我的孩子独自待着。"

这座仓库可以容纳五十个，甚至更多妈妈上课。埃玛妞摸着弗里达脸颊上的鸡皮疙瘩。弗里达很可能会哭出来。她肯定会一遍又一遍地回想人生中最糟糕的那天，但现在又要计时，又要被录影，又要被打分，一举一动都牵扯到她能不能重获通话权。她是何其频繁地想起海莉特独自在家的场景，何其频繁地思忖她本该用不同的态度对待每件小事！

这些仿真家里都配备了电话、电视和门铃，这一切都将在培训演习中发挥作用，可以同时被打开，而且音量超大。所有噪声爆发时不会有任何预警，把妈妈们和娃娃们都吓了一大跳。

练习间隙，弗里达教埃玛妞认新词：遮阳篷、前门、门铃、窗帘、沙发、扶手椅、长椅、厨房、壁炉、电视、遥控器、咖啡桌、水槽。仿真家里的墙壁都漆成了黄油色,搭配一些仿真的木头小装饰品。她们这个家的装饰主题是航海,放了些锚和绳索的装饰品。每一样东西闻起来都好像刚刚拆掉塑料包装。

最糟糕的那天是令人窒息的。那整个周末都热得让人受不了。弗里达记得她很想去洗澡,记得她开了空调,抬头看着积灰的吊扇,心想应该清洗一下了。她记得自己非常渴望咖啡因,渴望又甜又冷、比她在家里做的更浓烈的咖啡。她记得自己很想放松双手在户外走走,不抱也不背孩子。

如果她能早一个小时回家就好了。早四十五分钟。多和邻居们聊聊天。她愿意给他们钱。她愿意哀求他们通融。但苏珊娜绝对不会独自离家的。古斯特也不会。祖辈都不会。保姆也不会。只有她会。也只有她真的独自离家了。如果没把海莉特束缚在跳跳椅里,她很可能走到地下室的门口,打开门,从楼梯上滚下去。她也可能打开前门,走到街上去。

"海莉特和你在一起不安全。"法官这样说过。

×

接下来的日子里,导师们增加了干扰因素:警笛声、家用电器、欧洲舞曲。噪声让弗里达头疼,而头疼带来的眩晕令她健忘。

她因耳鸣而无法入睡。她前阵子取得的进步也随之消失。埃玛妞喜欢躲在家具后面。她爬到橱柜里面。好几次模拟练习中,弗里达打开门,然后才想起来应该回去。还有好几次,她走到前廊才意识到自己忘了什么。

练习过程中,娃娃们对各种骚动做出的反应就是搞破坏。她们会撕扯沙发靠垫,跳上咖啡桌,用遥控器敲打一切可以敲打的家具。自从贝丝的娃娃的耳朵里漏出蓝色液体,所有娃娃都配备了耳机。但她们还是哭。

×

奈特女士警告过他们，生日会带来痛苦。三月十一日是海莉特的两岁生日，弗里达在黎明时分醒来。罗克珊和她一起起床。罗克珊提议办个日出庆生的仪式。罗克珊的母亲曾在她生日那天早早地把她叫醒，还趁她睡觉的时候把家里装饰一新。明年艾萨克生日时，罗克珊也会如法炮制。

弗里达翻开早已荒疏的赎罪日记，看到最后一篇是一幅画：用弯弯曲曲的线条画出的海莉特。她画的是海莉特过去的样子，胖乎乎的小脸蛋，一头黑色鬈发。她把日记本立在她的桌上。她们就对着这幅画轻声唱着生日快乐歌。

罗克珊拥抱了她。"还有八个月。"

"天啊。"弗里达把额头靠在罗克珊的肩膀上。

罗克珊对着那幅画说道："海莉特，你妈妈想你了。她是个好女人。有时有点专横，但人很好。我们互相照顾。"她向弗里达伸出双手，假装护着一块插了蜡烛的蛋糕。"许个愿吧。"

弗里达假装吹灭蜡烛。"谢谢你逗我开心。"她跟罗克珊讲起海莉特出生时的场景，医生把她拉出来时说"多漂亮的孩子啊"；听到海莉特的第一声啼哭时，她是如何泪如泉涌。

弗里达努力回忆海莉特在视频电话里的样子。明明有机会说，她却没有说出足够多的"生日快乐"。她完全没有表现出智慧。她应该告诉海莉特，等到四月份，她们就又能通话了。如果古斯特已经跟海莉特解释了为什么她不能回电话，她需要知道海莉特有没有原谅她。

她从早到晚浑身疼。她的左臀有刺痛感。她很难把埃玛妞抱起来，带着她一起跑出门外。导师们说，跑得最快的妈妈才是最好的妈妈。

睡觉时，弗里达整个人蒙在被窝里，咬指甲下面的死皮。她有一个酷似海莉特的娃娃，但海莉特也该有个酷似她的娃娃。海莉特应该有个妈妈娃娃，和它一起睡觉，把秘密告诉它，不管去哪儿都带着它。

十二

妈妈们纷纷坠入爱河,恰如春暖花开般不可避免。四月,天空是不可思议的蔚蓝色。轻快的笑声在食堂里不绝于耳。新恋人们挨着彼此坐着,触摸肩膀、手肘、头发、指尖,脸颊是欢愉的绯红色。

恋爱中的妈妈们为周末而活。她们在铁丝网边漫步,或带着各自的赎罪日记本去石砌庭院,依偎在草地上,垫着彼此的肚子写日记。她们互相倾诉烦恼和爱好。父母。昔日的恋情。钱。对一夫一妻制的态度。想不想再要孩子。离开这里后能不能找到工作或住处。

理论上,她们应该在这里培养纯洁的思想和精神,但凡她们的亲密关系被抓了现行,必会记入档案。她们可能被开除。但要隐藏萌动的恋情易如反掌。妈妈们只需一丁点儿慰藉就能过下去。抚摸脸颊的一只手。缠绵的一瞥。对大多数人来说,彼此靠近就足够了。有的恋情发生在组员和室友之间,有些人是因为参加恳谈会或清洁小组认识的,还有人是在周日排队等通话时认识的,也有人是通话后在浴室里哭泣时相识的。

算得上真正的情侣的顶多十几对,但在风传的谣言里就多得多了。有些暗恋是不求回报的。有些情愫被流言蜚语扼杀在摇篮中。

也有妒意和三角恋。罗克珊说，有些人一直在淋浴间里用手。弗里达反问，这怎么可能呢？

"女士们手脚很快。你知道的吧，有一些盲点位置。昨晚有人捏了我一把，在我的屁股上捏了一下。在我刷牙的时候。还挺搞笑的。"

"然后呢？"

"然后我考虑了一下。但我不会。不会选她。"她示意弗里达到窗边，和她一起看。她们说话时几乎不动嘴唇，一直定定地眺望前方的泛光灯，背对摄像头。罗克珊问弗里达对梅丽尔有何看法。梅丽尔很可爱，罗克珊说。

"她还是个孩子。"

"她已经十九岁了。我的意思是，她很快就会十九了，对吧？那只比我小三岁。"

"十九岁就是大孩子。你比她成熟多了。你已经上了大学。你离开了宾州。她大概只坐过两次飞机。而且，她喜欢男人，你知道的。"

"你对这种事的看法太单一了。在我这个年纪都是流动的。帮我美言几句，好吗？"

弗里达不置可否。她想告诉罗克珊，梅丽尔已经有绿眼睛警卫了，如果梅丽尔要选一个女人，她就会选贝丝。她俩可能已经偷偷地接过吻了。梅丽尔现在叫贝丝"宝"。贝丝叫她"亲"。她们说过要一起去文配对的文身。这些女孩总是漫不经心地触摸对方，而弗里达从没和任何女性有过这种动作。她很羡慕那些可以这样触摸女性的女人。

最近，弗里达和罗克珊聊得比较多。她们都是独生女，在这一点上惺惺相惜，接着分享了各自怀孕、分娩和母乳喂养的体验，透过痛苦的讲述,她们建起了纽带。

艾萨克被带走后,罗克珊因为乳腺炎不得不去看急诊。她一直谨遵要求进行母乳喂养,结果不得不做手术切除脓肿。

艾萨克本可以托付给罗克珊的母亲或姑母,但她母亲正在接受乳腺癌的第三期化疗,而姑母的同居男友是那种完全无法信赖的人。供罗克珊上大学的始终是她母亲,父亲没太大贡献,他和他的新家庭住在新泽西。她怀孕后,她母亲一度暴跳如雷,没想到这个女儿看起来聪明却这么傻,但事实证明她很享受当外婆。

"她总说,每个女人都有一个孩子,那她早晚会有一个孙子,"罗克珊说,"这就是报偿。她也需要艾萨克。"

关于艾萨克的父亲,弗里达只问过一次。罗克珊说他们是在一个聚会上认识的。她在家里从没正大光明地说出他的名字。等艾萨克长大了,她会跟他说,她是用捐赠的精子受孕的。她也承认:"当然,我的孩子和他长得一模一样。"

罗克珊问过弗里达纽约的情况,纽约与费城相比如何。罗克珊非常震惊地得知弗里达对费城的黑人社区几乎一无所知,从没听说过MOVE非裔环保组织,从未到过北费城,从未去过第五十街以西,不知道自由爵士大师桑若住在日耳曼镇,也从未听过他的歌,她搬到纽约后就不再听音乐了,因为纽约本身就太吵了。

有个警卫来做当天最后一次巡房。她们这才拥抱,互道晚安。

弗里达想象罗克珊和梅丽尔躲在壁橱里、淋浴间里,或在户外、在黑暗中会是什么样子。但她应该思忖的是自己的女儿。下一次通话。学前班。如厕训练。海莉特在吃什么。海莉特是不是在模仿苏珊娜的行为举止。等她回家,她一定要教海莉特明白:苏珊娜待人接物的方式很粗鲁,等她长大了,别人会对那种方式产生误解。但海莉特长大后也有可能很风骚。她会认为亲生妈妈才是冷淡的怪咖。她会知道，即便把亲生妈妈和两百个女人关在这里，即便她想试试，也完全无法进入同性爱恋关系。

这是弗里达经历过的最长久的一段没有男人亲吻或触摸的日子。她曾以为自己少了这些就会死。没有哪个妈妈用那种眼光看她，她对别的女人的兴趣也一直停留在假设层面，但她担心有一天，或是晚上，或是神不知鬼不觉的某个下午，寂寞会打败她，迫使她想去冒险。如果她会死在这里——这个念头感觉越来越真切了，她愿意在死前再被亲吻一次，而她可能不得不选一个妈妈。她会坚持和衣而吻。她会解释说自己平常不是这样的。她正在死去；也许，她该再找一个即将死去的女人。

×

近五个月来，小故障仍然频频发生。导师们常在最后一刻才得知培训程序有了最新改动。有些课程跳过不上了。洗浴课程被匆匆忙忙地安排在四月，然后又取消了。导师们琢磨怎么办时，所有学员就会得到额外的户外活动时间。

理论上，娃娃们应该是防水的，但婴儿组有些娃娃出现了蓝色旋钮松动的问题。把娃娃浸到水里后，水就会渗入体腔。霉菌肆虐，闻起来像是有西蓝花烂在里面。罗克珊小组里的发霉娃娃不得不被送去技术部门。有个妈妈提出申请，说要用漂白剂清洗娃娃体腔，但导师们说中国的娃娃工厂测试过，漂白剂会腐蚀内部机械，磨损硅胶皮肤，让娃娃的鼻子和眼睛都融化。要是这个校区出现这种状况，她们的档案就会很难看了。

×

为了提高娃娃们的生活质量，她们会继续欢庆某些节日。复活节那个周日,有八岁及更年幼娃娃的妈妈们参加了一次寻蛋活动。

埃玛妞坚持要她抱,一直抱到皮尔斯厅外面的幼儿寻蛋场。弗里达跟着一队人马走到草坪,她的胳膊早就酸了。虽然她今天更想打电话回家,但和以前相比,埃玛妞更像个好伙伴了。她说出的句子越来越复杂,关注点也越来越有内涵。有一天,她拍了拍弗里达的背,想要找出旋钮的位置,结果怎么也找不到,她就焦虑起来。弗里达解释说,这个世界上有各种类型的家庭。有些孩子是从你的身体里生出来的,有些是收养来的,有些是随婚姻而来的,有些是在实验室里孕育出来的。还有一些,比如埃玛妞,是由科学家们发明的。科学家发明的小孩是最珍贵的。

"能成为你的妈咪是我的荣幸。"弗里达说。

到了小山顶,她们排在贝丝、梅丽尔和她们的娃娃后头。弗里达打了个招呼,但那两个年轻姑娘几乎连头都没抬。她们正在谈论南费城一家弗里达从没去过的餐厅。复活节套餐。她们聊起去年复活节怎样打扮自己的宝宝。梅丽尔坦承,她给奥切安戴上了那种俗气的缎布头巾,还让她吃了一整只小鸡棉花糖。

弗里达抱着埃玛妞,拖在队伍的最后头,不肯让自己有嫉妒的感觉。这里的友情不会长久。这里的友情不过是为了生存,没有其他意义。在清洁组干活时,梅丽尔三句话不离贝丝。贝丝已经对梅丽尔说了,让绿眼睛警卫和他的女朋友分手。贝丝还一直对梅丽尔说,怀孕不失为提前离开这里的一个妙招。

寻蛋游戏好比过家家,雷声大雨点小。贴着地面的草皮中的彩蛋很容易被发现。走路跌跌撞撞的娃娃们对围绕在妈妈脚踝边的绳索路障很感兴趣。有些娃娃张开双臂奔跑起来,感受着风吹发梢。在那美好的几分钟里,谁也没哭。弗里达牵着埃玛妞走下山坡。她伸出手,指引埃玛妞发现一只绿色的蛋,一只白色的蛋。

远处传来呼喊声。娃娃们打架。妈妈们争吵。穿粉色大褂的女人们吹起了哨子。埃玛妞一屁股坐到草地上。这天上午阳光明媚，万里无云。弗里达玩着埃玛妞头发里的小零件。她想知道城里的天气如何，海莉特今天是不是穿了粉红色的衣服，古斯特和苏珊娜会不会像去年那样带海莉特去动物园。海莉特可以玩儿脸部彩绘了吗，今年够大了吗？

如果是她，一定要给海莉特穿上黄色的衣服。她是个坏妈妈，因为她从没给海莉特做过娃娃们都有的那种小篮子。她是个坏妈妈，因为她从没带海莉特去找过复活节彩蛋。想当初，她的父母尽力融入美国社会、想成为地道的美国人时，复活节是他们努力适应的节日之一。她上小学的时候去过一次圣路易斯，穿过一件带褶皱的粉色裙子。她母亲让她戴上白色的草帽，尽管白色是中国人办丧事时才用的颜色。

有个四岁的男娃娃像风儿一样跑过她们身边。他不应该出现在幼儿区的。他一连撞倒了几个小娃娃。他们都被妈妈们拽到了安全地带。男孩的妈妈紧跟在后面跑。

弗里达跳了起来，大喊："快停下！"

男孩要去抢埃玛妞的小篮子。虽然埃玛妞对这只篮子一直兴致索然，但一旦发现男孩想要，她就死死抓住篮子不放。他俩都拼命拉扯。男孩赢了。埃玛妞急急忙忙地站起来，跟在他后头追。

男孩转过身来，举起手臂。就在弗里达还有两步就赶到时，他捆了埃玛妞一巴掌，打在她颧骨的正上方。

弗里达抓牢了埃玛妞。她检查了埃玛妞的脸，亲吻了她的额头。就在几秒钟内，一块淤青显现出来。这次也一样有延迟，埃玛妞没有在第一时间意识到自己受伤了。弗里达觉得埃玛妞的瘀伤就在自己的肚子上。她的双眼之间也感受到了那种疼痛。她给出缓解肢体疼痛的标准拥抱，然后是表达鼓励的拥抱，再来五次亲吻。

"我很抱歉，亲爱的。我爱你。我非常爱你。一切都会好起来的。没事儿了，没事儿了。好了，好了。"

男孩的妈妈要儿子道歉。"我们得去找小朋友们玩。"她说。

她的语气是那么胆怯、恭敬。弗里达不明白这个女人为什么不大声喊叫。像他这样的孩子就得好好训斥。她抱着埃玛妞来到男孩身边，抓住他的手腕。

"看看你干了什么好事！看看她的脸。看到这么大的乌青块了吗？你现在就要向我女儿道歉！"

×

当晚的恳谈会上共有五十三个女人，弗里达数过了。有十八个人是因为寻蛋活动来的，包括一脸苦相的白人妈妈塔玛拉——就是她的娃娃儿子打了埃玛妞一巴掌。

警卫们递来一杯杯苦涩而温吞的咖啡。忏悔一直持续到深夜。这些天来，校方正在撒开一张更大的网。伤害未必是存心为之，也未必很恶毒。吉布森女士说，密切监督能预防各种事故。

有些妈妈已是恳谈会的常客，每周至少被送来一次。吉布森女士让这些恳谈老将用最简洁的言语简述最初的罪行。现在，每晚恳谈会配备三名警卫，两名负责维持秩序，还有一个专门保护吉布森女士。上周，有个妈妈向她扑过去，甚至掐住了吉布森女士的喉咙。那位妈妈已被开除，并被列入黑名单。

有个妈妈让娃娃叫她的名字，而不叫"妈妈"。有些人在周日通话中对孩子的监护人粗鲁无礼。有些人在吃饭时哭。有两个妈妈在网球场后面接吻时被发现了。有个警卫无意中听到她俩在密谋一起逃跑。

所有人都坐直了。她们是第一对被抓住的情侣。谋划逃跑的其中一人叫玛格丽特,憔悴、年轻、拉丁裔,一双哀伤的眼睛,左侧的眉毛像是被拔去了大半。她最初的罪名是停好车后让儿子在车里等她面试结束。

她的恋人叫艾丽西亚,是弗里达第一天就遇到的那群苗条、漂亮、爱笑的年轻黑人妈妈中的一员。在卢克雷茨娅被开除的前一个月里,她好像和卢克雷茨娅成了好朋友。艾丽西亚剪掉了她的长辫子。她瘦了很多,弗里达几乎认不出她了。她的五岁孩子在学校捣乱时,儿童保护局找到了她。老师把她的女儿送去了校长办公室。校长让艾丽西亚去接她。

"我迟到了十分钟,"艾丽西亚说,"他们说我闻起来像个酒鬼。当时我在做服务生,穿着制服就去了。那天有人把啤酒洒到我身上了。我说我不喝酒,但他们不相信我。"

吉布森女士提醒艾丽西亚要承担责任。

"可是……"

"不要找借口。"

"是我的错,"艾丽西亚咬着牙往下说,"我是一个自恋者,我对我的孩子是个威胁。"

艾丽西亚和玛格丽特的脸红得都快发亮了。玛格丽特把手垫在大腿下面。艾丽西亚摆弄着衣袖。

弗里达记得在她十七岁那年,有一次从男友家回家时已经凌晨一点了,发现父母都没睡,在等她。她和男朋友看电影时睡着了。她父母不相信她。她还记得母亲看她的眼神,她父亲好几天都没和她说话。

吉布森女士要求艾丽西亚和玛格丽特坦白她们的性接触到了什么程度。她们回答了有关抚摸、性爱抚、数码性爱、口交、有没有让对方获得高潮等问题。

妈妈们转移了视线。校方认为女同性恋者没有母性，这已是公认的事实。

艾丽西亚哭了起来。"我们吻过几次。就这些。我们没有伤害任何人。我甚至不会再和她说话了。求求你了！请你们不要把这事记入我的档案。"

"我赞许你能这样表态，"吉布森女士说，"但我不明白的是，为什么你会让私欲优先于母爱。"孤独就是一种自恋。一个与孩子和谐相处、明白自己在孩子生活中的地位、明白自己在社会中有何作用的母亲就不会孤独。通过照顾她的孩子，她的一切需要都能得到满足。

逃跑能解决什么问题？

"反正你们这些人要抢走我的孩子，"玛格丽特说，"你为什么不承认这一点，反倒假装我们还有机会？我孩子的寄养父母想收养他。他们嘴上不承认，但我知道他们是想的。他们已经在看幼儿园了。你们会喜欢的，不是吗？你们就盼着我们失败，这样一来就能抢走我们的孩子。"

弗里达撕扯着咖啡杯的杯边。她不再关心接吻的事了。她想起了钟楼，想知道自己能以多快的速度跑上台阶，想知道屋顶的瓦片是不是湿滑，想知道脸压在路面上是什么感觉。

轮到她时，她对吉布森女士讲话的样子俨如信徒向神父忏悔。"我今天保护她的时候，应该更好地完成职责。这是最让我生气的地方。她当时很痛苦，而我本可以阻止的。我也很后悔我用了那样的语气。但当我要求塔玛拉的儿子道歉时，他冲我那样笑了。一种邪恶的笑。刺耳的嘎嘎笑。我觉得那非常让人不安。我不知道他从哪儿学会了这种行为。我很抱歉。我是一个自恋者，我对我的孩子是个威胁。"弗里达停顿了一下,"但她也是。"

妈妈们都盯着塔玛拉看。

"弗里达,没必要消极进攻。"吉布森女士说道。

塔玛拉就坐在弗里达的正对面,在第二个圈里。她最初的罪行是打屁股。她的前夫举报了她。她承认,她的娃娃有打人的坏毛病,但弗里达本来就该留神。

塔玛拉指着弗里达说:"我看到她在朝远方看。"

"我只远眺了一秒钟。"

"一秒就够了。难道你没学到什么吗?你在让娃娃自己玩。但凡你一秒不停地看着她——"

"女士们!"吉布森女士说,"请自控。"

×

"姐儿们,你看起来一塌糊涂。"梅丽尔在大巴上把声音压到最低对弗里达说,塔玛拉一直在说她坏话,"那位女士说你是个贱人。"

弗里达笑了笑。"我不是贱人,我是个坏妈妈。"

"这笑话说得好。"梅丽尔说。

"我尽力了。"弗里达答道。她俩碰了碰拳。"我很担心她。"

"海莉特?"

"埃玛妞。"娃娃脸上的淤青看上去有点像癣。完美的圆形,中心是紫色的,然后是一圈黄色,然后是一圈绿色。她哭的时候,淤青也会跟着搏动。今天早上,导师们发现她在器材室里哭。她们以前都不知道娃娃在睡眠模式下也会哭。弗里达问过,要不要把埃玛妞送去修复。鲁索女士回答,瘀伤可以自行愈合。

"更严重的伤在这里,"她说着,指了指埃玛妞的心脏,"还有这里。"她又指了指埃玛妞的额头。

吉布森女士说,弗里达对塔玛拉的儿子的说话方式是错的,没有借口可言。塔玛拉确实犯了错,但弗里达是在大喊大叫。对孩子大喊大叫是肯定不对的。吓唬他更是大错特错,没有任何借口可言。弗里达的行为太冲动了。她让事态恶化了。她没有给塔玛拉空间去实行母亲的职责。

应该让家事法庭的法官知道,对塔玛拉的儿子大喊大叫是弗里达做过的最有母性的事情之一。她一直希望父母能大喊大叫地为她声张。她记得她八岁时被人脸朝下推到铁丝网上,她跟父母说了这件事,但他们什么也没做。

坐巴士早已没有新鲜感了。剩下的行程中,弗里达和梅丽尔玩起了她们常玩儿的小游戏,去猜哪些司机是骗子,哪些是酒鬼,哪些会虐待动物,哪些是坏父母。梅丽尔解开她的马尾辫,给弗里达看她后脑勺上的斑秃。只有十五美分的硬币那么大,极其光滑。她睡不着的时候就扯头发,又抓又挠,已经结了很多痂。下个月的大脑扫描让她很紧张。

"我不想让他们看到我的脑袋。太他妈吓人了。"

"没事儿的。"弗里达嘴上这么说,心里其实也很紧张。校方还没有告知她们这项测试的详情,只知道扫描结果将被列入她们的年中评估成绩,她们的娃娃也将被审问。据说,辅导员们将提交一份预后报告,初步判断她们的孩子能不能回到她们身边。

×

完成杜绝独自在家的培训后,本周的反遗弃课程针对一种日渐普遍的现象:将孩子留在闷热的车里。四辆黑色面包车交错排列在仓库外的停车场里。妈妈们都分到一副带屏幕的耳机,屏幕可以罩住她们的右眼。无论屏幕上有什么令人分心的图像,她们都必须克服干扰,保持一心专注于娃娃。她们要扣好娃娃座椅的安全带,再把娃娃们放进去。完成任务后,她们有十分钟的时间拆除儿童汽车座椅,跑到停车场尽头的门柱边。

可视耳机里播放着战争、做爱、动物被折磨的影像。妈妈们走得踉踉跄跄,时不时要躲开什么。琳达绊倒了自己,手都擦破了。贝丝走着走着就撞上了车窗玻璃。梅丽尔把头靠在方向盘上,被抓了个现行。

几天后,她们在雨中继续练习。妈妈们很小心,以免在湿漉漉的沥青路面上滑倒。视频冒出来时,弗里达正在后座照料埃玛妞。海莉特的生日聚会。五个她不认识的孩子,还有他们的父母。

弗里达屏住了呼吸。她突然间听不到埃玛妞的尖叫声了。这段视频是用某人的手机拍的。古斯特的。他边拍边解说。

"弗里达,我们很想你,"他说道,"看,是威尔。威尔,来打个招呼。"

威尔挥了挥手。他搂着一个年轻姑娘。苏珊娜捧着蛋糕。海莉特出现在近景中,戴着一顶纸折的派对帽,白底彩虹纹。宾客们为她唱歌。古斯特和苏珊娜帮她吹灭她的两根生日蜡烛。

视频切换到了古斯特和海莉特,他们正坐在他的办公室里。他们身后的书架上有一个他在布鲁克林做的绿色屋顶的 3D 模型。海莉特正在揉眼睛,好像刚从睡梦中醒来。古斯特叫海莉特把蛋糕的事告诉弗里达。那是一个加了蓝莓的杏仁蛋糕。谁来参加派对了?朋友们。威尔叔叔。爸爸和苏苏送了海莉特一辆平衡脚踏车。

弗里达回到驾驶座。海莉特看起来瘦巴巴的,闷闷不乐。他们竟然已经给她打了耳洞。她戴着金色耳钉。新衣服。黑色和灰色。

古斯特给海莉特看一张装在相框里的照片。"这是谁呀？这是妈妈。你记得我们几天前和她打过电话吗？她现在看起来有一点点不一样了。"

"不，"海莉特说，"不是妈妈。不在家。妈妈不回来了！我要苏苏！我要玩！"她从古斯特的腿上滑了下去。

哨声响起时，弗里达还坐在原位。就算这车着火了，她也动弹不得。古斯特和海莉特消失在屏幕上。古斯特又给了海莉特一块蛋糕，前提是她愿意和妈妈说话。他让她别再打他了。

"我知道你不开心，"古斯特说，"不开心也不要紧的。我知道这对你来说很难。我也不喜欢这样。"

弗里达没去理会埃玛妞在后座上越来越绝望的扭动。视频是循环播放的。每次重播，她都会注意到新的细节。海莉特的眼睛眯起来，心无旁骛地盯着蜡烛，古斯特和苏珊娜向她示范如何许愿时，她紧紧地闭起眼睛。大人们在笑，孩子们伸手去捡蛋糕屑。那些晃动的脸孔。彩色纸带。气球，今年是金色的。威尔的新女友。亚洲人。大概是日本人。那女孩的小黑裙很时髦。苏珊娜扎了辫子。海莉特对着苏珊娜微笑。古斯特把他的手机交给别人时，画面模糊了。古斯特和苏珊娜站在海莉特身后，亲吻。

好几次，弗里达抬起头，本以为会看到别的组员在雨中飞奔，却发现她们也都陷在驾驶座里了。

×

只有弗里达看到的是生日派对，别人看到的是自己的女儿在刷牙、吃早餐、在儿童乐园玩、跟朋友和寄养父母玩。一提到妈妈，琳达的女儿就嚎啕大哭。贝丝的女儿从镜头前跑开了。奥切安不肯开口讲话。

她们想知道校方是怎么搞到这些视频的,怎么对孩子的监护人说的,他们是否知道这些视频会用在什么地方。弗里达说,但凡古斯特知道,他是坚决不会同意的。"他不会对我做这种事。他们肯定哄骗他说,这将作为一份礼物给我看。"

罗克珊看到的视频里,艾萨克独自一人站着。艾萨克自己吃蒸好的胡萝卜和四季豆。他已经开始长牙了。寄养母亲拍下了他摸索着客厅里的家具跌跌撞撞往前走的情景。他随时都会迈出他人生中真正的第一步。很快,他就不再是婴儿了。

艾萨克的寄养母亲是五十多岁的白人,德雷克塞尔大学的教授。

"她把他送去了全天日托所。"罗克珊说,"如果他每周要和其他人一起共度四十个小时,她养他还有什么意义?如果是我,我不会把他送去日托。我会自己照顾他。我怎么知道她选了什么样的地方?他可能是那儿唯一的黑人男孩。"

罗克珊说,如果那位女士想留住他,她会去死。

"你只是说说而已。她不会得到他的,听到了吗?"弗里达警告她别再这么说。表达消极想法的妈妈会被列入监察名单,还要参加额外辅导。流露出自杀念头的任何暗示都会被记入她们的档案。

然而,在播放家庭录像那天后不久,被列入监察名单的人越来越多了。恋爱中的妈妈们没心思谈情说爱了。一对情侣在放供给品的壁橱中拥抱时被逮住了。另一对牵手时被逮住了。玛格丽特和艾丽西亚几周前谋划逃跑的事在其他人的恋情中激起了各种反响。情侣要么越来越亲密,要么就分手了。有传言说,校方正在组织一场以孤独为题的晚间研讨会:如何处置孤独;如何避免孤独;为什么孤独在这里、在为人母的生命中的任何地方都没有立足之地。

✕

仓库里，模拟练习和障碍赛融为一体。现在，弗里达和组员们要带着各自的娃娃从房子移动到汽车，再移动到房子，再移动到汽车。她们必须边跑边讲话，边跑边传递母爱。

弗里达的辅导员认为她已经放弃了。她的最好成绩是第三名。她没有成为最后一名的唯一原因是梅丽尔犯了恐慌症。

"我不会让我的女儿死在一辆闷热的车里，"弗里达说，"永远不会。"还有，为什么允许校方那样折磨她们，用自己的孩子的视频？

"折磨可不是随便用的词。"辅导员说，"我们让你们置身于高压场景里，以便看出你们是什么样的母亲。只要没有承担任何压力，大多数人都能成为好父母。我们必须知道你们有能力处理冲突。对父母来说，每一天都是一场障碍赛。"

✕

第三单元的评估日在五月的第一个星期一。弗里达、梅丽尔、贝丝和琳达在仓库的停车场里把制服的扣子解开，在保持体面的尺度内能解开几个就解开几个，再把连体服的裤腿卷起来。她们坐在地上，在阳光下仰起脸。

"从我还是个宝宝到现在，我就没这么白过。"琳达说。

她开始跟她们说，她以前是如何在父母家的后廊上晒日光浴的，但当她看到贝丝的腿就停下不说了。她的那些疤。琳达吹了声口哨。她问这是从什么时候开始的。刀子让她害怕。

贝丝说她用的不是刀，而是剃刀片。现在，她把自残描述为一种自私的行为了。"要是我知道我给父母带去了多大痛苦……"贝丝刚开了头。

梅丽尔在她的胳膊上打了一拳。"你不必在我们面前假模假式的。"

"我在忏悔。"贝丝咬牙切齿地回道。

贝丝发现弗里达的腿上几乎没有腿毛，发出了一声感叹。弗里达不再刮毛后，腿毛就变得稀疏，尽管她仍然需要剃刀和镊子来处理腋毛和上唇的绒毛。从去年十一月到现在，她没剪过头发。她的马尾辫已经垂到背部的中间了。

她们三个轮流用手抚摸弗里达的小腿，一边咒骂亚洲人天生有优势，太不公平。贝丝和琳达的腿毛都很浓密。只有梅丽尔的腿剃得光溜溜的。琳达想知道她这是为了谁——男人还是女人？警卫还是其他妈妈？

"不关你的事。"梅丽尔说。

停车场后头是更大片的森林。一个住宅区。一个商场。大卖场。这条公路主要供卡车通行。几辆联邦快递的卡车开过去了。有些是送生鲜的，有些是国际物流公司的。弗里达觉得挣钱、网购的生活如今就像童年那样遥远。

她已经有九个星期没和海莉特说过话了，也不知道海莉特在社工和儿童心理学家面前表现如何。想到咨询师要审问埃玛妞，她就感到害怕。娃娃们会在某些日子里心情不好，不管问什么，她们都说"不"。海莉特也会这样。先说"不"，再说"好哦"，然后才是"是"。海莉特在说出"妈妈"这个词之前已经说过十五个单词了。

琳达被叫进仓库。进去前，她和每个人都拥抱了一下，看起来真的非常紧张。她们祝她好运。"快点儿跑，就当有人要来杀你。"梅丽尔说。

她和贝丝决定给对方编辫子，以此打发时间。

"弗里达，过来一起吧。"贝丝说。

弗里达在贝丝面前坐下。梅丽尔一直碎碎念，要她说话客气一点，别老说贝丝会带来负面影响。

"我在这里可以有两个朋友。"梅丽尔对她说。

贝丝开始编辫子，弗里达觉得很放松。已经很久没有另一个成年人，一个人类，触碰过她的头了。那晚在威尔家，他绕着她的发梢玩，把她头发的触感和做画笔的刚毛比较了一番。古斯特曾在她失眠的时候按摩她的头。她想象着他的手在苏珊娜浓密的红发中摩挲的样子，想知道他是不是一直就喜欢红发，如果她——他孩子的母亲——只是一次反常现象，一道兜兜转转的弯路呢？也许他一直都在寻觅苏珊娜。他俩在生日聚会上看起来是那么幸福。

她们交换了位置。弗里达用手指梳理贝丝丝滑的头发。贝丝叫弗里达揉揉她的脖子。她今天早上醒来时连扭头都没法扭。很快，三个人都在编辫子的同时按摩对方的脖子和肩膀，一个人坐在另一个人后面。

如果她们是女学生，现在就会做三叶草手链。弗里达记得自己在课间休息时独自坐着，把一株花草的末端绑在另一株花草上。她从未感觉和她们这么亲近。建立在共有的无能基础上的姐妹情谊。如果这就是另一世，她想当场拍张照片。梅丽尔把头靠在贝丝的肩膀上。贝丝皱了皱鼻子。在这种日光下，没人能看出来她们正在失去希望，看出她们是危险的女人、不能自控的女人、不知道爱的正确方式的人。

十三

娃娃们拖着脚步,不好好走路,好像身子变沉了,恰如抗议者在遭到逮捕时的抵抗动作。导师们合力将每个娃娃从器材室里抬出来。没多久,鲁索女士就拉伤了腰肌。

埃玛妞的双眼下各有一串干涸的泪痕。弗里达用手沾着口水,把她的脸蛋抹干净。她选了一个靠窗的位置,请埃玛妞坐到她腿上。

"我们理解,昨天的压力很大。"鲁索女士说,"姑娘们,你们当然可以感到害怕,也可以困惑。帮妈妈学习怎样确保你们的安全是非常艰难的。非常感谢你们的辛勤工作。"她带领全体组员鼓起掌来。

娃娃们仍然很委屈。昨天,梅丽尔愤怒地砸烂了她的可视耳机。贝丝吐了。只有琳达完成了全部评估项目。

埃玛妞学到的新词是"蓝色"。还有"脸颊",会用在"我要亲亲"这个句子里。弗里达亲完一边脸颊后,埃玛妞会用手指着另一边。

导师们给她们时间尽情地自由拥抱,以此过渡,接下来就要开始新的单元课程了。弗里达捂住眼睛,陪埃玛妞玩儿一会儿躲猫猫。她们还唱了 ABC 字母歌。弗里达还唱了"一闪一闪亮晶晶",

跟她说这两首歌的曲调是一样的。

埃玛妞把"闪"念成了"洒"。她摆动双手，跟着弗里达的动作，模仿星星一闪一闪。

她们唱歌时，弗里达突然意识到埃玛妞从没见过星星。海莉特大概也没有。至今还没有。弗里达到这里的第一天晚上就注意到了这一点。这儿离城市够远，所以能看到星星。好些星座。

"对不起，我昨天摔倒了。你昨天很害怕，是吗？"埃玛妞点点头。

还有几码就到终点线时，弗里达滑倒了。她是个坏妈妈，因为她骂脏话了。她是个坏妈妈，因为她排名第三，因为她又错失了一个月的通话权。

"你知道妈咪为什么要那样跑来跑去吗？"

"考试。"

"那妈咪为什么要考试呢？"

"写——西。"埃玛妞的发音和音调都不准。

"学——习。"她又念了一遍，这次对了。她站起来，亲了亲弗里达的前额，两手捧住弗里达的脸颊。

埃玛妞慢慢地说："我知道这很难，我会帮你的。"

×

她们的教室里再次装配好了四个亲子站，以圆形彩色编织地毯为每一站的地界。导师分给她们每人一个帆布袋，里面装了半打玩具。这是第四单元第一天的课程：游戏基本原理。

每个娃娃可以玩一样玩具，但不能拿走所有玩具，库利女士做出了指示。

妈妈要帮助娃娃做出选择。库利女士用琳达的娃娃做示范。娃娃把六个玩具一口气都抓出来后，库利女士说："亲爱的，这样就太多了。"她俯下身，直视娃娃的眼睛说，"我注意到了，你是在告诉我你现在想要很多玩具，但现在，我们只能玩一个。"

库利女士竖起一根手指以示强调。娃娃继续把所有玩具拢在身边。库利女士开始教她分类，以便决定她最喜欢什么。哪个玩具在呼唤她？她现在需要什么？哪个玩具能满足这些需求？

相比而言，之前几个单元的规矩还算有点道理。娃娃哭了，妈妈要安慰她。娃娃病了，妈妈要帮她康复。但这次有点强人所难，弗里达心知肚明，娃娃一次只能玩一个玩具是毫无道理可言的。

×

最难的是保持欢乐和惊奇的样子。只用感叹句讲话。眨眼间就能编出故事。抵抗无聊感。做游戏比学跑步还难。不能喊"一、二、一"规定每个步骤，做游戏也没有标准流程可循。玩耍需要创造力。每个妈妈都必须唤出自己内心的小孩。

导师们说，要示范出你希望达成的玩法。

现在，弗里达和罗克珊每晚熄灯后都会聊天。弗里达告诉罗克珊，她从小就和爷爷奶奶一起看肥皂剧。当时也没学过怎么坐、怎么玩，更没有什么定时器。她说她以前和洋娃娃玩过家家，罗克珊觉得这种玩法很奇怪。她们打算在十一月给海莉特和艾萨克买玩具，还列了一份玩具清单，她们追忆了自己童年时最喜欢什么玩具。罗克珊用纸巾给她的芭比娃娃做衣服，用纸巾和胶带做的舞会礼服。她打算等艾萨克长大一点就让他玩芭比娃娃，希望他发展内心女性化的那一面。她会带他去上舞蹈课，会让他学大提琴。

教室里的弗里达和埃玛妞花了很多天才达成目标：只玩一个玩具，玩够十五分钟。弗里达走了捷径。她向埃玛妞保证，只要她配合，就多亲亲她。

"看看你的小伙伴不是玩得很好吗？你不想和她们一样好吗？"

库利女士批评了这种说法，不允许弗里达靠羞辱娃娃而迫使她乖乖听话。羞辱孩子不等于爱孩子。

"也许这种办法在你我的文化背景中是有效的，但这儿是美国。"库利女士说。美国妈妈就该激发希望，而非懊恼。

×

体育馆里布置了二十个由黑色织物隔板围成的检测站，每个分区里都有一组桌椅，一台显示器，还有一台带滚轮、垂着电线的灰色仪器。弗里达看向显示器上方的摄像头。她还以为会用核磁共振机器呢，会有针、头盔，或有未来感的厉害家伙。她闭上眼睛，让穿粉色大褂的女人用浸过收敛剂的棉垫擦拭她的脸，再将传感器贴在她的额头、眉毛、太阳穴、脸颊和脖子上。她解开制服的扣子，让那个女人在她的心脏位置贴上一枚传感器。

"随心所欲地联想就好。"那女人说着，递给弗里达一副耳机。

显示器上出现的是第一天上课的场景。妈妈和娃娃配对。接下来的半小时里，弗里达观看了过去六个月里发生的一些片段。她的各种失败的精彩合集。亲子模拟练习。第一个评估日。第一次更换蓝色液体。掐胳膊事件。恳谈会。厨艺课上，她总是切到自己。医药课上，她用错了药。仓库。复活节。又一次恳谈会。埃玛妞在器材室里哭泣。

她的喉咙干涩。她的脉搏加快。她的胃痉挛。没有人告诉她们这次检测到底要测什么。她问辅导员该如何做准备，辅导员说根本没法准备。

"你需要的一切应该都在你体内了。"辅导员说。

埃玛妞被掐或被打、特别害怕或悲痛欲绝时，镜头就会拉近，拍她的脸部特写，以慢动作显示她的反应，让弗里达有充分的时间对她的痛苦感同身受。她的痛苦几乎和海莉特的一样让弗里达心如刀绞。她觉得自己有责任。有些片段是埃玛妞体内的摄像头拍下来的，镜头里的弗里达就是娃娃眼中的她。弗里达看到自己变老了，看到自己在挣扎。

这段视频的结尾是一系列情绪的蒙太奇，但即便是在她们拥抱、亲吻或玩耍的场景中，弗里达看上去都很痛苦，很悲伤。回到教室时，她的脸上还有传感器留下的印记。埃玛妞喜欢弗里达脸上的"点点"。她用拇指去按每一个圆点，不停地笑。

到了晚餐时间，所有妈妈的脸上都有点点。

×

母亲节，每个人的通话权都被取消了，而且是在当天早餐时临时宣布的。两餐之间，妈妈们必须待在自己的宿舍里写赎罪日记。校方鼓励她们反思自己还有什么缺点，思念不在身边的孩子，回忆去年的母亲节，思考明年的母亲节，还要感恩抚养自己长大的伟大母亲。

"我是一个坏妈妈，因为……"弗里达如此写道，并很快写满了五页。

她努力想象成功的画面。现在是六月，她在给海莉特打电话。现在是十二月，她已和海莉特团聚。海莉特正在拉扯弗里达毛皮帽子的帽檐。海莉特不再喜欢猫头鹰了，如今企鹅是她的最爱。她带海莉特去打流感疫苗。古斯特让海莉特和她共度两个星期。她们飞到芝加哥过节，去看公公和婆婆。海莉特在飞机上的坐姿和良好举止让空姐赞不绝口。

她想象十二月的海莉特，但浮现的画面只是海莉特去年夏天的样子，在她人生中最糟糕的那天之前的样子，那时，她还有时间细看海莉特的脸。她不知道海莉特现在是什么样，而这"不知道"本身就像是一种罪行。她没有陪伴亲生女儿成长。

今天早上，她们把窗户打开了。微风轻拂。晴朗干爽的好日子在召唤她们。好几个星期天，她和罗克珊试图走遍整个校园，看看自己能走多远。家事法庭的法官会如何处置她犯下的错、被送去恳谈会的事实，以及埃玛妞的伤？娃娃胳膊上的凹痕仍在。淤青依然清晰可见。视频中的这个女人和她如何养育海莉特毫无关系。校方怎么能指望她像爱自己的孩子那样去爱埃玛妞呢？在这个学校里，明明没有一件事是符合自然的，却要她们表现得自然？

罗克珊不断地从日记本里扯下纸页，扔到地上。她在哭。弗里达去洗手间拿来一包卫生纸，搁在罗克珊的桌上。艾萨克这周满一岁。罗克珊想在今天给他唱歌。

"别哭了。"弗里达轻声说着，搂住罗克珊的肩膀。

罗克珊谢过她。弗里达捡起被丢弃的纸页，和被撕碎的纸堆到一起。罗克珊想回床上去，但弗里达不让她去。

弗里达在她的赎罪日记中写道，今天应该恭喜苏珊娜，这是她应得的，因为她也是海莉特的母亲。

海莉特现在大概能说出自己的名字了。大概能用完整的句子说话了。妈妈，我对你的爱比银河的星星还多。妈妈，我最爱你了。妈妈，回家吧。你是我唯一的妈妈。你是我真正的妈妈。妈妈，我想你。

×

校方检查了弗里达的大脑扫描结果，看哪些神经通路亮了起来，寻找移情和关怀的通路连通情况。虽然他们检测到几次微弱的信号，但结果表明，她的母爱和亲子纽带感受相当有限。她用言语传递的词汇量仍是全组第一名，但对她的表情、脉搏、体温、目光接触、眨眼模式和触觉的分析都表明，她的内心仍有残存的恐惧和愤怒。愧疚。困惑。焦虑。矛盾。

"在这个阶段，矛盾心理是非常棘手的。"辅导员说。

辅导员与埃玛妞的面谈结果也同样不太理想。问她爱不爱妈咪，埃玛妞先说是，又说不是，然后又说是，然后又说不是。她不再回答问题。辅导员问她和妈咪在一起时有没有安全感，妈咪能不能满足她的需求，她在器材室里的时候是不是很想妈咪。只要催促她回答，这个娃娃就开始哭。

辅导员说，弗里达拥有为人父母的智力，但也许没有父母该有的性情。

"但我就是家长啊。我是海莉特的母亲。"

"但由你来做母亲是否符合海莉特的最大利益？"辅导员反问。

根据回归亲子关系的预后初判，几乎所有人的成绩都是中到差，或者索性就是差。弗里达属于前者。也有例外：总计十六人，包括琳达和查丽丝，后者就是中年白人三人组中的一员，天生金发碧眼，一把烟嗓，大家都知道她总在洗澡时唱威尔逊-菲利普斯的老歌，最喜欢唱《坚持》。成绩一公布，通关的那些妈妈就开始受苦了。有人割开了琳达的制服。有人把蚂蚁撒在查丽丝的床上。查丽丝打热线电话，上报蚂蚁的事。她开始疑神疑鬼，一会儿怀疑同室室友，一会儿怀疑同楼层的舍友。她向吉布森女士和奈特女士诉苦。她的组员们开始称她为"诉苦大王"，不过，据说她的各种抱怨并没有被记入她的档案。

妈妈们开始天马行空地想象：如果有机会得到刀子、剪刀或化学品，她们会怎么做。来这所学校之前，并不是每个女人都有暴力倾向，但现在，入校七个月了，她们人人都可能捅别人一刀。

※

然而，风水轮流转，哪怕是在这个鬼地方。弗里达出人意料地获得第四单元的第二名后，第五单元课程开始了：在轻松愉快的氛围中完成中高级游戏的技能。不知怎的，埃玛妞决定在评估日大力配合。她每次只玩一个玩具。只要弗里达发话，她就把玩具收好。

进入六月后，弗里达大大夸奖了她。埃玛妞开始出现在弗里达的梦中，变成了一个活生生的真正的女孩。在梦里，埃玛妞和海莉特手拉手在校园里漫游。两个女孩跑下山坡。在石砌庭院里互相追逐。她们穿着同款蓝裙子，鞋子和发夹也是配套的。她们一起在树林里奔跑。

弗里达教埃玛妞用普通话说"我爱你"。她教埃玛妞说"wawa"，娃娃——她在海莉特面前从没用过这种昵称。

她的睡眠正常了，吃得更多了，体重恢复了一些。食物的味道回来了。洗澡时，泼在脸上的水让她觉得振奋。上课时，她的身子紧挨着埃玛妞的身子，这也令她振奋。她心甘情愿地付出，在她俩之间流通的是真正的爱。

晚上，她为下一次通话打腹稿。她不会提到生日派对的视频，假设古斯特和苏珊娜带海莉特去海滩了，甚至开始上游泳课了，她也不会问及碳水化合物、防晒霜或遮阳帽，更不会问他们去哪里度假了。她会谨慎地使用"我爱你"这句话。

她们展开四人一组的模拟练习。两个娃娃分到一个玩具。争抢开始时，两个妈妈必须把两个娃娃分开，帮她们平息、消化自己的感受。她们要练习分享，轮流玩。她们要学习如何处理与玩具有关的攻击行为。她们要示范怎样和解。

娃娃们为玩具打架时,弗里达担心埃玛妞的消极会被算在她头上。她很失望地看到埃玛妞符合种族刻板观念,这显然要归咎于制造者失败的想象力。埃玛妞和别的娃娃一起玩时总是很温顺,顺服到了几乎讨好的地步。总是别人扯她的头发,别人偷走她的玩具。别的娃娃冒犯她时,她的反应就是什么都不做。

弗里达很讨厌看到埃玛妞被打。这些争抢让她想起了自己的童年,当时的她不知道如何自卫,只觉得当一个圆脸蛋的聪明的中国小女孩是天底下最糟糕的事。她经常照镜子,希望自己生来就是一个白人小女孩。哪怕她每天都被人欺负,总是哭着回家,她的父母也只是让她进自己的房间哭。她的同学们会把她推到铁丝网上,还曾在放学后一路追打她回家,朝她扔小番茄。汁液凝结在她的头发里。那天晚上,母亲帮她洗了澡,水面上漂着一层小番茄籽。她不记得有什么特殊意义的拥抱或亲吻。她不记得她母亲斥责过同学们的霸凌。要是她父母抱过她,日子应该会过得不一样,但她不会怪罪他们。她的人生并不是从那时直线抵达现在的。

她曾认为这是不生孩子的理由之一。眼看着儿女忍受其他孩子的残忍霸凌似乎太痛苦了。但她对古斯特说过,她会成为另一种父母的。她会是那种把"我爱你"挂在嘴边的母亲。她决不会冷淡地对待自己的孩子。她决不会让海莉特面壁受罚。如果海莉特被欺负,被别人推来搡去,被人嘲笑,弗里达会陪着她,告诉她一切都会好起来的。她会给欺负人的孩子家长打电话,和那些孩子当面对质。但她现在在哪里,海莉特在哪里?她被带走已经九个多月了。

×

规则又改了。弗里达的通话权仍未被重启。她必须在第五单元的考核中进入前两名，才能与海莉特联系。校方需要再看一组成绩，才能确保她上次的成绩是出于真实水平，而非碰运气。

评估日前夜，学校里发生了第一起跳楼事件。妈妈们直到早上才发现这件事。跳楼的是玛格丽特，被逮到在网球场后面接吻的那对情侣之一。有人说她千方百计想和艾丽西亚重归于好，但艾丽西亚拒绝了她。有人说她遇到了大麻烦，因为她四岁的娃娃到现在还没学会阅读。还有人说她儿子的寄养父母把他退返给政府了，因为他直接站到了他们亲生的小孩身上，校方不肯告诉玛格丽特他被转移到了哪里。

艾丽西亚和玛格丽特的几个组员在早餐时哭个不停，结果也被批评了。贝丝说这件事好像把她的瘾勾起来了。琳达说这是个坏兆头。她要她们手拉手，一起祈祷。为玛格丽特和她的灵魂，愿她安息。为玛格丽特的儿子，罗比。为玛格丽特的父母，特别是她的母亲。为她的祖父母。为她的兄弟姐妹们。

"为艾丽西亚。"梅丽尔说。

"为玛格丽特的娃娃，"贝丝添了一句，"那个男娃娃要搞不明白了。"

梅丽尔说他们会把那个娃娃的记忆清除。

"但她是他的第一个妈妈，"弗里达说，"他不会忘记她的。"

"行吧，你就这样骗自己好了。"

弗里达远远望着艾丽西亚哭。玛格丽特只有二十五岁。她和艾丽西亚都在几周前被列入了监察名单。会由谁给玛格丽特的家人打电话呢，吉布森女士，还是执行董事奈特女士？不管是哪个，弗里达一想到她们告慰致哀就顿觉无助，还有愤怒。她想象过，如果她的父母接到这种电话，会不会直接被送往医院。她想象过，他们会先告诉古斯特，古斯特再告诉海莉特。危险从未如此真切。刚进大学时自杀的那个男生,她根本不认识。读研阶段上吊自杀的女生,她只知其名,不识其人。她没有意识到,除了她们的孩子都被带走了,她和玛格丽特并没有什么共同之处。

×

这次评估必须由两人一组来完成。一共设置了三个亲子站,每块地毯上都有一个玩具。第一个亲子站的玩具是青蛙木偶。第二站是一袋得宝积木。第三站是玩具笔记本电脑。两个娃娃必须在每个站点连续完成十分钟的游戏,并且不起争执。两个妈妈必须处理好不安情绪,平息争执,设定妥当的限制,传授有关分享、轮流、耐心、慷慨和团队价值的智慧想法。

贝丝和梅丽尔搭档,弗里达和琳达搭档。弗里达不能让琳达赢。同理心会扼杀她的机会。几天前,人们找到了加布里埃尔。他在加油站入店行窃时被捕。琳达担心他会被当作成年人接受庭审,担心他在少管所里打架、被关禁闭,担心他被转移到成人监狱,担心他从此往后都会作奸犯科,永远摆脱不了前科。

埃玛妞紧紧抱着弗里达的腿。她很敏感,像个风向标,像枚情绪变色戒指。她能感觉到弗里达的紧张。

弗里达和琳达带着各自的娃娃往地毯中心走去。库利女士高高举起青蛙木偶,两个娃娃都够不到。

弗里达叫埃玛妞别害怕。她说:"妈咪对你有信心。妈咪爱你。"

她轻轻地说道:"我对你的爱比银河的星星还多。"

她移开视线,心有余悸。她本应守护母女纽带的这一部分。尊重只有她们才知道的秘密、她们的魔法咒语,这能有多难呢?甚至古斯特和苏珊娜也不说这句话。如果她能和玛格丽特交换位置,她愿意。应该是她的身体跌落在地面,她的身体被抛离这个地方。

"银——河?"埃玛妞尝试着念出这个新单词。

鲁索女士问弗里达是否准备好了。琳达爱抚着她的娃娃的小脑袋,俨如一切就绪,随时都能放出一条斗牛犬。梅丽尔和贝丝不出声地说了些鼓励她们的话。

弗里达低下头,紧紧抱住埃玛妞。"我是一个坏妈妈,"她说,"但我正在学习成为好妈妈。"

十四

皮尔斯厅外面的草坪上搭起了白色帐篷，里面摆放了几张铺着红白格桌布的长桌，还有折叠椅。一个帐篷里是娃娃的食物，另一个帐篷里是人类的食物。校方设立了几个游戏区：马蹄铁、豆袋、飞盘、呼啦圈。

她们一直称其为"坏家长的野餐日"。官方说法算是七月四日的烧烤日。她们终于可以见到坏爸爸们了——她们的同志。虽然校方无法预料这一系列事件，但在玛格丽特自杀后，这次野餐好歹能鼓舞一下士气。

按理说，她们可以放松下来。极其难得，她们将享受一个不用上课的下午。摄像头仍会盯着她们拍，但不会统计当天用的词汇量，娃娃们的内部摄像头也将限时关闭。

"这是我们给你们的礼物。"库利女士今天上午这样说，继而指出，有些妈妈对待压力的方式非常自私，令人发指。今天只是破冰局。明天，她们将乘坐巴士，前往爸爸们的校区，开始第六单元的课程：社会化。

大巴缓缓驶入校园大道的停车场，每个人都急切地张望着。弗里达想起了一九五〇年代米高梅的那些歌舞片。《七新娘巧配七兄弟》。但是，只看到两辆大巴。她们的人数是爸爸们的三倍。和她们一样，爸爸们也穿着海军蓝制服和工作靴。大多数爸爸都是黑色、棕色皮肤，大多数人看起来都在二十到三十岁之间。有一个未成年男孩，怀抱着一个婴儿。

他们比弗里达预想的要年轻。如果她在街上看到他们中的大多数人，肯定猜不到他们已经当爸爸了。在纽约，她有一天一时兴起，接受了一个二十五岁研究生的盲约邀请。她只比他大六岁，但男人们都喜欢向她吐露心声，当那个男生告诉她他有个夭折的双胞胎兄弟、自己十四岁离家出走时，她很想找条毯子裹住这男孩的肩膀，再给他几块饼干。现在，她又感受到了同样的冲动，想去保护他们。

"他们谁？"埃玛妞问。弗里达提醒她，她们读过的绘本里都有爸爸。浣熊爸爸、熊爸爸和兔子爸爸。这些是人类的爸爸。她跟埃玛妞解释了双亲家庭的意思。

穿着星星条纹裙的奈特女士在人群中穿梭不停。她的同行霍姆斯女士也到场了。两位执行主管互相拥抱，交换了空气吻。从远处看，霍姆斯女士也是白人，也有着雕塑般的身材，似乎坦然地让自己显露出天然的衰老。她的黑发里有一缕苏珊·桑塔格式的白发，没有化妆，不戴首饰，粉色大褂松松垮垮地垂下双肩。爸爸们的看守者都是女性，都穿粉色大褂。有些爸爸和导师们看起来很亲近，很可疑。

年轻的妈妈们和爸爸们自然而然地走到一起。家长们在娃娃食品帐篷前排队，开始谨慎地交头接耳，每个人都左右顾盼，窃窃私语。有些家长做自我介绍的方式依然是报上大名和罪行，然后才反应过来，其实今天并没有这种必要。

没有人提起玛格丽特。弗里达一直在想玛格丽特的儿子，想知道校方有没有通知他，谁会带他去葬礼，是不是允许他去参加葬礼,棺材必须合上吗。她已经四个月没和海莉特说过话了。应该有人告诉海莉特,说妈妈很快就会给她打电话了,只要辅导员同意,这个周末就能打。昨天的中高级游戏评估中,她拿到了第二名,但她已经学乖了,知道现在为之兴奋还为时过早。

她把埃玛妞抱到娃娃的食物帐篷里。

"妈咪,我好紧张。"埃玛妞把脸埋在她胸前。

弗里达告诉她不用担心。为了分散她的注意力,弗里达向排在她们前面的男娃娃挥了挥手,他正坐在爸爸的肩头。

她俩都仰头去看。

"好高。"埃玛妞说。

这个爸爸准有六英尺三四英寸。埃玛妞问他是不是长颈鹿。这个爸爸听到她们的谈话就笑了。他转过身来,自我介绍:塔克。弗里达和他握手。她打招呼时的嗓音有些颤抖。这个男人的手掌很软,比她自己的软得多。自去年十一月以来,除了警卫,她就没见过男人了。

塔克的儿子娃娃叫杰里米,三岁,脸色白皙,黑色头发,胖乎乎的,留着一刀平的蘑菇头,眼神却像个连环杀手。塔克把他放下来。埃玛妞挥挥手。杰里米戳了戳她的胳膊。埃玛妞摸了摸他的手。杰里米不知轻重地拥抱她,还想把整个拳头塞进她嘴里。

"哇哦,太粗暴了。"弗里达说。塔克要求杰里米温柔一些。他们用眼神彼此交流,都没有看着自己的娃娃说话。

弗里达看了又看。塔克和她同龄,也许更大一点,四十多岁,白人,读书人的懒散身形。他的直发白了大半,碎发在额头前飘荡。头发修剪得很随意。他笑起来的时候,眼睛就眯得几乎消失了。他的笑容很轻松。他比威尔瘦,也不如威尔有魅力,皱纹比古斯特的多,牙齿又大又整齐,于是他的脸让人联想到马。

她看了看他有没有结婚戒指,又想起校方规定不许戴首饰,所以必须想办法问清楚。埃玛妞注意到她脸红了。

"你怎么这么热,妈咪?你还好吗?"

"我很好。"

塔克也在脸红。算是合乎时宜的反应吧,她心想,在一个摆满了蓝色食物的帐篷里穿着制服相遇。

这里有热狗、饼干、西瓜片、冰淇淋三明治和冰棍,都是蓝色的。必须先把娃娃们喂饱。弗里达和塔克把各自的娃娃领到帐篷里一个没人的角落。父母们会自我隔离,真令人沮丧。拉美裔的爸爸和拉美裔的妈妈凑成一堆。寂寞的五旬白人爸爸找到了中年白人三人组。他有个十几岁的女儿娃娃,她看上去十分窘迫。

公认的女同性情侣们不和爸爸们来往。弗里达和其他开启了跨种族社交的妈妈都收获了愤怒的侧目,尤其是和黑人爸爸调情的那些白人妈妈。弗里达深感愧疚,但如果罗克珊或其他人对她有意见,她会解释说,只是因为塔克父子排在她们母女前面,这算不上在白人文化中长大的某种表现。大多数黑人和拉丁裔的爸爸们都太年轻了,大多数白人爸爸们都很吓人。压根儿没有亚洲人。

埃玛妞和杰里米都在咀嚼蓝色的食物。塔克和弗里达聊起各自的娃娃,在陌生人面前是不是都会害羞啦,今天早上的表现如何啦,在课堂上的表现一般怎样啦。她惊讶地发现,即便身边都是蓝色食物,和他在一起聊天也很有安全感,她喜欢他低沉的声音,喜欢他倾听的样子。她问爸爸那边的伙食好不好,有没有更多隐私权,周五要不要见辅导员,周六有没有清洁组,他们如何庆祝父亲节,有没有恋情,或受伤,或自杀,或被开除。

"我们有一个。我是说,有一个人自杀。"她没有画蛇添足,说下一个大概就是自己。

"我们没有。"塔克说,"我很抱歉。请接受我的哀悼。"

"我跟她不是很熟。我也想有更悲伤的感觉。在这里,很难有什么感觉。"她承认她很疏离,这让她觉得自己很自私。

"你看起来不像自私的人。"

弗里达笑了。"你又不了解我。"

至于爸爸校区的事,塔克欢快地给出了答案:没有清洁组,是的,也做过脑部扫描了,辅导是每月一次,没有恳谈会,什么是恳谈会?有一些人打手枪,但没有真正的浪漫恋情,据他所知没有。好些人挥拳打架,但没有人被开除。有些娃娃出现小故障,但没有娃娃死掉。他们每周日可以给家里打一小时电话。没有一个人失去通话权。辅导员们认为保留他们在孩子生活中的位置是很重要的事。对大多数人而言,这所学校是个支持性团体。

塔克交到了几个朋友。"来自各行各业。"他说。

弗里达很后悔问了这些事。她把袖子卷起又放下,深深地叹了口气。如果她能像他们承诺的那样,每个星期天都能和海莉特说说话,那么,这一年的分离该有多么不同啊。

她等他反问妈妈这边的情况。但他没问,她就说:"你不想知道我们的情况吗?"

"对不起。我们没怎么谈论你们女士这边。我们一定要聊这个吗?我不想谈和这地方有关的事了。我们今天放假。跟我说说你的情况。"

"真的吗?为什么?"

塔克好像被她逗乐了。"我很有兴趣了解人类精神的生存状况。你的精神如何,弗里达,跟我说说。"

"我不知道我的精神有没有获准和你说话。"

"你的精神已经被人占了吗?"

"哦，当然。等我跳舞的人都排满了。我超级受欢迎的。"

"像你这样的女孩嘛。"他说。

他想知道她以前的生活。她在哪里长大，在哪里上大学，她住在费城什么地方，她在哪里工作。他的热切让她怀疑他是不是基督徒。她想知道他是怎么回事儿。他看起来像个天生和孩子打交道的人。古斯特也曾经让她有这样的感觉。

"我想念我的书。"他说。

"我想念看新闻。还记得我们以前花了多少时间做这些事吗？现在回头看不觉得很可笑吗？我迫不及待地想去剪头发。我怀念我的刘海。刘海能遮住我的抬头纹。我都有这些可怕的眉上纹了。看到了吗？我不能自己剪，看起来太疯狂了。我也不想让这里的任何人来帮我剪。我不该把脸露出来这么多。"

"为什么？你的脸很好看。"

弗里达又脸红了。她谢过他，坚持说她没打算诱导他赞美自己。他也不觉得她在诱导。除了梅丽尔和罗克珊，这是她在这里和另一个人类进行过的最漫长的一次谈话。一个小时过去了。她很喜欢和同龄人聊天。她记得她和古斯特第一次约会后，她跟朋友们讲了一切。"他问我问题，"她说，"他听我说。"在纽约，这种体验算是很罕见了。

埃玛妞和杰里米在桌下玩耍，他们的父母吃着人类的食物，比较各自的不端行为。

"我让我的女儿独自在家待了两个多小时，在她十八个月大的时候。你呢？"

"我儿子从树上掉下来了。在有我陪护的情况下。"

"几岁？多高？"

"三岁。很高。他摔断了腿。当时他在他的树屋里玩。我就在那儿，但当时我背对着他。我在发短信。事情是在一分钟内发生的。塞拉斯突然想看看自己能不能飞。我的妻子，我的前妻，跟医院的人讲述了来龙去脉。"

"结果你就在这儿了。"

"结果我就在这儿了。"塔克举起了他的塑料杯。

她知道自己该把标准定得更高一点，她也许太看重他的身高了，那高度让她觉得，当危险来临，自己尽可被庇护在他的身体里，他只需把她搂在怀中，让她躲藏。曾几何时，她在古斯特身边感觉自己多么娇小啊，她太喜欢那种感觉了。

不只是她找到了喜欢的人。围绕他们的谈话都是饥渴的、匆忙的。妈妈们在草坪上悠闲地散步。爸爸们正在权衡自己的选择。有人偷听到几个年长的娃娃在说他们的父母"令人难堪"。

过去的日子里，塔克是个科学家。他为一家制药公司设计药物试验。他在日耳曼镇拥有一栋房子，一次改造一个房间。有个朋友今年要借住他家。他付钱给那个朋友，让他改造厨房。弗里达问起他的预后评判成绩。

塔克脸红了。"我们有必要谈这个吗？我是个父亲，正在学习成为更好的人。"

"当真？他们让你们这么说？我们必须说'我是一个自恋者，我对我的孩子是个威胁'。这是不是意味着他会回到你身边？"

"但愿我不会搞砸。我的辅导员说我的胜算很高。你呢？"

"中到差。"

塔克给了她一个同情的眼神。这些话并不像平时那样伤人。孤独蒙蔽了弗里达的判断力。如果没有铁丝网，没有娃娃，没有后果，她会带他去树林。

"你为什么要那样做？"

她被他的坦率吓了一跳,继而开始告诉他自己人生中最糟糕的那一天,但在穿了八个月制服后,她的解释听上去特别可怜。她对他说,她离家是为了买咖啡,为了忘拿的文件,她开车去办公室,以为自己马上就能回家。她坦承自己确实想休息一下。他也坦承自己遗漏了一些细节。塞拉斯摔下来时,他正在给另一个女人发短信。

"我懂,我懂。真的都是些陈词滥调。"

"确实如此。"

她问起那个女人的年龄,给自己壮胆,当他说那个女人是同事、比他年长时,她觉得自己松了一口气。他说那只能算调情,不是外遇。他们比较了各自的离婚情况。塔克的离婚还没到最终判决。他的前妻有监护权。她和他们儿子的一个朋友的父亲在一起了。那男人是个作家。该死的家庭主夫。塔克说起那个男人时心怀怨怼,表情变得难看起来。他的愤怒让她紧张,这大概就是她谈起苏珊娜时的样子。前一分钟还有情可原,后一分钟就被愤怒蒙蔽了理智。

"我该走了。"她说。他碰了碰她的手肘,让她全身一颤。她记得威尔怎样把她带进了他的房间。

"你在评判我。"塔克说。

"这就是我们在这儿做的事。"她起身去找埃玛妞,让她和杰里米说再见。

塔克还是看着她。"再待会儿,"他说,"我很享受这种谈话。你不喜欢吗?"

弗里达回到了她的椅子上。塔克把手臂搁在她座位后面。她应该为她的女儿着想。她不能因为一个让儿子从树上掉下来的男人而冒失去海莉特的风险。

×

　　妈妈们在吃晚餐时比较了一番：哪些爸爸吓人，哪些可以上床，哪些已经被人预定了，哪些似乎是同性恋。贝丝说弗里达差不多就算结婚了。梅丽尔说塔克很老，完全是基本款，但他头发茂密，看上去应该挺有钱。

　　弗里达跟她们说了她打探到的爸爸那边的情况。组员们纷纷摇头。她们很惊讶，但也不算太惊讶。最让她们忿忿不平的是通话权。有传言说爸爸那边的评估更容易合格，还有传言说技术部门可以操控蓝色液体的各种变化。

　　弗里达告诉她们，塔克差一点就背叛了他的前妻。他儿子摔断了腿。琳达说所有的事都要相对而论。中年白人三人组都想要一个保险推销员，他不但打了十四岁的女儿，还让她帮他去买毒品。有一些男人真正是人畜无害，那些当爹的唯一罪过就是穷，但她们遇到的尽是打屁股的坏爸爸、折断手臂并令肩膀脱臼的坏爸爸、酗酒的坏爸爸、冰毒成瘾的坏爸爸、有前科的坏爸爸。还有个爸爸兴许有精神病，说他不想离开这里，他愿意再来学习这些课程。他对贝丝说，学校里的生活更好。一日三餐，有空调，有床。妈妈们的校区如此宽广，尤其令他惊诧。

　　她们都对弗里达说，一定要和那个三心二意、疏于照料孩子的树屋爸爸在一起。至少他没有暴力倾向。至少不酗酒。至少他离开后可以找到一份工作。

　　"至少他有一双大手。"琳达说。整桌人都傻笑起来。

×

　　爸爸们的校区设在一所废弃的红砖医院里。根据入口处的牌匾所示,这栋建筑物建于两百年前。初看之下,那儿的警卫更多,但摄像头更少。有一条蜿蜒的、长长的车道,两旁栽着修剪整齐的玫瑰花丛,邻近花园里的向日葵挤挤挨挨。

梅丽尔说这儿很像拍僵尸片的地方。弗里达提醒她,海伦曾说过护士装会引发疯狂的幻想,粉色大褂可能让男人们觉得很色情。是她的错觉,还是爸爸们的导师们真的更年轻、更有吸引力?她们的妆似乎更浓一点。有几个人在粉色大褂下面穿了裙子。有一个还穿了高跟鞋。

她们被带到了儿科病区,进了一个房间,以前肯定是病童的游戏室。所有家具都是儿童尺寸的。墙壁是乳白色的。窗玻璃上有太阳、彩虹、云和泰迪熊的贴纸。

带着同龄娃娃的几个学员会在一起练习。她们被分配到六人组:两个妈妈带着女娃娃,一个爸爸带着男娃娃。弗里达、琳达要和名叫乔治的拉丁裔爸爸一起练习,他留着不对称的发型,前臂上有个带翅膀的野兽文身。

埃玛妞揉搓着乔治的手臂,想把那个怪物抹掉。她要杰里米。她要吃东西。为什么有玩具却没有食物?不可以去外面。

"是太阳。"埃玛妞指着窗户说道,"妈妈走走!"

"记得要说'请'。我很抱歉,宝贝。我们今天不和杰里米玩。我们在交新朋友。这个月里,你会交到很多新朋友。我们会一起玩,一起学习。别忘了,你说过你会帮我的哦。"

埃玛妞用双臂抱住小肚子,左右摇晃。"杰——米。"她轻轻地说道。她从没这么喜欢过另一个娃娃。

弗里达也很想念他们。至少,这两个娃娃可以拥抱。昨天,塔克问他们在食堂里能不能偶尔坐在一起。他想抓住她的手,但她推开了,接着又恨自己把他推开。如果他下次还想,她会由着他的。

她不希望他选择别人。她听说威尔逊-菲利普斯的铁粉、金发碧眼的查丽丝好像对他有意思。

她想象塔克的手搭上她的手肘,想象他的手搁在她的手腕上。她是个坏妈妈,因为她在想他。她是个坏妈妈,因为她想见到他。他不在这里,她会更安全。性苦闷正在干扰每个人的育儿作业。妈妈们含胸弓背地坐着。爸爸们活动着腿脚,凝视着,他们的目光上下移动,落在妈妈们的制服上,好像制服里的身体仍是有价值的。

导师们分发了玩具笔记本电脑,每三个娃娃一台。电脑一开启,乔治的娃娃就跳下去抢,把两个女娃娃都撞倒了。他不会道歉的。乔治从后面抱住他的娃娃,困住他的四肢。看他那副样子,还以为是在做海姆立克急救术呢。这是一个旨在消解攻击性的拥抱,这个动作只教给男孩的父母。

"做得很好。"库利女士对乔治说道。她建议弗里达和琳达旁观并学习。

弗里达给出一个缓解肢体疼痛的拥抱,还有抚慰情绪的拥抱。埃玛妞问这个男孩为什么这么坏。

"他不坏。他只是很喜欢你。这就是男孩们表达感情的方式。"她跟埃玛妞说起了比利,那个在幼儿园亲她的金发小男孩。每天,比利都无情地取笑她,说她丑,把眼睛拉成一条缝,骂她清虫,召集别的孩子一起辱骂她取乐。后来,有一天下午,当时游乐场里几乎没人了——在那个遥远的年代,孩子们可以在无人监督的情况下自己玩耍,她听到有人从身后跑过来。她感到有人吻了她,在她的脸颊上狠狠地吻了一下,几乎把她撞翻在地。直到那人跑到游乐场中间,她才意识到那是谁。

"我在八岁之前没有跟任何人说过这件事。"

"为什么?"

"他不想让别人知道他喜欢我。"弗里达轻轻捏了捏埃玛妞的手臂,"男孩很复杂。"

吃午餐的那一个钟头里,到处可见扭捏作态的情形,餐巾纸掉落,餐具旋转,极尽诱惑之能事。午餐后,导师们把她们分配到新的小组。弗里达、梅丽尔和名叫科林的年轻黑人爸爸一起练习。他和刚学会走路的儿子睡在一起,午睡时翻了个身,压断了孩子的手腕。娃娃们争夺玩具车的时候,她俩东一句西一句地了解了他的背景。科林很年轻,二十一岁,长着一张娃娃脸,比绿眼睛警卫黑了大约五个色度,而且比他高,蓄着短须,带一点南方口音。他只跟梅丽尔说话,好像弗里达根本不存在,他说自己是社交达人。来这儿之前,他还在上大学,主修商业。没提到妻子或女友。整整一下午,梅丽尔保持嘴唇微启、头偏一侧的姿态。

弗里达唠叨了几句,让梅丽尔小心点。她的意图太明显,这太冒险了。但梅丽尔稀里糊涂的,反而让弗里达大放异彩。弗里达迅速地安抚好埃玛妞,迅速地谈了谈团队价值。在弗里达的提示下,埃玛妞平静地让其他人轮流发言。她的哭声比那两个娃娃少得多。

鲁索女士注意到了埃玛妞的优良表现。梅丽尔和科林无视弗里达要他们集中精神的劝告。弗里达觉得自己像是他们的监护人。她觉得自己能洞见梅丽尔的过去、海莉特可能有的未来。再没什么比春情澎湃的少女更可怕了。在海莉特发育之前,她只有八九年的时间。古斯特家族里的女人都是前凸后翘的。男孩们会盯着海莉特看。男人们也会。

×

整个七月都将持续男女合训。才第一周,就有半数妈妈沦落到了恳谈会。罪行包括:使用带调情意味的肢体语言,腼腆地说话,过度的眼神接触，有性暗示的触摸，忽视自己的娃娃。有天晚上，梅丽尔和罗克珊都在恳谈会上，罗克珊是因为触摸了某个爸爸的手而被逮住，梅丽尔是因为太热烈地拥抱科林。

罗克珊对弗里达说，梅丽尔本该忏悔，却声称她没在调情，说她没有干扰科林执行照料孩子的责任，他也没有让她分心。他们是在进行多线作业。她的这番讽刺为她赢得了几次额外咨询，并被记入她的档案。

"那女孩真是想要什么就有什么啊。"罗克珊说。她觉得梅丽尔很贪婪，家里有个男人，这儿有两个男人。有些妈妈一个男人都没有。

"我们不会永远待在这里的。"

"请不要对我说教，弗里达。"

"我只是在说你很聪明，你很年轻，你很美。离开这里以后，你会遇到正常男人。一个成熟的男人。你应该和成年人在一起。"

她们一直都这样。只要罗克珊发现了新的白头发，或是谈论她们离开这里后要做什么，她们就会这样聊天。

"你又不是三十九岁。"弗里达说。

"那又怎样？要是别人发现我的孩子被带走了，谁还会要我？"

"会有人理解的。"

"哦，我的上帝。"罗克珊夸张地翻了个白眼。

罗克珊给塔克起了个绰号：豌豆男。每当弗里达走神或记不起她们上次聊过的某些细节时，她就指责弗里达在想豌豆男。罗克珊听说很多爸爸都觉得豌豆男很烦人。他是个万事通，一天到晚讲他有个黑人朋友是由单亲母亲抚养长大的，从小生活在贫困中，但自食其力读完了大学。

罗克珊说："他假装自己很清醒，其实只是读了很多愚蠢的论文而已。"

弗里达不曾为他辩护。假如她们压根儿不用谈论他才好，哪怕用绰号也不去谈。她从来不擅长反抗。这阵子，她一直用何时能看到他来衡量时间。夜里，她本该思念海莉特，却想起了塔克。再次被渴望的感觉像是心灵在捉弄人，但她的组员们已经注意到他总在食堂里找她。有一天，她答应让他坐她们这桌。他轻轻地说她看起来很漂亮。

她有点好奇，类似戒酒小组里的那类情事就是这样开始的吧？基于共同缺陷的吸引力。或许她和他的交集能凑出一对值得信赖的父母，又或许他们的弱点能相互抵消。每当她想到回归家庭的预后安排，想到最终判决可能倾向于哪种结果时，她就会想到塔克，想象他的家。日耳曼镇的房子都很宽敞。他可能会让她借宿几晚。她去找工作的时候可以借住他家。那里应该有足够的空间给她和海莉特住。

×

星期五，她昂首挺胸地走进辅导员的办公室。她拿到了第二名的好成绩，理应得到一次通话权。但规则又改了。剥夺通话权有助于激励大家。弗里达的通话权继续暂停一个月。她必须在第六单元的考核中再拿两次前两名。

弗里达差一点吼出来。"你们要我做的一切我都做到了。我需要和她通话。她马上就要上学前班了。我甚至不知道她要去哪所学校。我错过了她上学的第一天。你明白吗？我从三月起就没和她说过话了。现在都七月了。"

"别抱怨了。"辅导员说。她理解弗里达很失望，但弗里达得现实一点。接受训练才是她最重要的事。没有通话的干扰，她的母性会得到更大幅度的提升。

辅导员说，到了培训项目的这个阶段，校方得看综合情况。他们需要确认，如果让海莉特回到她身边，不管遇到什么状况，她都清楚地知道自己该怎么做。

愤怒之余，弗里达问起了她的预后安排。她已经取得进步了。她没有重返恳谈会。埃玛妞的淤青都好了。埃玛妞和别的孩子玩得很好。很显然，她现在的成绩不错，甚至可以说是中等偏上。

"评估正在进行中。"关于她到底要有多好的表现才能改变预后初判，辅导员拒绝给出确切的回答；相反，辅导员想谈谈诱惑的问题。

"你们中的许多人以前在男人方面都很有问题。"

弗里达担心塔克会被点名，但辅导员只是泛泛而谈，说要以不带任何性意味的方式与爸爸们相处。既然没提到塔克，弗里达就决定虚张声势。

"我没觉得自己被诱惑了。而且，我也没有感情问题。我结过婚。我女儿会在一个稳定的双亲家庭中长大，要不是我前夫……"她停下来，调整自己的情绪，"很抱歉。请原谅我。古斯特是个非常好的爸爸。我知道他是。我想说的是，我绝不会为了某个男人而扰乱我和女儿的事。他们都算不上合格的单身汉。"

×

皮尔斯厅外的草坪上搭起了秋千架和丛林健身架。父母们要在此练习滑梯的正确使用方法，秋千的正确使用方法，游乐场对话的正确方法，与成人聊天时监督孩子的正确方法。

每个人的制服上都有汗渍。校方没有提供帽子或太阳镜。虽然有树，但没有足够的树荫。以他们在室外度过的时间而言，他们分到的防晒霜绝对不够用。有些家长中暑了，还有些出现了脱水、头晕等现象。吃饭时，所有人都大口地灌水，因为上课期间他们是不能喝的。之前，有个四岁的女娃娃把手伸到瓶装水里，发生了故障。

想到有机会看到塔克，弗里达好像没那么渴了，但这也让她在育儿作业中走神。导师们火眼金睛，不会放过每个失误。埃玛妞跑到秋千正前方时，她的动作不够快。她帮埃玛妞推秋千时推得太高。埃玛妞爬上丛林健身架时，她没有紧紧地盯着她。她和塔克聊得太多，妨碍了别的妈妈和他搭档。

塔克会讲冗长得要死的烂笑话，敢于拿导师和这所学校开玩笑。埃玛妞喜欢骑在他的脖子上。弗里达对十一月后的日子产生了越来越美妙的假想。她想象着把他介绍给海莉特，介绍给她的父母，但不会说他们是在哪里相遇的。

"你要找个爱你胜过你爱他的男人。"她的母亲曾这样对她说。

古斯特希望她梅开二度。威尔已经有新女友了。他希望她幸福。他会喜欢塔克的。他们两人都有柔软的书卷气，慷慨的气度。每当她看到威尔和他的伤心小女人们时，她总会注意到这一点。

辅导员想知道发生了什么。上周弗里达表现得很好，而现在，她每天的词汇量减少了，亲子依恋程度也下降了。不是说没有合格的单身汉吗？

"他只是个朋友。"弗里达说。

×

有人发现了一段电力失效的铁丝网。有对情侣轻快地跑进了树林。有人闯入了校区北侧一栋没人的农舍。有人在艺术画廊后面找到了一个摄像头的盲点。还有人在养鸭的池塘边躺平了。制服上的泥巴出卖了他们。

这些探险者们回来后为其他人提供了情报：哪些摄像头好像坏了，校区里的哪些地方似乎根本没装摄像头，哪些穿粉色大褂的女人和哪些警卫总在看手机，吉布森女士或奈特女士最有可能视察哪些小组。只有不断变换地点，才能给他们掌握每个人的行踪带来难度。有一对妈妈爸爸在运动馆的更衣室里被抓了现行。另一对情侣是在灌木丛中被抓的。还有一对是在停车场的大巴车底。这些妈妈都失去了通话权，也都被送去恳谈了。爸爸们被罚在周末进行额外的锻炼。

接下来的课程主题是"同意"。库利女士用科林的娃娃做示范。

"我可以吻你这里吗？"她指着娃娃的脸颊问道。另一个娃娃必须等到科林的娃娃说"可以"。如果娃娃说"不"，那就不能亲吻、拥抱或牵手。

她们又回到了儿科病区。现在，这儿用来划分区块的地毯更大了，但没有玩具。娃娃们已被设定执行"对身体有好奇"的程序。男娃娃会解开制服的扣子，抓住阴茎。女娃娃会在椅子上摩擦。娃娃们会温柔地抚摸对方的蓝色旋钮。

出现不恰当的触摸时，父母必须把娃娃们分开，并教会他们说："不！我没有同意你触摸我！我的身体是神圣的。"

娃娃们对这种练习没什么耐心。大多数娃娃会说"不！""你没有"，但基本上都不会完整地说出后半句。他们不厌其烦地说着"身体""身体"，听起来倒有点像流行歌曲。

弗里达想知道有没有人亲过海莉特，古斯特和苏珊娜如何对待小小孩的这种亲吻，海莉特在儿童乐园里有没有小男友，就像埃玛妞和杰里米那样。

她越来越难以忽视塔克了。她想把身体之屋、心灵之屋和思想之屋的说法告诉他。这所学校教给她们的不就是这个吗：她们真正需要的是个能赚钱的生活伴侣。她们难道不是正在被训练成全职母亲？那么，钱该从哪里来？导师们从没提过家庭之外的工作、日托或保姆。有一次，她听到库利女士说到"保姆"，那口吻俨如某些人说起"社会主义者"。

她能找到什么样的工作，才足以弥补失去的时间？念小学时，她很羡慕有些同学的妈妈会烤蛋糕，会为孩子们的实地考察做志愿者，会在精心准备后给孩子办生日派对。她有婆婆陪她，但婆婆和那些妈妈不一样。如果她和塔克在一起，她大概只需要做做兼职。他会为母女俩提供健康保险。只有在古斯特那边的日子里，海莉特才需要去学前班。和她在一起的那半个星期里，她会把每一分钟都花在海莉特身上。她们会补上错过的这一年。

×

埃玛妞相信她是蓝色的。弗里达在解释双种族——因为妈咪是中国人，所以埃玛妞有一半的中国血统——是什么意思时，埃玛妞的回应是："我是蓝色的。"

"不，蓝色，"她说，"我有一半是蓝色的。"

关于种族差异，她们已经教了三天，这是预防种族主义和性别歧视课程中的一部分。她们一直在借用绘本辅助关于肤色的对话，她们要把体内和体外的差异教给各自的娃娃：每个人体内都是一样的，而外部的差异应该得到赞颂。然而，和谐并不是重点。不出几天，这些娃娃就被设定为执行"仇恨"程序。

"逆境，"导师们说，"是最有效的教学工具。"

娃娃们轮流扮演迫害者。经过程序设定，他们已能理解并说出贬低异族的语言。白人娃娃被设定为讨厌有色人种娃娃。男娃娃已被设定为讨厌女孩。整整一星期，白人男娃娃的白人父母一直在道歉，倍感羞愧。有些人训斥孩子过了头，结果被记过。年纪大一点的娃娃小组里出现了拳脚相加的场面。面部有淤青、大片头发脱落的娃娃们涌入技术部门。

家长们历经偏见之苦后，还要练习安慰娃娃。有些有色人种的父母被新仇旧恨点燃了。有些人情绪激动，大骂种族主义娃娃。有些人大喊大叫。就连琳达也有点军心不稳。吃饭时，大家纷纷谈起欺凌、暴力、无意的冒犯和警察暴力。

黑人父母不喜欢用黑人和白人的界定来讨论这个问题。拉美裔父母不喜欢别人唱西班牙语小调去侮辱他们的娃娃，或把娃娃叫作"非法移民"。白人父母不喜欢总是让他们的娃娃扮演种族主义者。弗里达不喜欢黑人、白人和拉美裔娃娃去骚扰埃玛妞。

吃午餐时，塔克对弗里达说，他烦透了扮演白人魔鬼，烦透了听到他的娃娃说"黑鬼"这样的词。他真正的儿子绝对不会用这个词。塞拉斯的母亲买过画有不同文化背景的儿童的绘本。他们每隔几周就会换一批书，所以塞拉斯绝对不是只见过白人的脸。

"研究表明，即使是十八个月的孩子也能表达种族偏见。"塔克说。

"别让他们逮到你有怨言。"弗里达忍住了，没去问塞拉斯有没有黑人小伙伴。她和古斯特、苏珊娜谈过这个问题。如果海莉特没有黑人小伙伴，那练习和黑人娃娃玩有什么意义？说起来，海莉特什么时候才能遇到另一个中国小孩？

娃娃们叫埃玛妞"眯眯眼"，还把自己的眼睛拉成一条缝。这让弗里达想起来，她父母说普通话时，别人都会笑，还模仿他们的口音。埋藏已久的记忆。她父母和当地冰激凌店的中国老板用普通话闲谈时，就有两个十几岁的黑人女孩在一旁嗤笑。她当时六七岁，狠狠地瞪着那两个女孩，很想对她们吼几句，但她们没有注意到她，还是不停地窃笑。那两个女孩是在冰淇淋店里打工的，但她们就那样堂而皇之地取笑老板。那个女老板任由她们笑。

也许这种伤害并不太危险，未必会导致孩子被残杀，但小时候目睹这种事时，她很想钻地缝。消失。有时她想去死。她讨厌看到镜子里自己的脸。

如果发生这种事，苏珊娜不会知道该如何安慰海莉特。她会冠冕堂皇地说一通种族平等的套话，但她不可能说，我也碰到过这种事。我熬过来了。你也能的。她不可能说，这就是我们的家族。苏珊娜对中国文化的所有了解都来自书籍和电影。要是没有亲生母亲，海莉特长大后可能会憎恨自己作为中国人的那部分。

×

种族主义训练也危及了友谊。罗克珊总是对弗里达说她不理解。

"你不能，"罗克珊说，"我不管你读过多少关于多元交叉性的文章。你不用担心海莉特被枪杀。你可以带她去任何地方。她永远不会有麻烦。"

但是等艾萨克长大后，罗克珊将不得不教他怎样在警察面前表现自如。她永远不能让他玩玩具枪或别的武器玩具，或是用手比出枪的形状。

弗里达没有争辩的立场。罗克珊眼里的她，就好比她眼里的苏珊娜。最容易让人接受的那种亚洲人。高学历，不是企业主，不是餐馆老板，不是干洗工，不是果蔬店主，不是美容院工作人员，不是难民。

这些课程让她羞耻，因为她又一次渴望白人男子，但到目前为止,只有白人男子追求过她。她已经融入了白人的世界,只有过两个亚洲情人——她很努力地想让他们成为正式男友,好让父母欢喜,但一个觉得她受过的心理伤害太多,另一个认为她太消极,两人都认为她很难和他们的母亲相处,而且,因为她有抑郁症,他们都怀疑她能不能生出健康的孩子。她真不该告诉他们她在吃药,不该提及自己在看心理医生。更年轻的时候,她曾想过,如果她要生孩子,她希望孩子拥有纯正的中国血统,但她那时没意识到要找到一个想要她的中国男人有多难。

她开始幻想再要一个孩子了。从头再来。虽然她担心坏妈妈加上坏爸爸会生出一个反社会小孩,但全新的孩子会包容他们所有的疏忽、自私和恶劣本性,说不定也挺好的。

孤独自有其奇特而固执的热能。自从认识了塔克,她一次也没有想起钟楼,也不在梦里谋杀她的辅导员了。她恢复了食欲。看着她在儿童乐园里安慰埃玛妞时,塔克说过:"你知道的,我认为你是个好妈妈,弗里达。我真的这么想。"

×

七月以联合评估告终,考核地点在妈妈们的校区。在她们的教室里,弗里达与科林组队。爸爸们要陪考几轮,以便和所有妈妈组队,但评估只看他们第一次组队时的分数。

他们握了手,鲁索女士开始计时。第一站中,他们的娃娃为一辆玩具卡车争吵起来。弗里达在崭新的幸福感的鼓舞下表现出色,说教比科林多,安抚也更有效。埃玛妞比科林的娃娃更胜一筹。

第二站,科林的娃娃在没有得到允许的情况下亲了埃玛妞的脸颊。弗里达和科林就适当和不适当的触碰进行了各自的说教。经过整整一个月的儿童乐园里的争抢、不请自来的触摸、种族偏见,埃玛妞的脾气变得很暴躁。她扇了科林的娃娃一巴掌。经过弗里达一连八次的提示，她终于为打人道了歉。弗里达眼看自己又要被剥夺一个月的通话权了。

第三站，种族和性别敏感主题，场面变得更难堪。埃玛妞骂男娃娃黑鬼，他反唇相讥：眯眯眼。他骂她婊子，骂得口沫四溅。他们把两个娃娃拉开，做了一场关于尊重和平等的说教。

科林在说教中忘了提及尊重女性的必要性。弗里达谈到了奴隶制的影响波及深远，种族主义制度留下了恶劣效应，大规模监禁如何被视为奴隶制的延续，没有足够多的黑人立法者和法官，权力如何催生权力，小男孩仅仅要长大成人就有多么艰难，要小心不被警察击中、不因轻罪入狱。她说得很精彩，比科林好太多了，虽然他说到了亚洲人通常都经历过的困苦挣扎，但他讲不出对应黑人历史的美国华人历史。他不知道弗里达是中国人。他从没问过。

他们完成所有考题后，科林哭了。"真是多谢了，常春藤校小姐。"他指责弗里达毁了他的好事。他认为导师给他的娃娃设定了什么程序，让他今天特别有攻击性。导师们让他打起精神来，但没有因为他说脏话而记他的过。

弗里达想道歉，却被科林打断了。"省省吧。"他说。他下一轮的搭档是琳达，他得去做准备了。

按照规定，完成评估的家长可以带着自己的娃娃去庭院里的儿童乐园玩。塔克和杰里米已经在那儿了。埃玛妞一看到他就往前跑，杰里米也向她跑去。两个娃娃明明打算抱在一起的，却故意错过，继续向反方向跑。弗里达和塔克都笑了。塔克等到两个娃娃跑远了，才叫出弗里达的名字。

弗里达一路小跑，追到埃玛妞身边，带她去滑梯那儿。考核成绩要明天才公布。为了拿到第二名，她会付出什么代价？为了让亲生女儿回来，她愿意告别一切除了女儿之外的生活内容。不要男人。不要约会。不要浪漫。不要其他的爱。

杰里米和塔克正在沙坑里玩。塔克让杰里米跑去给她们捎句话。"爸爸想让你们一起来玩。来和我们玩。"

两个娃娃手拉手走向沙坑。弗里达犹豫了一下才跟上去。她和塔克坐在沙坑边，附近没有别的父母。穿粉色大褂的女人们在远处监守。弗里达刻意地保持肢体语言不泄露任何情意，保持贞洁。她想抓住塔克的手。她想坐在他的腿上。

"我知道你喜欢我。"

弗里达把靴子头深深地插进沙子里。她看着埃玛妞和杰里米用塑料铲子挖沙。塔克挑起话头时，她暗自激动，嘴上却说："我们不可以。"

"我倒要试试。"塔克朝杰里米点点头，"他没在听。她也没在听。"

他想聊聊他们离校后的事，关于他要带她去哪些地方。她去有名的以色列餐厅 Zahav 吃过饭吗？或是地中海风味的 Barbuzzo？他很喜欢 Barbuzzo。他想让她知道，他喜欢烹饪和远足。

"这个鬼地方只有一个好处：让我遇到了你。"看上去，他想吻她。好像他们身在别处似的。好像他们已经得到了自己的孩子。

"弗里达，我们会和他们团聚的。"他用确信无疑的语调说。

十五

妈妈们不该庆祝自己的生日。只有在谈论母子关系时,她们才能谈到自己。她们刚入校那会儿,有些人给组员做生日卡片,或是在食堂里唱生日歌,或是和娃娃讨论自己的生日,结果给自己惹了不少麻烦。八月初,弗里达四十岁生日那天,她没有跟任何人说。没跟罗克珊说,也没跟梅丽尔说;也没跟埃玛妞说。

埃玛妞正在桌子底下玩。如果可以,弗里达愿意和埃玛妞谈谈时间和衰老,谈谈变老意味着什么,谈谈她的身体会发生怎样的变化——假设她是真人的话,谈谈社会对母女有何预设,总觉得母女之间会争斗,再谈谈她小时候怎样和母亲争斗,现在又是怎样为她讲过的每一句残酷的话而懊悔。去年,三十九岁生日那天,她给母亲打了电话,最后说了一句"谢谢你"。

爸爸校区的食堂位于医院的地下室,没有窗户,铺着油毡地毯,顶上是荧光灯,一片嘈杂叫嚷中很难听清对面的人说了什么。第七单元的课程——沟通技巧——正在进行中。第一课是关于情绪调节和愤怒管理的。

弗里达打开她的活页夹,翻到这一节的教程。她和琳达组队,轮流扮演一位要求更多儿童抚养费的母亲。和她们搭档的是名叫埃里克的白人爸爸,像刚长胡子的大男孩那样留着参差不齐的小胡子,指甲根部像狗啃过的一样。

"B-I-T-C-H,我不会再给你钱了。"埃里克说。

"M-O-T-H-E-R-F-U-C-K-E-R,你就是个懒死的废物。"弗里达答道。

按照导师们刚才的示范,他们继续这样念课本,直到骂得面红耳赤、气喘吁吁。然后,进行一分钟的深呼吸调整,再来一遍,这次用更平静的语气练习同样的台词,减少攻击性,直到最后能用瑜伽老师那样轻盈的语调讲话。然后,他们过渡到模拟理想互动的脚本,不骂人,不说脏话。他们像对自己的娃娃说话那样与对方交谈:我注意到你很生气。我注意到你很沮丧。告诉我你需要我做什么。我怎样才能更好地帮助你?整整一天,他们不停地轮换组队,持续这样的练习。吵架变成了讨论。责骂渐渐平息。挖苦人的措词不再伤人。争论变成共情的可能。

大人们的大叫大嚷让娃娃们很不安,很困惑。每一轮练习结束后,父母必须与同组组员一起反思,讨论用耐心和关爱应对敌意给自己带来怎样的感觉。埃里克说感觉很顺畅。他一直把自己的愤怒想象成一张纸,折成一个小方块,藏在口袋里。琳达说她一直在想她的父亲。她和他很像。她不希望她的孩子们伴随那么多吼叫长大。弗里达说她和古斯特不会这样说话,而且通常不会为钱吵架,古斯特的问题在于不想面对问题,而她的问题是总是道歉,但她很感恩,因为以后如果碰到这种戏剧性场面,她就知道该怎么做了。

她想和塔克一起取笑这些剧本。上周末起他就没刮胡子。他有胡茬显得更有魅力。她喜欢他的每一根白胡子,愿意相信他的胸毛让人愉悦,和他肌肤相亲的感觉会很好,相信他不介意她瘦弱的身材,相信他们都会喜欢相拥而眠。古斯特离开后,她花了好几个月才习惯独自睡觉。隔着一整个教室,她远远望着塔克,那天下午只有一次机会和他组队，还要和贝丝一起。第二天，终于轮到他们单独组队了。塔克在桌子底下用靴子碰了碰她的靴子，说："我才不要对你破口大骂呢，我们就说说话，好吗？"

"我们必须练习作业。"弗里达把那只脚提起来，跷上另一条腿。他们已经认识一个月了。她和古斯特认识一个月的时候已经彼此表白过"我爱你"，把整个周末豪掷在床上了。

这一整个星期她都很小心，拒绝在午餐时和塔克坐在一起，要是在走廊里看到他，她就往另一个方向走。

罗克珊认为在这个地方谈感情就是凑合。"就好比给快饿死的人一块披萨，"罗克珊说，"豌豆男就是你的披萨。"

她是他的吗？他也是情爱饥渴吗？埃玛妞和杰里米正在涂填色书，此刻抬起头来，在他们的父母间看来看去，对他们语调中难掩的兴奋保持警惕。他们四个人看起来像个疯癫的小家庭。坏爸爸，坏妈妈，假孩子。弗里达心想，未来，可能没有别的选择了。

他们要读的剧本描述了共同抚养孩子的家长彼此间的满满恶意，被塔克那样一念倒更像是前戏。

"B-I-T-C-H，"他念得很慢，手指一边危险地靠近弗里达的手指，"我没钱了。我们已经谈妥了。"

虽然不想笑，弗里达还是笑了。她很高兴这时候没接触到埃玛妞。她的手会太热，脉搏会太快。

这一节明明是要演暴怒的争吵，他们却在傻笑。做深呼吸时，他的脚撩过她的小腿。在嘈杂的掩护下，他还在擅自加上自己的台词。课本上写的是："你本该三点半去接他的，为什么你什么都记不住？"他说完又加了几句："我总在想你。如果我们是在正常情况下相识的，我肯定会约你。你要更自信一点。你很美。你像只小狐狸。"

"别傻了。"她叫他按剧本念。要是他觉得自己这样说话都没问题，那真是疯了。不安全。

"没有人能听到我们。"

埃玛妞问："妈咪，什么是狐狸？"

"一种毛茸茸的动物。妈咪不是狐狸。塔克爸爸只是说现在是夏天，夏天很浪漫，所以他很孤独。妈咪不能帮他解决这个问题。父母不应当感到孤独。我不孤独。我有你。"

对塔克，她则压低了声音说："理智一点。你应该多想想你的儿子。"

"你总有一天会见到他的。"

"我相信他妈妈会很高兴的。想象一下吧，你跟她说你在哪儿遇到我的。"

库利女士走过来了。他们乖乖练了两页恶意满满的对话，直到她走过去。塔克伸手去摸弗里达的胳膊。

"多余的身体接触，"弗里达说着，躲开了，"别这样。孩子们能看到我们。"

当天课程结束了，他们排队归还各自的娃娃时，塔克更大胆了一点。他的手直接拂过弗里达的手。他们的指尖相触。这触碰简直烫手。眩晕。比她和威尔在一起时的感觉更热切。

弗里达把手塞进口袋里，这是她失去海莉特后最开心的时刻。今天，他们上演了一出完整的历史剧，从丧心病狂般的愤怒到温吞的沸腾，再到吝啬又勉强的尊重，最后，进阶到一种祥和，他们说话的样子俨如双双做过了脑叶切除手术。她不知道他看中了她什么。当然，他们已经太老了，玩不动这种恋爱游戏，他们也都伤痕累累，经不起这种浪漫了。她登上大巴时，思绪已飘到很远的地方。远离海莉特。远离母爱。那该死的幻想配得上一千种死法。甚至哪怕仅仅是想到他，她都算是个傻瓜了。但他确实可以这样轻易地让她飘飘然。他可以让她的心飘起来，也可以把她顶在墙上，站着干她。

×

通话权终于被批准了。弗里达的预后初判也提高到了"中"。晚上回到肯普楼时，她和罗克珊为胜利跳起了舞。她们在房间里转来跳去，欢呼雀跃。罗克珊跳到自己的床上蹦跶，还让弗里达也这样做，哪怕就蹦跶一分钟也好。她们像小姑娘一样欢笑。罗克珊甚至打算教弗里达跳丘比特舞步——她小时候和妈妈在家跳的曳步舞。弗里达总是把舞步跳错，最后两人都笑翻了。

"我为你骄傲。"辅导员说。这句话支撑着弗里达度过了又一天愤怒管理训练、又一个周六清洁组的劳作。她提请使用一次镊子和剪刀，把制服熨烫齐整，还决定把头发编成长辫子，熬夜不睡打腹稿，想好次日要对海莉特说什么。

星期天眨眼就到了，但当古斯特、苏珊娜和海莉特出现在屏幕上时，弗里达被他们的新消息打了个措手不及。苏珊娜怀孕了。二十一周。刚刚做了胎儿器官结构扫描。古斯特和苏珊娜订婚了。他们将在十二月孩子出生前在市政厅办好结婚手续，明年春天再邀请宾客，举办仪式。

"我们希望你能来，"苏珊娜说，"我们很愿意让你参加婚礼。你可以表演朗诵。"她把婚戒秀给弗里达看，那枚两克拉单钻戒指是古斯特奶奶的，当初，古斯特声称自己不相信钻石恒久远，所以不该让弗里达拥有这枚戒指。

苏珊娜告诉弗里达，预产期在十二月二十日。他们决定不查性别。"毕竟，生活中几乎没多少真正的惊喜。"苏珊娜说。

背景中的古斯特一直在哄海莉特，让她打招呼，提醒她屏幕上的女人就是妈妈。他让海莉特站在他的大腿上，好让弗里达看出来她长了多高。从三月份到现在，长高了三英寸，重了五磅。儿科医生发话了，让他们停止低碳水饮食方式。

海莉特的面容已像大孩子了。弗里达看着屏幕下方的计时器，一秒又一秒过去了。电脑室比她印象中的安静。没人痛哭流涕。没人大喊大叫。她试图启用那种做完脑叶切除术般的平静语调。深呼吸练习没有效果。她想哭。海莉特的脸还是很清瘦。她的头发被剪得像男孩一样短。她现在看起来很像小精灵，像苏珊娜。

苏珊娜一个月前开始教海莉特上厕所，用的是三天法。他们把地毯卷起来，整个周末都没有裹尿片。

"她一学就会了。"苏珊娜说。

脱掉尿布的第一个钟头里，海莉特说的话变多了。

"第一天，她说的第一句话是'给我尿片。给我的屁屁穿尿片'。可把我们逗坏了。好像我们开了闸，她的想法也一泻千里。她对我说：'我已经不再是小宝宝了！我是大孩子了！'我真希望你当时能在啊。海莉特真是非常善于倾听她的身体。"

"我真的是大孩子了。"海莉特说话了。

弗里达露出欢颜。古斯特和苏珊娜笑出了声。还剩两分钟。弗里达低头看了看自己写的谈话要点。她按下万般滋味，挤出了"恭喜"这个词。然后强迫自己感谢苏珊娜费了心思，还说海莉特的精灵发型"很不一般"。她没有问苏珊娜凭什么认定她有权去剪海莉特的头发。

"迟到的祝福。"古斯特说，"妈妈这周四十岁啦。我们为她唱生日歌吧。"考虑到时间所剩不多，他们就以倍速唱完了这首歌。

"谢谢。"弗里达照着笔记，表扬了海莉特有超强的适应力，感谢古斯特和苏珊娜花时间照顾海莉特。女儿绝望的眼神让她想当场钻进地洞。

吉布森女士提醒大家还有三十秒。

"小兔熊,你还想跟妈妈说什么吗?"古斯特问道。

海莉特喊起来:"妈妈,你回来!现在就回来!"

她继续不停地喊:"现在!现在!"直到弗里达的声音盖过了她。

"我很想你。我非常想你。我爱你,宝贝。妈妈的心真的好痛。就像有人伸进去捏我的心。"她握起拳头,冲着屏幕挥舞。

海莉特做出和她一样的动作。通话结束前,弗里达最后一眼看到的是海莉特握着小拳头,假装在捏自己的心脏。

×

对弗里达来说,下一周的角色扮演感觉尤其残酷。内容是与继父继母和平沟通。妈妈要与继母和谈。爸爸和继父和谈。这些陌生人不仅取代了他们,现在又像虹吸管那样一点一点夺走了他们孩子的爱。

不管这些剧本是谁写的,那人都很懂女人。生母的每一句话都带着殉道者的味道,即便有攻击性,也显得很被动。弗里达的愤怒是发自内心的,但冷静就缺乏说服力了。她不是故意要提心如刀绞的,只希望自己不会因此受罚。等海莉特长大了,她们会拿这件小事开玩笑。这个动作可以用作她们指代悲哀和渴望的暗号。事实上,悲伤几乎还没擦到心的边儿。她能感觉到苏珊娜怀孕了,她的腰部、她的肩颈、她的牙齿都能感觉到。这个孩子肯定是在海莉特两岁生日后不久怀上的。她想象着海莉特抚摸苏珊娜肚子的画面。古斯特和苏珊娜躺在床上与肚子里的宝宝说话。他们三个人一起去看医生。海莉特看着超声波画面,看到宝宝在动。

给她女儿上人生课的人不该是苏珊娜。家事法庭的法官应该知道弗里达也可以给海莉特一个弟弟或妹妹:和她长得很像的弟弟或妹妹。中国小孩,黑头发的弟弟或妹妹。瞳孔和皮肤的颜色也和海莉特的一样。只要待在古斯特和苏珊娜的家里,海莉特总像是被收养的。陌生人总是会问东问西。如果他俩有了自己的孩子,为什么还需要她的女儿呢?

上课时,弗里达在做另一场白日梦。婚礼。塔克穿着三件套西装。深色细条纹,不是燕尾服。她穿粉红色长礼服。粉色是对他们相遇之处的一种秘密回应。一束银莲花。他们将在芝加哥举行婚礼。她母亲在她第一次婚礼时要求的一切事物,这次她都会应允并达成。邀请更多她父母的朋友和同事来参加。办场茶会。戴面纱。盘起她的头发。穿上红色旗袍迎接宾客。播放可以让老一辈亲戚们跳舞的音乐。留出更多时间拍全家福。之后,为他们的孩子办百日宴。让她的丈夫学说普通话。

辅导员很担忧弗里达的心理承受能力。"我知道你有多么期待这次通话。看到你的前夫迈入新生活,你一定很难受。"

"他很久以前就移情别恋了。我很清楚这一点。"弗里达说她很高兴海莉特要当姐姐了,说她为他们高兴。

"我只是担心我女儿得不到足够的关注,在那个宝宝出生之后。琳达说过,从一个孩子到两个孩子的过渡是最困难的。如果我在家,还能帮到她。她正经历这么多的变化。在她有弟弟或妹妹的那个月里,我们就能团聚了,不是吗?我们甚至没来得及讨论幼儿园的事。本来应该轮到我跟她说的,但苏珊娜——"

"苏珊娜已经做出了很多牺牲。"辅导员说。

弗里达应该注意到苏珊娜受到的压力。而且,她不应该对她的案件的最终结果做任何假设；现在还不行。

弗里达离开之前，她们又谈及亲密关系的话题。导师们已经注意到塔克对她有兴趣了。弗里达提醒辅导员，她没有跟任何人调情，也没有人指控她有暗示性的肢体语言。

"我没说你有。但你们都是人。感情是会发展的。切记，弗里达，这是一个让亲生孩子从树上掉下来的男人。而你，把你的宝贝女儿独自留在家里。这种友谊不会有什么好结果。"

×

藤蔓上的玫瑰花枯萎了。这星期有好几天的气温高达一百多华氏度。食堂越来越像地牢。好多电扇被送进了爸爸们的校区，以弥补空调的不力。爸爸妈妈都洗冷水澡，吮冰块。炎热、男女混杂和无聊都在催生高风险行为。私语不再窃窃，变成高声坦言。目光接触变得火辣辣的，无所顾忌。有些情侣开始互称男女朋友。恳谈会人满为患。有个爸爸突然被开除了，因为校方指控他猥亵了查丽丝青春期的女娃娃。大多数家长认为他是被冤枉的。

"她说的和我说的不一样。"那个爸爸说。向导师告状的是那个女娃娃。她觉得他看自己的眼神就像在脱她的衣服，就像在看可口的点心。

查丽丝说："要相信女人。"

塔克让杰里米给弗里达捎了口信。他请梅丽尔帮忙，要和弗里达一起吃午饭。她差一点儿就答应了。她差一点儿就告诉他苏珊娜怀孕了、海莉特变短发了、辅导员刚刚警告过。她想感谢他，因为他把她当作值得爱的人。如果她早知道世间有如此善意，早知道自己是值得拥有的，那她年轻时何必那么莽撞呢。她想象过，会把他介绍给古斯特，会和他一起参加古斯特和苏珊娜的婚礼。她也一直在想十一月以后的事,想知道自己能不能在四十岁甚至四十一岁怀孕。

她知道,因为自己是黄种人,所以能逃脱更多惩罚。罗克珊说过,校方对棕色女性更严苛。他们有没有调情并不重要。罗克珊没耐心听弗里达和豌豆男、和苏珊娜的问题。她让弗里达千万别饶过古斯特的新欢。

"别跟我提那钻戒。"她说。

罗克珊的妈妈最近排尿困难,尿路感染又发作了。"我真想把她封在万无一失的气泡包装袋里。"罗克珊说。近邻密友们都来帮忙,但帮忙不管用。她妈妈是免疫功能不全。只是在候诊室里等一个小时或是去药店买点东西都可能让她发病。如果她妈妈病重,却没有人告诉她,那可怎么办?万一她不得不去医院,又该怎么办?

罗克珊每天都和梅丽尔、科林坐一桌吃饭。她对梅丽尔的暗恋越来越强烈,也越发不理智了。每天晚上,她都会固执地问弗里达的看法:她还有机会吗?罗克珊说梅丽尔已经和绿眼睛警卫分手了,一旦她能见到奥切安的父亲,也会提出和他分手。

"梅丽尔不是你的那块披萨,"弗里达说,"我们只有三个多月的时间了。你知道的。"

弗里达曾试着提醒梅丽尔小心科林,但梅丽尔听不进去。科林不希望梅丽尔继续和弗里达做朋友。他还在为评估考核的事生气。他说,如果弗里达真的关心美国黑人的命运,她就该让他赢。梅丽尔说,她此生第一次真心地觉得幸福,比奥切安出生时还更幸福,比她遇到奥切安的父亲时更开心。她和科林会把这里的故事告诉他们未来的孩子。在一个无望的地方发生的爱情。

"就像那首歌唱的。"梅丽尔说。

罗克珊已经不在梦里傻笑、说话了。

"你醒着吗？"她会在夜里不断地叫醒弗里达。有时还会偷偷溜下床，坐到弗里达身边。

她们会帮对方挠背。聊聊她的母亲，聊聊艾萨克，他开始走路了。他的寄养母亲给他买了第一双硬底鞋。周日视频通话时，她想让他走几步给罗克珊看看，他却不肯。

"接下去他能做到什么很酷的事？"罗克珊问。

弗里达就告诉她海莉特怎样迈出第一步，怎样讲出第一句话，走起路来看似要跌倒但没有跌倒的那一瞬间。她已经不能确定那是发生在第几个月的事了。

×

家长们要练习与老师、儿科医生、教练和政府人员发生争论时保持冷静、友好的沟通方式。弗里达感觉得到，塔克的目光一整天都落在她身上。每当他看向她，她就觉得自己更好看了。她敢说，那些摄像头能识别出这种热度、这种母爱的红晕。

但这确实让她很受用。她想要更多。她不能允许自己因他而软弱，但这种事还是发生了，哪怕她的初衷无可挑剔。晚上，她想象着她把思想之屋和身体之屋都送给那个让亲生儿子从树上掉下来的男人。她想象两人的身体在一间没有摄像头的房间里合二为一。

她还没问过他还想不想要孩子，也不能在这里问。但应该让她父母再抱一次孙子。海莉特有两个家，两边应该势均力敌。如果能再感受一回胎动，她会非常乐意的，本来就该珍视她和海莉特日日夜夜在一起的那几个月，每天她都数两次，数她踢了几下，睡觉时也能感受到小拳头砰砰地敲，那是海莉特在回应她温暖的双手，她们的第一个暗号。

有一天吃午餐时，她不顾辅导员的警告，和塔克坐到一起，告诉他家里发生了什么事。

"你还爱他吗?"塔克问。

"不,我觉得不爱了。我应该为他高兴。我正在努力做到这一点。如果我是个无私的好人,就会高兴起来。你还爱你的妻子吗?"

"前妻。你不需要担心她。她是我的家人。但是,听我说,我很高兴你在考虑这事儿了。"

他捏了捏她的肩膀。她把他的手移开。他动了动他的右腿,刚好蹭到她的左腿。她湿了。她在盘子里重摆一遍刀叉的位置。她不能去看他。只要她看了,就会想要触碰。如果她触碰了,她的人生就完蛋了。

"我不能分心。"她说。

"我让你分心了吗?"

"那你会怎么说?"

他耸耸肩,说:"也许会说,是浪漫。"

×

下一个周日视频,古斯特和苏珊娜是在门廊上接听的,他们在开普梅租了一栋海滨别墅。苏珊娜戴着宽边遮阳帽,穿着黑色的细带比基尼,露出有雀斑的乳沟。古斯特晒得黝黑,裸着上身。

弗里达指天发誓,决不能在这对抚养她女儿的美丽的夫妇面前哭出来。她盯着苏珊娜的双乳看。苏珊娜在哺乳方面不会有任何问题。她的孩子马上就能吮住。她的奶水会很足。她将永远不必使用奶粉。

他们的声音被风吹散了。海莉特的脸晒伤了。她的湿头发都竖起来了。古斯特让她把自己最近的搞笑造句再对妈妈讲一遍。

"月亮是天上的一只球。"海莉特把每一个字都念得很重。

弗里达鼓了掌，海莉特指着屏幕。

"妈妈，你真坏。"

古斯特和苏珊娜叫她乖一点。

"你坏！你坏！不喜欢你！"

弗里达如受重创，极其震惊。"我注意到你在说我让你很生气。你能多说一点吗？我在。我在听。"

"我不开心。我很不开心，因为我很不开心。"

弗里达又问了几个开放式问题，但海莉特不肯回答。弗里达举起拳头，捏了捏，但海莉特已经忘了她们这个新暗号。

"我要去海滩。不要妈妈。"

"两分钟就好，"古斯特说，"跟妈妈说你想她。"

"不，妈妈不在家！我不想说话。那不是我的计划！"

弗里达想说她很快就会回家。还有三个月。一，二，三。海莉特明白这几个数字。但三个月意味着还要再等一个季节。

海莉特突然变得非常安静。

"哦，不，"古斯特低头盯着他的大腿，"试着憋住。记住，小便要去厕所。"他双手抄在海莉特腋下，赶紧送她进屋，不辞而别，留下弗里达面对苏珊娜。

苏珊娜摘下了太阳镜。"她肯定觉得压力超大的。我们已经好几周没发生这种意外了。还好她没在他身上便便。书上说，情绪波动会导致括约肌张开。"

弗里达还没来得及道歉，苏珊娜就问古斯特能不能从弗里达的储藏室里拿些海莉特的东西出来。她们终于谈到了幼儿园。她告诉弗里达，海莉特第一天上学穿了什么，她订购了怎样的小书包和午餐盒、胶套鞋和室内鞋、姓名标签，还有为海莉特教室里的相片墙准备的家庭照。等弗里达回家，他们就必须再拍一张，把所有人都拍进去。海莉特将在中心城区的蒙特梭利学校上学前班。几天前，她的两位老师来家访。她们讨论了亲子分离焦虑症、苏珊娜该如何解决孩子的接送问题、有没有可能制定出更轻松的任务分配表。她们问，有没有什么事项需要特殊安排，可以做什么来帮助海莉特安度衔接期，需要了解的海莉特的家庭情况。

"那你是怎么跟她们说的？"弗里达问。

"我们都说了呀。不得不说。"

×

八月的最后一星期，父母们练习的主题是愤怒管理。周四下午，弗里达和塔克组成了搭档。他不想一本正经地念台词。他想抓紧良机，趁着他们被所有人的叫嚷、指责包围的时候谈谈他俩的未来。弗里达要去哪儿住？她有地方住吗？

"我可以帮你。"

她想答应。"我求你，好好念你的台词。他们在监视我们呢。别脱稿。"

"你真是要我的命了，弗里达。"

"我没有。千万别这么说。想想你的儿子。"

"永远受困于负罪感。妈妈得一分。爸爸零分。"

"快开始吧。对我吼几句。我们好好做练习。"

"我是一个有感情的人。"

"求你了。"

塔克不情不愿地演练起来，扮演受委屈的前夫。最初要爆发，然后要安静，平静下来才能有同情心，他们就这样全程演下来。

弗里达将表情和声音中的一切敌意剥离干净。苏珊娜说海莉特不该有羞耻感。老师们需要了解海莉特将不得不因为和社工及儿童心理学家见面而缺一些课。弗里达知道老师们会格外关注海莉特，就像对待那些受虐待或被猥亵的孩子那样。苏珊娜还会和其他家长、妈妈解释一番。问题会自然而然地出现：古斯特的前妻，海莉特的母亲，现在人在何处？

面对塔克，她说的是："我听到你说的了。我想让你知道，我很看重你的坦诚。"

鲁索女士经过他们这一桌。他俩看起来很紧张，很疲惫，俨如一对颇有过节的夫妇。

弗里达眼中含泪。她尽量不去看埃玛妞，但娃娃注意到了。

埃玛妞爬到了弗里达的膝头，搂住弗里达的脖子。"妈咪，你还好吗？"

鲁索女士双手按在弗里达的椅背上。"你愿意跟我说说吗，这里到底发生了什么？"

×

辅导员正在搜肠刮肚，想为弗里达的精神状态、纷乱的思绪找出一个恰当的比喻。根据导师们的上报，她心不在焉，没有恰当地调整情绪。她为什么不努力追求纯洁的思想和精神呢？和一个坏爸爸的这种友谊只会害了她。

星期天晚上，校方会办一次夏末舞会，让大家打起精神完成最后几个月的课程。自从玛格丽特自杀后，妈妈们都被迫参加额外辅导。吃饭的时候，身穿粉色大褂的女人们会把妈妈们拉到一边，进行随机情绪检查。

爸爸们会在星期天坐大巴过来。"我建议你离塔克远一点。"辅导员说。

"我跟你说过了，他只是个朋友。"

"弗里达，你差这么一点点就要被送回恳谈会了。我收到了报告，有不必要的触摸，有随意的调情。你的导师们还认为她们看到你们传纸条了。"

弗里达瞥了一眼社工头顶的摄像头，再低头看向自己的膝盖。如果她们截获了纸条，就会直说。如果她们看到了内容，她就该怪罪塔克。昨天，她把自己的手机号码写在纸条上，塞给了他，好像他们是在现实世界中偶遇的陌生人。他答应背下号码，并销毁纸条。明知故犯让她很兴奋。

"他正在干扰你，弗里达。如果你不能集中精力，周一你怎么能拿到前两名？"

"我正在集中精力。我保证。海莉特下周要上学了，我得和她说说话。"

"我不知道这有没有意义。"辅导员说通话会扰乱人心，似乎对海莉特也没什么好处。上次的失禁事故表明弗里达会让海莉特感到紧张。不需要惦念周日视频通话的那些日子里，弗里达的课堂表现更好。没有通话，没有这种危险的友谊，她就可以集中精力。因此，通话权再次暂停，等进一步通知。

"不要以为我们中的任何人会以惩罚你为乐。"辅导员说。

×

弗里达想要一个新家。她会在新房子里怀孕。这一次没有恐惧，没有哭泣，只有欣慰。他们的儿女将回到他们的身边。孩子们会原谅他们，他们将和孩子们一起生活在这个阳光斜照的新家。阳光从窗户射进来的样子完全就像电影里那样。每个房间都亮堂堂的。她要学会给大家庭做饭，学会养育男孩，学会成为别人的儿子的继母，学着准备午餐盒，送两个孩子出门上学。塔克的前妻会欢迎她加入这个家庭。不会有黑名单。没有人会问起失踪的一年。

她一整天都在建造这所房子。想象出一个花园,一个秋千,哄完孩子们睡觉后,他们可以在后门廊小酌一杯。在这个阳光斜照的新家里,她永远不会想要独处。不会无聊,不会愤怒。没有吼叫,没有怨恨。海莉特在这儿会很快乐。在海莉特的两个家里,两个家庭里,爱都会茁壮成长。

×

"留下一段回忆。"梅丽尔说。这是星期六的早晨,清洁组正在为舞会打扫体育馆。

"我不想要回忆。"

"胡说八道。只要你和他单独在一起,不出一秒钟你就会帮他口。"

"不,我不会的。我的档案里不能有这些记录。我不要被开除,也不想辛苦一年却落入黑名单。我跟你说过了。他们甚至不允许我再和家里人通话。"

"你可以不被他们逮住啊。"梅丽尔把她带到露天看台下面,看看有没有摄像头。有一块霉斑,一窝老鼠。梅丽尔觉得这儿就是一个盲区,可以用。

"打死我也不用。"弗里达说。

"笨蛋,你们可以站着做啊。"

弗里达想跟她说说那个公寓里到处都是酒瓶的酗酒教师,那个胸怀大志却不肯吻她的摄影师,因为他觉得接吻太亲密了。她不再只是一具躯体。她将无法再容忍自己仅仅是个女性身体。她可以等。她和塔克都已学会如何等待。

她们摆好折叠桌,吹气球,一直吹到眼冒金星。吉布森女士让她们提早收工，好去挑衣服，那些衣服都是奈特女士组建的委员会捐赠的。衣服都是别人挑剩下的。大多数裙子是天鹅绒或羊毛的。梅丽尔试穿了一条带银色亮片的黑色长裙。她假装捧着一束花，摆出选美比赛时的标准挥手动作。

"是萌还是呆？"

"又呆又萌，"弗里达说，"说萌也算讽刺吧。"

梅丽尔的背部、臀部和大腿上都有淤青。看来有人把她顶在什么尖锐的边缘，或是身子都站不直的低矮空间里，大概是在壁橱里。她发现弗里达在瞄她，就说："别像拉拉一样偷看。"

"你们是在哪里做的？怎么做的？"

梅丽尔露出坏笑。她和科林在爸爸们那边的校区里找到一些没有摄像头的走廊和壁橱。五分钟内就能完成很多动作。

×

一盏迪斯科球灯吊在篮球架上。还有些气球和彩带，装着坚果的大碗，没有装饰的蛋糕切片。摆食物的桌前排起了长长的队伍。爸爸妈妈们都用纸盘和塑料勺吃东西，没有叉子，更没有刀。几个穿粉色大裙的女人正随着音乐摇头晃脑。

弗里达走进灯光昏暗的体育馆，穿着小半号的露趾系带鞋，脚步不稳。一小时前，妈妈们都在为没有发胶、卷发器、香水和化妆品而抓狂。素颜和各种裙子都不搭。她们挤在肯普楼的公用浴室里捯饬自己，互帮互助。有些人的裙子太小，就会有很多只手帮忙拉拉链。有些人的裙子太大，就会有人帮忙扎紧腰带或肩带。有些人回想起了自己的婚礼。有些人谈起毕业舞会，继而猜测谁会在这儿成为舞王舞后。罗克珊觉得奈特女士很可能把两顶皇冠都留给她自己。

今晚，她们满身丝绸和亮片。穿着靴子过了这么多个月，现在每个人穿上高跟鞋都蹒跚难行。琳达第一次把一头鬈发披散下来，看起来轻松可爱。梅丽尔把头发盘成了两个髻。弗里达穿的是黄色棉质衬衣裙，有彼得潘领和泡泡袖的宽摆伞裙。这条裙子整整大了三码，朴素得令人发指。

塔克找到了她，说他一直在四下搜寻。"像你这样的女孩会……"

"在这种地方找人。我懂。哈哈。"

她确实想笑。他穿着不合身的西装，上身太宽大，裤子却太短，只到他脚踝上方几英寸。他把头发侧分，梳得很整齐。胡子又刮干净了。光看脖子以上，他像联邦调查局的特工。看脖子以下，却像个流浪汉。

他们站立的位置相隔两英尺。弗里达把手紧紧地背在身后。

"你把头发披下来真漂亮。"

她脸红了。在他身边，她永远无法控制脸上的红晕。"不能让人看到我们在一起。他们取消了我的通话权，因为你。"

"他们不能这样做。"

"他们当然可以。他们怎样都可以。"

他走近了一点。"我想抱抱你。"

"别这样。"她强迫自己走开。她不能让他邀请她，不想当众和他跳舞。跳舞会导致接吻。接吻会导致被开除。被开除会导致她坠落深渊。她会成为下一个玛格丽特。妈妈们一直有这样的说法。每当她们听到某个妈妈在夜里沉沦或在淋浴时哭泣，就会这么问：她会是下一个玛格丽特吗？

弗里达看到了罗克珊，为她担心起来。罗克珊千方百计想和梅丽尔跳舞，但梅丽尔不肯从科林身边走开。

中年白人三人组找到了塔克。查丽丝把他拖进舞池，跳起了爵士舞。她快速旋转，轻快地做出一系列踢腿动作，摆出一种表情——弗里达只能推测那是她做爱时会有的表情。塔克的舞跳得很烂，手臂摆动、点头的样子俨如汽车展销会上那些充气人偶。弗里达或许是应该拒绝他，但看着双双对对跳舞的人，她依然有所渴望。

奈特女士的造型比以往更出挑。她披着一袭带珠宝扣的缎面斗篷，戴着长及肘部的白色歌剧院手套。斗篷是粉红色的，长袍也是粉红色的，下摆很贴身，以至于她只能迈小碎步。弗里达心想，若是在一个公正的世界里，妈妈们应该朝她甩番茄酱，倒一桶猪血。

奈特女士拿起话筒，催促在一边闲逛的落单父母都去跳舞。现在是七点半，舞会将在八点四十五分准时结束。家长们必须早点睡觉，以便为明天的评估做好准备。

弗里达差点儿忘了明天是评估日。

当晚的DJ，也就是吉布森女士，播放了《丘比特曳步舞》。罗克珊四下张望，找到了弗里达，朝她眨眨眼，模仿接下来的舞步。只有几个妈妈的舞姿算得上优雅。她们摆动臀部，挥舞双手，像是在说她们在这种境遇里尚可腾挪，并不像弗里达那样处处受到掣肘。

以琳达和贝丝为中心，妈妈们凑成一个小圈子。她俩短促地对了一下舞步，两人的肢体都出人意料地灵活。贝丝在琳达的屁股上打了一巴掌，琳达玩起了奔跑步。

弗里达在这圈人的外围摇摆。塔克远远地望着她。如果他们能在一起，她还会害怕什么呢？不再怕森林。不再怕很多很多水。不再怕跳舞。不再怕衰老。不再怕孤单。他会帮她照顾她的父母，帮她抚养海莉特。

吉布森女士跟着嘻哈乐蹦蹦跳跳,那场景着实令人不安。歌里唱道"高高甩起你的双手",她也津津有味地照做。两个大无畏的爸爸连哄带骗地把她从笔记本电脑前拉走了。他们把她带到舞池中央,夹在两人中间。他们边跳边曲膝往下。她也越跳越低。

妈妈们吹起了口哨。有个爸爸说"我的妈呀"。

看到吉布森女士这副样子着实令人遗憾。弗里达宁可把导师和穿粉色大褂的女人们当作假人,也不想在夜总会或餐馆里看到她们,还偏偏是那种会玩的人。

吉布森女士回到了她的 DJ 台。她又放了一些迪斯科舞曲、一些说唱乐。《心中的沟壑》大受欢迎。

妈妈们纷纷脱掉高跟鞋,回到餐桌前吃起了第二片蛋糕。没有慢歌,所以她们要么旋转,要么原地蹦跳。

又放了六支曲子后,突然亮灯了。一开始,各位爸爸妈妈还以为自己跳得太纵情而受到了惩罚。但是,透过敞开的大门,他们能看到泛光灯在场馆里来回照射。几分钟后,警卫命令大家分组排列,清点人数。

弗里达看了看爸爸们的队伍,又看了看妈妈们的队伍。她在找塔克。

警报声响起来时,奈特女士要大家保持冷静。塔克出现在弗里达的身边。看到他安全无虞,她松了一口气。

"仅仅是站在你身边,我也会有麻烦。"她说。

他抓住她的胳膊。"我们离开后你会和我约会,对吗?"

她没有回答。他把她拉近。她将脸颊靠在他的胸口,闻到了西装布料的霉味,双臂环绕住他的腰。他把双手插入她的头发里。

"我对你是认真的,弗里达。"

她应该考虑她的女儿。女儿后天就要上学前班了。女儿已经大到有自己的小书包、可以谈论月亮了。她放开了他,走开了。

他想在看台下和她碰头。"我先走了。"

"我不能去。我们会被抓住的。我总是会被抓住。"

"我们还要等到什么时候才有机会单独相处?没有人注意我们。"导师们和其他工作人员都离开了,去展开搜寻,场馆里只留了一个警卫。有些家长在喊叫,吓坏了。有人说罗克珊、梅丽尔和科林失踪了。

"什么?"她要找到贝丝。

塔克让她五分钟后和他碰头。

她说:"我是个坏妈妈,但我正在学习做个好妈妈。"

"弗里达,我们没有多少时间了。"

"我是一个自恋者。我对我的孩子是个威胁。"

他拢在她脖颈上的手温暖而自信。他看着她的嘴。"我知道你也想的。"

她捏起拳头,努力地去想海莉特,她的宝贝女儿正在经受苦涩、渴望和失望。或许还有一个无论如何都会让她失望的妈妈。

十六

弗里达被列入了监察名单。校方认为她早已知情。两个女孩都对各自的辅导员说过，她们把她当成大姐姐。如果她们曾谈过逃跑的企图，她就有义务举报她们。

穿粉色大褂的女人每天都在监察她的一举一动。她的睡眠和食物摄入都在监控范围内。现在，她每周要做三次辅导。舞会后她被盘问了一次，评估后又被盘问了一次，之后又由辅导员盘问一番。宿舍里，罗克珊那一边已被翻了个底朝天，弗里达的私人物品也被搜查过了。教室里、夜间、周末、用餐时间和清洁组工作的录像都经过了审查，包括罗克珊和梅丽尔的娃娃们拍下的视频。帮助她们逃跑的绿眼睛警卫被解雇了。

有些人说她们就算被找到也必死无疑。还有些人认为她们早晚都会被捉住。琳达认为她们会再次怀孕，到最后只能眼巴巴地看着新生儿被带走。她将此事归咎于梅丽尔。贝丝归咎为罗克珊。她们两人都没有提到科林。

琳达说她很怀念梅丽尔的臭脾气。她喜欢梅丽尔把几包糖倒空的样子，喜欢她受不了咖啡因，所以把每天早上的咖啡折腾成咖啡口味的牛奶。

"记住，她还没死。"贝丝说，"别把她说得跟死了一样。"

弗里达让她俩安静下来。她们这桌本来就够招人侧目了。全校只有她们这个组少了两个妈妈，先是卢克雷茨娅，现在是梅丽尔。

"她和罗克珊的事儿是真的吗？"琳达问，"到底是不是，你知道吗？"她紧握拳头，双拳相抵。

弗里达没有应答。她把问题抛给贝丝，舞会过后，贝丝一直在为梅丽尔和罗克珊的事生闷气。显然，梅丽尔从没跟贝丝提过她沉浸在逃跑的美梦里。弗里达没有上报她对这两个女孩的怀疑，这事儿被记入了她的档案。她不会再冒任何受罚的风险去说闲话。

她从没想过她们真的会这样做。罗克珊的歪点子太多了。她说过，可以用磁铁黑掉某位组员的娃娃；找些有毒的藤草，放进导师的车里。不会有谁比弗里达更想念她了。从此往后，她要和谁一起数日子？她能和谁说悄悄话？

她们已经开始第八单元：家庭内外的危险。她们正在接受的母职训练以恐惧为基础，旨在强化并测试她们的安全反应能力。这个星期的训练都在庭院里进行，她们要抱着娃娃快速奔跑，假装从着火的建筑物中逃生。

弗里达和罗克珊曾经想象过，还会有哪些考验在前方等待她们：在热炭上奔跑，人肉炮弹，被扔进蛇坑，吞下刀子。她怀念罗克珊无休止的提问、梦中的笑声，想念她说起艾萨克如何如何的模样。

如果罗克珊知道她在第七单元评估中只拿到第三名，准会暴跳如雷。弗里达最早也要到十月份才会有通话权，说不定等她们离校了都没机会。舞会仅仅是一周前的事儿。她觉得自己像在哀悼，荒唐透顶，因为他们至今还未接过吻，更不用说在看台下碰头了。夜里，她一直想象自己在塔克的怀抱里。她的头靠着他的肩。在这个让亲生儿子从树上掉下来的男人肩上，她会哭泣，而他会安慰她。

他们会知道他们的孩子睡得好不好。

×

现在是九月初，距离海莉特被带走已经一年了，距离弗里达最后一次抱她已有十一个月，距离她们最后一次通话已过三周。弗里达几乎想不起来自己一年前的生活是什么样子了，想不起来她当时正在写什么文章，老教授和院长的名字是什么；也想不起来为什么截止日总让她觉得万分紧迫，记不得她怎么会有不带上海莉特独自离家出门的念头。

课堂上，讲完消防和用水安全细则后，她们要学习如何从迎面而来的汽车轮下救出娃娃。练习是在足球场边的停车场上进行的。这让弗里达想起梅丽尔，她肯定很喜欢带着娃娃在室外活动。梅丽尔嘴上不说，其实挺喜欢这个校园。梅丽尔常说自己应该生在西海岸。她觉得如果能在山区长大，自己现在肯定会是另一个人，她相信人在哪里长大足以决定一生的命运，而在南费城长大决定了她一辈子的厄运。

"要不然你以为我干吗给孩子取名奥切安——Ocean（海洋）？"她说。

司机启动了引擎。埃玛妞想知道这个男人是谁。弗里达对她保证过这个男人不会伤害她，现在她很不满意。

校方聘请了专职司机。导师们在规定的司机行驶目标位置上标了"X"记号，给他留出空间，让他加速穿过停车场。

"你必须假装我们在过马路，"弗里达对她说，"路上都是车。车很危险。汽车可以把你撞死。你必须拉住我的手，好吗？"

她告诉埃玛妞，小心翼翼地过马路是她父亲的一大执念。"我有父亲，也有祖父母。我的祖父在我父亲很小的时候就死了，因为车祸。我父亲当时只有九岁。是不是很悲哀？"

埃玛妞点点头。

"所以，我过马路时，他至今仍会紧张。我们在中国旅行时，每一次过斑马线，他都会拽着我的胳膊肘，好像我还是个小孩。不管孩子多大岁数，在父母看来总是小孩。"

他最后一次拽她胳膊肘时，她已经二十一岁了。她曾是爱出远门的那种女儿，她父亲一天到晚担心她会丢了小命。

她告诉埃玛妞，她父亲明天就七十岁了。埃玛妞想知道什么是中国，什么是七十岁，为什么妈妈看起来很悲伤。

"因为我希望明天能见到他，"弗里达说，"还因为，我以前真该对他再好一点。我们应该对父母好一点。七十岁是很重大的大生日。"

贝丝一直在听她们讲话。"小心点儿。"她提醒她。她们不该向娃娃透露太多个人信息。

弗里达感谢她的警告。她回过神来，继续关注娃娃的安全问题。她不应该放松警惕。她必须把真正的生活排除在外，把她真正的心声摒弃在外，必须把她的一切感情留到十一月份。

×

在阳光斜照的新家里，弗里达又添了几个房间。妈妈们可以在这些房间里梳头发，讲故事。塔克会给她们上茶。梅丽尔会和奥切安在一起。她将是个糟糕的房客。罗克珊会和艾萨克在一起。罗克珊的母亲身体无恙。玛格丽特会活着。卢克雷茨娅会找到她们。

她们应该有一栋妈妈屋，一个妈妈镇。她记得以前读到过，爱沙尼亚海岸边有个岛屿上全是女人，做农活、做木匠的都是女人，鱼贩和电工也都是女人。根据不同的社会角色，她们会穿不同颜色的围裙。

"等着我。"她在舞会上是这样对塔克说的。十一月过后,她需要一个新的昵称来称呼他。这个让亲生儿子从树上掉下来的男人将成为重获亲生儿子的爸爸。她人生中最糟糕的那一天将成为过去。

课上,她们观看了塑料儿童人偶遭到汽车碾轧的视频。弗里达教埃玛妞认识到两种对立情况:危险和安全。和妈咪在一起就是安全的,和妈咪分开了就是危险。

她们继续在停车场上练习。有天下午来了一场暴风雨,迫使她们回到莫里斯厅。她们给娃娃们换上干衣服,自己却始终浑身湿透。埃玛妞把玩着弗里达的湿头发。弗里达起雾的眼镜片把她逗笑了。

电闪雷鸣持续了几个小时,娃娃们都吓坏了。库利女士告诉她们,有一场热带风暴正从卡罗来纳州向北移动。皮尔斯厅的地下室当晚就被淹了。查平步道边有树木倾倒。星期六,抽水机把水抽干后,清洁组得到通知,要负责清扫地下室里的废物。她们之前从未去过这个地下室。储藏区很普通,令人失望。她们一边清除泡过污水的纸巾盒、制服、洗发水和牙膏,一边抱怨这儿的臭味。

她们快完成当天的工作时,查丽丝迷路了,她一路摸索想要归队时发现了一个上锁的房间。大家都在楼梯口等着她。弗里达叫查丽丝快点儿。查丽丝加入清洁组后总是拖累大家。

查丽丝尖叫起来。她高声呼喊,叫大家过去。妈妈们循声找到她后,轮流从钥匙孔里往里看。

有人说吃不准自己看到了什么。弗里达没有抢在前头看。她以为会看到娃娃的零件、一排排的娃娃脑袋,或许还有一堆破碎的婴儿娃娃,跳到铁丝网上被烧焦的男娃娃、卢克雷茨娅的娃娃,甚至可能是她第一个室友海伦的娃娃。但当她的眼睛适应了黑暗后,她看到的是一个人形。躺在一张小床上的女人面朝门口。那是一个妈妈。

弗里达眯起眼睛。

"是谁?"查丽丝问道。

就在她们商量的时候,那个女人睁开了眼睛。她坐起身来,往外窥探,然后跑到门口,使劲砸门。弗里达和查丽丝吓得往后一跳。那个女人喊了起来。弗里达认出了她的声音。是梅丽尔。

弗里达用一只手捂住了嘴。

有个警卫听到了动静,让妈妈们都上楼去。梅丽尔继续敲打着门,苦苦哀求。

梅丽尔已经失踪三个星期了。弗里达在脑海中列出自己不能帮她的原因。海莉特,海莉特,海莉特。第一个室友退学了,第二个室友逃跑了。进了两次恳谈会。监察名单。拥抱。但是,梅丽尔害怕黑暗。整个高中,她一直抱着泰迪熊睡觉。地下室的墙壁太潮湿。她可能病了。

晚餐时,清洁组的人坐同一桌。查丽丝希望制订出一个计划。"我们要和奈特女士谈谈。我们可以让梅丽尔出来。"

查丽丝说,如果她们连试都不试,清洁组就会像那些对犹太人被围捕视而不见的德国人。大家都不太待见这个说法。每个人都觉得把这和大屠杀相提并论不太公平。

查丽丝想给她的律师打电话,让她的律师致电美国公民自由联盟。

弗里达警告她不要危及自身处境。"我和你一样担心,但我们不能被卷进去。"

查丽丝长久地注视她,眼神里尽是否决之意。"真够狠心的,弗里达。她曾是你的朋友。"

"她现在也是我的朋友,但我们必须为我们的孩子考虑。黑名单,记得吗?"

梅丽尔被秘密监禁的消息很快就传开了。每个人都想知道她经受了什么。她们不明白校方为什么把她带回来。她们担心罗克珊也被关在校园里的某个地方。

弗里达知道,罗克珊会希望她做点什么,希望梅丽尔能平安无事。她非常懊恼,因为她们当时没为卢克雷茨娅多做点什么。有好几次,弗里达看到吉布森女士或某个穿粉色大褂的女人时,想开口问她们能不能至少把梅丽尔转移到普通宿舍,比如搬到某栋空楼里去继续禁闭。但她只要想到海莉特,就会忍住,什么都不说。

查丽丝继续她的游说。她对弗里达说,别忘了她十九岁时可能已经在上大学,而不是被关在黑暗潮湿的地下室里。她提到了基蒂·吉诺维斯的案子①和不作为的旁观者。弗里达应答如流,说这事儿后来都澄清了。

第二天吃午餐时,查丽丝径直走向弗里达那一桌。没等查丽丝进一步羞辱她,弗里达就走了,让查丽丝去问贝丝。查丽丝跟着弗里达回到肯普楼,进了弗里达的房间。

"我们必须帮帮她。"查丽丝说。

弗里达说:"出去。出去,否则我就叫警卫。"

---

① 1964 年 3 月 13 日,28 岁的基蒂·吉诺维斯(Kitty Genovese)在纽约皇后区邱园的公寓楼外遇害身亡,《纽约时报》两周后发表文章声称当时有 38 名目击者知道发生了杀人事件,但置若罔闻,均未报警或赶去救助。这一事件引发了人们对旁观者效应的研究。不过,研究人员后来发现《纽约时报》的文章与事实不符,2016 年《纽约时报》发表声明,称原文章"严重夸大了目击者的人数及他们所知道的事情"。

×

得知梅丽尔在地下室,现在大家又盯着她们这桌看了。贝丝整个星期天都在抽泣。她说她的父母就曾把她锁在地下室里惩罚她。她对琳达说,想想那些被关在黑漆漆的地方的小孩会怎样。这对他们的心智会有什么影响?还有他们的灵魂。琳达的回应是把水杯里的水倒在贝丝的食物里。

她们不必为梅丽尔担心太久。因为这个女孩在星期一早餐时现身了。她的头发被剪成了难以恭维的纠缠短茬,染成了很深的茶褐色。左耳上方有一块头发不见了。她的手在颤抖。她苍白的笑容似乎就是给查丽丝欣赏的,查丽丝坐在她旁边,拍着她的手臂,似乎在等待她对自己的获释感激不尽。

梅丽尔的母亲举报了她。她逃出去后的头两个星期里一直没露面,后来出现在自家公寓,但她母亲拒绝让她见奥切安。梅丽尔隔着门都能听到奥切安的哭声。她赖在走廊里不肯走。

校方让她完成所有课程。琳达说:"他们当然会为一个白人女孩变通规则啦。"

查丽丝说,这不是变不变通的问题。得有人确保这个学校尊重基本人权。

"这位女士,别提这茬儿。"琳达说。

梅丽尔皱着眉头看着琳达,一时间像是在看过去的自己。"我妈一定要我毕业。她说,要是我没法毕业,她就和我断绝母女关系。你以为我想回来?她说我逃学让她觉得很丢人;说我像我爸,那个衰人。"

吉布森女士去把她接了回来。除了吉布森女士,还有一名警卫。看到学校副主管和她妈妈握手,感觉见鬼地古怪了。吉布森女士穿着便装,很普通的牛仔裤、运动鞋,警卫也一样,看起来都像普通人。他们感谢她的母亲尊重法律和校规。

"本校所有女生都该有幸拥有如此鼎力相助的家庭。"吉布森女士说。

"那黑名单系统呢?"弗里达终于开口问了,之前她一直不敢说话,避免和梅丽尔对视。

梅丽尔也不太清楚。她不愿去想这件事。她们缠着她问这问那。贝丝想知道新闻频道怎么说,有没有披露过这所学校的某些细节。

梅丽尔不知道。那不是她关心的事。琳达问她有没有搞定科林。

梅丽尔不理会回答琳达的提问。

"我好想你,小混蛋。"贝丝说着,想给她一个拥抱。

梅里尔却把贝丝推开。"等一下。"

弗里达问起罗克珊。

"我们到了公路就分开了。我们三个不能一起被抓。你懂的,穿着这种制服跑不远。我们打算在大西洋城碰头,躲在那些废弃的建筑里。科林早就选定了一个地方。但我想看看我的孩子。笨死了,我真是蠢到家了。"

走去教室的路上,弗里达问罗克珊有没有机会也被遣返归校。梅丽尔觉得不太可能。她不知道罗克珊会去哪儿。

"我希望她和她妈妈在一起。"弗里达说。

"对,因为你离开这个鬼地方后就该去癌症病房。"

"我不是这个意思。反正,我猜她妈妈也不在医院里。"弗里达问梅丽尔地下室里有没有发生什么事,有没有人对她做了什么。

"他们没必要动手了。他们已经对我们做得够多了。"

"我很抱歉。"她告诉梅丽尔,查丽丝曾提到大屠杀,"应该是我,而不是查丽丝……你知道的,你的事儿记入了我的档案,罗克珊的也记了。我本该举报你们。"她用一只手搂住梅丽尔的肩膀。这女孩和以前不一样了,更瘦,也更脆弱。

库利女士和鲁索女士好像对她的返校略感挫败。她需要补课,做额外的训练。梅丽尔的娃娃被暂停了三周。她走出器材室时就像小马驹那样,双腿摇摇晃晃。

天气凉下来了。妈妈们在制服外面套上一件毛衣,在床上多盖了一条毯子。再过几周,树叶将变得缤纷多彩。弗里达想起来,秋天是罗克珊最喜欢的季节。

吃饭的时候,弗里达和贝丝总是紧挨着梅丽尔,试图保护她不受查丽丝的骚扰。查丽丝总是带着食物过来,不停地夸梅丽尔很勇敢。

在一些黑人妈妈看来,梅丽尔是个让科林万劫不复的女孩。要不是因为她,他可能已经和自己的孩子重聚了。有人在食堂里绊倒梅丽尔。排队洗澡的时候,有人用手肘撞她。但日子一天天过去,她渐渐重拾自信。和科林的事不再被念叨,取而代之的是她去看了奥切安的爸爸,她和他做了多少次爱,吃了多少炸鸡、披萨、甜甜圈和糖果,睡在一张真正的床上感觉有多好,可以选择自己吃什么,可以抽烟。"我一点都不想念我的娃娃。"她说。

×

还有八个星期。十月里,爸爸们都会毕业离校。有人说校方想让他们为重返现实世界做好准备。有人说校方想让他们发生更多私情,让更多人被开除,以便测试黑名单系统。还有人说,校方不断地诱导他们分心,以便牵连更多妈妈毕不了业。也许,爸爸妈妈们的失败会让某些人获利。

家长们排队进入体育馆,观看讲述陌生人带来的危险的教学片。弗里达寻找塔克。她看到他在看台的第一排,满心希望他能转头往后看。

可以见到他,这让时间过得更快。下周一她就能如愿以偿了,塔克和另一个爸爸被分派到几个妈妈小组里练习徒手搏斗。地板上铺好了垫子。由一位自卫专家演示基本动作。

塔克头一个扮演绑架者。专家教贝丝怎样踢到塔克的膝盖后部。然后,她必须抓紧她的娃娃,再平摊手掌,击中塔克的鼻子。向上击打的动作要快,方能让对方痛苦不堪。

她们本该控制力度,用模仿的方式做出正确动作,但贝丝出其不意,当真踢了塔克一脚。导师们提醒家长们注意安全,但也没有采取什么措施阻止谁玩真的。

轮到弗里达时,她大叫一声,猛地往前冲。她轻轻地踢了一下塔克的腘窝。埃玛妞蜷缩成一团,假装自己是块石头,这是她最喜欢的保命姿势,每次都用。

塔克假装摔倒,但在倒下时揪住弗里达的连体衣,把她也拽倒了。她想站起来,他却又抓住她的脚踝,再次把她拽倒。他们可能再也不会有更多的触摸了。她不去看他的眼睛,不理会他放在她脚踝上的手,不理会他的爱抚,她小腹里的激流,想要翻滚到他身下的渴望。

×

海莉特看不到她反而好一点。罗克珊不在反而好一点。用埃玛妞的话来说,预防绑架的训练结束后,弗里达看起来像个"怪物"。她们每一天都在谈论颜色,为什么妈咪的脸上有蓝色和紫色,为什么脸肿肿的。她们谈到复活节，埃玛妞被那个凶恶的小男孩打伤的那一天。

"现在轮到妈咪打架了，"弗里达告诉她，"轮到妈咪被打了。我愿意为你而死。所有的妈妈都愿意为自己的孩子献出生命。"

每天晚上，妈妈们都在医务室排队，要求领取阿司匹林、冰袋和绷带。她们的脸都像烂掉的水果。有些人的牙被打崩了，有些人扭伤了手腕和脚踝。通话权被取消，好让她们的伤有时间痊愈。

私下里，她们议论纷纷，想知道工作人员来这儿上班是为了什么，工资多少，为什么没有导师辞职以示抗议，为什么警卫们不言不语，为什么这儿的人都没有感觉，还不如那些娃娃。

有些人揣测，导师们都是曾经流产的女人。还有人说她们的孩子肯定都夭折了。贝丝认为她们是没有生育能力的女人。琳达说，只有读了太多书、看了太多电视的人才会有这些念头。

"很多人都是冷酷无情的，"琳达据理力争，"你以为在监狱里工作的都是些什么人？你以为在死囚区工作的是什么人？这只是一份工作。"

×

她们学到了一点：恐惧是一种宝贵资产，应该善加利用，强化力量和速度。爸爸妈妈们观看了陌生人带小孩进入地下室的教学片。门关上，孩子再出现时衣服乱糟糟的，眼神死气沉沉。他们听了些统计数字，看了幸存者们当庭作证。他们的父母备受谴责，尤其是母亲。如果真正有人爱护他们，真正有人倾听他们的肺腑之言，他们的人生该有多大的变化啊。

导师们说，爱是第一步。在预防猥亵的培训中，父母们又学到了一点：得到父母充分关注的孩子不太容易受到恋童癖者的诱惑。

有两个妈妈在作证时呕吐了。有些家长痛哭。大多数人持怀疑态度。贝丝说,根本不是这么回事儿。那些父亲、继父和叔叔呢?还有祖父,家庭朋友,表兄弟。为什么非得归咎于母亲?

灯光亮起时,弗里达的脖子、腋下都是湿的,浑身发冷。昨晚,她梦见有人把海莉特藏在学校里,困在黑暗的房间里,困在很多人的四肢包围中。有人抓着她的手腕,有人在敲钟。弗里达跟着铃声走,直到她找到那个房间,却打不开门。她只能站在门外尖叫。

×

人行道上落满了金黄色的树叶。古斯特和苏珊娜可能会带海莉特去看看秋色。他们会带她去费尔蒙特公园,去山谷公园。他们可以去摘苹果。弗里达去年本打算这么做。她想起那次吃过苏珊娜的苹果酥,心里挺羡慕的,因为她一直想成为那种可以从原材料开始做出甜品的人。

他们在莫里斯厅外的院子里练习,把秋千架当作恋童癖的大本营。不管妈妈还是爸爸,都必须防止恋童癖者在娃娃身边逗留太久。恋童癖者必须赞美娃娃,说"你真是个漂亮的小姑娘"之类的话,还要抱抱娃娃。然后,爸爸妈妈必须当场拦下恋童癖者,夺回父母的掌控权,把娃娃带到安全的地方,然后和孩子一起理解这段体验。

现在说起在地下室的那一周时,梅丽尔会用一种怀旧的口吻。那时她不知道自己会回到一个该死的搏击俱乐部。午餐时,她说她觉得这些课程太愚蠢了,俗套之极。

"以简示繁,"弗里达说,"你该这么说才对。"

有天早上,轮到弗里达扮演恋童癖,结果被贝丝撞倒了,头磕在滑梯的底部。她连动都动不了，眼睛无法聚焦。贝丝撞飞了她的眼镜。弗里达担心自己会瘫痪，会躺在担架上被送走。她听到埃玛妞哭了，组员们都在问她还好不好。贝丝跪坐在她身边，拍拍她的脸颊，向她道歉。

"弗里达？弗里达？你能听见吗？"

她动了动手指，又动了动脚趾。她听到导师们说应该把医务人员叫来，还听到琳达在骂贝丝。弗里达试图移动她的腿，发现还能弯起膝盖才松了一口气。她用手掌在地面上摸索，找她的眼镜。她听到了塔克的声音，感觉到他正用双手捧起她的头，然后抱起她的身躯。在他的支撑下，她坐了起来。他帮她戴上眼镜后，手还停留在她的脸颊上。

他们的头几乎碰到了一起。每个人都能看到他们。她说她很好。"我觉得你不该这样做。"

他帮她站起来。她试着迈出一步，但走得跌跌撞撞。

"我来帮你。"他挽住她的手臂，带她走回队列里。她几乎感觉不到疼痛。她需要他的触摸，他的关怀。他扶着她，在草地上坐下，像对待珍宝那样呵护着她。

塔克把杰里米和埃玛妞都揽到他的膝头，开始安慰他们。"弗里达妈妈没事了。看到了吗？她还好。我们会摔倒，也可以马上就站起来。弗里达妈妈正在学习。"

弗里达头晕目眩，幸福得如同天选之女。她可能永远不会看到他家，可能永远不会见到塞拉斯，成为那个男孩的继母，可能不会有另一个孩子。她可能永远不会亲吻这个让亲生儿子从树上掉下来的男人，但在今天，她可以肯定自己是爱他的。这天培训结束，大家握手告别时，她就是这样对他说的。她先确认导师们都在忙别的事，然后捂住埃玛妞的耳朵，还让塔克捂住杰里米的耳朵。

她无声地用嘴形传达了这些话。

"是的,"他说,"我也是。我跟你说过的。浪漫。"

×

她们再次祈祷。在大巴上,弗里达和她的组员们低着头,说着悄悄话。她们要去参加第八单元的评估考核。昨天,几个小组一起进行了训练。设置在仓库里的危险点呈之字形。一个站点代表着火的建筑,另一个站点里有一架秋千,还有一个站点里有一辆窗上贴了黑膜的小货车。

她们必须抱着各自的娃娃在各个站点间跑动。时间有限,只够每个家长跑一次。校方找来了帮手,专门扮演绑架者和恋童癖者,据说都是实习导师和实习警卫,以后会在加州的一所妈妈学校里就职。他们比妈妈爸爸们更强壮,动作也更快。结果,没有人能完成任务,导师们给她们鼓劲儿,要他们充分理解各种可能性。

库利女士说:"你在对抗一个人还是十二个人,这并不重要。身为家长,你理应举起一辆车,抬起一棵倒下的树,挡开一头熊。"她用力拍了拍胸脯,"你们必须从自己的内心找到这种力量。"

"你们不能让自己的身体成为障碍。"鲁索女士补了一句。

这天,弗里达属于提早结束考核。黄昏前她出来时,眼睛下有一道割伤。她认定自己断了一根肋骨,把埃玛妞举高时遇到了些麻烦。她们走到仓库外面,风吹着她的脸颊时,那道伤会一跳一跳地疼。

埃玛妞仍在哭。她摸了摸弗里达的伤口,又揉了揉自己的脸,结果把弗里达的血蹭到了自己脸上。弗里达想帮她抹掉血迹,但鲜血似乎泅染进了埃玛妞的皮肤。

今天的评估成绩是零分,将被记入她的档案。她很想告诉家事法庭的法官,爸爸妈妈们都该得到至少两次机会,甚至更多。这是他们应得的。现在,除非奇迹发生,否则海莉特不会出现在她的未来,真的,她一向认为自己运气不好。

已有一圈父母站在停车场上,她把埃玛妞领到他们旁边。每个人的考核都提前告终。他们靠在一起取暖。地面上结了霜。娃娃们站在中间,瑟瑟发抖,紧紧抱住父母的腿。

弗里达已经问过辅导员接下来会怎样。会不会有个试用期,是不是需要向她的社工托雷斯女士报到,海莉特还需要去看儿童心理医生吗,她的友谊或恋爱关系会不会受到某些限制,在政府允许的范围内她能做什么工作,儿童保护局还会跟踪监视她吗,她能否离开这个州,能否和海莉特一起旅行。辅导员说,这都取决于她能不能让海莉特回到她身边。如果能,就会有进一步的监督;如果不能,就不会有任何人再去打扰她,她将不再是他们关注的对象。

"这些与其说是问题,不如说都是你想要的结果,你想看到的人。"辅导员说。

辅导员没说监控会持续到什么时候为止。

弗里达感觉到塔克凑到她身边时,天已经黑透了。杰里米见到埃玛妞很开心。他们坐下来一起玩。

"我在第一站就被打倒了。"塔克说。

"我撑到了第二站。你的预后是优。这大概不会影响你的总成绩。"

"这地方不是这样算成绩的。"塔克温柔地看着她。她还没感谢过他那天挺身而出照料她,还抚慰了埃玛妞。

他们没再说话,而是脱下手套,手指摩挲手指。弗里达朝身后瞥了一眼。他们并不安全。公路上有灯光照射过来,还有其他家长,还有警卫。

塔克注意到她眼睛下的伤。他想去摸摸她的脸,但她躲闪开了。

"我真希望我能保护你。等我们以后出去约会,我会保护你的。"

她想说她也会的。她想做出承诺。还有三个星期,然后呢?她把手指按在自己的嘴唇上,然后按在他的掌心里。他也这么做。埃玛妞问他们在做什么之前,他们就这样传递了三个吻。

"传递希望。"塔克回答。

十七

身处此地之前，她从没关注过树木。树木、童年、天气，都不关心。看到路面上有湿漉漉的落叶，她还曾让父亲抱着她走过去。小时候她觉得湿叶子的质地很恶心。她会站在人行道上，举起双手，要他抱，他一边打伞一边费劲抱她时，她就整个挂在他身上。他总说好，哪怕她已经大概三四岁，用不着让人抱了。

三岁的孩子有多重？四岁呢？外面的树都在滴水。弗里达的靴子上粘着湿哒哒的树叶。她看着雨，意识到自己没有太多时间和埃玛妞待在户外了。埃玛妞对季节毫无概念。她可能从此往后不见天日，至少不是和弗里达一起。

今天早上，导师们分发了塑料知更鸟，小鸟的嘴上画了血滴，小胸脯也涂上了斑斑红点。现在是十一月，妈妈们已回到教室，开始第九单元的课程：道德宇宙。她们要用这些道具来练习道德建设的正确做法。她们要让自己的娃娃注意到小鸟受伤了，让娃娃帮忙。她们要教娃娃捡起小鸟，把它拿给妈妈。

导师们将观察她们能否善用母亲用语，亦即能显示她们智慧的深度用语、能增长知识的有质量的用语，看她们能不能把这项训练纳入更宏大的道德责任范畴。她们要在最后几周的培训里教娃娃明白什么是利他主义。成功与否取决于她们自身的道德修养、亲子纽带、是否将自己的价值观灌输给了孩子，以及这些价值观本身是否正确与良善。

塔克的事已被记入弗里达的档案，第三次参加恳谈会也一样。被记入的还有调情意味的肢体语言、有性暗示的触摸、不听从辅导员的教诲、无视她的娃娃等违纪表现。辅导员认为弗里达已经彻底垮了。除了自杀和自残，在培训期间放任自己沉溺恋情也是自私的表现。追求浪漫恋情展现了一种对失败的渴望。

道德训练的最初几小时里，小鸟儿被舔过、被咬过、被扔掉、被装进口袋。埃玛妞把她的小鸟扔向弗里达的制服。弗里达把它捡起来，捧在手心里。她要求埃玛妞仔细看看这只小鸟，注意到那些红色的斑点。

"红色是什么意思呢？你有蓝色，小鸟有红色。"她把手伸到埃玛妞身后，拍了拍她的蓝色旋钮。她谈到了大生物帮助小生物，人类帮助动物。

虽然弗里达保持微笑，但埃玛妞感觉到有些不对劲。她不停地问妈咪好不好。

"你伤心。"埃玛妞用手捂住弗里达的黑眼圈和肿胀的脸颊，"妈咪的身体受伤了吗？妈咪的身体难过吗？妈咪伤心很多吗？妈咪伤心一点点？"

受伤的地方太多了。所有家长都没通过昨天的评估考核。不过，弗里达还是说自己挺好的。她让埃玛妞把注意力放到小鸟身上。这只鸟比妈咪重要多了。

"记住，我们在外面见过很多小鸟。这只小鸟是假的。我们也假扮一下？你觉得这只小鸟害怕吗？你觉得小鸟会有什么样的感觉？如果你是这只小鸟，你会有什么感觉？"

埃玛妞认为这只小鸟有小小的伤心。小鸟的胸口坏坏了。小鸟需要创可贴。小鸟需要去外面。

"飞高高。小鸟鸟,你飞呀!飞吧!飞吧!"埃玛妞将小鸟抛向半空。她指着窗户。"妈咪走!"

"我很抱歉,宝贝。我们只能待在这里。我们得做练习。"

"和杰里米?"

"别忘了,我们昨天晚上和杰里米说过再见了。"她们谈到爸爸们不会再来了,埃玛妞也不会再见到杰里米了,今年肯定不会。弗里达想告诉埃玛妞,明年的杰里米将会有所不同,埃玛妞也一样。他们会有不同的名字,不同的父母。他们会被这对父母爱到什么时候为止?

埃玛妞似乎不记得杰里米发火了。那时停车场里已聚满了人,每个家长都受了伤。这两个娃娃一直在乖乖地玩耍,后来,杰里米想扔石头,塔克眼明手快,及时从杰里米手中夺下了石块。弗里达用拥抱来安抚埃玛妞的情绪,塔克也用拥抱来消解杰里米的攻击性。他们谈到了善良,并示范了和解的正确做法。他们拥抱,拥抱的时间却太长了。

他们彼此耳语:"我爱你。"

塔克把自己的地址、电话号码和电子邮箱都告诉了她。她也说了自己的。

"来找我。"他说,"等这一切结束了,我们要庆祝一下。"

校方不会知道这段谈话。她是个坏妈妈,因为她无法舍弃这些话。她是个坏妈妈,因为她想他。她是个坏妈妈,因为她渴望他。她本该想到的,连黑暗都无法保护他们。她早该知道的,这个拥抱看起来一点儿都不清白。他会让她付出什么代价?如果她没有遇到这个让亲生儿子从树上掉下来的男人,她的预后评估可能还会是"中"。

※

到目前为止，只有琳达的娃娃能把小鸟捧在手里超过几秒钟。贝丝的娃娃把她的小鸟扔到很远的地方，吓人一跳。梅丽尔的娃娃把小鸟塞进了嘴里。她们应该让娃娃了解社群的意义，了解帮助他人的必要性。

"培养好公民要从自家做起。"库利女士说。

不提公民身份还好，一提弗里达就会暴怒。她想告诉家事法庭的法官，她所知的最爱国的美国人就是她父亲。她们全家一起去林肯的出生地旅行，还参观过莱克星顿和康科德，以及威廉斯堡殖民地。她父亲每次来费城都会游览自由钟和独立厅。

"你毁了他的美国。"她想这样对法官说。也毁了她母亲心目中的美国。也许他们已经后悔来美国了。

她父亲曾经对她说过，责任是一圈一圈扩大的。最小的责任圈包括他的妻子、女儿和父母。然后扩大一点，要对他的兄弟及其子女负责。然后是各位近邻，再然后是他所在的镇子，他所在的城市。她的父母从来没有口头教导过她什么是利他主义，没有过明确的说法。但她看到他们为整个家族，为她，所做的一切。她看到了他们是如何努力的，他们付出了多少。

学校已在夏令时结束后调整了时钟。现在四点半天就黑了。天空是蔚蓝的，紫罗兰色的，长春花色的，宝石蓝色的，快下雨的时候最蓝。

海莉特满三十二个月大了，弗里达独自纪念这一天，本来她肯定会和罗克珊一起庆祝。她们会想象海莉特长高了多少，体重多少，她大概学会说什么了，她的感觉如何。曾几何时，养育子女难就难在塑造孩子的世界观。等到她回家，她还有什么可以教给海莉特呢？海莉特凭什么信任她？

她曾以为自己把忠诚看得比什么都重要，但在参加第三次恳谈会的时候，她背叛了自己的母亲。吉布森女士让她们谈谈自己的童年。她想知道细节。吉布森女士说，弗里达的行为表明她是有精神创伤的。是什么促使她紧抓塔克不放？只有问题很严重的女人才会选择一个伤害过亲生儿子的男人。吉布森女士不停地催她讲、逼她讲，到最后，弗里达把母亲流产的事讲给大家听。她从未跟任何人谈起过这种悲痛。她说她母亲也许还在哀恸，尚未释怀，有时几乎不跟她说话，不碰她。她母亲说过好多次"别在我眼前碍事"。

熬过一段令人焦虑的停顿后，吉布森女士说："如果你有兄弟姐妹，结果可能就不一样了。很明显，你想要的东西是你母亲无法给予的。"

吉布森女士说她母亲当初应该去寻求帮助——看心理医生，找互助小组。假如她是更好的母亲，就该更好地照顾自己，从而更尽力地关爱孩子。

弗里达不想说这些都是美国式的解决办法。她痛恨别人对自己的母亲说三道四，仅仅用生活中的一件小事来诠释她的性格。现在，她的辅导员会知道这事，社工也会知道，家事法庭的法官也会知道。她甚至不曾告诉过古斯特。

母女俩最终谈及此事时，她母亲说过："我把这事儿抛在脑后了。只有你们这些女孩才会不停地想啊想啊想。我没时间去想。那太奢侈了。我不能情绪化。我必须工作。"

课堂上，她们已经试了三十次，想让娃娃们捡起小鸟。弗里达向埃玛妞解释了何为责任。埃玛妞有责任去做善事，有责任去关爱。

"有红色的东西就说明小鸟受伤了，我们看到一个生物受伤时该怎么做呢?"

"帮助。"

"很好。那么谁去帮呢?妈咪会帮吗?埃玛妞会帮吗?"

埃玛妞指了指自己的胸口。"我帮。就我!就我!"为了强调,她还跳了几下。

"就你。真棒!你能捡起那只小鸟,把它带到妈咪这儿来吗?"

埃玛妞走到小鸟边,蹲了下来。她挥挥手,说:"你好,小鸟!你好!你好!"她抓起小鸟,扔给弗里达,成为率先完成练习的娃娃。

×

还剩下一星期。就连那些只得了零分的妈妈,那些一连几个月出现在恳谈会上的妈妈,都相信法官会给她们第二次机会。按照原先讲好的,她们在离校后的一两周内都会获悉最后的出庭日期。她们会在最后一天早上取回自己的衣服、钱包和手机。学校将给每人六十美元。大巴将把她们送到县里的几个停靠点。校方会联系她们的社工和孩子的监护人。文件和证明材料将被转移到位。

家庭状况都已发生了改变。有些丈夫已申请离婚。曾经的男朋友、女朋友和孩子的爸爸们开始了新恋情。也有的伴侣订婚了,怀孕了。周日的通话被搅和得乱七八糟,因为有太多事要协调。谁和谁要住在一起,谁来支付法律费用,银行账户里剩了多少钱,怎样告知孩子们。妈妈们翘首以盼能洗个又长又舒服的澡,能去剪头发,睡在自家床上,穿自己的衣服,开车,挣钱,存钱。上网,购物,美甲。不需要照着课本讲话。见到自己的孩子。

塔克说过,爸爸们的周日通话从来都没什么禁忌和要点,也从没出于技术原因而被取消。弗里达想知道塔克的前妻会不会允许她接近他们的儿子，古斯特会不会允许塔克接近海莉特。她需要耐心。很快就能自由了，她能畅所欲言，忠于自己的感受。她攒了一整年的眼泪。攒了太多眼泪的身体时常感觉很沉重。

妈妈们在体育馆里观看了有关贫穷的教学片。那些片段展示了全球难民危机、美国的无家可归者、自然灾害。她们必须学会向孩子们转述世界上发生的重大事件。如果她们亲身体验过贫困，导师们就鼓励她们讲给孩子听。

回到莫里斯厅，导师们分发了平板电脑，里面已预置了一些发人深省的图像：无家可归者的营地、坐着橡皮船被冲上岸的难民、第三世界贫民窟里的儿童。妈妈们开始教娃娃们认识新词：人道主义危机。移民。边界。人权。

弗里达像讲述绘本一样解释这些图像。为什么那个人很脏？为什么他没有鞋子？为什么他睡在一堆垃圾下面？

"他坏。"埃玛妞说。

"不。是因为他的生活走上了歧途，有时候，就是因为没人帮他们，他们才会最终流落街头。"

"伤——心。"

"是的，像小鸟一样伤心。但他的伤心不是小小的，因为他是一个人。"

库利女士称赞弗里达建立了关联，这种赞许是如此罕见，简直像幻觉。

弗里达向埃玛妞尔介绍了收容所和施食处，重返社会训练所和戒断康复计划。她说："你想象一下，冬天无家可归是什么感觉，想象一下，在雨天。"她继而谈到最基本的普世权利：人人都该有吃有住。

埃玛妞指着器材室的门："家。"

弗里达说:"不是每个人都能这么幸运。"

×

弗里达在思考心灵与精神,城镇与家园。斜射的日光或根本没有光。另一个城市的另一所房子。西雅图或圣达菲。丹佛。芝加哥。加拿大,永远的梦想之地。古斯特和苏珊娜会不会同意迁居他处。塔克的前妻和她的新伴侣会不会答应。还有那个男人的前妻和她的新伴侣。

弗里达的档案中已添加了更多家庭资料。苏珊娜早产了,孩子在三十五周时就降生,是个男孩。苏珊娜需要紧急剖腹产。胎盘破裂,大量失血。弗里达是从辅导员那儿知道这个消息的,古斯特不厌其烦地通知校方,令辅导员印象深刻。

"你还没有问孩子叫什么。"辅导员说。

"请原谅我。他们给他取了什么名字?我之前不知道是个男孩。"

婴儿被命名为亨利·约瑟夫。体重五磅一盎司。有黄疸,可能要在新生儿重症监护室待一个月。苏珊娜可能要住院数周。

"但她还好吗?"

"她正在康复中。我建议你好好想想,等你回去后该怎么做才能让他们轻松一点。"

弗里达说她会考虑的。她想问,谁在照看海莉特。古斯特肯定要守在医院里。他们的父母飞来帮忙了吗?古斯特已经安排好了,等弗里达离校,可以先借住在威尔家,而且他已经把这些安排通报给了辅导员。

弗里达想把早产的事告诉罗克珊。苏珊娜可能会因为输血而肿胀。她可以见亨利吗?她可以照料他吗?

当初住院的第一周里,护士们强迫他们给海莉特喂奶粉。剖腹产后,弗里达的奶水来得特别慢。海莉特的体重已经下降了百分之十几。护士们说,如果海莉特没有好转,就让弗里达独自出院。

"如果你不得不把她留在医院里,自个儿回家,"护士们说,"那就太让人心碎了。"

她不希望苏珊娜也为此心碎。

×

培训贫困意识的课程里,由穿粉色大褂的女人扮成乞丐的模样,破衣烂衫,用深色眼影把脸抹黑。每一对妈妈和娃娃都必须从这个假乞丐面前走过,她会向她们要钱。她们要训练娃娃,让娃娃注意到乞丐,再拽住妈妈的手,表现出利他的意图。妈妈会给娃娃一枚硬币,娃娃必须把钱给出去,并说"你要好好的"或"保重"。

接下来的一整天里尽是困惑、商量和泪水。没有娃娃显示出利他的意图。没有娃娃给出硬币。妈妈们实在没法在一天之内推翻之前的说法——她们可是花了两个月才教会娃娃认同陌生人代表危险。

乞丐请求援助时,埃玛妞大喊一声:"走开!"

弗里达予以纠正,但埃玛妞坚持认为乞丐是坏人。弗里达好好解释了一番:坏和不幸、坏和悲惨有什么区别。

"关于受苦,我们学过什么?"

埃玛妞垂下了脑袋。"我们帮助。我帮助。帮小鸟。帮女士。"

弗里达解释了慈善的概念。对埃玛妞来说,慈善就像小篮子,像小红帽。几个月前讲过的故事,弗里达惊讶于她居然还记得。埃玛妞假装拎着小篮子在林间蹦蹦跳跳。

"小红帽。"她说,"好吃的。小篮子。"硬币就是她要给女士的小篮子。

埃玛妞听完乞丐的请求,说道:"小篮子,再见!"

弗里达问导师,能不能替换词汇。库利女士要她继续尝试用正确的词汇。埃玛妞将硬币扔到乞丐的脑袋旁边,喊道:"我做到了!"

库利女士说现在不是走捷径的时候。如果这孩子真的明白慈善是什么意思,就该把硬币亲手递给乞丐,并予以祝福。她们应该能从中看到这个娃娃的人性。

×

"你做这事儿的时候必须像个大姑娘。"弗里达说。这是最后一天训练,教室里设置了两个道德站点:一站是受伤的鸟,一站是乞丐。娃娃必须在没有妈妈陪练的情况下完成两个任务。

鲁索女士说埃玛妞的行为将反映她这一年学到的一切。她是否感到安全,有被爱的感受。她是否有潜力成为一个有爱心、有生产力的社会成员。她就是最鲜明的指标,足以确认弗里达是成功还是失败。

"你能为了妈咪表现得又聪明、又善良、又勇敢吗?"

埃玛妞说可以。

"谢谢你,亲爱的。我爱你。"

她们练习说"你要好好的"。弗里达用手捋了捋埃玛妞的头发。她想知道埃玛妞的记忆还有多久会被抹去,她会不会被送进仓库,直到另一个亚洲女人出现;她想知道那个女人会是谁,埃玛妞要等她多久,她会选择什么名字,她们会有怎样的母女关系。下一个妈妈要很小心。更换蓝色液体时,按摩埃玛妞的背部会让一切更顺利。

×

只有弗里达和琳达的两个娃娃差不多完成了两个任务。琳达的娃娃犯了个错误，但在五分钟内就完成了任务。埃玛妞在六分钟内完成。讲求速度导致道德上的模棱两可。娃娃们粗暴地对待小鸟。贝丝和梅丽尔的娃娃甚至不肯拿硬币。

晚餐时，奈特女士来探望妈妈们。"我知道，你们中的一些人本以为自己永远不会到这种地方来，但我相信你们已经明白了，母亲可以胜任一切。你们离校后必须每天评估自己作为母亲的品质。我们的教诲应被铭记在你们心中。"

她要求妈妈们手拉手，然后带领她们念口号。最后一次评估就在明天。最后一次大脑扫描将在星期三完成。

"看到你们学有所成，我们非常激动。"

×

第九单元的评估考核中，梅丽尔的娃娃把小鸟扔掉了。贝丝的娃娃看到乞丐就开始哭。琳达的娃娃把硬币揣进了口袋。

弗里达有机会拿到第一名。第一站，埃玛妞用手指戳了戳小鸟，说："我帮，好的。你没事的，你没事的。"她捡起小鸟，送到弗里达面前。

弗里达好想亲她。以前她总觉得埃玛妞在和她作对，但今天娃娃的动作又果断又轻柔。

弗里达把她带到第二站，乞丐正在痛苦地呻吟。法官大人应该知道埃玛妞是她的，不该再被分派给另一个女人，不该被抹除记忆，不该被重新命名。

埃玛妞终于注意到了乞丐，说："小篮子。"

弗里达把硬币递给她，她把硬币扔在乞丐的脑袋旁边。

她说："你要好好的。"

×

技术员的手冰冷。弗里达闭上眼睛，从一百开始倒数，集中精神，只想埃玛妞，她已经习得了去相信、爱护这个娃娃孩子。埃玛妞昨天完成了两个任务。虽犯了些小错，但就结果而言，弗里达在这个单元获得了第一名。

辅导员说法官有时也会破例，以前有过这种先例。破例，弗里达希冀的最好的结果莫过于此。她会为没有举报罗克珊和梅丽尔而道歉。她可以坦承自己早就知道她们的计划了，哪怕有些计划并没有付诸实践。她会把一切归咎于塔克，因为是他在追她。她可以承认自己在苏珊娜怀孕期间给她带去了不少压力。她只有两次零分。埃玛妞受过的伤也不如其他娃娃的那样严重。只去过三次恳谈会，又不是几十次。她被逮到的罪状是两人在摸手，又不是接吻。

屏幕上出现的是七月里的场景。埃玛妞正在把玩具捡起来。她们在学怎么做游戏。弗里达惊讶地发现，埃玛妞已模仿了许多她的习惯动作。她皱眉的样子。她听别人讲话时习惯性地点头。她一紧张就眨眼。她们看起来真的像一家人了。

她觉得有希望了，但下一个画面出现了可怕的转折。她看到自己在野餐会上见到了塔克，汗在后背流淌，她努力忽略这一点，现在的体温必将表明她是有罪的。她的额头变得湿漉漉的。观看夏天的录像时，她羞愧得浑身燥热。舞会，他们站得很近，轻声细语，显然是一对儿。欲望昭然若揭。

他们这样剪接视频，足以让人觉得她和塔克时时刻刻都腻在一起。危险单元的评估日,她看起来很绝望,连一个孩子都救不了的女人,甚至救不了她自己。此处加入了埃玛妞尖叫的特写镜头、弗里达的血蹭到埃玛妞脸上的那一幕。还有弗里达和塔克在停车场的镜头,互相把玩对方的手指。这次,他们给她看的更多的是两人亲热的镜头,而不是养育孩子的场景。

×

第二天,她们都收到了预后判决。弗里达在温柔、同理心和关怀方面的得分很高。她的母性本能得到了极大提升,但仍有内疚和羞愧的迹象,观看自己和塔克的镜头时出现了一些渴望的峰值。

"我们甚至从没亲吻过。我没有越线。"

"但你是渴望的,"辅导员说,"还想让自己分心,不想全神贯注于你的训练。我跟你说过要远离那个男人,但你反而贴上去,引起了他的注意。你很享受这种感觉。我们怎么知道你离校后就不再追求这段关系了呢?你应该明白吧——你不能和他约会。"

"我保证我不会。你说过的,只要这次我拿了第一,法官可能会破例。"她不是完成了最难的任务吗?她不是教会了埃玛妞如何做人吗?

"法官会把所有数据都考虑进去。记住,弗里达,你的扫描结果应该是没问题的,有母性的。"

"我们家需要我。"弗里达再次为自己的案子申辩起来。苏珊娜恢复期间,她可以照顾海莉特。总得有人帮他们照顾海莉特。古斯特和苏珊娜会很忙。他们安顿新生婴儿的时候,海莉特可以和她住在一起。她可以为他们做饭,为他们看孩子。海莉特需要亲生母亲。她可以给海莉特美好的生活。她会一直谨遵学校的教诲。

"我父母只有这么一个孙女。"

"你那天迈出家门之前就该想到这一点，"辅导员说，"我们在你身上投入了很多，弗里达。我们做了力所能及的一切。"

弗里达的预后判决是"中到差"。辅导员无法预测法官最终会怎么判。

辅导员伸出手，感谢弗里达参与这个项目。

弗里达从没问过辅导员有没有孩子。她当然很想知道，但从头到尾什么也没有提及。如果把弗里达换成她，她会怎么做？弗里达握了握辅导员的手，感谢她的指导。她最后一次为自己的种种不足之处致歉。

辅导员给她起了头。"你是一个坏妈妈，因为你有欲望。"

"我是一个坏妈妈，因为我有欲望。我是一个坏妈妈，因为我很软弱。"

今天是感恩节。她母亲肯定在为海莉特的圣诞礼物挑挑拣拣，一如往常地买新衣服。弗里达怀孕时，她母亲说过，有了女儿就好像有了属于自己的玩偶。

"你的女儿会很美，"她母亲信誓旦旦地说，"甚至比你更好看，就像你比我更好看。"

午饭前的时间里，弗里达就在石砌庭院里踱步。她想象海莉特在冬天的模样，再想到阳光斜射的新房子，她拉上前门，开车离开，塔克的儿子从树屋里走出来。这所学校要看到她洗心革面，但是，幸存算是一种进步吗？海莉特值得更好的，而非一个最大成就仅仅是让自己活下去的妈妈。

有一次，她不小心把海莉特的脸颊抓出了血。有一次，她把海莉特的拇指指甲剪得太短了。

"你坏。"海莉特说过的。等她长大了，她会说得更多：你为什么要那样做？为什么要离开我？

　　弗里达听到皮尔斯厅传出尖叫声，门被重重地摔上。她看到妈妈们陆陆续续往山坡下走去。她们继续穿过草坪，经过露天剧场。等她们走到树林时就开始嚎叫。她们渐渐明白了，开始哀悼。她们的叫声就像卢克雷茨娅遭遇雪天使灾难的那天发出的哀嚎，就像娃娃们被痛打时的哭嚎。弗里达能说出的唯一一个字就是"不"。她等着，听着，然后决定加入她们的行列。

×

　　午夜时分，响起了警报声。妈妈们在走廊上排队，清点人数。警卫一离开，灯光一熄灭，她们就开始交头接耳。梅丽尔又失踪了。

　　"不。"弗里达想吼，但嗓子已经哑了。她推开人群，找到了梅丽尔的室友。那位室友说梅丽尔留了一张纸条，但她还没来得及看就被没收了。吉布森女士上楼来，叫大家回自己的房间。

　　当夜，弗里达彻夜未眠，一直在祈祷救护车不要来。梅丽尔可能躲在什么地方。她大概又找到了哪个愿意帮她的警卫。

　　她去树林里和那些妈妈一起哀悼时，真不该让梅丽尔跟她一起去。梅丽尔的预后是"差"。她的社工对她的母亲很不满意，认为她没有好好照顾奥切安，并已拒绝将奥切安的生父作为备选监护人。梅丽尔的最终听证会之后，奥切安很可能会被安置在寄养家庭。

　　梅丽尔叫得撕心裂肺，脖子上青筋毕现。许多妈妈都喊哑了嗓子，直到什么都喊不出来。她们抱成一团。有些人跪了下来。有些人祈祷。有些人咬着自己的手。

　　弗里达想到了父亲。在阿嬷差点儿被枪杀的那一夜，父亲和叔叔肯定也发出过这样的嚎叫。身体能够产生纯粹的恐惧。纯粹的声音。声音让思想黯然失色。梅丽尔仍在凄厉地叫着。弗里达抓住梅丽尔的胳膊，以免她一头栽进雪里。梅丽尔嚎叫时，弗里达好像能感觉到有什么东西从她身上升腾而起，仿佛要挣脱她的皮囊。

她真该在晚餐后去看看梅丽尔，问她要不要来罗克珊的床上睡，就今晚。梅丽尔都想好了，明年要教奥切安骑自行车。不是有辅助轮的童车，而是真正的自行车。她说奥切安最爱的语言就是运动。在她的想象中，奥切安会像她父亲一样长成高个子，成为跨栏或跳高运动员，或是标枪运动员。如果她的女儿擅长跑步，就能拿到奖学金。如果她拿到了奖学金，就不会怀孕。

"我可以打破这个该死的循环。"梅丽尔说过的。

×

早餐时，她们把梅丽尔的座位空出来。妈妈们经过她们这桌时，会把面包圈、松饼和椒盐饼干放在空椅子前面。她们建起了一个面包神坛。为了纪念梅丽尔，弗里达堆起了好多糖包。贝丝不想吃东西。她脸颊上的伤痕结痂了，整个早餐时段她都在抓脸。

琳达拉住贝丝的手。她把餐巾纸浸到水杯里，再帮贝丝把脸擦干净。吉布森女士拿起话筒，说辅导员可以提供抚慰悲痛的服务。她要求妈妈们低下头，默哀片刻。有人抽泣得很大声。弗里达抬起头，看到了坐在远处角落里的查丽丝。即便从这么远的距离，她都能看出那种眼泪是假的。

今天的课堂主题是"再见日"：娃娃被关停之前，这是她们最后一次玩耍，最后一天拥有母女亲情。弗里达和贝丝都哭了，惹得她们的娃娃心神不安，结果挨了批评。梅丽尔的娃娃仍在器材室里。别的娃娃走出去时，她显得特别落寞。

"她为什么在那里？"埃玛妞问道，"梅丽尔妈妈在哪里？"

弗里达对埃玛妞说起时间，说到人的成熟，人的冲动。梅丽尔妈妈当时非常年轻，她还在学习如何做出好的决定，她没有考虑到自己会让大家都很伤心。有时候，人们做一件事只是因为那会让自己在那一刻感觉很好。只不过想让自己舒服一点。

早餐时，她们得知梅丽尔从钟楼上跳了下来。埃玛妞想把弗里达的眉头抚开，说道："别伤心，妈咪。你开心。"

她们聊起妈咪的声音为什么这么粗哑。弗里达说她昨天情绪有点激动。有时候，妈妈们感受到强烈的感情时就会发出很大的声响。

她们并排趴在地毯上，让一条彩虹蛇沿着一条虚拟的路游动。玩着玩着，弗里达问道："你爱我吗？"

埃玛妞点点头。

"对你来说，我是个好妈妈吗？"

埃玛妞戳戳弗里达的脸颊。"你 OK。"

弗里达应该感谢埃玛妞，感谢她受了苦，感谢她变得够真实。她把娃娃的头发别到耳朵后面，用心记住她眉毛的曲线，她的雀斑。下一个妈妈需要确保她的安全，需要保护埃玛妞不受导师和其他娃娃的欺负，不能让埃玛妞挨打。下一个妈妈应该知道埃玛妞喜欢胡萝卜，不喜欢豌豆。她应该找到杰里米，让这两个娃娃一起玩。

她们玩了一上午，停下来吃午餐，然后继续。下午，妈妈们带着自己的娃娃一起拍照。她们在白板前、窗前、器材室门前摆出各种姿势。

库利女士把一沓宝丽来照片递给弗里达。"给她看看吧。她会喜欢的。"

她们把照片铺在地毯上,看着她们的脸慢慢出现。弗里达已有一年没见过自己的照片了。埃玛妞也许从未见过。一共有六张宝丽来照片,前五张弗里达都眨眼了。她的脸很小。她的头发不再是全黑,有了白发。她的五官好像褪色了。埃玛妞的五官很生动,表情很愉悦。她们之间的爱是显而易见的。

"让我看,"埃玛妞说,"再看!再看!"她在每张照片上都留下了好多手指印。

这天结束时,娃娃们知道有些事情和往常不一样。是时候归还照片了。是时候说再见了。琳达的娃娃赖在地上不起来。贝丝的娃娃发生了故障。

弗里达看到琳达趁着库利女士拿几张湿巾给贝丝的空当把一张照片偷偷塞进袖子里。

鲁索女士正忙着在她的平板电脑上打字。库利女士从琳达那里收回一沓照片,没有数。库利女士走近弗里达时,她归还的也是五张。睁着眼睛的那张被她藏进了口袋。

鲁索女士告诉妈妈们,可以开始最后的拥抱了。

弗里达抱住埃玛妞的肩膀,把下巴搁在娃娃的头顶上。她会把埃玛妞的气味记在心里。她会记住她咔哒咔哒响的声音。

埃玛妞在自己的口袋里摸索。她还留着评估日用的那枚硬币。

"妈妈的篮子,"她说,"小篮子。"她把硬币扔到弗里达的手里,说:"你要好好的。"

弗里达哭了。她再次抱住埃玛妞,感谢她。她告诉埃玛妞,器材室不是放器材的地方,那是一片有城堡的森林。她要睡一个特别的觉,就像童话里说的,有个小公主睡在玻璃板下面。

埃玛妞噘起小嘴。"妈咪,不想睡觉。不累。"

琳达和贝丝的娃娃已经进器材室了,和梅丽尔的娃娃在一起。

弗里达没有说"再见"。她给了埃玛妞最后一个吻:"我爱你,宝贝。我会想你的。"

鲁索女士带她离开。埃玛妞走到器材室门口,回头看了看弗里达,挥挥手,大声喊道:"爱你,妈咪!保重!保重!"

十八

社工办公室的背景换成了蓝色，知更鸟蛋的那种蓝，曾是弗里达最喜欢的颜色。墙上挂了新画，有手印、怪物和简笔画拼出的树，还有一张裱在相框里的海报尺寸的大照片，画面上有个金发小女孩流下了一滴泪。

这滴眼泪冒犯了弗里达，就像女孩手中的雏菊一样，事实上，这张从商业图库里找出来的黑白照片本身就令她不适。不论是谁，显然不是为了这种用途而拍下这张照片的。弗里达的体温在上升。她快速眨眼，心跳得又快又重。她之前没在清早来过这里。等待的时候，她回答了一些有关过渡期的问题，坦承她是拖着行李箱过的。她去仓库取了些衣物，重新启用银行账户，拿回了她的车，重新习惯开车，为能住在朋友威尔家而深感幸运。她还没开始找工作，还没去找公寓，没有时间，因为忙着准备出庭。她必须先熬过今天。她不知道今天过后会发生什么。

现在是十二月的第一个星期二，距离海莉特被带走已有十五个月，距离弗里达最后一次抱她已有十四个月，距离她们最后一次通话已过了四个月。她们即将迎来最后一次探访。昨天，法官终止了她的父母权。

她尚未被列入黑名单系统，如果她不监护孩子，就不必列入了。法官答应今天上午给她三十分钟。弗里达看了看手机，古斯特还没有发短信。现在是十点零七分。她觉得他不太可能迟到。她问，他迟到会不会影响她的最终结果。二十三分钟不够。

"别担心。"托雷斯女士说。迟到五分钟、十分钟不会有问题的。她微笑着，好像心软了，正怜悯地看着弗里达。托雷斯女士说她非常理解，今天很重要。她们可以利用这点时间处理文件。她递给弗里达一块写字板。弗里达要签署这些表格，允许州政府在海莉特年满十八岁时向她公开弗里达的信息。

法官做出的是最终判决。父母不能再上诉。弗里达问她可否联络海莉特，或是只能等海莉特联络她。

"以后她有需要就会去找你的。要有信心，刘女士。大多数孩子都想找到生母。"

弗里达点点头。她希望坐在这把椅子上的下一位父母能变得很暴力。应该有人把社工扔到墙上，掐死她，把她推到窗外。双方的尸体数量应该对等。穿粉色大褂的女人、导师、律师、社工和家事法庭法官应该和死去的妈妈们一样多，和在下一轮、下一所学校里死去的妈妈一样多。

在永久联系方式一栏，她写下了父母的地址和电话号码，又加上了自己的手机号码和电子邮箱。她签下了自己的名字。等到海莉特十八岁，她就五十五岁了。她不知道自己会住在哪里，甚至不知道自己能不能活到那时候。活着的感觉不太对劲，穿戴整齐、妆容完备地坐在这里，也仿佛是个错误。她已把头发染黑，剪成了有刘海的波波头，蕾妮建议她采用这种风格。她修剪了指甲，做了牙齿美白。她穿了第一次监督探视时穿过的开衫套装和铅笔裙，但现在穿起来宽松多了。她看起来保守而整饬，既不像初为人母的她，也不像后来的那个母亲，而是从正确操作手册里走出来的，一个空心的、可替换的妈妈。

她的听证会持续了两小时。法官之前已审阅了课堂上、评估日和周日通话的录像，参考了弗里达的大脑扫描数据和从埃玛妞那儿获取的数据，读过了库利女士、鲁索女士和弗里达的辅导员汤普森女士的书面建议。

法官说："刘女士，我对你的了解已经很充分了。你是个复杂的女人。"这个改造计划之所以特别，就在于能够获取孩子的视角。哪怕埃玛妞没有足够的词汇去描述弗里达的母性，哪怕辅导员不能时时刻刻监察弗里达，也还有其他数据、各种技术的辅助，法院完全可以全面了解弗里达的能力，以及她的性格。

"我们可以做出推断。"法官说。

弗里达不知自己该何去何从。蕾妮先发言，然后是州政府的律师发言。社工、法庭指定的儿童心理学家以及古斯特和苏珊娜都作了证。苏珊娜出院才两天。古斯特和苏珊娜不能听到任何有关改造项目的信息，两人仅各自发言几分钟就双双离开法庭，回新生儿重症监护室陪亨利去了。

"我们都原谅弗里达了，"古斯特说，"不让她们团聚会给我们的女儿带来创伤。海莉特已经受了这么多苦，我希望她能有一个正常的童年，正常的人生。您可以让我们家实现这个心愿。"

苏珊娜说："海莉特一直在问弗里达的事。她会说'妈妈回来呀，妈妈想我'。对我们来说，不存在信任问题。我知道弗里达可以胜任。她是个好人。"

轮到弗里达作证时，她先为自己的判断失误郑重道歉，先是擅自离家，后来是塔克。她回答了法官有关三次恳谈、掐娃娃、两次零分、和辅导员发生争执的问题。她用"美好而丰富"形容自己和埃玛妞的关系。她从这个娃娃身上学到了很多东西，恰如娃娃从她身上学到很多。"我们是一个团队。"她说。

她对法官说,母职赋予她生活的目标和意义。"有孩子以前,我始终不知道自己缺少什么。"她说。

弗里达又看了一眼时间。古斯特在哪里？她把写字板还给社工,从手袋里拿出一个盒子,请求社工允许她给海莉特一些传家宝。

"刘女士,你不能给——"

"这不是礼物。瞧。你看看,都是给她长大后用的。我想让她拥有它们,万……万一她不来找我。"

社工检查了盒子里的东西：家庭照片和首饰。弗里达祖母的珍珠耳环和玉手镯,她自己的结婚戒指,一些家庭照片,一个金吊坠,里面盘着一缕她的头发。今天早上,她拔头发时屏住呼吸,想象着海莉特五岁、七岁乃至十几岁的样子,想象她变成了一个年轻女子。她希望自己作为母亲能有一小部分陪伴海莉特成长。

托雷斯女士答应破这个例。弗里达谢过她。她把首饰放好时,听到了言语声。古斯特和海莉特在门的另一边。

"听话,你可以自己走了。像个大姑娘一样走路。我们现在要去见妈妈了。亲爱的,来吧。她在等我们呢。妈妈就在里面。我们现在必须进去了。"

弗里达从手袋里取出小镜子,检查口红,又抹掉口红。她努力让自己顺畅地呼吸。

他们进门后,社工就按下了她手机上的计时器。十点十八分,他们才开始最后一次告别。弗里达拥抱了古斯特,海莉特紧紧地抓住门框。等候室里的人都抬头看他们。弗里达蹲在海莉特身边,但海莉特不肯看她。

把头转过来呀,弗里达心想。

古斯特问她怎么回家。昨天,他和蕾妮都担心弗里达会一头冲到公交车前面。他每隔一小时就打电话问她好不好,还让威尔提前回家照顾她。

威尔要到五点才回家。他问她可不可以在某个公共场所等威尔。她今天有什么计划吗?她昨天晚上有没有睡觉?

"我得知道你安然无恙。"他说。

"我们现在不能谈这个。"他们已经用掉了三分钟。她问起了亨利,因为她记得这事儿。古斯特告诉她,亨利的胆红素水平正在好转。

她想告诉古斯特她爱他,叮嘱他未来十六年里该怎么做,告诉他该怎样把海莉特抚养成人。今天,她也要和古斯特说再见了。

她抚着海莉特的背,出于习惯,摸了摸埃玛妞的蓝色旋钮的位置。海莉特推开了弗里达的手。

"我的身体。"海莉特说着,离开门框,转而抱住古斯特的腿。

弗里达把门合上,又试着去抚摸她。"我听到了,你说那是你的身体。没错。你能看着我吗?是妈妈啊。弗里达妈妈。真不敢相信你都这么高了。我可以抱抱你吗?我很高兴见到你,宝贝。我一直盼着看到你。能让我看看你吗?"

海莉特抬起头来。她依然是弗里达见过的最漂亮的孩子。女儿的美丽让她瞠目结舌,什么也说不出来。她们手拉手,彼此凝视着。弗里达感觉得到,她们承受着社工的目光、摄像头、计时器,还有一整年的期盼施加的重压。

海莉特又高又瘦,比埃玛妞高出大概八英寸。她的脸型变成心形的了。她的眼睛看起来更像中国人了。他们一直把她的头发剪得很短,鬓发翘在她耳朵上面。她抱着一个塑料黑人娃娃,娃娃背着自己的水瓶。古斯特给她搭配了一身大地色系:白色小碎花的炭灰色开衫，棕色毛衣，深橄榄绿色紧身裤，棕色的小靴子。

"你好，妈妈。"海莉特指着弗里达的刘海问道，"你的头发怎么了？"

古斯特和社工笑了。弗里达不敢相信海莉特竟然如此口齿清晰。如果她们有更多时间，如果她们能单独相处，肯定可以进行一些真正的交谈了。

"你喜欢吗？"弗里达问。海莉特点点头。她走向弗里达，伸出双臂。她们拥抱在一起时，弗里达几乎难以自持。眩晕。她亲吻海莉特的手，捧起她的脸，看着她真实不虚的双眼，抚摸她真实不虚的皮肤。

古斯特想走了，但海莉特求他不要走。谈判又用去了五分钟。古斯特提醒海莉特以后会怎样，她将有很长一段时间见不到妈妈。再待下去，妈妈就没时间了。他们今天必须说再见了。

"不要没时间！不要！我不要！"

古斯特在弗里达的额头上亲了一下，又在海莉特的脸颊上亲了一下，说他会在等候室里等。社工要弗里达和海莉特从门口走开，示意她们坐到沙发上去。弗里达把海莉特抱在腿上，海莉特的体重让她发抖。她比埃玛妞重得多。海莉特边抽泣边问道，为什么今天要告别。

"为什么妈妈没时间了？为什么要等很长时间？"

弗里达对海莉特讲起一年前的生活，妈妈如何度过了人生中最糟糕的一天，又因此去了一所学校，那里有很多妈妈，很多课程，还有一些妈妈应该通过的考核。

她揉捏着海莉特的手。"我非常努力。我想让你知道，我尽力了。这不是我的决定。我仍然是你的妈妈。我将永远是你的妈妈。那些律师说我是你的生母，但我不是什么你的生母，我就是你妈妈。就是这样。真不公平——"

"刘女士，请尽量不要评判这个项目。"

"我的评判已经不重要了，不是吗？"弗里达驳了一句。

"刘女士——"

"妈妈，我不舒服。肚子痛。我想要袋袋。"

社工解释说，海莉特的学校会在孩子们碰痛时给他们冰袋。弗里达啜泣起来。这是她提出要求、分享秘密的最后一次机会，但什么秘密、什么故事能向她女儿解释她生活中的一切呢？

导师们会让她用更高的音调说话。她们会说她拥抱的时间太长，吻得太多。她一遍又一遍地说"我爱你"。

海莉特说："我也爱你，妈妈。"这是弗里达一直在等的一句话。"我非常爱你。"

海莉特把脸依偎在弗里达的颈窝里。她们说起今天的告别意味着什么，今天的告别并不是永远的告别，海莉特会长得又高又强健，又聪明又勇敢，妈妈即使不能来看她，也会一直想着海莉特。每一天。每一秒钟。

海莉特从弗里达的腿上滑下来，拍拍她身边的沙发。"妈妈，就坐在这里。坐在这里，我和你说话。"她给弗里达看她的娃娃，"妈妈，也跟贝蒂宝宝说再见吧。"

弗里达笑着说："再见，贝蒂宝宝。我对你的爱比银河的星星还多，贝蒂宝宝。到月亮有多远，我就有多爱你。"

"到木星，贝蒂宝宝。到木星有多远，我就有多爱你。"

"你记得。谢谢你记得。到木星有多远，我就有多爱你。我也爱你，贝蒂宝宝，一直爱到木星上。"她举起拳头，提醒海莉特这代表心痛。她们互相比划这个手势，还把它教给贝蒂宝宝。每当海莉特想起妈妈，她就可以这样捏起拳头。

"还有十分钟。"社工说。

弗里达让海莉特坐好,拿出那盒传家宝。她给海莉特看她祖父母和曾祖父母的照片,又看了一张:海莉特刚出生时弗里达的父亲写的毛笔字,每一笔都标上了序号,以便海莉特学会怎样写她的中文名字。刘彤云。雪前的浓云。彤就是朱红色。名字是海莉特外婆起的。弗里达教她怎么念。

她们打开吊坠小盒,弗里达给她看那缕头发。"这是妈妈的一部分。请别弄丢了。我希望你从小到老都拥有它。"

"我不老。我两岁。快三岁了。"海莉特举起三根手指,"我是大小孩。妈妈,我的三岁生日你要来哦。明天就是我的生日!"

"不,不是明天,宝贝。小傻瓜。我很抱歉,妈妈去不了。但妈妈会在你心里。"

"也在项链里吗?"

"也在项链里。"

还剩六分钟。拍照时间到了。社工让她俩在一棵微型圣诞树旁摆好姿势,然后装好宝丽来相机的胶卷,再叫她们笑。海莉特哭了。弗里达要她好好对待爸爸和苏珊娜,做亨利的好姐姐。

"我们到窗边再拍几张。"社工说。

弗里达抱着海莉特。"记住,你从来没有做错什么。你是完美的。妈妈非常爱你。妈妈对你的爱就像银河里的星星那么多。记住公公和婆婆。他们会永远爱你。他们会每天想你。"

她在海莉特耳边轻声说:"拜托你,一定要幸福。我想要你幸福,快乐。我希望你长大后能来找我。拜托你,来找我。我会等着你的。"

"好的,妈妈。我会去找你。"她们勾了勾小指头。

还有一分钟。弗里达紧紧抱住海莉特,想给出各种拥抱——不是各种感情，而是整个世界。她假装自己正在拥抱埃玛妞，假装这只是一次练习。

法官说她还没有准备好承担母职责任。也许她不会再把海莉特单独抛下了，但她可能会犯别的错。如果她会在娃娃身上掐一把，那可能会对海莉特做什么呢？如果她不能保护娃娃免受危险，又怎能指望她保护亲生女儿呢？如果她在受控的环境、在那么多利害关系的限制中都无法在同性友谊、异性关系中做出正确判断，那又怎么可能在现实世界中做出万无一失的决定呢？

"我就是无法信赖你，"法官说，"像你这样的人本该更明智些。"

社工的手机开始哗哗响。

"不！"弗里达喊道，"我们需要更多时间。"

"很抱歉，刘女士。你已经用完了属于你的半小时。海莉特，海莉特，亲爱的，你要和弗里达妈妈说再见了。现在，爸爸会带你回家。"

"求你了！你不能这样做。"

"妈妈！"海莉特也尖叫起来，"我想和你在一起！我想和你在一起！"

社工出去叫古斯特。弗里达跪在地上。她和海莉特抱头痛哭。海莉特紧紧抓住弗里达的衣领，继续尖叫。弗里达在她人生中最糟糕的日子里逃离了这种尖叫，但现在，她把这种尖叫深深烙印在心里，吸收进身体里，感受着那种震动，那种渴望。她需要牢记这个声音。她需要记住海莉特的声音，她的气味，她的触摸，记住海莉特现在多么渴望她，多么爱她。她吻着海莉特泪湿的脸庞，再次凝视她。她们像以前一样额头抵着额头。她用英语和普通话说"我爱你"，把海莉特喊作她的宝贝、她的小美人。等古斯特和社工回来，她仍不肯放手。

×

透过客厅的窗户，弗里达看到威尔的邻居带孩子们回家了。住在隔壁的那家白人有一儿一女，都在上小学。男孩为穿衣打扮的事和父母争吵，女孩为刷牙的事和父母斗嘴。街对面的一个白人男子穿着睡衣在自家前廊抽烟，一个黑人女人会在晚上弹吉他。街区另一头的一个黑人家庭有一对双胞胎男婴。她见过那位母亲提着两张安全座椅，一手挽一张。

她从没想过自己生活在一个到处都是孩子的城市，然而，当你失去了自己的孩子后，每个城市、每个街区都好像挤满了孩子。西费城在折磨人、友好和健康方面都自成一派，像个城中城，有绿树成荫的宽阔街道，两侧的房屋一到节日就装饰一新。她和古斯特逛过这个社区，看过一套维多利亚式小楼里的五居室公寓，但他们买不起，因为城里最好的公立学校就在旁边。她喜欢做做白日梦，仿佛他们当初买下了这些房子里的某一栋。如果他们当初能在另一个社区安家，一切将何其不同。

如果她有动力让自己出门，那只可能是去买药。去巴尔的摩街的药店买苯海拉明，去四十三街的CVS药妆店买多西拉敏，去五十一街的来德爱药店买奈奎尔。只在一家店买太多药很容易招致怀疑。她再也不想回答任何陌生人的问题了。

每当想象那个情景，她总倾向于药片。药配波旁酒。从来不会是剃刀和浴缸。她觉得身体里充满了电流，双手刺痛。今天是星期五下午。最后一次相聚后的三天里，她喝光了威尔公寓里的所有烈酒。她把多西拉敏吃光了。威尔不会再帮她买了。

威尔今天要坐班。否则，他会一直待在家里批改论文。他为她做饭。她无意中听到他和古斯特打电话，他们在讨论有没有必要召集别的朋友来轮流盯着她。他把刀具都藏起来了。他把自己的卧室让给她睡。住在这里的头几个晚上，他一直睡沙发，但在弗里达的请求下，他现在睡在她身边。他仍能保持公寓的整洁，因为他的狗现在在他前妻家，打扫起来就容易了。他说，出现在海莉特生日派对视频里的那个女孩并不是认真交往的对象。

弗里达忍不住把他和塔克比较，并为此内疚，但她喜欢威尔每天晚上都会把手搭在她的腰上，喜欢听他睡觉。她动不动就感谢他，但除此之外并没有说很多。威尔认为她不再信任他了。他希望她能放心地让他陪着她哭。他已经放弃了，不再询问那所学校的事。他们每天的交谈内容都一样。她洗澡了吗，吃了什么，她要不要吃点东西，把药和酒精一起服用是有危险的。

最后一次团聚时拍的宝丽来照片还在她的手袋里。她还没有准备好，哪怕看一眼都做不到。她也没看过埃玛妞的照片，照片也藏在手袋里。她还没有看过新闻。她把大部分清醒的时间都花在看海莉特的照片上，在手机上不停地滑上滑下，看过去的视频。海莉特第一次拍手。迈出的第一步。弗里达的父亲在海莉特刚出生时为她背诵《葛底斯堡演说》。

威尔让她看他手机里的苏珊娜的照片主页。她看到海莉特在一张张正方形的图片里渐渐长大，看到了海莉特的朋友和老师的照片，苏珊娜凸起的孕肚，海莉特第一次看牙医，便盆训练期的照片，全家自拍。政府不允许她在社交平台上关注他们，不允许她在网上跟踪他们。如果她在街上看到海莉特，也不能接近。从法律上讲，她现在是个陌生人。

还有不到三周就是圣诞节了。她一直没有接听父母的电话，而是让古斯特把这个消息告诉他们。蕾妮说，以前的政策是允许祖父母和孩子保持联系的。若是照以前的规矩，只要古斯特允许，弗里达就可以去见海莉特，哪怕海莉特不能和她住在一起。但政策已经变了。

她的父母在网络会议室 Zoom 里和海莉特告了别。他们给弗里达汇了钱，但真正希望的是她考虑搬回家住。留在费城可能对她不好。这个城市有太多的回忆，她母亲在短信里这样写道。

弗里达回到威尔的卧室，钻进了被窝。她需要围绕自己的一切都变得柔软。她想知道海莉特还记得多少，是否记得社工把她俩活生生地拉开，是否记得咬过她爸爸的手。

"妈妈，你回来！"海莉特尖叫着，"我要我的妈妈！我要你！我要你！"

海莉特失禁了，在社工的地毯上留下一摊尿。他们离开后，弗里达嚎叫起来，就像当时在树林里那样。社工打电话叫来保安，让他们护送她离开办公楼。她在电梯里继续尖叫，一走到人行道上就瘫软在地，一个路过的陌生人拍拍她的脸，才让她醒过来。人们围绕着她，俯身看她，问她出了什么事。有人扶她站起来。有人把她送上了出租车。

她应该试着逗海莉特笑的。她本想听到海莉特的笑声，看到更多的笑容。在学校里，她们有带电的铁丝网，有警卫和穿粉色大褂的女人。而她和亲生女儿身处同一个城市，仅距三英里，却更危险了。

×

威尔让弗里达换衣服。他们步行去克拉克公园的周六农贸市集，走到的时候刚刚市集开张。弗里达说要回去。人太多了。威尔让她放宽心，还一直搂着她，带她穿过人群。

有些人在买花环。有些人在下订单,订好圣诞要用的火鸡和馅饼。威尔让弗里达挑苹果。他们一起排队买面包。威尔遇到了宾大的朋友,他们都向弗里达问好,好像她是他的新女友。

她不想见任何人,不想看到任何人带着他们的小孩。看到推婴儿车的父母,他们让开一条路。他们离幼儿游乐场只有一个街区。她觉得每个人都在监视她,知道她去过哪里,做过什么。

家事法庭的法官应该知道她在反抗。塔克打过四次电话,发过短信和电子邮件。他赢了。塞拉斯又和他住在一起了。他前妻让他们共度圣诞假,多待一些时日。

只需三十分钟就能到日耳曼镇。塔克以为海莉特已经回到她身边了。他让她选个日子见面,他们都带上孩子,他提议去迪尔沃斯公园滑冰。他邀请她们早点过来吃饭。

如果他们都失去了孩子,她会去找他的。但永远不会有阳光斜照的房子了,在她的脑海里、她的心里都不会再有。决不能让海莉特知道他的事,也不能让古斯特和苏珊娜知道。不能让威尔知道。不能让她父母知道。法官说她的意志力有问题,说她太容易受诱惑,沉溺幻想,不够稳定。她是个坏妈妈,因为她还在想他。她是个坏妈妈,因为她仍渴望得到他。她是个坏妈妈,要是看到他和他的儿子在一起,她会受不了的。

×

回到威尔的公寓后,弗里达终于给家里打电话了。她父亲接了电话,她同意切换到视频,让他们看到她。他们都哭了。她开始道歉。她让古斯特告诉他们结果,真是个懦夫。

"你太瘦了。"她母亲说。

他们也一样。他们嘱咐她去看看医生,要多吃点肉。他们用英语交谈。弗里达不愿意问海莉特在他们通话时看起来怎样，古斯特看起来怎样。

父母希望她回家。只要她回家，他们就能照顾她了。

"我做饭给你吃。"她父亲说。她不需要马上找工作。她可以在芝加哥找到工作，和他们住在一起，攒钱。那该多好啊，大家又能在一起了。如果她现在不想独自旅行，他们可以来接她。

他们本想坐飞机来参加最后的庭审。她本该让他们来的。她本该多带海莉特去看看他们，邀请他们多来看看。他们才来过几次？海莉特和他们真正相处过几天？他们希望这个家族开枝散叶，然而他们的喜悦和期待都倾注在海莉特身上。她曾经认为这种压力会让她的孩子承受不住。

她感谢他们寄来的钱。她应该告诉他们，他们不一定要原谅她。她不值得他们原谅，不配拥有家庭。

"我好想把外孙女抱在怀里啊。"她父亲这样说过。

海莉特十八岁时，弗里达的母亲将是八十四岁，父亲将是八十五岁。弗里达会照顾他们，和他们一起生活。她认为他们最终会搬来这里，三代人同住一个屋檐下，她就是这样长大的。

×

又讨论了几天，她同意买张单程票飞芝加哥。她会待一两个月，也许更长。她父亲提议来费城，租一辆卡车，把她的物品都带回来，但弗里达还没有准备好彻底搬离。她不知道自己应该住在哪里。可能想离女儿近一点。

她的父母想让全家人聚起来，欢迎她回家。她父亲会做豆豉炒龙虾，她最喜欢的菜。他会去唐人街买食材，还会买糕点——椰蓉蛋挞、叉烧包。

她很想念那些味道。想吃椒盐。她父亲说他们会开香槟。那瓶香槟是他们去年收到的圣诞礼物，一直为她保存着。

父母语调中的幸福感令她紧张。她想知道，还要多久她就会让他们失望，几天？或是仅仅需要几小时？距离最后一次团聚已经过去一周了。昨天，她查到了海莉特学校的地址。她想过开车经过古斯特和苏珊娜的公寓楼，等在那里，了解他们的生活习惯。

挂断电话后，她给蕾妮打了电话，留言说她要暂时搬回家。她蜷缩在沙发上，睡了几小时，威尔回家时才醒来。威尔让她把头枕在自己的腿上。他把玩她的头发。

她想象此刻是塔克在抚摸她，想到了舞会，想到了她在滑梯边撞到头时他如何照顾她。

她把搬回家的事跟威尔说了。

"我会想你的。"他说，"但这样安排很好，合情合理。你还会回来的，对吗？"

"我想是的。我不知道我在做什么。我不知道我想要什么。这是我父母想要的。"

一想到要回埃文斯顿，她突然起身，把自己关在卧室里。如果她一下子横跨半个美国，就不能在每个公园、每个游乐场里寻找海莉特。海莉特将无法接收到她的信号。在接下来的十六年里，她能做出什么让海莉特骄傲的事，好向她发出信号，告诉她，她的妈妈仍然在渴望？

×

父母希望她立即飞回家，但弗里达需要更多时间。她订了一张十二月二十二日的机票。她开车去储物仓库，取出了更多衣服和文件，一箱海莉特婴儿时的小衣服，婴儿时期用的书和相册。等她到了父母家，会为海莉特打造一个回忆小世界，就放在她的床边，好让她看着海莉特的照片入眠。如果她能保持对海莉特的记忆，或许还能忍受。她会像在学校里那样，每天倒数日子过下去。

她很惊讶自己竟是那么想念那些妈妈和娃娃。她想把梅丽尔的事亲口告诉罗克珊。她想知道娃娃们在仓库里有没有得到妥善的照料。埃玛妞肯定很孤独。她必须换蓝色液体了。如果她的记忆尚未被抹除，会不会正在想妈咪？会不会在盼望弗里达回去？

弗里达直到现在才意识到自己有多么依赖埃玛妞，依赖她每天给予自己的那份亲情。如果父母失去了真正的孩子，可以把娃娃给他们，未来或许可以这样做。有些妈妈说过，她们想把娃娃带回家。

她认为，至今还没人发明植入或移植的办法未免太遗憾了。校方完全可以用那种办法，将她们性格中有缺陷的部分直接替换成母性本能、母性思维和母爱之心。

×

弗里达出门的时间更多了。她不再整日穿睡衣。她在巴尔的摩街上散步，看着妈妈们带孩子散步，去克拉克公园的一路上，好多家庭鱼贯而行。但是，没有她的女儿，一切都感觉不真实，时间、空间和她的身体都不像是真的。

电话打来时，她已经无所事事三个星期了。那是十二月中旬的一个周六上午，威尔接到古斯特的电话，弗里达从威尔的言谈中拼凑出了信息。古斯特和海莉特刚从急诊室回来，苏珊娜还在那里陪着亨利。他们把他叫去医院是因为亨利吃不下东西，呕吐了一整晚。几小时前，医生给他做了胃部超声。亨利有幽门狭窄症，今天下午要接受手术。古斯特得回医院，和苏珊娜一起陪夜。他问威尔能不能帮忙照看海莉特。威尔没有哄孩子睡觉的经验,但古斯特认为他能胜任。他会给威尔一份详细的指示。海莉特已经很熟悉威尔了。他们不能让陌生人照看她。古斯特的母亲已经回加州了,苏珊娜的母亲已经回弗吉尼亚了。他们从来没理由去雇一个长期固定的保姆。

威尔答应了,弗里达开始浮想联翩。他挂断电话,她问他能不能给海莉特拍些照片。威尔认为那些照片会让她更难受。

"我要看看她。"

"我明白,但我以为你是不可以……"

"就一两张照片而已。一段视频也行。求求你了。不要告诉她是为我拍的。"

×

那天上午的大部分时间里她都在忙碌。威尔有事出去了,还必须在中午前赶到古斯特家。弗里达给蕾妮打电话道别,还为周末打扰她而道歉。蕾妮觉得她回父母家的决定是对的。

"也许等海莉特再大一点……"蕾妮只说到一半,让弗里达用希望和幻想来填补后面的空白。

她问弗里达想不想保留最后一次团聚的视频,社工前几天发来的。弗里达还没做好心理准备。她们达成一致,决定一月再联系,并提前祝对方节日快乐。蕾妮建议她培养一些改善心情的新爱好,像是编织啦,烘焙啦。

"我现在没法去考虑兴趣爱好。"

"你会好起来的,弗里达。你比你想象的要坚强。"

弗里达喃喃道出一句轻轻的感谢。她不敢相信自己能骗过任何人,真的让别人以为她是好人。她身上大概没有任何部分还能保持纯洁、无私和母性。如果现在扫描她的大脑,他们会发现只有危险的念头。第一,海莉特一向睡得很沉。第二,威尔可以让她进屋。

×

威尔出门前,弗里达请求他再帮一个忙。今晚,等海莉特睡着后,她想过去。"我不会叫醒她。我不会碰她。我不会和她说话。我只想看看她。"

"弗里达,请别这样。"他想帮她,也认为发生的这一切很不公平,不管这个改造项目是干什么的,都对她很不公平,不仅对她,对任何人都不该如此。但她可能会因此被捕。她可能会给古斯特惹出大麻烦。

"他们现在要忙的事已经够多了。"

"我可以给你发短信,你打开门禁就能让我进去。他们楼里都是老人家,没有人会醒着。我再也没有这种机会了。不会再有人愿意帮我这个忙。我需要见她。我没能好好跟她说再见。你要知道,他们只给了我们半小时。"

"弗里达,你不该让我这样为难。你知道我不太擅长拒绝你。"他抱住她,在她耳边轻声说,"你一个人会好好的吧?我得走了。"

她请求他考虑一下。如果他同意,可以直接发短信:好。

那天下午等待威尔回复时,她试图厘清自己的思绪。她想起他们找到梅丽尔的那天,想起她之后变成了什么样。梅丽尔说她在地下室里根本没睡觉。她觉得,只要她睡着了,就会有人进来痛打她。她觉得自己像只动物,一有动静就会惊跳起来。她真是怕得要死。那比大脑扫描更糟糕,比任何评估都恶劣。恐慌始终不曾消失。她说,经过了地下室的那一周,食物、性、自由乃至一切都变得不值得了,但现在,对于还有什么事是值得的、重要的,弗里达已经没有把握了。

她存款的银行还没关门。她开车到三十六街的分行，取了八千美元，为此不得不回答银行经理的问题：为什么她需要这么大一笔现金。他告诉她，她应该提前打电话通知银行。她点点头。她知道，任何超过一万美元的交易都会被上报，她来之前就查过这些细节了，还删除了她在电脑上的搜索记录。

她表示了歉意，说她今晚要去参加中国亲戚的婚礼，中国人的习俗是给红包，里面得装现金。她表弟要结婚了。她父母交代她，准备好他们家要给出去的红包。

她领出一沓百元大钞，再把装钱的信封埋在手袋最底下。然后，她开车去塔吉特超市，用现金买了一张儿童汽车安全座椅，她没忘记海莉特已经长高、变得更重了，所以买的是正向安装的。然后买杂货，买海莉特可能喜欢的零食，买无糖饮料、盒装果汁、水果和蔬菜包、瓶装水。威尔可能会答应她的请求，也可能拒绝；就算他答应了，她也可能失去勇气。但是，他那天晚上说过他爱她，一直都爱她，愿意为她做任何事。他说，等弗里达准备好了，也许，如果她有同样的感觉，他们可以重新开始。

回到威尔的公寓，她收拾好自己的衣服和文件。她把行李箱装进车里。她给父母打电话，希望他们的声音能阻止她。她打印了一份新泽西州的酒店清单，然后收好她的电脑。这会启动安珀警报。媒体会在新闻中报出她的名字，展示她的照片、海莉特的照片。他们会追寻她的行踪。她不知道怎样偷车、更换车牌，怎样搞个新的身份。她没有枪。她没法飞。她不能置海莉特于危险之中。在这个国家，但凡长得像她们的母女，在任何地方，都会被人们看到并举报。她不确定自己是否愿意在地下室待上几年，但如果没有别的选择，选来选去都是一无所有，被惩罚又有什么关系呢？

她把晚上的时间用来打扫房间。她帮威尔洗了衣服，换了床单和毛巾。晚上十点二十三分，他发来了短信。好。

弗里达穿上外套、关灯、锁门时，手一直在颤抖。开车的时候，她一直在告诫自己，她还是有机会逃脱地下室宿命的。梅丽尔说过，身处黑暗中的她想着奥切安，为了奥切安活下去。

"我知道，她肯定希望我努力活下去。"梅丽尔说。

等她抵达，威尔也可能改变主意。海莉特可能会醒过来。但只要有女儿，要她在地下室待几小时、一晚上、几天乃至一周都是可以承受的。

每到一个红绿灯，弗里达都会考虑要不要掉头返回。

今晚倒是很容易找到路边停车位。她把车停在离古斯特和苏珊娜的公寓楼前门只有几步远的地方。她给威尔发了短信，让他开门让她进去。梅丽尔走到钟楼顶层时，大概也是这种感觉吧。不管发生什么，总会有安慰和欣喜。为了与女儿相处一刻，她给自己定下了规矩。不同的结局。

走上楼梯，到了二楼时，弗里达想到了她的父母。他们迫不及待地想见到她。他们从没有这么长时间没见到过她。她父亲仍然把她叫作他的宝贝。他们把她的房间准备好了。其实他们一直把那个房间收拾得可以随时入住。她可以单纯地看一眼海莉特，然后按计划飞回家。每个亲戚都很高兴可以在圣诞夜的家庭聚会上看到她，哪怕她犯了错。

威尔把门虚掩着。客厅里散落着海莉特的玩具。墙上挂着他们三人的新照片，海莉特在学前班的水彩画用粉色胶带粘在墙面上，冰箱门上贴着几张亨利的照片，走廊上摆着一个婴儿睡篮，成堆的布尿布，衣架上摊着一堆连体童衣。

弗里达头一回看到他们家这么乱。她不去想新生儿，不去惦记他的手术，也不去想古斯特和苏珊娜正在医院陪夜。她在威尔身边坐下来，握住他的手。她还要他帮一个忙。她想和海莉特单独相处一小时。几个街区外有个酒吧，他可以在那里等消息。她完事了就给他发短信。

"我认为你不该这样做。万一她醒了怎么办？"

"她不会的。古斯特说她现在睡得很好。我出庭的时候，他们还在这一点上大做文章呢，说她的睡眠质量有多好，只有生病的时候才会睡不好。求求你了。我真的需要这样做。就一小时而已，我不会请求你让我待一整夜。从今往后，我不会再向你提出这种要求了。"她保证安安静静的。她保证不开灯。她只想看着她的孩子睡觉。

"没有人会发现的。"她告诉他，社工给她们计时，让她们摆好姿势拍照片，把她们拖出大楼。他不是说过发生在她身上的那些事很野蛮吗？他不是说过他希望她们有更多时间吗？她们分开整整一年，最后只得到了三十分钟。"你不知道他们对我们做了什么，在那个地方。就算我跟你说，你也不会信的。"

他们又争论了十来分钟。威尔再次追问她到底发生过什么事时，弗里达看了看时钟。她和别的妈妈们经历了什么。为什么她无法告诉他？

"以后我会告诉你的。我保证。但我需要你帮我这个忙。求你了。你说过的，你会为我做任何事。那就是这件事了。如果我不得不和她告别，我想在和她独处的情况下说再见。他们没有给我任何隐私。我只想要一点点时间。"

威尔终于同意了。"好吧。"他去拿他的外套。

弗里达跟在他后面。她踮起脚尖，吻上他的嘴唇。那是一个她会给塔克的吻。威尔是个好男人。有朝一日，他会成为好丈夫。好爸爸。

"这是怎么了?"他想再来一个这样的吻。

"没什么。"她退后一步,"我爱你。谢谢你。"

"我也爱你。要小心,好吗?如果你需要什么,就给我打电话。"

他一出门,弗里达就飞快地行动起来。她在前门边的衣柜里找出一个圆筒旅行袋。她找到了海莉特的冬衣,帽子和手套,鞋子。她走进浴室,拿走了海莉特的牙刷和牙膏,一瓶婴儿洗发水,一条海莉特用的连帽浴巾,几条毛巾。她走进婴儿房,拉开海莉特的梳妆台抽屉,抓出几件毛衣、裤子和 T 恤,袜子和内衣,睡衣,几条毯子。

海莉特沉沉地睡着。弗里达从摇椅上抓起几只毛绒玩具。她还没有好好地看一眼海莉特,她很清楚,如果停下来考虑一秒钟自己在做什么,她就会把塞进包里的一切东西放回原位,她会想起父母和威尔,古斯特、苏珊娜和小亨利,她正在伤害的每个人。

一小时后,她至少可以出城六十英里。她不知道之后会发生什么,只知道她必须迅速而安静地把海莉特从床上抱出来。她跪在地板上,头垂到地毯上。她轻声说:"我很抱歉。"

导师们会为她骄傲的。她今晚的动作比在学校里还要快。她驾驭了她的恐惧,以此争取到了力量和速度。把海莉特抱起来时,她克制了亲吻她的冲动。她把贝蒂宝宝塞进她的手袋,再用自己的冬衣盖住海莉特。她把旅行袋甩到肩上。

她还有四十分钟,可以撤销这一切动作,可以尊重政府规定,把自己从地下室里拯救出来,让她的父母不至于失去这个女儿。但当她尽量不吵醒海莉特、轻轻下楼时,她感到幸福而圆满。她们在一起了,本来就该这样在一起。

没有人看到她们离开公寓楼。没有人看到她把海莉特安置在崭新的安全座椅上，扣好安全带，再把海莉特下巴下的毯子掖好。她打开车里的暖气，然后小心翼翼地驶离路边。海莉特醒来时，她正在高速公路上向北行驶。

"妈妈。"

海莉特的声音把她吓了一跳。海莉特以前醒来时不太习惯说话的。有那么一瞬间，弗里达感到很自豪，然后才意识到，海莉特是在叫苏珊娜。

她把车停在高速公路的路肩上，打开双闪灯，再到后座和海莉特坐在一起。"是我。"她说。她把海莉特的娃娃给她。她亲吻海莉特的额头，用完美的母亲用语说道："别害怕，宝贝。我在。妈妈在这儿呢。"

海莉特的眼睛仍是半睁半闭的。"为什么？为什么你在？"

"我回来接你。我们要去旅行，度个假。"

她花了几分钟安抚她，告诉她不用担心爸爸和苏苏妈妈、威尔叔叔和亨利宝宝，再告诉她会和妈妈共度一段时间，她们在一起待多久都不够久。

"我不能就这样失去你。不能把你交给那个坏女人。不能在那个办公室里。我不会和你这样分开。"

海莉特揉了揉眼睛。她看着窗外。"天好黑啊，妈妈。我害怕。我害怕。妈妈，我们要去哪里？"

弗里达握住海莉特的手，亲吻她的指节和指尖。"我还不知道。"

"我们能看到月亮吗？"

弗里达笑了。"我们以后可以看月亮，当然了。今晚说不定还能看到一些星星呢。你从来没有这么晚起床，对吗？宝贝，我们会玩得很开心的。能玩多久就玩多久。接着睡觉，好吗？别害怕。我会照顾好你的。我非常爱你。我回来了，看到了吗？我要和你在一起。"

她开始哼摇篮曲。她抚摸着海莉特的脸颊。海莉特抓住弗里达的手，把它垫在小脸蛋下，就像垫着枕头那样。

"妈妈，陪在我身边。你要把我抱到床上去吗？"

"我会的。我们要去找个舒服的地方睡觉。你可以睡在我身边，好吗？你以前很喜欢睡在我身边的。我们可以每天晚上都这样。我会抱着你。"弗里达想到了草地上的埃玛妞。那个直视太阳的娃娃，她的另一个女儿，储存她的爱与希望的容器。

"我们可以来个家人抱抱。"

她等待着，直到海莉特闭上眼睛。如果去年秋天她能这样安慰海莉特的话就好了。如果她那时是个更好的妈妈就好了。

她回到驾驶座上，回忆起仓库里的培训，埃玛妞在后排尖叫，而她在观看海莉特的生日派对录影。她把车开回高速公路后，看了看后视镜。海莉特睡得安安稳稳的。很快，再过几小时，就会听到警笛声了；如果她走运，大概会在几天后听到。会有更多的警卫，更多的女人，另一种制服。

那几张照片都在弗里达的手袋里。等她们到了第一个休息点，她会把自己和埃玛妞的宝丽来照片塞进海莉特的大衣内袋，只有古斯特和苏珊娜会翻看那个地方。等他们发现了，就会问出一些问题。他们会把照片带给蕾妮看，蕾妮也会提出一些问题。当海莉特长大了，也会问。弗里达也会把她们最后一次团聚时的合影留给她。

海莉特会得知一个不同的故事。有一天，弗里达会把这个故事亲口讲给海莉特听。关于埃玛妞和蓝色液体。海莉特曾经有个妹妹，她的妈妈曾经试图拯救这个妹妹。海莉特会知道她的妈妈多么深爱这两个女孩。她会把罗克珊和梅丽尔的事告诉海莉特。她会告诉海莉特，她是个怎样的妈妈，她犯了什么错。她会告诉海莉特，在体内孕育一个崭新的人是怎么回事，而那种孕育的过程是如何违逆语言和逻辑的。她会告诉海莉特，亲子纽带是无法量化的，那种爱是无法衡量的。她想知道未来的海莉特会不会在自己体内孕育新人，那时，她是否能回到海莉特的生活中。她想告诉海莉特，她可以帮她一起抚育那个新人。她会很小心。她会让亲生女儿相信她。她会说，我是个坏妈妈，但我已学会了做个好妈妈。

致　谢

在创作这本小说、梦想着付梓的同时，我也一直期待有机会向各位说声谢谢。我要向扶持我的写作生活、协助本书面世的各位朋友和机构致以最深切的谢意。

感谢弗里达团队。感谢我的经纪人，激情狂热又耀眼的梅雷迪斯·卡菲尔·西蒙诺夫（Meredith Kaffel Simonoff），我们联手合作，成了文学上的好伙伴。感谢我出色的编辑们，他们充分理解了本书的核心要旨，并告诉我如何达到目的。道恩·戴维斯（Dawn Davis）擅长充满爱意、优雅地解决问题，不仅指导我斟词酌句，令书稿更精简，还如人生导师般让我在书籍、事业和母职方面收获真知。感谢乔卡斯塔·汉密尔顿（Jocasta Hamilton）贡献了丰富的智慧、魔力和幽默。玛丽苏·鲁奇（Marysue Rucci）、夏洛特·克雷（Charlotte Cray）和艾哈迈德（Ailah Ahmed），感谢你们以如此温暖和潇洒的方式驾驭全局。能与你们共事堪比美梦成真。

感谢西蒙与舒斯特出版社，以及玛丽苏·鲁奇出版团队。感谢乔纳森·卡普（Jonathan Karp）、达娜·卡内迪（Dana Canedy）、理查德·罗雷尔（Richard Rhorer）和南·格雷厄姆（Nan Graham）对这本书的大力支持。感谢布里塔尼·阿达梅斯（Brittany Adames）、哈娜·帕克（Hana Park）、唐家铭和切尔西·约翰斯（Chelcee

Johns）为本书掌舵。感谢摩根·哈特（Morgan Hart）、埃里卡·弗格森（Erica Ferguson）和安德里亚·莫纳格（Andrea Monagle）完美修正了我的时间线。感谢杰姬·萧（Jackie Seow）、格蕾丝·韩（Grace Han）、卡丽·罗曼（Carly Loman）和贾亚·米切利（Jaya Miceli）为我设计了最漂亮的文字之屋。感谢朱利安·普罗塞（Julia Prosser）、安妮·皮尔斯（Anne Pearce）、阿比盖尔·诺瓦克（Abigail Novak）、伊丽莎白·布里登（Elizabeth Breeden）、劳伦·杜利（Lauren Dooley）、卡珊德拉·罗茨（Kassandra Rhoads）、齐尼思·巴斯（Chonise Bass）和温迪·舍宁（Wendy Sheanin）在本书与读者之间架起桥梁。

感谢哈钦森·海尼曼出版社。劳拉·布鲁克（Laura Brooke）、莎拉·雷德利（Sarah Ridley）、奥利维亚·艾伦（Olivia Allen）、亨利·佩特里德斯（Henry Petrides）、琳达·穆罕默德（Linda Mohamed）、克莱尔·布什（Claire Bush）、罗斯·瓦迪洛夫（Rose Waddilove）、艾玛·格雷·盖尔德（Emma Grey Gelder）、马特·瓦特森（Mat Watterson）和卡拉·康奎斯特（Cara Conquest），感谢你们的热情和远见。

感谢 CAA 经纪公司和 DeFiore & Company 经纪公司无所畏惧的米歇尔·韦纳（Michelle Weiner）和吉雅·辛（Jiah Shin），以及助理扎卡里·罗贝热（Zachary Roberge）和凯丽恩·莫里斯（Kellyn Morris）；感谢杰西·米兹佳（Jacey Mitziga）、达娜·布莱恩（Dana Bryan）、爱玛·哈维兰-布隆克（Emma Haviland-Blunk）；以及琳达·卡普兰（Linda Kaplan）为我做的不懈努力。非常感谢格纳特公司的丽贝卡·加德纳（Rebecca Gardner）、威尔·罗伯特（Will Roberts）、诺拉·冈萨雷斯（Nora Gonzalez）和安娜·沃勒尔（Anna Worrall）。

感谢詹纳·布什·黑格（Jenna Bush Hager）、阿比·鲁斯（Abby Russ）和詹纳读书会给予我如此美好而难得的机会。

书商们，图书馆员们，以及我过去、现在和未来的读者们，感谢你们愿意在这本书上碰碰运气。

黛安·库克（Diane Cook）和凯瑟琳·钟（Catherine Chung）是我在长篇小说写作方面的良师，也是挚友，感谢你们帮我审阅初稿，无数次勉励我。黛安广受赞誉的小说集《人与自然》中的短篇小说《继续前行》是妈妈学校最初的灵感来源之一。

感谢基思·S. 威尔森（Keith S. Wilson）和伊冯·伍恩（Yvonne Woon）卖力地阅读、讨论每一个经过修订的章节，并总是热切地要求看下文。此外，特别感谢基思担任了非正式技术顾问。

感谢慷慨拨冗阅读部分或整部手稿的朋友们：纳奥米·杰克逊（Naomi Jackson）、安涅·莱昂塔斯（Annie Liontas）、萨拉·马歇尔（Sarah Marshall）、莉兹·塞特尔（Lizzy Seitel）、钱尼·郭（Chaney Kwak）、肖恩·凯西（Sean Casey）和林赛·斯普劳尔（Lindsay Sproul）。特别感谢莉迪娅·康克林（Lydia Conklin）和希拉里·莱希特尔（Hilary Leichter）全程参与试读，不断地给我鼓劲儿。

感谢伊丽莎白·乔治基金会、安德森中心、让泰尔基金会、基梅尔·哈丁·纳尔逊艺术中心、海伦妮·沃利策基金会和弗吉尼亚创意艺术中心为我提供了时间、空间和财务支持。特别感谢雷格岱基金会在二〇〇七年首次为我敞开了大门。

对我来说，布雷德洛夫作家创作营意义重大。如果没有珀西瓦尔·埃弗里特（Percival Everett）的火眼金睛和大力推动，本书可能至今停留在复杂的短篇小说阶段。谢谢珀西瓦尔，我只是向你的工作坊提交了一份资料，而你从字里行间读出了一部小说。感谢张岚和海伦娜·玛利亚·米拉蒙特斯（Helena María Viramontes）提出的绝妙建议和大胆的畅想。感谢迈克尔·科利尔（Michael Collier）、珍妮弗·格罗兹（Jennifer Grotz）和诺琳·卡吉尔（Noreen Cargill）率先给予我信任。

我在布朗大学和哥伦比亚大学的老师，罗伯特·库弗（Robert Coover）、罗伯特·阿雷拉诺（Robert Arellano）、本·马库斯（Ben Marcus）、丽贝卡·柯蒂斯（Rebecca Curtis）、维克多·拉瓦尔（Victor LaValle）、大卫·埃伯斯霍夫（David Ebershoff）（快乐和奇迹！）、萨姆·利普西特（Sam Lipsyte）、斯泰西·德拉斯莫（Stacey D'Erasmo）和加里·施泰因加特（Gary Shteyngart）。感谢你们教我领略了技艺、文学和毅力。一九九七年，我就读于布朗大学时，在简·恩如（Jane Unrue）开设的初级小说讲习班上完成了我最初的一些短篇小说。谢谢你，简，让我走上这条路。

感谢《锡屋》（*Tin House*）杂志的托马斯·罗斯（Thomas Ross）和罗博·斯皮尔曼（Rob Spillman）、《新纪元》（*Epoch*）杂志的迈克尔·科赫（Michael Koch）及其同事们发表了我的第一批小说。

感谢挚爱的《出版人周刊》（*Publishers Weekly*）大家庭，让我有机会了解这个行业，并与我能想象到的最优秀的书虫们共事。

感谢贝奥武夫·希恩（Beowulf Sheehan），感谢你的仁慈，你的艺术。

感谢卡门·玛丽亚·马查多（Carmen Maria Machado），（再次）感谢黛安·库克、小罗伯特·琼斯（Robert Jones, Jr.）、莱尼·祖马斯（Leni Zumas）、利兹·摩尔（Liz Moore）和朱莉亚·菲利普斯（Julia Phillips）的金玉良言。

感谢艾琳·哈德利（Erin Hadley）给予的情感支持，以及最关键的背景故事。感谢艾琳·奥布莱恩（Erin O'Brien）、布里安娜·

惠兰（Brieanna Wheeland）、塞缪尔·洛伦（Samuel Loren）和布里奇特·沙利文（Bridget Sullivan）提供了有关家事法庭、儿科医学的诸多建议。

以有形和无形的方式，记者和学者们的努力也影响了这个虚构世界的形成。来自《纽约客》的雷切尔·阿维夫（Rachel Aviv）的《你妈妈在哪儿?》和玛格丽特·塔尔博特（Margaret Talbot）的《谈话疗法》点燃我最初的兴趣。塔尔博特女士的文章还启发了我想象出娃娃们的单词计数器，让我了解了母亲用语。相关阅读中的重点篇目包括：斯蒂芬妮·克利福德（Stephanie Clifford）和杰西卡·西尔弗-格林伯格（Jessica Silver-Greenberg）发表于《纽约时报》的《作为惩罚的寄养："简·克劳"的新现实》；马丁·古根海姆（Martin Guggenheim）的《质疑儿童权利》；伊丽莎白·巴托莱（Elizabeth Bartholet）的《不属于任何人的孩子》；约瑟夫·戈德斯坦（Joseph Goldstein）、安娜·弗洛伊德（Anna Freud）和阿尔伯特·J. 索尼特（Albert J. Solnit）合著的《超越儿童的最大利益》；金·布鲁克斯（Kim Brooks）的《小动物》；克里斯·比姆（Cris Beam）的《到六月底》；朱迪斯·华纳（Judith Warner）的《完美的疯狂》；珍妮弗·西尼尔（Jennifer Senior）的《全都快乐，但不好玩》。

感谢费城西区儿童社区学校的老师和工作人员，以及我女儿亲爱的保姆——皮卡（Pica）、亚历克斯（Alex）、安吉尔（Angel）、马德琳（Madeleine）、丹妮拉（Daniella）和洛拉（Lola），多亏了他们的辛勤工作，我才能完成本书。

我珍爱的朋友布里奇特·波特（Bridget Potter），二〇一四年二月，我在她家田园诗般的圆木屋里开始写弗里达的故事。

感谢聆听我、鼓励我的朋友们。萨拉·费·格林（Sara Faye

Green)、艾玛·科普利·艾森伯格（Emma Copley Eisenberg）、杰米·哈特利（Jamey Hatley）、梅根·邓恩（Meghan Dunn）、克里斯托·哈娜·金（Crystal Hana Kim）、瓦妮莎·哈特曼（Vanessa Hartmann）、史蒂文·克莱因曼（Steven Kleinman）、加布里埃尔·曼德尔（Gabrielle Mandel）、沙恩·斯科特（Shane Scott）、鲁伊·东-斯科特（Rui Dong-Scott）、CLAW 和 GPP 的同仁们、我的布鲁克林写作小组、艺术家驻地的伙伴们，以及二〇一三年至二〇一五年的布雷德洛夫作家创作营的服务生们和义工们。已故的简·尤什卡（Jane Juska）。多利特·阿夫甘宁（Dorit Avganim）、埃伦·莫斯克（Ellen Moscoe）和乔丹·佛雷（Jordan Foley），以及我的西费城妈妈群。缪里尔·让-雅克（Muriel Jean-Jacques）、克里斯汀·奥桑布·刘（Kristin Awsumb Liu）、玛雅·布拉德斯特里特（Maya Bradstreet）、内莉·赫尔曼（Nellie Hermann）、里斯·沃特金（Rhys Watkin）和珍妮·特罗斯基（Jenny Tromski），感谢你们二十多年来的信任。

感谢我的教母乔伊斯·费克斯（Joyce Fecske），以及陈家、宋家、王家、高家、迪勒（Diller）一家、霍奇（Hodges）一家和赛斯巴奇（Sethbhakdi）一家，感谢你们的爱和支持。感谢我深爱的姐姐陈潇文和姐夫杰森·皮埃尔（Jason Pierre）始终团结一致为家族助力。感恩我的祖父母和外祖父母，特别是两位祖母胡琴棣和林如心留给我的挚爱回忆。

感谢我的父母陈立齐和宋国屏给我们无尽的爱、充满书籍和艺术的童年、耐心、慷慨、全心全意的养育之恩，以及照料祖父母，你们做出了好榜样。为了完成这本书、扶持我的写作和我的家庭，你们所做的一切令我感激不尽。谢谢你们始终信任我。

我的丈夫，亚当·迪勒（Adam Diller），感谢你的爱与关怀，感谢你为了这份快乐,为了我们的小家庭、我们的鸟儿担负重任。正因为我们共同创造了这样的生活,我才可以如此写作。

我的女儿,陈宝璐。在你三岁半的时候,你让我把你的名字写进我的书里,所以我写了。我喜欢当你的妈妈,我会努力做好的。